Jan Zweyer

Franzosenliebchen

Historischer Kriminalroman

grafit

Der Autor

Jan Zweyer, geboren 1953 in Frankfurt am Main, wuchs in Bad Oeynhausen auf. Mitte der Siebzigerjahre zog er ins Ruhrgebiet, studierte erst Architektur in Bochum und Dortmund, dann Sozialwissenschaften an der Ruhr-Universität Bochum. Er arbeitet für ein internationales Industrieunternehmen in NRW und lebt mit Frau und Hund in Herne.

1998 debütierte Zweyer mit *Glück auf, Glück ab* als Kriminalschriftsteller. Es folgten weitere Romane mit dem Juristen Rainer Esch als Ermittler: *Alte Genossen* (1999), *Siebte Sohle, Querschlag West* (1999), *Tödliches Abseits* (2000), *Georgs Geheimnis* (2000), *Tatort Töwerland* (2001) und *Verkauftes Sterben* (2004), sowie dem Versicherungsdetektiv Jean Büsing: *Glänzender Tod* (2002) und *Als der Himmel verschwand* (2005).

Weitere Informationen im Internet: www.jan-zweyer.de

Schöner Gigolo

Der kleine Leutnant, er war der beste Reiter
und alle Herzen, sie flogen ihm gleich zu.
Er konnte küssen und tanzen wie kein zweiter,
er kam und sah und er siegte auch im Nu.
Viel Monde hat er gekämpft im Frankreich drüben,
bald an der Weichsel, Piave, irgendwo.
Jetzt ist ihm nichts mehr geblieben, er wurd' ein Gigolo.
Schöner Gigolo, armer Gigolo,
denke nicht mehr an die Zeiten,
wo du als Husar
goldverschnürt sogar
konntest durch die Straßen reiten.
Uniform passé, Liebchen sagt Adieu,
schöne Welt, du gingst in Fransen.
Wenn das Herze dir auch bricht,
zeig ein lachendes Gesicht,
man zahlt und du musst tanzen.

Text: Julius Brammer, Musik: Leonello Casucci

1

Freitag, 26. Januar 1923

Die Glocken der nahe gelegenen Kreuzkirche schlugen zehn, als Agnes Treppmann die Haustür öffnete, ihren Schal fester um den hochgeschlagenen Kragen ihres Mantels zog und auf die Straße trat. Kaum hatte die junge Frau den Schutz des Hauseinganges verlassen, packte sie der eiskalte Wind mit aller Kraft. Sie wandte sich Richtung Bahnhof. Ihr blieb eine knappe Viertelstunde, wollte sie noch den letzten Zug erreichen, der ihr den einstündigen Fußmarsch durch die Dunkelheit zurück nach Hause ersparte.

Es war heute deutlich später geworden als üblich. Die letzte Straßenbahn war vor einer Stunde gefahren. Ihre Herrschaft, der Kaufmann Schafenbrinck und seine Frau, hatten zu einem schon lang geplanten Abendessen gebeten, an dem neben dem Oberbürgermeister, Dr. Sporleder, und dem Kommandeur der Schutzpolizei, Polizeiinspektor Reifenrath, fünf weitere Honoratioren der Stadt und des örtlichen Industrieverbandes teilgenommen hatten. Obwohl politische Fragen im Hause Schafenbrinck eigentlich bei Tische nicht diskutiert wurden, war es heute anders gewesen. An diesem Abend gab es nur ein Gesprächsthema: die schon mehr als zehn Tage dauernde Besetzung des Herner Stadtgebietes durch die Franzosen.

Immer wenn Agnes Treppmann die Speisen servierte, schnappte sie etwas von dem auf, was im Saal gesprochen wurde. Anscheinend waren die hohen Herren, die Hühnchen mit Reis verzehrten, mehr als besorgt über die Anwesenheit ausländischer Soldaten und wussten nicht, wie sie sich zukünftig verhalten sollten. Einige plädierten dafür, den Franzosen keinen Anlass für ein hartes Vorgehen zu geben, die anderen sprachen sich für eine Ausweitung des passiven Widerstandes aus. Einmütig begrüßten jedoch alle den Erlass des Reichsinnenministers, der den deutschen Behörden jede Kooperation mit der französischen Besatzungsmacht verbot, wohl wissend, dass Konflikte damit unausbleiblich waren.

Agnes Treppmann war jetzt einundzwanzig Jahre alt und stand seit zwei Jahren als Hausmädchen in den Diensten der Schafenbrincks. Sie war mehr als zufrieden mit ihrer Stelle. Das Ehepaar Schafenbrinck war kinderlos geblieben, was die gnädige Frau immer wieder mit einem tiefen Seufzer bedauerte. Es gab im Haushalt noch eine ältere Köchin, Marianne, und den Hausdiener Erwin, der bei Bedarf die meisten der erforderlichen Reparaturen auf dem Anwesen ausführte und auch den Kraftwagen der Familie wartete. Agnes reinigte vormittags das Haus, half anschließend Marianne beim Einkaufen und servierte später das Mittagessen. Da Abraham Schafenbrincks Kaufhaus nur wenige hundert Meter von dem Wohnhaus der Familie entfernt lag, pflegte die Herrschaft immer gemeinsam zu speisen. Danach folgten der Abwasch und manchmal kleinere Botengänge. Es gab Mädchen in ihrer Siedlung, die hatten es schlechter getroffen. Eine der größten Vorteile ihrer Stellung aber war, dass ihr Arbeitgeber sie seit Beginn der Inflation vor einigen Wochen mit Gutscheinen bezahlte, die sie in seinem Kaufhaus einlösen konnte. So blieben ihr die negativen Folgen der Geldentwertung weitgehend erspart und sie konnte ihre eigene Familie besser unterstützen, als wenn sie Bargeld mit nach Hause brachte, welches schon wenige Tage später nur noch die Hälfte wert war.

Atemlos erreichte Agnes den Herner Bahnhof, vor dem ein Trupp Franzosen Wache hielt. Die jungen Soldaten machten in holprigem Deutsch anzügliche Bemerkungen, als sie an ihnen vorbeieilte. Sie lächelte wissend. Die Jungen in ihrer Nachbarschaft waren auch nicht anders. Und im Übrigen konnten doch die einfachen Soldaten nichts dafür, dass sie jetzt in Herne und nicht in Marseille ihren Dienst schieben mussten. Sie befolgten Befehle, mehr nicht. Was hatten denn im Krieg die deutschen Soldaten in Frankreich angerichtet?

Hastig löste sie ihre Fahrkarte, lief zum Bahnsteigaufgang, schaute sich um, raffte entschlossen ihren Röcke, stürmte dann, zwei Stufen auf einmal nehmend, die Treppe hinauf und erreichte im letzten Moment den Zug, der abfahrbereit wartete. Kaum war sie in den Waggon gesprungen, schrillte der Pfiff des Aufsichtsbeamten, und schnaufend setzte sich die Dampflok in Bewegung. Erleichtert ließ sie sich auf die Holzbank fallen. Geschafft!

Der Zug brauchte nur wenige Minuten, um den Bahnhof in Börnig zu erreichen. Eigentlich war es mehr ein Haltepunkt als ein Bahnhof. Zwar gab es einen kleinen Schuppen, der als Empfangsgebäude deklariert worden war, aber der aus Schotter aufgeschüttete einzige Bahnsteig war nicht überdacht und die Strecke lediglich eingleisig. Die nahe gelegene Gemeinde Sodingen im Süden, zu der das Amt Börnig mit der Schachtanlage Mont-Cenis gehörte, die Zechen Teutoburgia im Osten und Friedrich der Große im Norden sorgten jedoch normalerweise für eine ausreichende Anzahl an Fahrgästen. Am Abend war das allerdings anders. Schon in ihrem Waggon war sie allein gewesen, und als Agnes ausstieg, musste sie feststellen, dass außer ihr niemand den Zug verließ. Auch die französischen Soldaten, die eigentlich die Gleisanlagen bewachen sollten, waren nicht zu sehen.

Der Zug fuhr ab. Es war noch kälter geworden. Der Wind kroch unter ihren Mantel. Sie fröstelte. Eilig wandte sich Agnes nach Osten, um über die Wilhelmstraße das elterliche Wohnhaus in der Schadeburgstraße zu erreichen.

Als sie die Hafenbahn Mont-Cenis passiert hatte, meinte sie, Schritte und leise Stimmen hinter sich wahrzunehmen. Die junge Frau blieb stehen, drehte sich um, sah in ein schwarzes Loch und lauschte erfolglos. Angst kroch in ihr hoch. Ärgerlich über sich selbst setzte sie ihren Weg fort. Wie ein Schulmädchen, dachte sie. Die fürchten sich auch im Dunkeln.

Links lag der kleine Kotten, in dem die Witwe Bommer mehr schlecht als recht zusammen mit zwei Ziegen und einer stattlichen Zahl Hühner hauste. Vollkommene Dunkelheit umgab ihn und nur der Wind war zu hören.

Vor Agnes lagen noch einige hundert Meter. Dann würde sie den Schutz der heimatlichen Siedlung erreichen. Sie musste nur noch die Ruine des abgebrannten Hauses passieren, welche schon bei Tageslicht einen bedrohlichen Eindruck machte. Agnes schaute sich erneut um. Irgendwo bellte ein Hund. Die junge Frau beschleunigte ihre Schritte und spähte in die Nacht. Schemenhaft konnte sie den Kamin der Ruine ausmachen, der den Brand überstanden hatte und nun wie ein ausgestreckter, knochiger Finger in den Himmel ragte. Pass auf, schien der Kaminfinger zu drohen, pass nur auf. Nun begann sie sich doch wirklich zu fürchten. Aber es war ja nicht mehr weit.

Plötzlich hörte Agnes ein Rascheln aus einem Gebüsch, das direkt am Straßenrand wucherte. Erschrocken fuhr sie herum. Sie vernahm ein Keuchen, eine dunkle Gestalt sprang auf sie zu, und ehe Agnes reagieren konnte, wurde ihr eine Art Riemen um den Hals geschlungen. Ihr Hilfeschrei erstarb zu einem leisen Röcheln.

Die junge Frau schlug und trat um sich. Aber sie konnte sich nicht befreien. Der Riemen um ihren Hals lockerte sich nicht. Für einen Moment glaubte sie, ein Gesicht zu erkennen. Oder waren es zwei? Dann aber blitzen nur noch Lichter vor ihren Augen. Sie riss den Mund weit auf, wollte tief einatmen, aber der Riemen schnitt schon tief in ihren Hals. Schwindel erfasste sie.

Agnes bäumte sich auf. Luft! Dann war es vorbei.

2

Freitag, 26. Januar 1923

Die Villa der Familie Königsgruber befand sich südlich der Recklinghäuser Innenstadt. Ein herrschaftlicher Garten umgab das Gebäude. Aus Stein gehauene Löwen bewachten links und rechts das hohe schmiedeeiserne Tor, welches die Zufahrt zum Haus versperrte. Das gesamte Anwesen gab vor allem eins zu verstehen: Hier wohnt Reichtum.

Siegfried Königsgruber war Inhaber einer Metallwarenfabrik. Fast dreißig Menschen hatten bei Kriegsende für ihn gearbeitet. Heute waren es nur noch zwölf. Schon als Fünfundzwanzigjähriger hatte Siegfried das väterliche Erbe antreten müssen. Obwohl er – anders als sein Vater – das Handwerk des Schmieds nie gelernt hatte, war es ihm durch Geschick und Umsicht gelungen, die richtigen Mitarbeiter zu gewinnen und die kleine Schmiede zu einer florierenden Metallfabrik auszubauen.

Ursprünglich hatte das Unternehmen vor allem Töpfe und Pfannen aus Stahl produziert, aber mit Ausbruch des Krieges auf Helme, Koppelschlösser und anderes Armeezubehör umgestellt. Eine kluge Entscheidung. Je mehr junge Männer im Trommelfeuer des Stellungskrieges als Kanonenfutter verheizt wurden, umso höher waren die Auftragsordern, die das Beschaffungsamt des Heeres an die Metallwarenfabrik Siegfried Königsgruber schickte.

Doch nach Kriegsende versickerte der unverhoffte Geldsegen. Königsgruber hatte mehr als die Hälfte seiner Leute entlassen müssen und wieder Friedensware produziert. Das Geschäft lief mehr schlecht als recht. Der Fabrikant zehrte von seinen Rücklagen und verfluchte den Frieden, die Revolution und vor allem die Demokratie.

Am heutigen Abend war sein Freund Wieland Trasse zu Gast. Zigarrenrauch hing schwer in dem Salon, in dem die Herren bei Wein und Cognac saßen. Trasse kippte den letzten Schluck Schnaps hinunter und stellte das Glas auf den Eichentisch.

»Noch einen?«, fragte Königsgruber.

Trasse, ein mittelgroßer Mittvierziger schlanker Gestalt, nickte.

Der Hausherr griff zu einer kleinen Glocke, die auf dem Tisch stand, und läutete. Wenig später klopfte es und das Hausmädchen betrat den Salon, knickste und blieb mit züchtig gesenktem Blick in der offenen Tür stehen. »Sie haben geläutet, gnädiger Herr?«

»Bring uns weiteren Cognac. Und nimm diese Flasche mit. Sie ist leer.«

Gehorsam befolgte die junge Frau die Anordnung. Als sie das Zimmer wieder verlassen hatte, fragte Trasse: »Und deine Geschäfte?«

Königsgruber, ein massiger Mann, dessen schütteres Haar wie am Kopf angeklebt wirkte, winkte ab. »Frag bitte nicht.«

»Wieso? Ich dachte, gerade du hättest am Krieg gut verdient?«

»Am Krieg, ja. Aber jetzt ...« Königsgruber griff zu dem Cognacschwenker. »Wer will im Moment neue Kochtöpfe? Die Leute geben ihr Geld für Lebensmittel aus. Zusätzlich macht mir die Konkurrenz zu schaffen.«

»Kannst du nicht etwas anderes fertigen?«

»Können schon. Aber was? Außerdem: Für die Herstellung neuer Waren benötige ich neue Maschinen. Die alten Pressen lassen sich nicht mehr umrüsten. Hast du eine Ahnung, was das kostet?«

Es klopfte erneut. Das Hausmädchen brachte eine volle Flasche.

Königsgruber schenkte sich und seinem Gast ein. »Dazu fehlt es mir an Kapital.«

Trasse prostete seinem Freund zu. »Warum sprichst du nicht mit deiner Bank?«

Siegfried Königsgruber grinste schief. »Ich bin Unternehmer, keine hoher Beamter beim Finanzamt wie du. Bei meinen Kreditanfragen geht es um andere Summen als bei der Finanzierung deines Hausanbaus. Die Zinsen fressen mich jetzt schon auf.«

»Du hast schon Schulden bei der Bank?«

»Nein.«

»Aber du sagtest doch gerade ...«

Königsgruber sprang auf und ging, das Glas in der Hand, im Raum umher. »Du kennst doch den Kaufmann Schafenbrinck aus Herne?«

»Natürlich. Du selbst hast ihn mir ja vor einigen Monaten vorgestellt.«

»Er hat mir einen Privatkredit gegeben. Ich habe ihm einen Wechsel unterschrieben.«

»Na und?«

Königsgrubers Stimme klang erregt. »Schafenbrinck hat meine Notsituation schamlos ausgenutzt.«

»Wie soll ich das verstehen? Ich nahm an, er sei dein Freund.«

Trasse wusste, dass Schafenbrinck und Königsgruber fast gleich alt und einige Jahre gemeinsam in Recklinghausen zur Schule gegangen waren. Auch hatten beide früh ihre Väter verloren und Verantwortung für die Familie übernehmen müssen: Königsgruber mit der väterlichen Schmiede, Schafenbrinck mit einem geerbten Kolonialwarenladen in der Recklinghäuser Innenstadt. Durch die Parallelen in ihrem Lebensweg hatten sich die beiden Männer stets verbunden gefühlt.

Königsgruber lachte höhnisch auf und setzte sich wieder. »Das dachte ich auch. Vielleicht erinnerst du dich, dass meine letzte Lieferung an die Armee kurz vor Kriegsende stattfand?«

»Du hast darüber gesprochen, ja.«

»Es war einer der größten Aufträge, die mir das Beschaffungsamt je erteilt hat. Ich habe alle Termine eingehalten. Trotzdem weigerten sie sich zu zahlen. Die Stahlhelme seien nie angekommen, behaupteten sie später. Diese verdammten Sozis!« Er nahm noch einen Schluck Cognac und goss sich nach. »Ich hatte fest mit dem Geld gerechnet. Schließlich musste ich meine Leute bezahlen. Schafenbrinck hat mir damals geholfen. Der Kredit wird, zuzüglich vierzig Prozent Zinsen, im Oktober fällig. Vierzig Prozent! Für knapp vier Jahre! Der reinste Wucher! Ich weiß nicht, wie ich das Geld aufbringen soll.«

»Aber damals warst du einverstanden.« Wieland Trasse lächelte leicht.

»Sicher. Ich brauchte das Geld doch. Aber die Zinsen ...«

»Wann hast du den Wechsel unterschrieben?«

»Sommer 1919.«

»In Gold- oder Reichsmark?«

»Reichsmark.«

Trasse griff zum Humidor. »Darf ich?«

Königsgruber nickte.

Sein Gast öffnete das Behältnis, zog eine Zigarre heraus, prüfte ihren Geruch, schnitt sorgfältig die Spitze ab, drehte die Havanna im Mund, um sie zu befeuchten, und steckte sie schließlich mit einem Streichholz an. Befriedigt lehnte sich Trasse in seinem Sessel zurück und ließ den Rauch langsam aus seinem Mund strömen. »Wenn der Wechsel in Reichsmark ausgestellt ist, solltest du dir eigentlich keine Sorgen machen.«

»Warum nicht?«

»Hast du die Reichstagsrede von Kanzler Cuno über die französische Besetzung gelesen?«

»Natürlich.« Königsgruber stand wieder auf, kramte eine Zeitung aus einem Papierstapel vom Sekretär und kehrte zu seinem Platz zurück. Dort begann er, aus der Zeitung zu zitieren. Seine Stimme war nicht mehr ganz deutlich. »*Zur festesten Einigung aller Schichten unseres Volkes, zu innigster Gemeinschaft mit dem Staat, zur Weckung aller tiefen, offenen und verschütteten, sittlichen und religiösen Kräfte ruft uns die Stunde.*« Mit lauter, pathetischer Stimme fuhr er fort: »*Unrecht, Not, Entbehrung – unser Schicksal heute. Recht, Freiheit und Leben – das Ziel. Einigkeit – der Weg!*« Königsgruber fiel in seinen Sessel zurück und griff zu seinem Glas.

»Genau.« Wieder spielte ein ironisches Lächeln um Trasses Mund. »Und dann hat Cuno noch gesagt, dass die Reichsregierung bereit sei, diesen Weg zu gehen und das Volk zu führen. Weißt du, was das bedeutet?«

»Selbstverständlich. Das bedeutet ... Eigentlich nicht.«

»Ich will es dir erklären. Du weißt, dass die Reichsregierung alle Bürger in den besetzten Gebieten zum passiven Widerstand aufgerufen hat?«

Königsgruber nickte heftig. »Wer dem Franzmann auch nur einen Finger reicht, dem soll die Hand abfaulen!«, rief er aus.

»Eben. Die ersten Betriebe werden schon bestreikt. Es wird über kurz oder lang zum Generalstreik im Rheinland und dem Ruhrgebiet kommen.«

»Woher weißt du das?«

»Ich habe so meine Beziehungen. Im Finanzministerium in Berlin jedenfalls rechnen sie schon kräftig.« Trasse hatte es in den vergangenen Jahren verstanden, sich ein Netz von Kontakten bis in die höchsten Stellen aufzubauen. Schon sein Vater hatte in verantwortungsvoller Stellung als Beamter dem Staat gedient. Von ihm hatte Wieland Trasse früh gelernt, dass Beziehungen häufig besser Macht und Einfluss sicherten als Herkunft oder Geld. Manchmal allerdings bedingte das eine auch das andere.

Das Gesichts Königsgrubers drückte Unverständnis aus. »Was hat das ...«

»Mit deinem Kredit zu tun, willst du wissen? Warte einen Moment. Die Streiks richten sich nicht gegen die deutschen Unternehmer, sondern gegen die Franzosen und Belgier. Die Gewerkschaften können diesen Streik nicht finanzieren. Ebenso wenig aber können die Unternehmen ihren Arbeitern einfach den Lohn weiterzahlen. Dann wären sie über kurz oder lang bankrott.«

»Eher über kurz.«

»Richtig. Wenn die Reichsregierung einen Generalstreik will, muss sie also dafür sorgen, dass die Streikenden Geld bekommen. Sonst fällt der Streik binnen kürzester Frist in sich zusammen. Das heißt, dass der Staat die Streikgelder bezahlen muss. Deswegen rechnen die Beamten in Berlin. Dummerweise aber ist Deutschland faktisch pleite.«

»Die uns in Versailles auferlegten Reparationskosten!«, bekräftigte Königsgruber.

»Auch. Aber nicht nur. Vier Jahre Krieg waren nicht gerade billig. Der Staat wird, um die Streikgelder zahlen zu können, neues Geld drucken müssen.«

»Na und? Das macht er doch jetzt auch schon.«

»Leider. Bei Kriegsausbruch war eine Papiermark noch tatsächlich eine Goldmark wert. Im letzten Dezember betrug dieses rechnerische Verhältnis bereits etwa eins zu eintausendsiebenhundert. Das nennt man Inflation, mein Lieber. Und man muss kein Prophet sein, sondern nur etwas von den volkswirtschaftlichen Zusammenhängen verstehen, um zu erkennen, wohin diese Politik führt. Direkt zum endgültigen Zusammenbruch unserer Währung. Verstehst du jetzt, was ich meine?«

»Ich glaube schon.« Königsgruber griff erneut zum Glas. Seine Züge waren vor Aufregung und vom Alkohol gerötet. »Du meinst also, ich könnte meinen Kredit ohne große Anstrengungen zurückzahlen?«

»Wenn der Vertrag keine Klausel enthält, dass der Kreditbetrag in Goldmarkäquivalenten zu tilgen ist, ja. Die Reichsmark ist bald das Papier nicht mehr wert, auf dem sie gedruckt ist. Das kannst du mir glauben.«

»Und wie viel müsste ich noch aufbringen?«

»Kann ich dir nicht sagen. Vielleicht ein Tausendstel, vielleicht ein Millionstel der ursprünglichen Summe? Wer weiß.«

Königsgruber rieb sich die Hände. »Das wäre meine Rettung. Allerdings ...«

»Ja?«

Der Fabrikant hob theatralisch beide Hände, als wollte er einen imaginären Feind abwehren, und antwortete klagend: »Schafenbrinck vertreibt in seinem Kaufhaus auch Haushaltswaren aus Metall, so wie ich sie produziere. Dummerweise bezieht er seine Produkte nicht von mir, sondern von einem meiner Konkurrenten aus Hagen. Und in Geschäftskreisen erzählt man sich, dass Schafenbrinck demnächst auch hier in Recklinghausen wieder eine Filiale eröffnen will. Der Einzelhandel, an den ich einen Großteil meiner Produktion liefere, könnte bei seinen Preisen vermutlich nicht mithalten und wird sicherlich auf den Vertrieb meiner Waren verzichten. Dann käme der Hagener zum Zuge und ich könnte einpacken.«

»Es geht doch nichts über Geschäfte unter guten Freunden.« Trasse schien wirklich amüsiert.

»Du hast gut spotten. Aber mir geht es an den Kragen.«

Nach kurzem Nachdenken antwortete Trasse: »Was wäre es dir wert, wenn ich dir dabei helfe, dieses Problem zu lösen?«

»Du willst Geld?«

Trasse wehrte ab. »Ach was. In diesen Zeiten haben nur Sachwerte bestand.«

Es dauerte einen Moment, bis Königsgruber das Anliegen seines Freundes richtig einordnen konnte. »Du willst einen Anteil an der Firma?«

Wieland Trasse nickte.

»Wie viel?«

»Dreißig Prozent, wenn ich dir einen Weg zeige, wie du Schafenbrinck aus dem Geschäft drängen kannst.«

Königsgruber wurde schlagartig nüchtern. Seine Gedanken überschlugen sich. Sein Freund verfügte als Regierungsrat über exzellente Kontakte, das wusste er. Trasse im Boot zu haben, konnte für ihn vorteilhaft sein. Und wenn er ihm dann auch noch Schafenbrinck aus dem Weg räumen würde ... Sein eigenes Unternehmen war faktisch pleite. Was hatte er zu verlieren? Aber dreißig Prozent waren zu viel.

»Einverstanden. Du kannst mein Teilhaber werden. Ich biete dir fünfundzwanzig Prozent. Nicht mehr.«

Als Königsgruber das Glitzern in den Augen seines Freundes bemerkte, wurde ihm klar, dass Trasse auch mit weniger zufrieden gewesen wäre. Ärgerlich über sich selbst setzte er hinzu: »Mit einer Einschränkung. Du bekommst die Anteile erst dann, wenn Schafenbrinck mit seinen Absichten gescheitert ist und sich die Auftragslage meiner Firma stabilisiert hat.«

»Einverstanden.«

Königsgruber streckte Trasse kurz entschlossen die Hand hin. Der schlug ein.

»Und jetzt verrate mir, wie du Schafenbrinck dazu bewegen willst, auf die Filiale in Recklinghausen zu verzichten.«

»Das weiß ich noch nicht«, antwortete Trasse. »Aber mir fällt schon etwas ein.«

3

Samstag, 27. Januar 1923

Wilhelm Gleisberg stürmte die drei Stufen hoch und riss, ohne anzuklopfen, die Haustür auf. Nach zwei Schritten stand er in der Küche und stieß dann aus: »Wir haben Agnes gefunden.«

Erna Treppmann fuhr herum, einen Teller in der Hand. Die Frau suchte den Blick des wesentlich jüngeren Mannes. Der stand schwer atmend im Türrahmen, senkte den Kopf und schwieg.

»Was ist mit ihr?«, fragte sie. »Was ist mit meinem Mädchen?«

Gleisberg schluckte. Seit frühester Kindheit ging er im Haus der Familie Treppmann ein und aus, war mit Agnes zur Schule gegangen und hatte mit ihr am Kanal und bei den Bahngleisen gespielt. Und jetzt musste gerade er diese Nachricht überbringen.

Erna Treppmann griff mit der Linken zur Stuhllehne. »Nun sag schon.«

»Agnes ist tot.«

Der Porzellanteller fiel zu Boden und zerbrach. Erna Treppmann wankte, drohte zu fallen, hielt sich dann aber auch mit der anderen Hand am Stuhl fest, zog sich näher Richtung Tisch und stützte sich schließlich mit beiden Händen ab. »Wo?«, fragte sie tonlos und fixierte Gleisberg, als ob sie die Antwort in seinem Gesicht lesen könnte.

»In der Ruine kurz vor der Siedlung.«

Sie nickte. »In der Ruine also.«

Im Gang waren Schritte zu hören. Ein junges Mädchen drückte Wilhelm Gleisberg zur Seite und rief mit tränenerstickter Stimme: »Mama!«

Lisbeth lief zu ihrer Mutter und umarmte sie weinend. Langsam hob Erna Treppmann ihren rechten Arm und legte ihn um ihre jüngste Tochter. Für einige Minuten war nichts außer leisem Schluchzen zu hören. Dann schob die ältere Frau ihre Tochter sanft von sich, trocknete mit einem Zipfel ihrer Schürze die Tränen der Siebzehnjährigen und sagte heiser: »Nimm Besen und Kehrblech und räume die Scherben weg. Dann holst du Brot und etwas frische Wurst. Die Männer haben die halbe Nacht gesucht. Sie werden Hunger haben. Und setz Kaffee auf. Und du …« Sie zeigte mit ihrem Finger auf Wilhelm Gleisberg. »Du bringst mich jetzt zu meinem Mädchen.«

»Aber …«

Erna Treppmann legte ihre Schürze ab und faltete sie sorgfältig zusammen. »Nichts aber. Ich hole meinen Mantel und dann gehen wir. Hast du verstanden?«

Wilhelm Gleisberg nickte folgsam.

Nachdem Agnes am Abend zuvor auch mit der letzten Bahn nicht nach Hause gekommen war, hatte ihr Vater einige Männer aus der Nachbarschaft mobilisiert, um nach seiner Tochter zu suchen. Nun war die Leiche des Mädchens in den Kellerräumen des abgebrannten Hauses gefunden worden, versteckt unter dreckigen, zerlumpten Kohlensäcken.

Erna Treppmann näherte sich mit schleppenden Schritten der Menschenansammlung vor der Ruine. Jemand rief in Richtung des abgebrannten Hauses: »Hermann, deine Frau.«

Die geflüsterten Gespräche der Leute erstarben.

»Lasst mich durch«, sagte Erna Treppmann leise, aber bestimmt. »Ich will zu meinem Kind.«

Gehorsam schob sich die Menge auseinander und bildete eine Gasse.

Mit vor Erregung gerötetem Kopf erschien Hermann Treppmann im Kellereingang. »Du solltest da nicht runtergehen«, sagte er mit belegter Stimme. »Wirklich nicht.«

Erna Treppmann sah ihren Mann nur kurz an und streichelte dann sein Gesicht. Er zögerte, nickte aber dann und trat beiseite, um den Weg freizugeben.

Langsam folgte Hermann Treppmann seiner Frau.

Ein Kraftwagen der Schupo fuhr knatternd vor. Ihm entstiegen zwei deutsche Uniformierte sowie ein französischer Offizier und zwei Soldaten. Die Polizisten näherten sich den Wartenden, während die Franzosen neben dem Wagen stehen blieben. Die Leute warfen den Soldaten feindselige Blicke zu.

»Hier wurde eine Tote gefunden?«, fragte der ältere Polizist grußlos und sah sich suchend um.

Einer der herumstehenden Männer, der einen stattlichen Bauch vor sich hertrug, machte eine Kopfbewegung. »Im Keller.«

Der Beamte ging in die angegebene Richtung.

»Wer hat die Tote entdeckt?«, wollte der jüngere Schupo wissen, der zurückblieb.

»Kalle und ich«, erwiderte wieder der dicke Mann.

Der Uniformierte zückte ein Notizbuch. »Und wer sind Sie und wer ist Kalle?«

Aus dem Hintergrund trat ein anderer Mann hervor. Er war groß gewachsen, schlank, fast ein wenig staksig. Über sein Gesicht zog sich eine breite, tiefrote Narbe. »Ich bin Kalle. Karl Soltau.« Er hielt einen breiten Gürtel und einen Schal hoch. »Außerdem haben wir dat hier gefunden. Aber nich hier, sondern weiter vorne im Straßengraben.«

»Dazu kommen wir gleich«, brummte der Schutzpolizist und schrieb weiter in seinem Buch. »Und Ihr Name?«, wandte er sich erneut an den Dickeren, der sich gerade eine Zigarette anzündete.

»Adolf Schneider«, antwortete der und nahm einen tiefen Zug.

»Erzählen Sie, wie Sie die Tote gefunden haben.«

»Was gibbet da schon groß zu erzählen?«, erwiderte Soltau. »Wir haben mit den anderen hier die halbe Nacht nach Agnes gesucht.«

»Agnes?«

»Agnes Treppmann, ja. Zuerst ham wer den Gürtel und ihren Schal da hinten im Graben gefunden. Dann sind Adolf und ich auch hier inne Ruine rein. Und da hat se dann gelegen.«

Erst jetzt nahm der Polizist die beiden Gegenstände zur Kenntnis, die Soltau in seiner rechten Hand hielt. »Zeigen Sie her«, befahl er.

Kalle Soltau nahm den Schal in seine Linke und hob ihn hoch. »Dat is der von Agnes. Un dat hier«, Soltau hob die Stimme, sodass ihn alle Umstehenden deutlich vernehmen konnten, und streckte seine Rechte nach oben, »dat hier is ein französisches Koppel. Un es soll mich der Teufel holen, wenn nich mit diesem Koppel unser Agnes erwürgt worden is. Verdammich noch ma!«

Er sah sich triumphierend um. Die Leute, die eben noch betreten geschwiegen hatten, fingen an zu tuscheln. Erst leise, dann lauter.

»Ihr habt Agnes umgebracht«, rief einer aus dem Schutz der Menge und zeigte auf die immer noch am Wagen wartenden Soldaten.

»Haut ab«, kreischte eine Frau. »Ihr habt hier nix verloren!«

Jetzt drehten sich alle zu den Soldaten hin und zeigten offen ihre Feindseligkeit: Fäuste wurde drohend erhoben, weitere Schmährufe ertönten.

Der französische Offizier gab einen Befehl und öffnete sein Pistolenhalfter. Die ihn begleitenden Soldaten nahmen ihre Karabiner von der Schulter, luden sie durch und richteten sie auf die langsam näher rückenden Menschen.

»Macht keinen Quatsch!«, rief jemand mit lauter Stimme vom Kellereingang her. Der ältere Schutzpolizist und die Eheleute Treppmann traten wieder ins Freie. »Reicht eine Tote nicht?«

Die Leute wandten sich um.

»Lasst es sein«, bat auch Erna Treppmann mit müder Stimme. »Davon wird mein Mädchen nicht wieder lebendig. Und …«, sie musterte die Umstehenden, »… vielen Dank für eure Hilfe. Wer noch einen heißen Kaffee und eine Schnitte möchte, kann mit zu uns kommen. Ihr seht so aus, als ob ihr etwas Warmes im Bauch vertragen könntet.«

Die Leute beruhigten sich etwas. Trotz ihrer Trauer hielt Erna Treppmann sich aufrecht, während sie langsam davonschritt. Einige folgten ihr und ihrem Mann, andere zogen es vor, möglichst schnell in ihre eigenen warmen Häuser zurückzukehren, argwöhnisch beäugt von den Vertretern der französischen Besatzungsmacht.

Kurze Zeit später standen die Polizisten und die Soldaten allein vor der Ruine.

»Die Kleine wurde erwürgt«, berichtete der Beamte, der die Leiche im Keller in Augenschein genommen hatte.

»Hiermit?«, fragte der andere und hielt ihm das Koppel entgegen.

»Könnte sein. Wo hast du das her?«

»Zwei Männer haben es mit dem Schal der Toten in dem Graben dort gefunden.«

»Interessant.«

Mit deutlichem Akzent, aber gut verständlich sagte der französische Offizier: »Die Gegenstände sind beschlagnahmt. Händigen Sie sie mir aus.«

»Das ist ein Mordfall«, antwortete der jüngere Polizist. »Dafür ist die deutsche Polizei zuständig.«

»Jetzt nicht mehr«, stellte der Franzose fest. »Wofür Sie zuständig sind, bestimmen wir. Also?« Fordernd streckte er seine Hand aus. »Außerdem ist das tatsächlich ein Koppel unserer Soldaten. Damit ist diese Sache automatisch ein Fall für unsere Militärgerichtsbarkeit. Allez!«

Zögernd übergaben die Polizisten dem Franzosen Schal und Gürtel.

»Danke. Sie können jetzt gehen. Meine Männer werden hierbleiben und den Tatort bewachen. Wir kümmern uns um alles Weitere.«

4

Donnerstag, 1. Februar 1923

Der hochgewachsene Mann mit dem dunklen, vollen Haar betrat das Restaurant, löste seinen Schal und machte eine Bewegung, als ob er die Kälte, die draußen herrschte, abschütteln wollte. Dann schaute er sich um, musterte misstrauisch die wenigen Gäste, die an einem der hinteren Tische saßen, und ging zum Tresen. »Alles klar?«, fragte er leise.

Der Wirt, der sein Erscheinen offensichtlich erwartet hatte, nickte. »Alle im Saal.«

Wilfried Saborski machte eine Kopfbewegung in Richtung der Tische. »Und wer sind die zwei Kerle da? Ich habe sie noch nie hier gesehen.«

»Vertreter, glaube ich. Aus Münster.«

»Sicher?«

Der Wirt hob nur die Schultern.

»Behalte sie im Auge.«

»Keine Sorge.«

Saborski verließ den Schankraum durch einen schmalen Flur, der auch zu den Toiletten und dem Hintereingang führte, und öffnete dann die Schiebetür zum Saal.

Für einen Moment blieb er in der Tür stehen und wartete, bis auch der letzte der knapp ein Dutzend Männer sein Kommen bemerkt hatte. Dann erst schloss er die Tür und grüßte: »Glück auf.«

Die Wartenden erwiderten seinen Gruß. Wilfried Saborski zog seinen Mantel aus, warf ihn über eine Stuhllehne und setzte sich.

Der Saal des Restaurants *Karl der Große* an der Bruchstraße wurde für Familienfeiern und als Versammlungsraum genutzt, jeden ersten Dienstag im Monat traf sich hier der Ortsverein der Sozialdemokratischen Partei. An jedem zweiten Mittwoch diskutierten die Kommunisten ihre Taktik, alle drei Wochen führte das katholische Zentrum seine Sitzungen hier durch. Und vierzehntägig schmetterte der *Männergesangverein Harmonie* in dem Saal seine Lieder.

Einfache Holzstühle und -tische, die je nach Bedarf gestellt werden konnten, bildeten die Einrichtung. Von der

Decke baumelten farbige Girlanden, an denen lange Staubfäden hingen, Überbleibsel der letzten oder auch vorletzten Karnevalsfeier. An der Stirnwand gähnte ein zwar vergilbtes, aber im Vergleich zur übrigen Tapete deutlich helleres Rechteck. Von dieser Stelle aus hatte noch vor einigen Jahren der letzte deutsche Kaiser mit strengem Blick auf seine Untertanen herabgeschaut. Nach der Novemberrevolution 1918 war es dem damaligen Besitzer des Restaurants ratsamer erschienen, sich von Kaiser und Monarchie zu distanzieren. So war Wilhelm in den Keller gewandert und wartete dort, sorgsam verpackt, auf das Ende der Weimarer Republik.

Für den heutigen Donnerstag hatte eine Gruppe den Raum reserviert, die sich der gemeinsamen Lektüre von Gottes Wort verschrieben hatte. Aber obwohl vor jedem der Männer an dem langen Tisch eine Bibel lag, ging es in den Gesprächen um andere Themen.

»Haltet euch daran: keine Einzelaktionen!« Wilfried Saborski war aufgestanden, um seinen Worten mehr Nachdruck zu verleihen. »Und kein Wort zu jemandem, der nicht zu uns gehört. Die Franzosen haben überall ihre Spitzel, da könnt ihr sicher sein. Auch Deutsche sind zu Verrätern geworden. Also passt auf, mit wem ihr redet.«

Er sah sich um. Viele der Anwesenden waren noch sehr jung, vielleicht gerade zwanzig Jahre alt. »Also, keine Unbesonnenheit. Es hat keinen Zweck, dass ein Einzelner sich wehrt! Ausharren, bis unsere Stunde gekommen ist. Was wir von unseren deutschen Mitbürgern verlangen, ist Würde. Mit deutschem Stolz wollen wir den Eindringlingen gegenübertreten. Nicht wir müssen den Blick senken, sondern die anderen, denn sie sind Friedensstörer, Mörder.«

Seine Zuhörer hingen an seinen Lippen.

»Wie hier bei uns, haben sich überall im besetzten Gebiet Ausschüsse gebildet. Unser Überwachungsausschuss zur

Wahrung der deutschen Würde hat darauf zu achten, dass kein deutscher Mann und keine deutsche Frau mit einem Franzosen zusammengeht. Keiner! Ist das klar?«

Die Anwesenden nickten eifrig.

»Gut. Ehrensache ist es, dass jeder von uns eine kleine Taschenschere mit sich führt. Die Hattinger haben es uns vorgemacht. Dort ist von einem mutigen Mann eine Anzeige aufgegeben worden. Darin heißt es: *An die Damen des Kreises Hattingen. Wir warnen hiermit die Damen, sich mit den Ausländern in engere Beziehungen einzulassen, da wir sonst mit aller Strenge vorgehen. Der Scherenclub.*«

Einzelne Lacher wurden laut.

»Also, denkt an die Scheren. Ein Symbol nur, gewiss. Aber man könnte damit einem Mädchen, das die deutschen Grundsätze nicht beherzigt, sehr wohl die Haare abschneiden. Daher besorgt euch die Dinger! Lasst hier und da eine Bemerkung über den Scherenclub fallen. Es schadet auch nichts, wenn sich der eine oder der andere an das Wort Feme erinnert. Die Feme wacht, über die Getreuen und die Ungetreuen! Und die Feme straft! Geht mit gutem Beispiel voran. Für uns sind die Franzosen Luft. Wenn sie etwas wollen, so sehen wir durch sie hindurch wie durch Glas.«

Der Redner schaute in vor Begeisterung glühende Gesichter.

»Die Franzosen sind mit Tanks und Kanonen gekommen. Stimmt. Na und? Sie können nicht ein ganzes Volk erschießen! Einige fragen ängstlich: Was können wir Einzelne schon ausrichten? Ich sage es euch: Wir müssen uns auflehnen! Und das Volk wird sich auflehnen. Auflehnen gegen die Frechheit, nach vier Jahren Frieden wie Räuber ins deutsche Land einzubrechen. Das Volk will die Franzosen nicht! Und wenn der Franzoseneinfall eine Folge des Friedensvertrages sein soll, dann ist dieser nichts wert.« Saborski hob seine Stimme noch weiter an und fuhr fort: »Opfersinn, Heldentum und Freundestreue heißt die Parole in Zeiten des Kampfes. Es wird sich zeigen, wer ein richtiger Kerl ist, wer sich für das Volk einsetzt – für sein deutsches Volk! Seid ihr solche Kerle?«

Frenetisch applaudierend sprangen die Zuhörer auf. »Ja!« Saborski gab einem der Männer ein Zeichen.

Karl Soltau hob beide Arme und bat um Ruhe. Seine Narbe glühte. Dann begann er zu sprechen: »Kameraden! Es is nich genug, eine Schere in der Tasche spazieren zu tragen und von der Feme zu flüstern. Deshalb haben wir dreißig Exemplare eines Plakates organisiert, dat unsere Dortmunder Kameraden verfasst und gut sichtbar an Hauswänden angebracht haben, damit sich Franzosenfreunde nicht sicher fühlen können. Ich will es euch vorlesen.« Er griff unter seinen Pullover und zog ein großes Blatt Papier hervor. »*Vaterlandsverräter! Die französische Besatzungsbehörde sichert euch Schutz und Straffreiheit! Wir – deutsche Bürger auf westfälischer Erde – erkennen die ›Hoheit‹ der Franzosen nicht an! Wir werden uns in der Verfolgung und Verurteilung von Volksverrätern nicht beirren lassen! Ihr seid nicht straffrei! Wir wachen und strafen! Die Feme.* Unterschrift: Überwachungsausschuss zur Wahrung der deutschen Würde, Ortsgruppe Dortmund. Nun brauchen auch wir Freiwillige, die heute Nacht trotz der Verhängung des schändlichen Belagerungszustands diese Plakate kleben. Wer beteiligt sich daran?«

Alle Arme flogen nach oben.

»Ausgezeichnet. Die Plakate befinden sich im Versteck. Wir verteilen sie später. Den Kleister könnt ihr ...«

Plötzlich wurde die Tür aufgedrückt und der Wirt steckte seinen Kopf durch den Spalt: »Franzosen. Und Geheimpolizei!« Dann verschwand er wieder.

Hastig rollte Soltau das Plakat wieder ein und schob es sich unter den Pullover. Dann setzte er sich.

Wilfried Saborski griff zur Bibel und die anderen taten es ihm nach. Mit salbungsvoller Stimme begann Saborski aus dem Johannes-Evangelium zu zitieren: »*Aber die Schriftgelehrten und Pharisäer brachten eine Frau zu ihm, beim Ehebruch ergriffen, und stellten sie in die Mitte und sprachen zu ihm: Meister, diese Frau ist auf frischer Tat beim Ehebruch ergriffen worden. Mose aber hat uns im Gesetz geboten, solche Frauen zu steinigen. Was sagst du? Das sagten sie aber, ihn zu versuchen, damit sie ihn verklagen könnten. Aber Jesus bückte sich und schrieb mit dem Finger auf die Erde.*«

Die Tür wurde aufgerissen und drei französische Soldaten betraten den Saal, begleitet von einem Zivilisten.

»Ausweiskontrolle«, rief Letzterer auf Deutsch in die Runde.

Unbeeindruckt rezitierte Wilfried Saborski weiter: »*Als sie nun fortfuhren, ihn zu fragen, richtete er sich auf und sprach zu ihnen: Wer unter euch ohne Sünde ist, der werfe den ersten Stein auf sie.*«

»Die Ausweise«, forderte der Polizist erneut. »Dalli, dalli.«

»Diese ungeladenen Besucher stören das Wort des Herrn«, entgegnete Saborski ruhig, klappte die Bibel aber zu und zückte seine Papiere. Wortlos und ohne die Soldaten eines Blickes zu würdigen, legte er seinen Ausweis vor sich auf den Tisch.

Der Franzose griff danach und musterte das Dokument gründlich, während die Soldaten die anderen Anwesenden kontrollierten. »Was machen Sie hier?«

Saborski hielt die Bibel hoch. »Das sehen Sie doch«, erwiderte er. »Wir lesen die Bibel. Warum bedrohen französische Soldaten friedliebende Gläubige mit der Waffe.«

Misstrauisch beäugte sein Gegenüber die Männer. »Warum sind keine Frauen hier?«, wollte er wissen.

»Unter den Jüngern des Herrn waren auch keine Frauen, wenn ich mich recht erinnere«, erwiderte Saborski. »Oder?«

Unwirsch gab der Polizist die Papiere zurück. »Die Ausgangssperre beginnt um neun Uhr.«

»Dann sind wir selbstverständlich wieder bei unseren Familien«, antwortete Saborski. »Schließlich wollen wir ja nicht mit dem Gesetz in Konflikt geraten. Auch wenn es sich um ein aufgezwungenes Gesetz handelt.«

»Passen Sie auf, was Sie sagen!«, blaffte der Franzose. »Und beten Sie schön.«

Dann verließ er, gefolgt von den Uniformierten, den Raum.

Wenig später öffnete der Wirt erneut die Tür. »Die Luft ist rein. Sie sind weg.«

Die Anspannung der Männer machte sich in lautem Gelächter Luft.

Breit grinsend zeigte Saborski auf die Bibel. »Gottes Wort ist wirklich ein Helfer in der Not, nicht wahr?«

5

Freitag, 2. Februar 1923

Die Familie Schafenbrinck hatte den Bau ihrer Stadtvilla kurz nach der Jahrhundertwende in Auftrag gegeben. Das nach fast zwei Jahren fertiggestellte Gebäude bot auf drei Etagen großzügig Platz. Zur Straßenseite hin zierten die Fassade sorgsam ausgearbeitete Ornamente und Figuren, die Szenen aus der Bibel darstellten. Die Gartenfront war schlichter gestaltet.

Abraham Schafenbrinck hatte schwer darum kämpfen müssen, vom hiesigen Bürgertum akzeptiert zu werden. Sein Vater Samuel war wenige Jahre nach Abrahams Geburt zum

Christentum konvertiert und die ganze Familie, mit Ausnahme der schon recht betagten Großmutter, folgte seinem Beispiel. Aber unter dem unterschwelligen Antisemitismus hatte die Familie auch nach dem Religionswechsel noch zu leiden. So zum Beispiel hatte der Pfarrer, als Samuel Schafenbrinck kurz nach dem Übertritt überraschend starb, eine christliche Beerdigung mit dem Argument verweigert, dass der Verstorbene schließlich im jüdischen Glauben erzogen worden und es den übrigen Mitgliedern der Gemeinde nicht zuzumuten sei, um ihre Angehörigen an Grabstätten zu trauern, die unmittelbar neben der eines geborenen Juden lagen. So fand der Vater Abrahams schließlich seine letzte Ruhe auf dem jüdischen Friedhof im Norden Recklinghausens, wo auch schon die Ahnen der Familie begraben lagen.

Dabei empfanden sich die Mitglieder der weitverzweigten Familie ausnahmslos als deutsche Patrioten. Viele männliche Familienmitglieder hatten in den letzten Kriegen auf deutscher Seite gekämpft, nicht wenige von ihnen waren mit Tapferkeitsorden ausgezeichnet worden. Doch in den Augen ihrer christlichen Mitbürger blieben sie vor allem eins: Juden. Und damit für die meisten Deutschen ein Fremdkörper. Erst Abraham Schafenbrinck war es dank seines wirtschaftlichen Erfolges gelungen, gesellschaftliche Barrieren zu überwinden – zumindest dem äußeren Anschein nach war die Familie in der Bürgerschaft integriert.

Tränen liefen Hermann Treppmann über das Gesicht, als er nun in der Nachmittagssonne auf die religiösen Motive starrte. Seitdem Agnes sich um die Stelle beworben und er sie zu ihrem Vorstellungstermin begleitet hatte, war er nicht mehr in dem Gebäude gewesen. Er konnte sich noch genau daran erinnern, wie aufgeregt seine Kleine damals gewesen war. Und jetzt, zwei Jahre später, war sie tot. Geschändet und erwürgt mit dem Koppel eines französischen Soldaten.

Treppmann läutete. Es dauerte eine Weile, bis er Schritte hörte. Marianne, die Köchin, öffnete die Tür.

»Oh, Herr Treppmann«, begrüßte sie ihn mit erstickter Stimme. »Schrecklich. Wirklich schrecklich. Mein herzliches Beileid.«

Hermann Treppmann murmelte einen Dank.

»Sie werden schon erwartet. Wenn ich vorgehen darf?« Sie schloss die Tür und marschierte schnellen Schrittes zur Treppe, die in die darüberliegenden Etagen führte. Die Räume im Erdgeschoss dienten ausschließlich repräsentativen Anlässen. Gewohnt wurde in den oberen Stockwerken.

»Ihren Mantel bitte.«

Etwas verlegen entledigte sich Treppmann des Kleidungsstücks und reichte es der Hausangestellten.

»Wollen Sie den Schal und die Mütze …« Marianne streckte die Hand aus.

»Ach so. Entschuldigen Sie.« Er war eine solch zuvorkommende Behandlung nicht gewohnt und fühlte sich unsicher. Das hier war nicht seine Welt.

Abraham Schafenbrinck stand auf, als sein Besucher in das Arbeitszimmer geführt wurde, und ging Treppmann ein paar Schritte entgegen.

»Herr Treppmann«, sagte er und deutete auf die Sitzgruppe in einer Ecke des Raumes. »Bitte. Einen Kaffee?«

Treppmann nahm Platz und schüttelte den Kopf.

»Einen Cognac vielleicht?«

»Nein danke.« Unsicher knetete der Bergmann seine Finger.

Schafenbrinck gab der Köchin, die in der offenen Tür gewartet hatte, mit einer Kopfbewegung zu verstehen, dass ihre Dienste nicht länger benötigt wurden. Leise schloss sie die Tür hinter sich. Die Männer nahmen Platz.

»Ich habe Ihnen ja schon vor einigen Tagen gesagt, wie sehr diese grausame Tat meine Frau und mich getroffen hat.

Agnes ist uns beiden sehr ans Herz gewachsen. Wir waren immer sehr zufrieden mit ihr. Ihr Kind war ehrlich, offen und fleißig. Sie können stolz auf sie sein.«

Treppmann nickte dankbar. Er spürte, dass seine Augen schon wieder feucht wurden.

»Ich möchte zwei Punkte mit Ihnen besprechen. Zum einen Agnes' Lohn.« Der Kaufmann griff in die Seitentasche seines Sakkos, zog einen Briefumschlag hervor und reichte ihn seinem Besucher. »Ich habe mich entschlossen, den Betrag, der Ihrer Tochter noch zugestanden hätte, um drei Monatslöhne aufzustocken. Natürlich erfolgt die Zahlung wie bisher in Gutscheinen. Sind Sie damit einverstanden?«

»Ja, sicher.« Hermann Treppmann griff zu dem Briefumschlag. »Danke.«

»Dann wäre da noch etwas.« Schafenbrinck lehnte sich zurück. »Die französischen Besatzungsbehörden haben die beiden Soldaten, die zur Tatzeit am Bahnhof in Börnig Wache geschoben haben, vor ein Militärgericht gestellt.«

Treppmann richtete sich auf und sah sein Gegenüber gespannt an. »Woher wissen Sie das?«

»Der kommandierende General hat es unseren Behörden mitgeteilt, die dann mich informiert haben.«

»Die Mörder stehen vor Gericht. Das ist gut.«

»Sie standen, Herr Treppmann. Standen. Das Verfahren ist bereits beendet.«

»Sind die Täter verurteilt worden?« Treppmanns Gesichtsausdruck ließ erkennen, dass er nicht verstand, was Schafenbrinck ihm zu erklären versuchte.

»Wissen Sie, wie diese Gerichte arbeiten?«

Treppmann schüttelte den Kopf.

»Militärgerichte sind nicht mit der normalen Gerichtsbarkeit, so wie wir sie kennen, zu vergleichen. Richter, Ankläger und Verteidiger sind Offiziere, keine Juristen. Als Zeugen wurden nur die beiden Schutzpolizisten gehört, die dabei waren, als Ihre Tochter gefunden wurde. Und die Gerichtssprache ist Französisch.«

»Worauf wollen Sie hinaus?«

»Es gab zwar einen Dolmetscher, aber auch das war ein Offizier. Wie es heißt, hat er die Aussage der Polizisten nur unzureichend übersetzt. Nach knapp einer Viertelstunde waren die Zeugen wieder entlassen. Das gesamte Verfahren hat nicht mehr als eine Stunde gedauert.«

»Wie ist es ausgegangen?«

»Machen Sie sich bitte keine allzu großen Hoffnungen auf ein gerechtes Urteil.«

Agnes' Vater sprang auf und rief erregt: »Wie lautet es?«

Schafenbrinck seufzte. »Freispruch. Wegen erwiesener Unschuld.«

Treppmann schlug die Hände vor das Gesicht.

»Das Urteil ist endgültig. Eine Revision gibt es zwar. Aber sie hätte binnen vierundzwanzig Stunden eingereicht werden müssen. Wer hätte das tun sollen? Der französische Ankläger? Oder der Verteidiger? Außerdem kann ein Revisionsantrag eigentlich nur auf prozessuale Mängel gestützt werden. Und die lagen in diesem Fall augenscheinlich nicht vor.«

»Das heißt, die Mörder meiner Tochter laufen wieder frei herum?«

»Wenn die beiden Soldaten tatsächlich die Täter waren, ja.«

»Und da kann man gar nichts machen?«

»Leider nein.«

»Aber die Beweise ... Das Koppel ...«

Schafenbrinck zuckte mit den Schultern. »Wie es heißt, konnten die verdächtigen Soldaten nachweisen, dass sie im Besitz ihrer Koppel waren.«

»Und die Augenzeugen? Kalle Soltau und Adolf Schneider haben die Franzosen doch an dem Abend ganz in der Nähe der Ruine gesehen.«

»Erstens wurden diese Zeugen vom Gericht nicht gehört, zweitens haben die Soldaten ausgesagt, dass sie um diese Zeit auf ihrem Posten am Bahnhof waren.«

»Die lügen doch. Hat sie dort jemand gesehen?«

»Nein. Aber sie haben ihre Aussagen gegenseitig bestätigt. Und da sie unter Eid gestanden haben, hat das Gericht ihnen geglaubt. Herr Treppmann, finden Sie sich damit ab. Eine irdische Gerechtigkeit wird die Mörder Ihrer Tochter aller Wahrscheinlichkeit nicht strafen. Vertrauen Sie auf Gott. Er wird die Schuldigen richten.«

Treppmann machte eine verächtliche Handbewegung. »Nichts für ungut, Herr Schafenbrinck. Sie haben mir und meiner Familie wirklich sehr geholfen. Aber lassen Sie mich mit Gott in Ruhe. Tot sehen will ich die Kerle, die meinem Mädchen das angetan haben. Gottes Gerechtigkeit reicht mir nicht. Aber so ist es nun mal: Eine Krähe hackt der anderen kein Auge aus.«

»Ich kann verstehen, dass Sie verzweifelt sind. Es tut mir wirklich leid, Ihnen auch noch diesen Schmerz bereiten zu müssen.«

»Können wir die Täter nicht vor unsere Gerichte stellen? Es muss doch einen Weg geben«, klagte Treppmann.

»Herr Treppmann, verstehen Sie doch: General Degoutte hat eindeutig verfügt, dass alle französischen Militärpersonen ausschließlich der französischen Militärgerichtsbarkeit unterliegen. Deutsche Gerichte sind nicht zuständig. Ich fürchte, es bleibt Ihnen tatsächlich nichts anders übrig, als auf Gott zu hoffen.«

»Das, Herr Schafenbrinck, dauert mir zu lange.«

6

Sonntag, 4. Februar 1923

Schweißgebadet wachte Peter Goldstein auf. Seine Zunge fühlte sich pelzig an. Langsam öffnete er die Augen. Auf seinem Sofakissen fanden sich Blutspuren. Einmal mehr hatte er sich im Schlaf die Lippen blutig gebissen. Warum konnte die Vergangenheit nicht von ihm lassen, warum verfolgte sie ihn unablässig in seinen Träumen?

Goldsteins Schulter schmerzte. Wie so oft war er auf dem kleinen Sofa eingeschlafen, das zusammen mit einem Sessel, einem Stuhl und einem klapprigen Eichentisch fast das gesamte Mobiliar seiner Küche bildete. In der Ecke des etwa fünfzehn Quadratmeter großen Raumes befand sich ein rundes Waschbecken aus Emaille, links daneben stand der Küchenofen, der als Kochstelle und einzige Wärmequelle diente. Peter Goldstein fröstelte. Ein untrügliches Zeichen dafür, dass der Ofen über Nacht ausgegangen war.

Mühsam richtete sich Goldstein auf. Das Buch, in dem er bis tief in die Nacht gelesen hatte und darüber eingeschlafen war, fiel zu Boden. Er wischte sich mit der Hand über die Augen, um den Schlaf, aber vor allem die Erinnerung an den schrecklichen Traum zu verscheuchen. Er musste Feuer machen.

Eine Viertelstunde später verbreitete der Kohleofen eine wohlige Wärme. Goldstein stellte eine große Schüssel mit Wasser auf die Herdplatte, dann zog er sich aus, putzte mit kaltem Wasser seine Zähne, löste ein wenig Seife mit dem Naturhaarpinsel in einen kleinen Becher und verteilte den

Schaum sorgfältig in seinem Gesicht. Er klappte das Rasiermesser auf und schabte, die Haut mit dem Zeige- und Mittelfinger der linken Hand spannend, die Bartstoppeln von Wangen und Hals. Kritisch musterte er sich im Spiegel, nickte befriedigt und spülte den restlichen Schaum ab. Anschließend prüfte er die Temperatur des Wassers in der Schüssel und wusch sich gründlich und systematisch.

In seiner kleinen Kammer, in der er üblicherweise schlief, prangten Eisblumen am Fenster. Peter Goldstein ließ die Tür zur Küche offen, um auch diesen Raum etwas zu erwärmen, und ging zum Schrank, um sich anzuziehen. Lange brauchte er nicht, sich zu entscheiden. Seine Sonntagskleidung bestand aus einer ziemlich extravaganten, mittelgrauen Oxfordhose, deren Erwerb er sich im letzten Herbst im wahrsten Sinne des Wortes vom Munde abgespart hatte, und einem farbig dazu passenden, eng geschnittenen Sakko. Darunter trug er im Winter üblicherweise einen grauen Pullover, ein weißes Hemd mit weichem Kragen und eine breite, grob gemusterte Krawatte. Diese hatten ihm im letzten Jahr ehemalige Kameraden des Freikorps zum Geburtstag geschenkt. Ansonsten bestand seine gesamte weitere Garderobe noch aus zwei groben, dunklen Stoffhosen, einem schwarzen, schon recht verschlissenen Überrock sowie einigen Hemden und Pullovern. Gegen die Kälte schützten ihn ein schwarzer, langer Mantel mit tief gezogenem Revers und seine Wolljacke. Zwei Paar Schuhe nannte er sein Eigen, beide schon ausgetreten und mit fast durchgelaufenen Sohlen. Einen Dandy konnte man Peter Goldstein also trotz der Knickerbockers nun nicht gerade nennen.

Fünf Minuten später kehrte er angekleidet in die Wohnküche zurück, warf einen Blick in den Ofen und schüttete eine weitere Lage Kohlen hinein. Das würde bis zu seiner Rückkehr reichen, hoffte er. Noch einmal betrachtete er sich im Spiegel. Er sah einen schlanken, etwa ein Meter achtzig großen Mann mit dunkelblondem, lockigem Haar. Einigermaßen zufrieden verließ er seine Behausung.

Mit quietschenden Rädern zwängte sich die Elektrische in die letzte Kurve.

»Nächster Halt«, rief der Schaffner in den an diesem Sonntagmorgen nur spärlich besetzten Waggon, »ist Potsdamer Platz.«

Peter Goldstein erhob sich von seinem Sitz und ging zur hinteren Plattform. Bremsen kreischten. Die Straßenbahn verlangsamte ihre Fahrt und hielt mit einem Ruck an.

»Potsdamer Platz. Zum Umsteigen in die Linien ...«

Den Rest der Ansage hörte er schon nicht mehr. Goldstein schloss den obersten Knopf seiner Jacke, zog den Schal fester und sprang auf die Straße, kaum dass die Straßenbahn zum Stehen gekommen war. Es hatte zu schneien begonnen. Die Kälte kroch bis unter die Haut. Eilig überquerte er die Straße und ging zum Zeitungskiosk an der Südseite des Platzes, bei dem er sich jeden Sonntag seine Lektüre besorgte. Natürlich schrien ihm die Schlagzeilen auch heute die Nachrichten von der Besetzung des Ruhrgebiets durch französische Truppen entgegen.

»Na, wieder die Presse des Erzfeindes kaufen?«, berlinerte Hans, der Zeitungsverkäufer, zur Begrüßung.

Goldstein nickte. »Und die *Frankfurter Zeitung* von gestern, wenn Sie noch eine haben.« Zwar waren ihm die Ansichten dieses Blatt häufig zu liberal, aber als überregionale Tageszeitung vermittelte sie eine Gesamtschau der deutschen und internationalen Politik, die die Berliner Presseerzeugnisse in der Regel nicht boten.

»Natürlich. Ich habe eine für Sie zurückgelegt.«

Goldstein nickte dankend und zahlte. Dann machte er

sich auf, um in seinem Stammcafé nicht weit vom Potsdamer Platz entfernt zu frühstücken und in Ruhe zu lesen.

Goldstein genoss diese Sonntage. Zwar reichte sein Gehalt als beamteter Kriminalassistent bei der erst vor wenigen Monaten gegründeten Landeskriminalpolizeistelle Berlin-Mitte eigentlich nicht aus, um sich Woche für Woche einen solchen Luxus zu gönnen. Aber lieber ließ er das Mittagessen ausfallen, als auf frische Schrippen mit Käse, ein gekochtes Ei, süßen Milchkaffee und die Lektüre vor allem der Zeitung *Le Petit Parisien* zu verzichten. Zweisprachig im Elsass aufgewachsen, war das Studium dieses Blattes für ihn die einzige Gelegenheit, seine Französischkenntnisse nicht einrosten zu lassen.

Die Sichtweise der Franzosen über die Situation in den besetzten Gebieten blieb ihm fremd. Wie konnten die französischen Journalisten lediglich von einer Entsendung von rund sechzig Ingenieuren und Wirtschaftsexperten in das Ruhrgebiet schreiben? Nur wenige Truppen seien zum Schutz dieser Inspektoren abkommandiert worden. In Wahrheit kontrollierten mittlerweile über einhunderttausend Soldaten die Region! Und wozu die Tanks und das andere schwere Gerät?

Natürlich hatte Goldstein als Frontsoldat gesehen, welche Zerstörung der Weltkrieg in Frankreich und in Belgien angerichtet hatte. Aber mein Gott, das war Krieg gewesen. Ein Krieg, der dem deutschen Vaterland aufgezwungen worden war. Selbstverständlich war Deutschland seit dem Vertrag von Versailles zu Reparationen verpflichtet. Aber diese Vereinbarung war ja nur unter Druck unterzeichnet worden. Wie viele Deutsche empfand Goldstein Versailles als schreiende Ungerechtigkeit. Ein Schandfrieden!

Goldstein bestellte sich noch einen Milchkaffee. Was wohl Kriminaldirektor Sander von ihm wollte? Seine Gedanken wandten sich seinen unmittelbaren Problemen zu. Hatte doch jemand von seiner Zweitbeschäftigung Wind bekommen, die er an fast jedem Samstagabend und auch manchmal freitags ausübte? Konnte das der Grund für die Vorladung sein? Würde sich ein Kriminaldirektor tatsächlich um so eine Kleinigkeit kümmern? Obwohl – Sander hatte in der Berliner Kriminalpolizei einen Ruf als besonders harter Hund.

Die Bedienung servierte ihm mit einem Lächeln den Kaffee. Er nahm einen Schluck und versuchte, sich wieder auf die Zeitungslektüre zu konzentrieren. Aber immer wieder kreisten seine Gedanken um den Termin im Adelsclub.

Adelsclub! Was für ein treffender Spitzname für das Polizeipräsidium am Alexanderplatz. Goldstein musste trotz seiner Befürchtungen lächeln, als er darüber nachdachte. Es stimmte schon – viele seiner Vorgesetzten und Kollegen waren Offiziere oder verarmte Adelige. Fast alle hatten Abitur, die meisten von ihnen wie er einige Semester Jura oder aber auch Medizin studiert, etwa jeder sechste Kriminalkommissar trug einen Doktortitel. Es war wirklich eine vornehme Gesellschaft, die sich in dem wuchtigen roten Backsteinbau am Alex eingefunden hatte.

Goldstein seufzte. Übermorgen würde er wissen, was Sander mit ihm zu besprechen hatte. Für elf Uhr war er vorgeladen.

7

Montag, 5. Februar 1923

Der Tank hielt kurz an, dann drehten sich die rasselnden Ketten in unterschiedliche Richtungen. Langsam schwenkte das stählerne Ungetüm nach links und riss dabei den Schotterbelag der Baarestraße auf. Die Erde zitterte. Als das drohend gesenkte Rohr nach Norden zeigte, setzte sich der Koloss wieder in Bewegung. Ihm folgten zwei Kraftwagen, auf deren Ladeflächen bewaffnete Soldaten hockten.

Einzelne Anwohner, vom Lärm der Kettenfahrzeuge geweckt, lugten hinter ihren Vorhängen hervor und beobachteten erschrocken den martialischen Auftritt der französischen Besatzungsarmee, die sich jetzt im Schritttempo auf die Zeche Teutoburgia zu bewegte.

Kurz vor dem breiten Tor der Schachtanlage stoppte der Konvoi. Der Panzer fuhr einige Meter in die Einfahrt, dann drehte sich der Turm, sodass der Kommandant gute Sicht auf die hier mündenden Straßen hatte. Befehle wurden gerufen, die hinteren Ladeklappen der Lastkraftwagen gekippt. Die Soldaten sprangen von den Fahrzeugen und stellten sich hintereinander in zwei Reihen von je fünfzehn Mann auf. Einige Offiziere traten hinzu und teilten ihre Untergebenen in Gruppen ein. Zehn Franzosen nahmen vor dem Eingangstor Aufstellung, die restlichen folgten ihren Vorgesetzten trotz heftigen verbalen Widerstands des Pförtners auf das Werksgelände.

Durch den Lärm der ankommenden Fahrzeuge alarmiert, war mittlerweile einer der Betriebsführer der Zeche im Eingangsbereich erschienen und stellte sich, protestierend und beide Arme ausbreitend, den Franzosen in den Weg. Aufhalten konnte der Mann mit dieser hilflosen Geste jedoch niemanden. Auf eine knappe Anordnung des Offiziers hin richtete einer der Soldaten seinen Karabiner auf den Betriebsführer und machte dem Deutschen durch Gesten unmissverständlich klar, dass er ihm zu folgen habe. Gemeinsam mit dem Pförtner wurde der Mann zu den Wagen geführt. Dort mussten beide auf die Ladefläche eines Kraftwagens steigen und unter Bewachung auf den Holzbänken Platz nehmen.

Zwischenzeitlich hatte ein anderer Trupp Soldaten damit begonnen, Dutzende Exemplare eines französischen Flugblattes an den Gebäuden der Zeche anzubringen.

Die Leute von Berlin, war da in großen Lettern zu lesen, vergießen Krokodilstränen über das Martyrium an der Ruhr. Sie weigern sich jedoch das zu tun, was die Franzosen im Jahre 1871 getan haben, nämlich die Schulden zu bezahlen. Überlegt euch das, Deutsche!

Als sich gegen halb sechs, eine gute Stunde nach dem Eintreffen der Soldaten, die ersten Kumpel der Frühschicht ihrem Arbeitsplatz näherten, kontrollierten Franzosen schon alle wichtigen Bereiche der Zeche Teutoburgia: die Maschinenhallen, die beiden Schächte, das Kasino, die Kauen, die Verwaltung und das Eingangstor

Die Bergarbeiter, die das Zechengelände betreten wollten, mussten ein Spalier Soldaten passieren, die mit aufgepflanztem Seitengewehr jede Bewegung der Deutschen misstrauisch beobachteten.

In Windeseile sprach es sich in der Siedlung herum, dass die Franzosen den Pütt besetzt hatten. Immer mehr Menschen versammelten sich vor dem Eingangstor, immer erregter brodelte die Gerüchteküche und immer abenteuerlicher wurden die Geschichten, die sich die Leute erzählten.

»Hasse schon gehört, dat die Franzmänner drei der unseren erschossen haben?«, fragte eine Frau ihre Nachbarin.

Die Angesprochene schlug die Hand vor den Mund: »Mein Gott! Aber dat musste ja so kommen ... Un anne Schächte wollen se auch ran. Sprengen un so.«

»So ein Quatsch«, mischte sich ein anderer ein. »Die wollen unsre Kohle. Da tun die doch nich die Schächte sprengen.«

»Gerade du muss ja wieder allet besser wissen«, gab die erste zurück. »Bis ja ohnehin so 'n Neunmalklugen. Guck dir dat doch ma an. Mitte Gewehre stehn die da. Warum ham die die bloß, wat meinze?«

Ihre Aufmerksamkeit wurde abgelenkt. Die Franzosen zwangen zwei weitere Männer, auf die Ladefläche des Kraftwagens zu klettern.

»Dat is doch der Bergassessor Kersten und der Rechnungsführer Schönborn«, rief jemand. »Wat soll'n die denn verbrochen haben?«

»Flugblätter«, antwortete ein Mittvierziger, dessen Kleidung ihn als einen Zechenangestellten auswies. »Die beiden haben Anweisung erteilt, die Flugblätter der Franzosen wieder abzureißen.«

Einige Männer hoben drohend die Fäuste und stießen Schmährufe aus, als der Motor des Wagens startete. Die Menge rückte enger zusammen. Die ganz vorn Stehenden machten Anstalten, die Straße zu überqueren und sich dem Fahrzeug zu nähern.

Der befehlshabende französische Offizier nestelte nervös an seinem Pistolenhalfter, seine Untergebenen hielten ihre Karabiner fester. Aus der Pförtnerloge trat ein weiterer Offizier, sondierte kurz die Situation und rief einige Befehle. Die Soldaten bildeten eine Reihe, senkten ihre Waffen und marschierten, das Bajonett im Anschlag, auf die Menge zu.

Die Menschen stoppten, blieben einen Moment unschlüssig stehen und wichen dann ängstlich zurück. Als sie wieder ihren ursprünglichen Standort erreicht hatten, verharrten die Soldaten in der Mitte der Straße und sicherten so die Abfahrt des Lastkraftwagens mit den Verhafteten.

»Gehen Sie nach Hause«, ordnete der Offizier an. Er sprach mit starkem Akzent. »Hier gibt es nichts zu sehen.«

Dann drehte er sich um, wechselte einige erregte Worte mit seinem Kollegen und begab sich zurück in das Gebäude. Etwas ratlos sahen die Deutschen dem abfahrenden Wagen nach.

»Ich sag es zwar nicht gern, aber der Franzose hat recht.« Hermann Treppmann hatte seine Stimme erhoben. »Das bringt nichts, hierzubleiben. Mein Vorschlag: Der Betriebsrat und die Gewerkschaft sollten sich heute in der Gaststätte *Teutoburgia* treffen, um das weitere Vorgehen zu beraten, und ...«

»Dat geht nich«, brüllte jemand. »Der Betriebsratsvorsitzende liegt mit Grippe im Bett.«

»Wer's glaubt«, kam die Antwort.

Einige lachten.

»Dann eben in den nächsten Tagen.«

»Welche Gewerkschaft meinst du?«, rief ein anderer mit spöttischem Unterton zurück. »Deine? Oder auch die Christlichen?«

»Natürlich. Das sind doch ebenso unsere Kollegen, oder nicht?«

Treppmanns Wort hatte Gewicht in der Teutoburgia-Siedlung. Als er noch als Hauer unter Tage hatte arbeiten können, war er bei Kollegen und Vorgesetzten gleichermaßen angesehen gewesen. Er verhandelte mit dem Steiger das Gedinge und nie gerieten diese Gespräche zum Nachteil seiner Kollegen. Aus den heftigen politischen Diskussionen zwischen Sozialdemokraten, Kommunisten und Christlichen, die nur allzu oft in handfesten Streit ausarteten, hielt er sich jedoch heraus. »Unter Tage sind wir alle schwatt«, pflegte er zu sagen, wenn ihn Kollegen zum Eintritt in ihre Partei bewegen wollten. »Da ist es egal, ob wir über Tage rot, dunkelrot oder sonst wie denken. Wir sind alle Bergleute. Und müssen sehen, wie wir unsere Familien am Kacken halten.« Obwohl parteipolitisch neutral, stand er andererseits fest zum Alten Verband, der eher sozialdemokratisch orientierten Gewerkschaft der Bergarbeiter. Die Abspaltung der christlichen Gewerkschaften hielt Treppmann für ein großes Unglück und unermüdlich versuchte er, die Christlichen zurück in den ADGB zu holen.

Es war nur folgerichtig, dass ihn seine Kollegen in den Betriebsrat gewählt hatten, wo er wegen seiner besonnenen Art auch für die Zechenführung ein ernst zu nehmender Gesprächspartner war und viele sich anbahnende Konflikte durch kluge Kompromissvorschläge schon im Vorfeld ausräumte.

Vor drei Jahren jedoch war Treppmann unter einen Bruch gekommen und hatte froh sein können, dass ihn seine Kollegen rechtzeitig unter dem Steinhaufen gefunden hatten. Dabei war sein linkes Bein zerschmettert worden. An eine Arbeit als Hauer war nicht mehr zu denken. Als Anerkennung für seine Verdienste hatte er jedoch auf der Zeche bleiben können. Treppmann wurde ins Magazin versetzt, übernahm dort nach nur kurzer Zeit die Leitung und wurde als einer der ersten Arbeiter zum Angestellten befördert. So war es dazu gekommen, dass er als Zechenschreiber mit seiner Familie in einem der Häuser in unmittelbarer Zechennähe wohnen durfte, die eigentlich den Steigern vorbehalten waren.

»Also, nun geht nach Hause.«

Treppmanns knappe Bemerkung führte dazu, dass sich die ersten Leute auf den Heimweg machten. Zögernd folgten die anderen. Eine Viertelstunde nach dem Abtransport der verhafteten Zechenangehörigen war vor dem Zechentor wieder Ruhe eingekehrt.

8

Donnerstag, 8. Februar 1923

Die Luft im Saal des Restaurants *Karl der Große* war zum Schneiden. Pfeifenqualm und der Rauch billiger Zigarren vermischte sich mit Bierdunst. Die Stimmung war erregt.

Schon seit drei Stunden stritten sich die Vertreter verschiedener politischer Richtungen aus den unterschiedlichen Betrieben des Amtes Sodingen über die Formulierung einer Resolution, die die Anwesenheit französischer Truppen auf der Zeche Teutoburgia missbilligen sollte.

»Genau wie 14/18 ist auch die Besetzung des Reviers kein Krieg der französischen Arbeiter gegen uns deutsche Arbeiter, sondern ein Angriff französischer und deutscher Kapitalisten gegen die Proletarier, egal welcher Nationalität. Der Imperialismus ist unser Feind, nicht der einfache französische Soldat. Es gilt, die Internationale zu verteidigen!« Der Redner, ein Mittzwanziger mit roten Haaren und noch röterem Gesicht, sah triumphierend in die Runde. Einige der Anwesenden klatschten heftig.

»Dat wusste der französischer Genosse vor Verdun abba nich, als der auf mich losgeballert hat«, entgegnete ein anderer trocken. »Der hatte dat wohl nich so mit deiner Internationale.«

Der Vorredner sprang erneut auf und rief laut in den Saal: »Genau darum geht es doch. Wir dürfen uns nicht auseinanderdividieren lassen! Die einfachen französischen Soldaten sind unsere Brüder. Die Offiziere beider Seiten sind es, die den Imperialismus unterstützen. Gegen sie richtet sich unser Kampf!«

»Mag sein«, antwortete ein Dicker mit Pfeife im Mund. »Ich weiß ja nicht, aus was für einer Familie du stammst. Aber meine Geschwister bringen, wenn sie bei mir zu Besuch sind, keine Seitengewehre mit.« Er hob sein Glas und nahm einen großen Schluck.

Einige lachten.

»Und lass mich bloß in Ruhe mit deiner Internationale«, erregte sich Wilfried Saborski, der neben der Schiebetür stand. »Unsere Brüder! Wenn ich das schon höre. Du und deine Kommunisten erzählen uns schon seit Jahren immer wieder denselben Mist. Euer Proletarier-aller-Länder-vereinigt-euch-Geschwafel will doch kein anständiger Deutscher mehr hören. Überlegt euch, auf welcher Seite ihr steht. Hier geht es um Deutschland, um unsere Heimat.« Er machte eine verächtliche Handbewegung. »Aber davon haben eure Helden in Moskau keine Ahnung.«

Weitere Männer erhoben sich und nahmen eine drohende Haltung an. »Was tun denn deine Nationalsozialisten? Den angeblichen Schandfrieden bejammern! Und vom Erbfeind schwadronieren, der auf der anderen Seite des Rheins steht und ...«

»Der steht nicht auf der anderen Rheinseite«, brüllte Saborski. »Der steht hier! Nur einen Kilometer von hier entfernt!«

Ein Stuhl fiel um, als sich der Rothaarige in Richtung seines Kontrahenten stürzen wollte. Zwei seiner Kameraden hielten ihn zurück.

Auch um Saborski hatte sich eine Gruppe gebildet. Jeden Augenblick konnte eine Schlägerei ausbrechen.

Jemand schrie in den aufkommenden Tumult hinein: »Kollegen! Bleibt doch vernünftig. Das bringt doch nichts.« Der Lehrer, der an der nahen Volksschule unterrichtete, hob beschwichtigend beide Arme. »Ich lese noch einmal vor, auf was wir uns bisher geeinigt haben. Seid ihr damit einverstanden?«

Zustimmendes Gemurmel war zu hören.

»Gut. Dann setzt euch bitte wieder hin.«

Langsam beruhigten sich die Gemüter etwas.

»Also hört zu: *An den Herrn General in Castrop. Friedliche Arbeiter sowohl, als auch diensttuende Polizeibeamte sind am Mittwoch, den 7. Februar des Abends von Besatzungstruppen festgenommen und alsdann auf der Wache im Casino der*

Zeche Teutoburgia von französischen Offizieren und Mannschaften mit Reitpeitschen und Gewehrkolben misshandelt worden. Seitdem die Besatzungstruppen auch in der Gemeinde Holthausen – Zeche Teutoburgia – ihren Einzug gehalten haben, sind Schikanierungen und Misshandlungen von Bergarbeitern, die von und zur Schicht gehen, an der Tagesordnung. Mit Bajonetten und Gewehrkolben wurde grundlos auf sie eingestochen bzw. -geschlagen. Dass hierdurch die Stimmung unter der Bergarbeiterschaft auf das Höchste gereizt ist, bedarf wohl nicht erst noch eines besonderen Hinweises. Die gesamte Bevölkerung des Amtes ist nicht gewillt, sich diese Misshandlungen auch weiterhin gefallen zu lassen, sondern erhebt hiergegen den allerschärfsten Einspruch und tritt zum Zeichen des einmütigen Protestes in einen 24-stündigen Generalstreik.«

»Das reicht nicht. Wir sollten unbefristet streiken.«

»Und wer bezahlt Brot und Miete? Meine Familie muss essen und braucht ein Dach über dem Kopf.«

»Das Geld ist doch ohnehin nichts mehr wert.«

Wieder debattierten alle lautstark durcheinander. Für die Anhänger der Kommunisten war die Inflation nichts anderes als der Versuch des Kapitals, die Volksmassen, vor allem aber die Arbeiter, mit besonders perfiden Methoden auszubeuten. Für die Nationalisten waren England und Frankreich die Alleinschuldigen an der Misere. Denn ohne Versailler Vertrag und die Besetzung des Rheinlandes ...

Erst dem Wirt gelang es, wieder etwas Ruhe einkehren zu lassen. »Wer will noch etwas trinken?«, donnerte er von der Tür so lautstark in den Saal, dass einige zusammenzuckten.

Der Lehrer nutzte den Moment und stand erneut auf. »Wir haben eben noch einige Forderungen ausgearbeitet.«

»Wer ist ›wir‹?«, fragte Wilfried Saborski.

»Hermann Treppmann und ich.«

»Lasst hören«, rief der Wortführer der Linksfraktion.

»Gleichzeitig fordern wir: 1. Die Ablösung der auf Teutoburgia gelegenen Truppen. Und ...«
»Aller Truppen«, schrie jemand.
»2. Die bindende Zusicherung, dass a) die an den Misshandlungen beteiligten Offiziere und Mannschaften streng bestraft und die Misshandelten vollständig entschädigt werden und b) die Polizeibeamten und die Beamtenschaft überhaupt in der Ausübung ihres Dienstes nicht behindert werden. Außerdem ist es von der Einwohnerschaft des Amtes nicht einzusehen, weshalb die Notwendigkeit bestehe, dauernd das Seitengewehr aufgepflanzt zu tragen. Insbesondere empfindet dieses die Arbeiterschaft als eine dauernde Bedrohung und fordert unter Berücksichtigung der Friedfertigkeit der deutschen Bevölkerung, dass dieses unterbleibt.«
»Eben. Die Friedfertigkeit unserer Landsleute ist das Problem«, maulte Saborski. »Lassen sich brav wie die Lämmer zu Schlachtbank führen.«
»Reichskanzler Cuno hat zum passiven Widerstand aufgerufen. Nicht zum militärischen«, erwiderte der Lehrer.
»Auch so ein halbherziger Vorschlag. Passiver Widerstand.« Es war, als spuckte Saborski die Worte aus. »Aber was kann man schon von einem Parteilosen erwarten, der als Kanzler einem Kabinett vorsteht, dessen Mitglieder aus der Wirtschaft kommen.«
»So ist es. Kapitalistenknechte. Die ganze Bande.«
Wieder lachten einige.
»Also, was ist nun? Stimmt ihr den Forderungen zu?« Der Lehrer sah in die Runde.
Zögernd hoben die Ersten ihre Hände. Andere folgten. Schließlich stimmten fast neunzig Prozent der Anwesenden für den eintägigen Generalstreik.

9

Montag, 12. Februar 1923

In der dunklen Kleidung war der Mann mit dem Armeerucksack kaum auszumachen. Er hätte sich auch keinen besseren Zeitpunkt für die Ausführung seines Auftrages aussuchen können: Tief hängende Wolken verdeckten den Mond, es war stockfinster. Wegen der Ausgangssperre war jetzt, gegen zwei Uhr morgens, niemand unterwegs. Nur vor den Franzosen musste er sich in Acht nehmen. Doch bei dieser Eiseskälte würden sie ihre Streifengänge auf das Notwendigste beschränken.

Geschickt kletterte der Mann, kleine Vorsprünge ausnutzend, die Mauer, die das Anwesen von den Nachbargrundstücken trennte, hoch und legte sich flach auf die Mauerkrone. Er atmete einige Male tief durch und lauschte in die Dunkelheit. Alles war still. Befriedigt klammerte er sich mit beiden Händen an die Kante und schob zuerst seine Beine, dann den Rest des Körpers über den Mauerrand. Für einen Moment verharrte er hängend, bereit, sich bei dem geringsten Geräusch wieder nach oben zu ziehen. Dann ließ er sich fallen. Ein trockener Zweig zerbrach mit einem leisen Knacken. Der Mann erstarrte. Aber in dem gut dreißig Meter entfernten Haus blieb alles ruhig.

Geduckt huschte er durch den Garten, bis er das Gebäude erreichte. Der Eingang zum Keller war leicht zu finden. Fast lautlos lief er die Stufen hinab. Wie erwartet, war die Tür verschlossen. Der Mann tastete das Schloss ab und nickte beruhigt. Es war von einfacher Machart. Wenn nicht der

Schlüssel von innen steckte, würde das Öffnen keine Schwierigkeiten bereiten. Der Mann griff in die Jackentasche, holte einen Dietrich hervor und führte das Werkzeug ein. Er hatte Glück – kein Schlüssel im Schloss. Langsam und konzentriert drehte der Mann den gebogenen Stahldraht. Sekunden später vernahm er ein leises Klacken. Die Tür war offen.

Darauf bedacht, kein Geräusch zu verursachen, schob sich der Eindringling in das Innere des Hauses. Der Mann lehnte die Tür an, horchte in die Dunkelheit, riss schließlich ein Streichholz an und ließ es für einen Moment aufleuchten, um sich zu orientieren. Das abgebrannte Hölzchen verstaute er in seiner Hosentasche. Sich mit der linken Hand an der Wand abstützend, schlich der Mann den Gang entlang. Nach fünf Schritten hatte er das Ende erreicht. Wieder ließ er den Schein eines Streichholzes aufleuchten. Er wandte sich nach links und erreichte eine Tür, die nicht verschlossen war. Auf raumhohen Regalen lagerten hier Lebensmittel – ungeeignet für sein Vorhaben. Der Mann nahm den nächsten Raum in Augenschein. In diesem standen überall Kisten herum, dick mit Staub bedeckt. In einer Ecke türmten sich Bündel gebundener Akten, die augenscheinlich schon seit Jahren nicht mehr bewegt worden waren, und an einer Wand waren mehrere alte Koffer übereinandergestapelt. Dieser Ort war ideal.

Der Eindringling entledigte sich seines Rucksackes, zog ein sorgfältig verschnürtes Paket heraus und schob es unter die Aktenstapel.

Zufrieden verließ er den Raum, schloss die Tür sorgfältig hinter sich und verriegelte den Kellereingang wieder. Als er die frische Nachtluft einatmete, grinste er. Üblicherweise brach er in Häuser ein, um daraus etwas zu entwenden. Einen Einbruch zu begehen, um etwas hineinzuschmuggeln, war mal etwas anderes. Aber was sollte er sich darüber den Kopf zerbrechen. Fünfzig Goldmark waren in diesen Zeiten, in der täglich neues Papiergeld mit immer mehr Nullen gedruckt wurde, ein Vermögen. Und wenn sein Auftraggeber bereit war, so viel Geld zu bezahlen, dann sollte es ihm nur recht sein.

10

Dienstag, 13. Februar 1923

Das fünfstöckige Wohnhaus, in dem Goldsteins Dienststelle untergebracht war, befand sich ganz in der Nähe der Fischerinsel. Die Büros lagen in der ersten Etage, direkt über den Räumlichkeiten einer Anwaltssozietät. Nur ein kleines Emailleschild neben der Eingangstür wies auf die Außenstelle der Landeskriminalpolizeistelle Berlin hin, zuständig für Einbrüche in Hotels, Kirchen und Museen.

Goldstein war der zweiten Abteilung zugeordnet, die sich mit Museumseinbrüchen befasste. Er übte eine reine Bürotätigkeit aus, musste Nachrichten sammeln, katalogisieren und auswerten. Eine wenig aufregende Arbeit und er hatte es sich abgewöhnt, darüber nachzudenken, ob die Informationen, die er zusammenstellte, irgendwen interessierten oder ob sie lediglich in einer Ablage landeten.

Viel zu früh machte er sich auf den Weg zu Kriminalrat Sander. Der Alexanderplatz war zwar nur einige Minuten entfernt, aber Goldstein hasste es, sich zu verspäten. Wie erwartet, erreichte er das Polizeipräsidium dreißig Minuten vor der Zeit. Goldstein schlenderte auf und ab und versuchte, seine Nerven unter Kontrolle zu bekommen.

Das mit hellroten Ziegeln verblendete Polizeipräsidium wurde im Volksmund auch *Rote Burg* genannt. In der Tat ähnelte es einer mittelalterlichen Befestigungsanlage: Türme an den Ecken, hohe Rundbogenfenster und ein breites Hauptportal.

Endlich war es an der Zeit. Goldstein meldete sich beim Empfang, präsentierte seinen Dienstausweis und wurde angewiesen, sich im zweiten Stock westwärts zu wenden. Sanders Büroräume befänden sich im übernächsten Querflügel.

Die Tür zu Sanders Vorzimmer stand halb offen. Goldstein fröstelte und schwitzte zugleich. Sein Herz schlug ihm vor Aufregung bis zum Hals. Was erwartete ihn? Er wischte sich mit dem Taschentuch den Schweiß von Stirn und Händen, atmete tief durch, klopfte und betrat, nachdem er ein deutliches »Herein« vernommen hatte, das Büro.

Hinter einem Schreibtisch saß ein Mann, kaum älter als er selbst. Goldstein stellte sich vor.

»Herr Goldstein«, begrüßte ihn der andere geschäftsmäßig und sah auf die Uhr. »Sie sind einige Minuten zu früh. Aber das macht ja nichts. Dann können wir uns ja noch etwas unterhalten.« Der Mann streckte ihm die Hand entgegen. »Kriminalsekretär Hofer.«

Hofer war Goldstein vom ersten Moment an unsympathisch. Wenn es keine Rolle spielte, dass er zu früh war, warum hatte der Kerl es dann erwähnt und dabei auch noch demonstrativ auf die Uhr geblickt? Trotzdem, er durfte sich seine Abneigung nicht anmerken lassen. »Kennen Sie den Grund, warum ich zu dem Herrn Kriminaldirektor bestellt wurde?«

Hofer machte ein wissendes Gesicht und wiegte den Kopf hin und her. »Das wird Ihnen Kriminaldirektor Sander selbst sagen.«

Einen Moment schwiegen die Männer sich an. Dann bemerkte Hofer: »Jetzt ist es elf Uhr. Ich werde Sie anmelden.« Der Kriminalsekretär griff sich eine Akte, öffnete, ohne auf eine Antwort auf sein Klopfen zu warten, die Zwischentür zu Sanders Büro und schloss sie hinter sich.

Es dauerte fast zehn Minuten, bis Hofer wieder erschien. »Der Herr Kriminaldirektor ist bereit, Sie zu empfangen.«

Sanders Büro war mit dunklem Holz vertäfelt. In einer Ecke stand eine wuchtige Ledergarnitur, schwere Vorhänge waren vor die raumhohen Fenster gezogen worden. Hinter dem breiten Schreibtisch thronte ein fülliger Mann mit schütterem Haar. Kriminaldirektor Sander trug einen dunklen Anzug mit Weste, ein Hemd mit steifem Kragen und eine ebenfalls dunkle Krawatte. Ein großes Monokel war vor sein linkes Auge geklemmt.

»Sie sind also Goldstein. Treten Sie näher, damit ich nicht so laut sprechen muss«, sagte Sander mit heiserer Stimme. »Ich habe mir eine Erkältung zugezogen und das Sprechen fällt mir schwer.«

Goldstein, der direkt hinter der Tür stehen geblieben war, kam der Aufforderung nach.

Der Kriminaldirektor blätterte in der Akte, die eben noch auf Hofers Schreibtisch gelegen hatte. Goldstein spürte einen Kloß im Hals. Entschied sich jetzt seine Zukunft?

»Sind Sie mosaischen Glaubens?« Sander musterte Goldstein durch sein Monokel. »Verstehen Sie mich nicht falsch, aber Ihr Name …«

»Nein«, beeilte sich Goldstein zu versichern. »Das ist nicht der Fall. Ich stamme aus einer alteingesessenen Straßburger Familie. Meine Vorfahren waren Juweliere. Daher der Name.«

So ganz stimmte das nicht. Ein Urahn Goldsteins – ein gewisser Cerf Goldstein – war um 1725 als Jude in der Pfalz geboren worden und hatte sich gegen 1760 in Straßburg niederlassen dürfen. Cerf Goldstein war Händler gewesen und hatte die im Elsass stationierten Truppen des französischen Königreiches mit Lebensmitteln versorgt. Kurz darauf war er zum christlichen Glauben übergetreten und hatte eine Katholikin geheiratet. Cerf war der letzte gläubige Jude in der Familie gewesen.

»Ihre Eltern ...«

»Mein Vater war Lehrer. Er unterrichtete am Gymnasium in Straßburg. Meine Mutter war Französin. Meine Eltern sind beide früh verstorben. Während des Krieges«, setzte Goldstein hinzu.

Sander nickte verständnisvoll.

»Die Matura habe ich 1913 bestanden. Danach habe ich an der Kaiser-Wilhelm-Universität in Straßburg Jura studiert.«

»Welcher Verbindung gehörten Sie an?«

»Der Burschenschaft Germania. Seit dem ersten Semester.«

»Gute Wahl. Und dann? Haben Sie gedient?«

Unwillkürlich nahm Goldstein Haltung an. »Jawohl. Beim Reserve-Infanterie-Regiment Nr. 258. Kriegsfreiwilliger«, setzte er nicht ohne Stolz hinzu.

»Wo haben Sie gelegen?«

»Unter anderem vor Verdun.«

»Wann?«

»Von September 1917 bis November 1917.«

»Und Ihr letzter Dienstgrad?«

»Leutnant, Herr Kriminaldirektor.«

»Bei der Infanterie. So, so. Gute Truppe. Tapfere Jungs. Was haben Sie nach dem Krieg gemacht?«

»Ich bin nach Berlin gegangen. In Straßburg konnte ich ja nicht mehr bleiben. Ich habe versucht, mein Studium wieder aufzunehmen, aber ...« Er machte eine Pause.

»Geldmangel?«, vermutete Sander.

»Ja«, gestand Goldstein ein.

»Verstehe. Und weiter?«

»Ich habe mich dem Freikorps Loewenfeld angeschlossen.«
»Loewenfeld hat doch Kapp unterstützt. Waren Sie dabei?«, erkundigte sich Sander.
»Ja. Ich wurde aber nicht angeklagt.«
»Glück gehabt. Denn sonst säßen Sie ja wohl kaum hier.« Der Kriminalrat lachte leise. »Sie sind im Polizeidienst seit ...«
»1921«, beeilte sich Goldstein zu versichern.

Der Kriminaldirektor blickte milde. »Na ja, das mit dem Kapp-Putsch sollten Sie nun nicht gerade jedem auf die Nase binden. Passt nicht so ganz in die Zeit. Die Sozis haben zu großen Einfluss im Moment, wenn Sie verstehen, was ich meine.«

»Jawohl.«

»Gut. Sie sprechen Französisch, entnehme ich Ihrer Akte.«
»Wie meine Muttersprache.« Was, wunderte sich Goldstein, sollte diese ganze Fragerei? Warum kam Sander, wenn es um seine unerlaubte Nebentätigkeit ging, nicht endlich zur Sache?

»Sie wissen, warum Sie hier sind?«
»Um ehrlich zu sein: Nein.«
»Dann will ich es Ihnen sagen.«

Goldstein atmete tief durch.

»In Herne, das liegt im Ruhrgebiet, wurde vor nicht ganz drei Wochen ein junges deutsches Mädchen ermordet. Der Tat verdächtigt waren zwei französische Soldaten, die aber von einem Militärgericht der Besatzer freigesprochen worden sind. Die ganze Sache hat ziemliches Aufsehen erregt. Sie haben davon gehört?«

Peter Goldstein schüttelte den Kopf.

»Macht nichts. Sie werden Gelegenheit bekommen, sich über den Fall zu informieren, sofern Sie sich entscheiden, uns zu helfen. Also, die örtlichen Polizeibehörden ...«, Sander lachte trocken auf, »... beziehungsweise das, was von denen noch vorhanden ist, glauben, ach was, sind sich sicher, dass die Franzosen die Täter waren. Nur: Sie können es nicht beweisen. Diejenigen unserer Kollegen, denen die Militärbehörden die Ausübung ihres Dienstes noch gestatten, stehen unter ständiger Beobachtung. Sie können sich nicht frei bewegen. Schon gar nicht dürfen sie gegen französische Militärs ermitteln. Wir brauchen also jemanden, der den Franzosen nicht bekannt ist. Jemanden, der sich inkognito in das besetzte Gebiet begibt und vorsichtig und unauffällig Erkundigungen einholt. Also jemanden wie Sie.«

Goldstein hatte das Gefühl, dass eine Zentnerlast von ihm genommen wurde. Er sagte: »So ganz verstehe ich Sie nicht. Sie erwarten also von mir, dass ich Beweise für die Schuld der Soldaten finde?«

»So ist es.«

»Aber wie wollen Sie diese verwenden? Sie können die Franzosen doch nicht vor ein deutsches Gericht stellen?«

»Warum nicht?« Sander wirkte gelassen.

»Weil die Franzosen uns ihre Soldaten nicht überlassen werden.«

»Müssen sie auch nicht. Der Prozess an sich reicht. Sehen Sie, wir befinden uns nicht in einem offenen Krieg mit den Franzosen. Unsere Waffe ist nicht die Artillerie, sondern die Propaganda. Und der Adressat unserer Propaganda ist nicht Deutschland oder Frankreich, sondern der Völkerbund. Dort wird unsere Schlacht geschlagen. Einfache Behauptungen oder schlichte Unterstellungen reichen vielleicht, um die öffentliche Meinung in Berlin zu beeinflussen, nicht aber, um in London oder New York zu überzeugen. Ein einfaches Mädchen, nachweislich von französischen Soldaten ermordet – und die Mörder werden freigesprochen. Darin besteht das eigentliche Verbrechen. Was ist von einem Land zu halten, dessen Militärjustiz so handelt? Und, nebenbei, deutschen Boden besetzt hält. Das ist die Botschaft! Sozusagen ein Artilleriegeschoss in unserem internationalen Propagandakrieg. Es entscheidet sicher nicht die Schlacht, ist aber ein Mosaikstein zum Sieg. Dabei sollen Sie helfen!«

Sander erhob sich von seinem Schreibtisch, ging zu Goldstein und legte seine Hand auf dessen Schulter. »Die Angelegenheit ist nicht ganz ungefährlich. Wenn Sie enttarnt werden sollten, besteht die Gefahr, dass Sie von den Franzosen als Spion angeklagt werden. In einem solchen Fall haben Sie natürlich ohne Auftrag gehandelt. Wenn Sie uns jedoch die Beweise für die Schuld der Franzosen liefern ...«

Der junge Polizist verstand. Das war seine Chance. Die musste er nutzen. Er nickte.

»Sie sind einverstanden?«

»Jawohl.«

Kriminaldirektor Sander klopfte ihm väterlich auf die Schulter und setzte sich wieder. »Guter Mann. Freut mich, dass ich mich nicht in Ihnen getäuscht habe. Es wird Ihnen sicher nicht zum Nachteil gereichen. Darauf mein Wort.« Er griff zu einer Mappe, die vor ihm auf dem Schreibtisch lag, und reichte sie Goldstein. »Sie werden im besetzten Gebiet als Handelsvertreter agieren. Für Werkzeugmaschinen oder so etwas. Sie erhalten einen von den französischen Behörden ausgestellten Ausweis, der Sie berechtigt, im besetzten Gebiet herumzureisen und dieses auch wieder zu verlassen. Mein Assistent wird Ihnen die Details erläutern.« Er lehnte sich in seinem Bürosessel zurück. »Ach ja, zu Ihrer Bezahlung.« Sander blätterte in einem Aktenordner. Dann sah er wieder auf. »Hier haben wir es ja. Natürlich erhalten Sie wie gewohnt Ihr Gehalt. Selbstverständlich wird in Goldmark abgerechnet. Als Ausgleich für die Geldentwertung sozusagen. Dazu kommt noch eine Prämie von fünf Goldmark die Woche. In Ordnung?«

Peter Goldstein bejahte überwältigt. Die Bezahlung war mehr als großzügig. Seine finanziellen Probleme waren auf einen Schlag beseitigt. »Wie wird das Geld ausbezahlt? Ich meine, ich kann ja nicht regelmäßig nach Berlin kommen.«

»Natürlich nicht. Wir werden Ihnen das Gehalt über eine vertrauenswürdige Person zukommen lassen. Noch Fragen?«

Goldstein dachte einen Moment nach. »Nein. Oder ... doch. Welche Strafe würde mich in dem Fall erwarten, dass die Franzosen mich wegen Spionage vor Gericht stellen?«

Der Kriminaldirektor säuberte sein Monokel und ließ sich viel Zeit mit der Antwort. Dann sagte er: »Das kommt darauf an, was man Ihnen im Detail vorwirft.«

»So ganz verstehe ich nicht ...«

Sander räusperte sich und sagte dann in vorwurfsvollem Tonfall: »Nun stellen Sie sich doch nicht so dumm an. Sie haben doch gedient. Also wissen Sie ja, wie im Kriegsfall Militärgerichte Spione verurteilen.«

»Todesstrafe?«

»Selbstverständlich. Aber es wird schon nicht so weit kommen. Sie wollen Ihre Entscheidung doch wohl nicht noch einmal überdenken, oder?«

Todesstrafe. Allein das Wort ... Aber eine solche Karrieremöglichkeit konnte und wollte Goldstein sich nicht entgehen lassen. Mit trockenem Mund erwiderte er deshalb: »Nein. Natürlich nicht.«

Sander stand auf und reichte ihm zum Abschied die Hand. »Wie ich schon sagte. Sie sind ein guter Mann. Wirklich.« Dann zeigte er zur Tür.

Hofer stand auf, als Goldstein Sanders Büro verließ. Der Sekretär hielt einen großen Briefumschlag in der Hand. »Ich nehme an, Sie haben den Auftrag angenommen?«, sagte er.

»Selbstverständlich.«

»Sehr gut.« Hofer reichte Goldstein das Kuvert. »Hier finden Sie den Bericht aus Herne. Bitte studieren Sie ihn sorgfältig. Aber nehmen Sie ihn oder irgendwelche Notizen unter keinen Umständen mit in die besetzten Gebiete. Schließlich möchten wir Sie ja wohlbehalten wieder in Berlin begrüßen können, oder?« Hofer lächelte schief. »Lernen Sie die Fakten auswendig, soweit erforderlich. Dann benötige ich ein Lichtbild von Ihnen. Lassen Sie eines anfertigen und sorgen Sie dafür, dass ich die Fotografie bis morgen habe. Sie wohnen möbliert?«

Goldstein war der spöttische Unterton der Frage nicht entgangen. Ja, er wohnte möbliert. Die zwei winzigen Zimmer, die er seit seiner Anstellung bei der Polizei gemietet hatte, stellten eine deutliche Verbesserung gegenüber seiner vorherigen Behausung dar. Fast drei Jahre hatte er als Schlafbursche zur Untermiete gewohnt, eine Kammer, zwei Betten und unruhige Träume mit zwei halbwüchsigen Söhnen einer Arbeiterfamilie im Wedding geteilt. Er hatte lange gesucht, um eine bezahlbare Wohnung zu finden, durch deren Fenster er nicht auf dunkle, schmutzige Berliner Hinterhöfe blicken musste, sondern die wenigstens etwas Licht einfallen ließen.

Gelassen antwortete er: »Das ist richtig.«

»Dann können Sie Ihren Hausstand ja schnell auflösen. Sprechen Sie mit dem Vermieter und zahlen Sie ihm die ausstehende Miete. Sie ist wie hoch?«

Goldstein sagte es ihm.

Hofer trug den Betrag in ein Formular ein und unterschrieb es. »Dies ist der Entnahmebeleg. Einen entsprechenden Vorschuss erhalten Sie an der Kasse im Erdgeschoss. Sie haben den Rest der Woche frei. Eine Rückkehr in Ihre alte Dienststelle ist nicht erforderlich. Das haben wir bereits für Sie geregelt. Ich erwarte Sie übermorgen um zwölf Uhr.

Dann klären wir die restlichen Details. Sie können dann kommenden Montag aufbrechen. Noch Fragen?«

Goldstein schüttelte nur den Kopf

»Schön. Dann bis Donnerstag. Ach ja, dieses Gespräch mit Herrn Kriminaldirektor Sander war selbstverständlich streng vertraulich. Auf Wiedersehen, Herr Kollege.«

Zur letzten Instanz war das wohl älteste Lokal der Stadt und nicht weit von der *Roten Burg* entfernt. Goldstein war schon häufiger hier gewesen und hatte einige feucht-fröhliche Stunden in dem gemütlichen Schankraum verbracht. Sein letzter Besuch in der Gaststätte lag allerdings fast ein halbes Jahr zurück.

Es war kurz nach eins und die Kneipe hatte erst vor fünf Minuten aufgemacht. Goldstein war der erste Gast und bei seinem Eintreten war der Wirt damit beschäftigt, die Preise für Speisen und Getränke, die noch am Vorabend gegolten hatten, von einer großen Schiefertafel zu wischen und mit feiner Schrift die heutigen aufzutragen: vierhundert Reichsmark für ein Glas Bier. Das waren fünfzig Mark mehr als gestern.

Goldstein warf einen prüfenden Blick in seine Geldbörse und orderte trotz der Preisanhebung ein Bier. Dann öffnete er den Umschlag, den er von Hofer erhalten hatte, zog das Dokument heraus, das von den Herner Beamten Hauptwachtmeister Schäfer und Oberwachtmeister Stadel verfasst worden war, und begann zu lesen.

Am 26. Januar diesen Jahres gegen zehn Uhr abends verließ die Hausangestellte Agnes Treppmann, gebürtig am 27. Juni 1903 im Amte Sodingen und wohnhaft dortselbst bei ihren Eltern Hermann und Erna Treppmann, Gemeinde Börnig, Schadeburgstraße 31, das Wohnhaus ihres Ar-

beitgebers Abraham Schafenbrinck, Bochumer Straße 54 zu Herne, um mit dem Nahverkehrszug um 22.19 Uhr vom Herner Hauptbahnhof zum Bahnhof in Börnig zu fahren.
Die Treppmann hat ein Billett am Fahrkartenschalter erworben (es wurde später bei ihr gefunden) und in letzter Sekunde den abfahrenden Personenzug nach Dortmund erreicht (Aussage des Fahrdienstleiters Sutthof). Planmäßig hielt der Zug acht Minuten später am Bahnhof Börnig, wo die T. vermutlich ausgestiegen ist. Augenzeugen hierfür gibt es allerdings nicht.
Als die T. um Mitternacht entgegen ihrer vorherigen Ankündigung immer noch nicht im elterlichen Hause erschienen war, erkundigte sich der Vater fernmündlich bei dem Arbeitgeber der T. Als er von ihm erfuhr, dass seine Tochter schon vor zwei Stunden sein Haus verlassen hatte, mobilisierte der Vater Hermann T. einige Nachbarn, um nach dem Mädchen zu suchen.
Die Suche erstreckte sich die ganze Nacht hindurch. Aber erst am Morgen fanden der Metallarbeiter Karl Soltau, wohnhaft Gemeinde Sodingen, Gerther Straße 12, und der Zechenschreiber Adolf Schneider, wohnhaft Barrestraße 26 in Börnig, die Leiche der T. im Keller eines abgebrannten Hauses an der Schadeburgstraße. Die beiden Männer informierten den Vater und den Pfarrer Meier der nahe gelegenen Kirchengemeinde, der seinerseits fernmündlich die Polizeiinspektion in Sodingen in Kenntnis setzte.
Zum besseren Verständnis: Die Polizeistation in Sodingen ist seit dem 25. Januar von französischem Militär (ein Offizier, drei Mannschaftsdienstgrade) besetzt. Seit der Ausweisung des Leiters der Polizeiinspektion Sodingen, Polizeihauptmann Dellbrach, aus dem besetzten Gebiet werden dort alle Anzeigen, Meldungen und Anrufe zunächst von

diesem französischen Offizier, Lieutenant Dobrois, der auch unserer Muttersprache mächtig ist, entgegengenommen. Erscheint ihm der Sachverhalt unwichtig, übergibt er die Angelegenheit an deutsche Polizisten zur weiteren Bearbeitung. In allen Fällen, die seiner Meinung nach französische Interessen berühren könnten, mobilisiert Lieutenant Dobrois seine Untergebenen, häufig ohne deutsche Polizisten hinzuzuziehen. Dieses hat in den letzten Tagen und Wochen regelmäßig zu heftigen Auseinandersetzungen mit den Franzosen geführt, da die deutsche Polizei zum einen die Anordnungen der Besatzungsmacht wie befohlen nicht anerkennt und jede Kooperation verweigert, andererseits aber auch ihre Posten nicht verlassen kann und will, um den Anspruch auf alleinige Vollziehbarkeit der staatlichen Gewalt durch deutsche Stellen nicht aufzugeben und die Interessen der eigenen Bevölkerung so weit wie möglich zu schützen.
Gegen neun Uhr morgens rückten Dobrois und seine Männer aus und forderten Hauptwachtmeister Schäfer und Oberwachtmeister Stadel ultimativ auf, sie zu begleiten. Sie erreichten den Fundort der Leiche etwa zehn Minuten später.
Wie schon erwähnt, lag die vollständig bekleidete Leiche in einem der Kellerräume, unzureichend unter alten Lumpen versteckt. Eine Skizze des Fundortes findet sich in den Anlagen.
Hinweis: Wie die spätere gerichtsmedizinische Untersuchung zweifelsfrei feststellte, wurde mit der T. weder vor noch nach ihrem Tod Unzucht getrieben. Der Tod der T. trat durch Ersticken ein, ausgelöst durch das Würgen mit einem etwa vier Zentimeter breiten Gurt, womöglich mit einem Gürtel oder Koppel.
Kurz nach dem Eintreffen der Schutzpolizisten händigten

der Karl Soltau und der Adolf Schneider den Beamten den Schal der Toten und ein französisches Armeekoppel aus, das sie etwa fünfzig Meter von dem Fundort der Leiche entfernt unter Büschen im Straßengraben gefunden hatten. Die beiden ermittelnden Beamten nahmen unverzüglich die Untersuchung der Fundstelle auf und stießen auf Schleifspuren, die darauf hindeuteten, dass an dieser Stelle ein Kampf stattgefunden haben könnte. Allerdings waren keine verwertbaren Fußabdrücke vorhanden, da aufgrund der strengen Kälte, die in Herne in den letzten Tagen vor der Ermordung der T. geherrscht hatte, der Boden steinhart gefroren war. Es fanden sich allerdings trockene Blätterreste an den Schuhsohlen der T., die von der Art waren, wie sie die dortigen Büsche tragen. Es ist also nicht auszuschließen, dass die T. am Fundort des Koppels überfallen und erwürgt wurde und die Leiche anschließend, um eine frühzeitige Entdeckung des Verbrechens zu vermeiden, in den Keller der Ruine geschafft wurde.

Die Angehörigen der T. stellten noch am Fundort der Leiche fest, dass eine Goldkette mit einem Anhänger, die die T. zu Lebzeiten immer um den Hals getragen hatte, fehlte. Die Schutzpolizisten konnten die Kette weder im Keller noch im Straßengraben oder auf dem Weg dazwischen entdecken. Bis heute wurde die Goldkette nicht aufgefunden. Es ist daher nicht auszuschließen, dass die Kette von dem Täter oder den Tätern entwendet wurde. Möglich ist allerdings auch, dass das Schmuckstück von Dritten gefunden und unterschlagen wurde (Beschreibung der Kette in den Anlagen).

Bei der Obduktion der Leiche einen Tag später wurde nach der Reinigung der verschmutzten Hände festgestellt, dass der T. ein Ring vom Ringfinger der rechten Hand entfernt worden war. Die Druckstellen, die ein Ring

durch jahrelanges Tragen hinterlässt, waren noch gut erkennbar. Der Ring kann mit Sicherheit nicht durch den Kampf oder beim Transport der Leiche vom Tat- zum Fundort vom Finger gerutscht, sondern muss durch einen Dritten entfernt worden sein. Das beweisen die Aussagen der Eltern, die bestätigen, dass die T. den Ring nur selten abgenommen hat. Es ist also davon auszugehen, dass sich nicht nur die Goldkette, sondern auch der Ring im Besitz des oder der Täter/-s befinden (Beschreibung des Rings siehe Anlage).
Es sollen noch weitere Untersuchungen durch französische Militärärzte veranlasst worden sein. Ein Ergebnis ist den deutschen Behörden jedoch nicht bekannt.

Goldstein trank einen Schluck seines Bieres und blätterte zu den mehrfach genannten Anlagen. Die Skizze des Fundortes der Leiche verdeutlichte nur, wo die Tote gelegen hatte. Uninteressant. Die Beschreibung der beiden Schmuckstücke half ihm im Moment auch nicht. Also las er den Bericht zu Ende.

Das Armeekoppel und der Schal der T. wurden unmittelbar nach der Rückkehr in die Polizeistation von Lieutenant Dobrois beschlagnahmt. Von deutscher Seite konnten die Beweisstücke deshalb nicht auf verwertbare Fingerabdrücke untersucht werden. Das französische Militär behauptete, eine solche Untersuchung veranlasst, aber keine verwertbaren Abdrücke gefunden zu haben.
Soltau und Schneider sagten später gegenüber der deutschen Polizei aus, etwa eine halbe Stunde vor dem vermutlichen Tatzeitpunkt gegen zehn Uhr auf dem Heimweg zwei französische Soldaten dabei beobachtet zu haben, wie sie ihren Posten am Bahnhof Börnig verließen und sich Richtung Schadeburgstraße bewegten. Die Zeu-

gen wunderten sich über das Verhalten der Soldaten, da keine anderen Militärs am Bahnhof in Börnig auszumachen waren und dieser deshalb, entgegen den üblichen Gepflogenheiten der Besatzungsarmee, ohne jede Bewachung blieb. Soltau und Schneider maßen dieser Angelegenheit allerdings auch keine sehr große Bedeutung bei. Erst als sie das Koppel in der Nähe der Stelle, wo sie die Soldaten zuletzt hatten ausmachen können, fanden, sei ihnen der Vorfall wieder erinnerlich geworden. Die Aussagen Soltaus und Schneiders wurden ordnungsgemäß protokolliert und der französischen Militärgerichtsbarkeit auf Deutsch und in französischer Übersetzung zur Verfügung gestellt.

Nicht zuletzt deshalb kam es zur Anklageerhebung und am 2. Februar vor dem französischen Militärgericht in Castrop-Rauxel zu einer Verhandlung gegen die beiden Soldaten Korporal Pierre Comut und Sergeant Julian Sollé wegen des Verdachts auf gemeinschaftlich begangenen Raubmord. Den Vorsitz in dieser Verhandlung führte ein französischer Colonel, die Anklage wurde vertreten durch einen französischen Offizier, Verteidiger war ebenfalls ein französischer Militärangehöriger. Immerhin wurde einem Vertreter der deutschen Behörden die Teilnahme an der Verhandlung gestattet.

Der gesamte Prozess dauerte nicht länger als sechzig Minuten. Die Anklageschrift umfasste eine halbe Seite und wurde trotzdem nur teilweise verlesen. Der abschließende, von den Franzosen selbst in Auftrag gegebene medizinische Untersuchungsbericht lag zum Zeitpunkt des Prozesses noch nicht vor. Das Gericht trat trotzdem in die Zeugenvernehmung ein. Zunächst wurden die beiden Schutzpolizisten, die den Tatort untersucht hatten, gehört, ihre Aussage jedoch nicht vollständig übersetzt. Dann wurde den beiden Angeklagten das Wort erteilt. Sie behaupteten, dass ihre beiden Koppel nach wie vor in ihrem Besitz seien. Diese Aussage bestätigte ihr Vorgesetzter, der Sous-Lieutenant Pirrot. Außerdem hätten sie zu keinem Zeitpunkt ihre Posten am Bahnhof verlassen. Das Gericht gab sich mit diesen Aussagen zufrieden und verkündete den Freispruch unmittelbar im Anschluss an das Plädoyer der Verteidigung. Beide Soldaten absolvieren immer noch ihren Dienst im Infanterieregiment 147, das Herne und die angrenzenden Gemeinden besetzt hält.

Goldstein legte die Papiere beiseite und bestellte sich ein weiteres Bier, obwohl er sich das finanziell eigentlich nicht erlauben konnte. Worauf hatte er sich da eingelassen?

11

Mittwoch, 14. Februar 1923

Das sonnige, aber frostige Winterwetter, das seit nun schon über einer Woche anhielt, hatte den Boden auf dem Friedhof in Vellwig steinhart werden lassen. Die Totengräber hatten fast doppelt so lange wie sonst benötigt, um die Grube auszuheben. Die obersten Erdschichten bis zu einer Tiefe von etwa dreißig Zentimetern waren so fest gefroren, dass es selbst mit der Spitzhacke Schwerstarbeit war, den Boden aufzulockern.

Die Trauerfeier für Agnes Treppmann geriet zum stillen Tribunal gegen die des Mordes verdächtigen Soldaten. Obwohl der Pfarrer einen direkten Hinweis auf die Franzosen vermied, wusste jeder Kirchenbesucher, wen der Geistliche meinte, als er von dem Schaf sprach, welches den Wölfen zum Fraß vorgeworfen worden war. Mit versteinertem Gesicht verfolgten Erna und Hermann Treppmann die Predigt, während Lisbeth ohne Unterlass hemmungslos schluchzte. Das Gotteshaus war bis auf den letzten Platz gefüllt. Nicht alle Anwesenden hatten Agnes persönlich gekannt, viele Herner sahen in der jungen Frau ein Opfer der französischen Besatzungsmacht und die meisten wollten durch ihr Kommen ihrer Empörung Ausdruck verleihen.

Einzelne Schläge der Friedhofsglocke begleiteten Agnes schließlich auf ihrem letzten Weg. Der nicht enden wollende Trauerzug wurde argwöhnisch beäugt von einem Trupp französischer Militärs, die in Sichtweite der Kapelle Aufstellung genommen hatten, um mögliche antifranzösische Kundgebungen schon im Ansatz zu unterbinden.

Einer Statue gleich nahm Erna Treppmann neben dem offenen Grab die Beileidsbekundungen entgegen. Ihr Dank erschöpfte sich in einem kurzen Blick in die Gesichter ihrer Gegenüber und einem kaum wahrnehmbaren Nicken des Kopfes. Hermann Treppmann hingegen sah mit Tränen in den Augen zu Boden, ergriff hastig die ihm gereichte Hand und murmelte eine knappe Danksagung, viele Dutzend Mal die gleichen Worte und Bewegungen.

Lisbeth war nach wie vor nicht in der Lage, die Menschen um sie herum wahrzunehmen. Von Weinkrämpfen geschüttelt stand sie, auf Wilhelm Gleisberg gestützt, etwas abseits, bis die Zeremonie vorüber war. Zu Hause nahm sie nicht an dem Trauerkaffee teil, sondern zog sich sogleich in das Zimmer zurück, das sie nun allein bewohnte.

Nachdem die männlichen Trauergäste die Kaffeetasse durch das Schnapsglas ersetzt hatten, stand Hermann Treppmann von seinem Platz im Wohnraum auf und suchte die Nähe Wilfried Saborskis, der in der Küche mit anderen Nachbarn in ein Gespräch vertieft war.

»Kann ich dich einen Moment sprechen?«, unterbrach Treppmann die Unterhaltung.

»Du immer. Worum geht es?«, erkundigte sich Saborski.

»Das möchte ich dir unter vier Augen sagen. Kommst du mit?« Er griff Saborski an der Anzugjacke und zog ihn Richtung Kellertür. »Lass uns nach unten gehen. Dort sind wir ungestört.«

Der Keller war, wie in fast allen Häusern der Siedlung, nicht für groß gewachsene Menschen geeignet. Der Boden bestand aus einem Lehmgrund, auf dem eng aneinanderliegend rotbraun gebrannte Ziegelsteine aufgebracht worden waren. Allerdings waren diese nicht ganz eben verlegt worden, sodass es kleine Stolperkanten gab. Der Schnaps, die niedrige Decke und diese Kanten waren dann auch die Ursache, dass Wilfried Saborski ins Straucheln geriet und schließlich der Länge lang hinschlug. Dabei fiel ihm ein kleines Döschen aus der Tasche und rollte Hermann Treppmann vor die Füße. Der bückte sich und hob es auf. Die Dose war aus Silberblech und auf dem Deckel prangte eine Germania mit wallenden blonden Haaren. Darunter stand: *Gruß vom deutschen Eck.*

Noch im Liegen streckte Saborski seine Hand aus. »Gib her.«

»Eine schöne Dose.« Treppmann schüttelte sie und hielt sie ans Ohr. »Was bewahrst du darin auf?«

»Das geht dich nichts an«, blaffte Saborski, während er sich aufrappelte. »Und jetzt her damit.«

»Entschuldigung.« Treppmann gab seinem Gast dessen Besitz zurück.

Saborski verstaute die Dose wieder in seiner Hosentasche und erklärte: »Ein Erbstück meines Vaters. Ich trage sie immer mit mir, wenn ich in eine Kirche gehe.«

»Warum tust du das?«

»Weil ich es geschworen habe.«
»Und was ist darin?«
»Nichts. Was soll die Fragerei?«
»Schon gut«, beeilte sich Treppmann zu versichern. »Hast ja recht, das geht mich nichts an.«

Er führte Saborski in die Waschküche, wo ein großer Zuber nicht nur der täglichen Wäsche, sondern an den Wochenenden und vor Feiertagen auch der körperlichen Reinigung der Familie diente.

Wilfried Saborski lehnte sich an den Bottich. »Also, was willst du?«

Treppmann atmete tief durch. »Ich will bei euch mitmachen.«

Sein Gegenüber sah ihn prüfend an. Dann sagte er: »Kein Problem. Wie du weißt, treffen wir uns regelmäßig im *Karl der Große*. Komm doch einfach dazu.«

»Ich meine nicht euren als Bibelkreis getarnten Verein, der darauf aufpasst, dass kein Deutscher mit einem Franzosen redet. Ich meine den richtigen Widerstand.«

»Richtiger Widerstand?« Saborski lächelte schief, ließ Treppmann stehen und ging zurück zur Kellertreppe. Doch er drehte sich noch einmal um und fragte: »Wer hat dir denn den Bären aufgebunden?«

»Wilfried. Bitte! Das bin ich Agnes schuldig. Ihre Mörder laufen frei herum und sie ist tot.«

»Tut mir leid, Hermann. Aber ich kann dir nicht helfen.« Saborski kramte in seiner Hosentasche, zog die Dose heraus und öffnete sie. Darin lag, in einem seidenen Tüchlein eingewickelt, eine deformierte Pistolenkugel. Saborski nahm sie zwischen Zeigefinger und Daumen und zeigte sie Treppmann. »Mein Vater kämpfte 1870/71 gegen die Franzosen. Er wurde auf den Höhen von Villiers am 30. November 1870 getroffen. Von dieser Kugel hier. Er war schwer verletzt, Kopfschuss. Aber er hat überlebt. Nur blieb dieses kleine Ding dummerweise nicht an der Stelle in seinem Kopf, wo es lange Zeit keinen Schaden angerichtet hatte. Es wanderte langsam weiter. Erst konnte mein Vater nicht mehr richtig gehen, dann begann er zu zittern. Später beeinträchtigte die Kugel hier seine Sprechfähigkeit, schließlich begann er zu erblinden. Als auch seine Atmung in Mitleidenschaft gezogen wurde, entschlossen sich die Ärzte zur Operation. Sie bohrten seinen Kopf auf und suchten nach der Kugel. Sie haben sie schließlich gefunden. Hinter seinem Ohr. Aber mein Vater hat die Operation nicht überlebt. Als wir ihn in die Klinik brachten, hat er mir erzählt, dass er Gott versprochen hat, nach seiner Genesung regelmäßig zur Kirche zu gehen. Ich habe dieses Gelöbnis etwas abgewandelt. Immer wenn ich in der Kirche bin, schwöre ich, nie zu vergessen, dass es eine französische Kugel war, die meinen Vater getötet hat.« Saborski legte das Geschoss wieder auf das Seidentuch und faltete es sorgsam zusammen. Dann verstaute er das Päckchen in der Dose und sah Treppmann an. »Vielleicht solltest du dir auch so ein Andenken besorgen.«

Mit diesen Worten betrat er die Treppe.

12

Mittwoch, 14. Februar 1923

In einem Fotogeschäft in der Friedrichstraße ließ Peter Goldstein ein Passfoto von sich machen. Aber erst als er seinen Dienstausweis zückte und etwas von wichtigen polizeilichen Aufgaben faselte, konnte er den Fotografen dazu bewegen, das Bild noch am selben Tag zu entwickeln. Er vertrieb sich die Stunden des Wartens damit, das Pergamonmuseum zu besuchen, was er schon lange vorgehabt, aber immer wieder verschoben hatte.

Am späten Nachmittag dann konnte er endlich die angeforderten Bilder im Adelsclub abgeben. Hofer war zwar nicht für ihn zu sprechen, aber der Beamte an der Pforte versicherte Goldstein, dass die Bilder noch am heutigen Tage auf Hofers Schreibtisch liegen würden. Sicherheitshalber forderte Goldstein eine schriftliche Bestätigung dafür ein, dass die Bilder rechtzeitig von ihm abgegeben wurden, was der Pförtner erst nach einer längeren Diskussion akzeptierte.

Es war früher Abend, als Goldstein eine preiswerte Speisegaststätte in der Nähe des Gendarmenmarktes betrat. Er bestellte eine Bulette mit Rotkohl und Kartoffeln, dazu ein Bier. Auch diese Mahlzeit überstieg eigentlich seine finanziellen Möglichkeiten, aber die Aussicht auf das Gehalt, welches er ab Montag beziehen würde, ließ ihn seine Bedenken vergessen.

Zwei Stunden später betrat er das *Stille Eck*, um Jimmy John mitzuteilen, dass er ab sofort seine Nebentätigkeit aufzugeben gedachte. Das *Stille Eck* hatte gerade erst geöffnet und war noch fast leer. Nur an einem der hinteren Tische, direkt neben der Tanzfläche, saß ein Paar.

Das *Stille Eck* war eines jener Dutzender Berliner Tanzlokale, in denen sich jeden Abend eine Vielzahl alleinstehender Damen einfanden, um zu tanzen und sich anderweitig zu amüsieren. Vier Jahre Stellungskrieg an fast allen Fronten Europas hatten die männliche Bevölkerung zwischen achtzehn und vierzig drastisch dezimiert.

Die Tische waren so um die halbrunde Tanzfläche angeordnet, dass die daran Sitzenden auch von den hinteren Reihen aus einen guten Blick auf das Geschehen weiter vorn hatten. Die Fenster waren mit schweren, bodenlangen Vorhängen verdunkelt. Mehrere kleine Leuchter an der Decke spendeten ein schummriges Licht. Auch die Tanzfläche lag im Halbdunkel, sodass die Illusion von Intimität vermittelt wurde. Unmittelbar hinter der Tanzfläche befand sich eine kleine, etwas erhöhte Bühne, auf der in der Regel eine fünfköpfige Kapelle aufspielte. Zu dieser frühen Stunde allerdings war die Bühne noch leer.

Gegenüber, am anderen Ende des Saales, warteten die Kellner und die männlichen Eintänzer an der langen Theke auf Kundschaft. Auch Goldstein war ein solcher Eintänzer, von vielen auch Gigolo genannt. Ihre Aufgabe war es, den Damen Gesellschaft zu leisten, mit ihnen zu tanzen und sie natürlich zum Getränkekonsum zu animieren.

Ein guter Eintänzer benötigte nicht nur ein ansprechendes Äußeres, sondern musste auch über gute Umgangsformen verfügen und charmant plaudern können. So kam es, dass sich häufig verarmte Adelige und ehemalige Offiziere als Gigolos verdingten.

»Ist schon wieder Freitag?«, fragte Jimmy John mit seiner Fistelstimme, als er Goldstein zur Theke kommen sah. John sprach mit leichtem österreichischem Akzent und keiner der Beschäftigten glaubte, dass ihr Boss wirklich so hieß, wie er sich nannte. Er war klein und von gedrungener Gestalt und gehörte zu der Sorte Männer, die mit Mitte zwanzig schon wie fünfzig aussahen, allerdings dann aber auch optisch nicht weiter alterten.

»Nein. Ich bin gekommen, um dir zu sagen, dass ich nicht mehr für dich arbeiten werde.«

John fuhr fort, die Champagnerschale zu polieren.

»Schade. Du bist wirklich gut. Ich verliere dich nur ungern. Kaum jemand ist so hübsch wie du.« Er kicherte leise, hob das Glas hoch, musterte es kritisch und stellte es schließlich zu den anderen auf ein Silbertablett. Dann griff er zu dem nächsten. »Zahlt jemand besser als ich?«, fragte er.

»Das ist es nicht. Ich verlasse Berlin.«

»Wegen einer Frau?«

»Nein. Berufliche Gründe.«

»Die hiesige Damenwelt wird trauern, mein schöner Gigolo.«

»Nenn mich nicht so. Du weißt, wie ich das hasse.«

Jimmy John lachte trocken auf. »Sei nicht so empfindlich. Außerdem ist das die Wahrheit. Bekommst du noch Geld von mir?«

»Ja. Für das letzte Wochenende.«

»Wie viel?«

»Fünfhundert Mark.«

John griff in seine Gesäßtasche, zückte eine Kellnergeldbörse, zählte die Scheine ab und reichte sie Goldstein. »Dein Anzug ist noch hier?«

»Natürlich.«

Zu den Anstellungsbedingungen eines Eintänzers gehörte selbstverständlich eine angemessene Kleidung. Da sich die meisten der jungen Männer aber keine eigenen Anzüge leisten konnten, streckten die Inhaber der Tanzlokale das Geld vor und zogen den Betrag in Raten vom Verdienst ihrer Leute wieder ab.

Bei Jimmy John war das allerdings anders. Er finanzierte die Berufskleidung seiner Gigolos vollständig aus eigener Tasche, um deren Motivation zu steigern. Außerdem zahlte er mehr als seine Konkurrenten. Deshalb waren im *Stillen Eck* auch nur die Besten der Branche tätig.

»Irgendeine Naht gerissen, fehlt ein Knopf?«, erkundigte sich John.

»Nein. Der Anzug ist wie neu.«

»Prima. Dann muss ich also nur noch einen neuen Gigolo

suchen, der in etwa deine Figur hat. Aber das dürfte nicht so schwierig sein.«

»Glaube ich auch. Wo steckt eigentlich Thomas? Ich wollte mich von ihm verabschieden.«

John schaute in das Halbdunkel des Lokals. »Eben war er noch da. Tisch vier.«

Goldstein drehte sich um, konnte aber seinen Kollegen nicht entdecken. Neben Tisch vier stand immerhin ein Sektkühler, ein untrügliches Zeichen dafür, dass der Platz besetzt war. »Wenn du nichts dagegen hast, bleibe ich noch ein wenig, bis Thomas wieder zurück ist.«

»Warum sollte ich etwas dagegen haben?« John zögerte einen Moment. »Arbeiten willst du vermutlich heute nicht?«

»Nein.«

»Na ja, macht nichts. Betrachte dich trotzdem als eingeladen. Du bist heute Abend mein Gast.«

»Danke.«

»Keine Ursache. Was möchtest du trinken?«

Es dauerte fast eine halbe Stunde, bis Thomas Beer wieder auftauchte, eine ziemlich aufgetakelte Brünette an der Seite, die sich laut kichernd bemühte, ihr Haar und ihre in Unordnung geratene Garderobe zu richten. Beer entdeckte seinen Kollegen, flüsterte seiner Tischdame etwas ins Ohr und steuerte dann auf Goldstein zu.

»Was machst du denn heute hier?«, erkundigte sich Beer, als er neben Goldstein an der Theke stand.

»Ich verlasse Berlin.«

»Oh!« Beer wirkte ehrlich bestürzt. Sie hatten sich vor etwa zwei Jahren auf einer Versammlung früherer Freikorpskämpfer kennengelernt. Später hatte Beer Goldstein die Stelle im *Stillen Eck* vermittelt. Er trug seine Arbeitskleidung. Ein schwarzer Zweireiher, dessen Stoff an den Ellenbogen der Jackenärmel schon etwas abgeschabt wirkte, was aber im Dämmerlicht des Lokals nicht weiter auffiel, ein frisch gestärktes weißes Hemd, eine dunkle Krawatte und aus der Brusttasche seiner Anzugsjacke schaute ein gefaltetes, ebenfalls weißes Seidentüchlein hervor. Seine Füße zierten ein Paar auf das Sorgfältigste polierte Lederschuhe. Nur seine dunklen, zerzausten Haare wollten nicht so recht zum ansonsten makellosen Aussehen passen.

»Wohin gehst du?«
»Das kann ich nicht sagen.«
»Dienstlich?«
Goldstein nickte.
»Wann?«
»Montag.«
»Fährst du weit weg?«
Peter Goldstein schüttelte den Kopf.
»Verstehe. Dann will ich dich nicht weiter drängen.«

Aus den Augenwinkeln bemerkte Goldstein, dass die Brünette vom Tisch vier schmachtende Blicke zu ihnen herüberwarf. »Deine Tischdame scheint ungeduldig zu werden«, raunte Goldstein.

Beer zuckte nur mit den Schultern. »Was soll's. Sie hatte ihr Vergnügen, hat bezahlt. Was will sie mehr?«

Goldstein ahnte, was Beer meinte. Die Eintänzer wurden vom Lokal bezahlt. Von den Kundinnen direkt Geld zu nehmen, war ihnen strengstens untersagt.

»Guck nicht so kritisch. Sie hat gefragt und ich habe es ihr besorgt. Was ist schon dabei?« Sein Freund grinste anzüglich. »Wenn man dich so ansieht, könnte man fast glauben ...« Er zögerte. »Das kann doch nicht sein! Du hast tatsächlich noch nie eine deiner Damen glücklich gemacht?«

Bevor Goldstein antworten konnte, lachte Beer laut auf. »Nein, du hast tatsächlich noch nicht.«

Goldstein fühlte sich ertappt. Natürlich wusste er, dass sich nicht jeder der Eintänzer an Johns Regeln hielt. Und vereinzelt war es auch vorgekommen, dass eine Dame, die am Abend allein das Lokal betreten hatte, es früh am Morgen mit einem der Gigolos an der Seite verlassen hatte. Sofern die Arbeitszeit des jeweiligen Eintänzers tatsächlich beendet war, sagte John in solchen Fällen nichts. Goldstein aber war trotz vieler eindeutiger Angebote den Regeln treu geblieben, auch wenn er sich manchmal deshalb über sich selbst geärgert hatte.

John, dem das einsame Winken von Beers Tischdame ebenfalls aufgefallen war, trat zu den beiden Freunden. »Thomas, ich bezahle dich nicht dafür, dass du unsere Kundinnen allein lässt. Da vergessen sie, zu trinken. Also sieh zu, dass du zurück an deinen Tisch kommst.«

Beer hob entschuldigend beide Hände. »Bin schon weg. Peter, in vier Stunden habe ich Feierabend. Lass uns richtig Abschied feiern. Aber nicht hier.«

»Wo dann?«

»Lass dich überraschen.« Beer drehte sich um, setzte ein strahlendes Lächeln auf und winkte der Brünetten herzlich zu. Dann ging er zurück zu ihrem Tisch.

Goldstein verbrachte die nächsten Stunden an der Bar, Johns Einladung annehmend, und beobachtete das Treiben. Er war schon etwas angetrunken, als Beer endlich in seiner Straßenkleidung zu ihm trat. »So. Jetzt gehen wir zum gemütlichen Teil des Abends über. Kennst du Anita Berber?«

Goldstein meinte, den Namen schon einmal gehört zu haben.

»Sie ist die Sensation Berlins. Einfach großartig. Du musst sie einfach gesehen haben.«

»Was macht sie? Singen?«

»Tanzen.«

»Tanzen?«

»Ja. Aber wie. Los, komm.«

Goldstein dachte an das letzte Mal, als Thomas Beer und er sich in das Berliner Nachtleben gestürzt hatten. Einen halben Monatslohn ärmer und mit einem schweren Kopf war er am Morgen in den Armen einer ihm völlig unbekannten Frau in einer Absteige am Prenzlauer Berg aufgewacht, ohne zu wissen, wie er dorthin geraten war. Fluchtartig war er aus dem Zimmer gelaufen und hatte damals heilige Eide geschworen, zukünftig solche Eskapaden zu unterlassen. Vermutlich lag es an den für ihn ungewohnten Mengen Sekt, die er auf Johns Kosten getrunken hatte, dass er sich jetzt zusagen hörte.

»Und wohin gehen wir?«

»In die *Weisse Maus*.«

Bis zur Jägerstraße in Mitte war es nicht weit. Auf dem Weg dorthin erzählte Beer aufgeregt, was er über Anita Berber wusste: »Sie tanzt nackt, stell dir das vor. Ganz nackt. Impressionistischer Ausdruckstanz sei das, habe ich in der Zeitung gelesen. Aber wenn du mich fragst ... Sie hatte schon Auftritte im *Apollo-Theater* und im *Wintergarten*. Wenn sie nicht auf der Bühne steht, zieht sie sich wie ein Mann an und manchmal führt sie einen Affen an einer Kette spazieren. Sie soll goldene Fußketten tragen und einen grellrot geschminkten Nabel haben. Mann, unglaublich: einen roten Nabel. Und erst die anderen Tänzerinnen. Man sagt, dass man sich mit ihnen in aller Öffentlichkeit über den Preis für eine Nacht einigen kann. Man bietet, während sie tanzen, und wenn der Preis stimmt und ihnen der Kerl gefällt, geben sie dir zu verstehen, dass du den Zuschlag erhalten hast.«

Beers Begeisterung steckte Goldstein an.

In der *Weissen Maus* traf sich, was in Berlin mondän sein wollte: bekannte und unbekannte Literaten, Zuhälter, Maler,

Friedrichstraßennutten mit ihren Freiern, Polizeispitzel und Ganoven, Schieber und Musiker.

Die Einrichtung ähnelte der des *Stillen Ecks*: eine erhöhte Bühne mit ausreichend Platz für eine Musikkapelle und den Darbietungen der Tänzerinnen.

Die beiden Freunde fanden Platz an einem der hinteren Tische. Die Luft war rauchgeschwängert und Beer orderte, ehe Goldstein protestieren konnte, mit einer großspurigen Geste eine Flasche Schampus. »Aber den besten, den Sie haben!« Der kleine Gigolo hatte sich in einen Lebemann verwandelt. »Und zwei Zigarren für mich und meinen Freund. Havannas.«

Goldstein sah sich um. Ein Teil der Gäste stand nahe der Bühne, fast alle hielten Gläser in den Händen. Frauen mit kurz geschnittenen Haaren und in Männerkleidung zogen mit demonstrativer Gelassenheit an Zigarren, einige Arm in Arm mit Geschlechtsgenossinnen. Manche küssten sich sogar ohne Scham. An einem der Tische, nicht weit entfernt von ihnen, tauschten im Halbdunkel zwei Paare heftig Zärtlichkeiten aus. Die sexuell freizügige Atmosphäre erregte Goldstein.

Ganz vorn hatte eine Gruppe Männer Platz genommen, die von Zeit zu Zeit laut auflachten, so als ob einer von ihnen einen guten Witz erzählt hatte.

Zwei junge Männer im Frack betraten nun die Bühne. Als das Publikum sie bemerkte, verstummte für einen Moment das Stimmengewirr. Doch die beiden zogen lediglich die schweren dunkelblauen Samtvorhänge vor der Bühne zu.

Endlich wurde das Licht gelöscht. Ein Scheinwerfer malte einen hellen Kreis auf den Bühnenvorhang. Schlagartig wurde es still. Der Vorhang öffnete sich einen Spaltbreit und ein kleiner, etwas dicklicher Mittfünfziger schlüpfte hindurch.

»Meine Damen und Herren«, rief er mit heiserer Stimme.

»Und nun begrüßen Sie mit mir die unvergleichliche Anita Berber und ihr Ensemble.«

Donnernder Applaus brach los. Der Vorhang wurde zur Seite gerafft, die Kapelle kam zum Vorschein. Ein kurzer Trommelwirbel, dann ertönten Geigenklänge. Der Pianist nahm den ersten Ton auf, folgte den Geigen, die sich in immer schrillere Höhen emporschwangen. Ein Bassist begann die Saiten zu zupfen und komplettierte den Orkan von Geräuschen. Eine solche Musik hatte Goldstein noch nie gehört. Urplötzlich beendeten alle Musiker ihr Spiel und dann setzten wieder die Geigen ein, dieses Mal leise, getragener. Goldstein hatte den Eindruck, ein Kind jammern zu hören. Und nun sprang die erste Tänzerin auf die Bühne, drehte eine Pirouette und sank langsam zu Boden. Als sie sich nicht mehr rührte, kam die nächste. Erst jetzt nahm Goldstein wahr, dass die jungen Frauen unter ihren bodenlangen schwarzen Schleiern unbekleidet waren. Als sechs Tänzerinnen in einem Halbkreis regungslos auf dem Bühnenboden lagen, nahm die Musik wieder an Dramatik zu. Und dann trat sie auf.

Anita Berber trug einen ähnlichen Schleier wie die anderen Tänzerinnen, jedoch in Weiß. Im krassen Gegensatz dazu stand der schwarze Zylinder, den sie nach nur drei kurzen Schritten von ihrem Kopf herunterriss und ins Publikum warf. Die Menge johlte.

Eine nach der anderen erhoben sich die Tänzerinnen, umkreisten ihren Star, nahmen ihn schließlich mit wehenden Schleiern vollständig in ihre Mitte, sodass nur noch der Kopf auszumachen war. Anita riss beide Arme nach oben und tauchte dann ab zwischen die Leiber.

Goldstein hielt den Atem an. Für einige Sekunden rührte sich keine der Tänzerinnen. Dann hoben die sechs Frauen ebenfalls ihre Arme und formten mit ihren Schleiern eine

Art Zelt. Plötzlich, nach einem Paukenschlag, fielen die Frauen auf die Knie. Die Schleier lösten sich wie von Zauberhand von ihren Körpern. Anita Berber wurde sichtbar. Sie stand ebenfalls völlig nackt bewegungslos da. Die Tänzerinnen streckten ihre Hände zu Anitas Körper aus und streichelten ihn mit lasziven Bewegungen. Das Publikum raste. Goldsteins Mund wurde trocken.

»Na, habe ich dir zu viel versprochen?«, flüsterte Beer. »Die Frau ist doch eine Sensation, oder?«

»Das ... das ist umwerfend«, krächzte Goldstein, ohne den Blick vom Geschehen auf der Bühne wenden zu können.

Die Herrenriege an den vordersten Tischen war aufgesprungen. Einer von ihnen, ein feister Kerl mit Glatze, rief den Frauen etwas zu. Katzengleich sprang die Berber von der Bühne und war mit zwei, drei Schritten bei dem Dicken, riss die Sektflasche aus dem Kühler und zertrümmerte sie auf dem Schädel des Zwischenrufers. Der sank blutüberströmt zu Boden. Tumult brach aus. Die Begleiter des Dicken versuchten, die nackte Frau zu packen, die sich den Griffen aber entziehen konnte, auf die Bühne zurücksprang und seitwärts im Dunkel verschwand. Mehrere stämmige Angestellte tauchten auf und versuchten, die aufgebrachten Freunde des Niedergeschlagenen zu beruhigen. Ohne Erfolg, wenige Momente später war eine heftige Schlägerei im Gange.

Beer drückte dem nächsten Kellner einige Geldscheine in die Hand und sagte dann kichernd zu Goldstein: »Zeit zu gehen. Besser wird's nicht.«

13

Freitag, 16. Februar 1923

Ungeduldig ging General Caron auf und ab. Der Befehlshabende des Generalkommandos des 32. französischen Armeekorps wartete darauf, dass ihm sein Bursche das Frühstück servierte.

Vor einigen Tagen war der Quartieroffizier bei den Herner Behörden vorstellig geworden, um standesgemäße Räume für den General und seine Offiziere zu requirieren. Nach einigem Hin und Her war man sich einig geworden, dass General Caron in der Villa Brinkmann ganz in der Nähe des Stadtgartens residieren sollte. Der Brauereidirektor, dem die Villa gehörte, und seine Familie wurden für die Zeit der Einquartierung in drei Mansardenzimmer verbannt.

»Vite, vite«, rief Caron, als sein Untergebener endlich das Zimmer betrat. »Beeil dich.«

Hastig drapierte der Soldat das Frühstück auf dem großen Eichentisch, goss Kaffee ein und verschwand wieder.

Der General nahm Platz, nahm das Croissant zur Hand, drückte es prüfend und verzog das Gesicht. Trotzdem biss er hinein. Dann trank er einen Schluck Milchkaffee.

Es klopfte. General Caron legte das Gebäck beiseite, wischte sich mit der Serviette den Mund ab und rief: »Oui!«

Colonel Dupont, Verbindungsoffizier zum französischen Nachrichtendienst, betrat mit einer Aktenmappe unter dem linken Arm den Raum, grüßte formell und wartete, bis der General ihn zum Sprechen aufforderte.

»Einfach schrecklich diese Croissants. Viel zu weich. Gibt

es denn niemanden in dieser verdammten Stadt, der vernünftige Croissants backen kann?«

»Ich werde mich darum kümmern, mon Général.«

Caron lachte auf. »Diensteifrig wie immer. Aber lassen Sie nur. Ich werde die Ordonnanz damit beauftragen. Setzen Sie sich. Soll ich Ihnen auch eine Tasse kommen lassen?«

Dupont nahm Platz und verneinte dankend.

»Gut. Also, was gibt es?«

Der Colonel zog ein Schriftstück aus seiner Mappe und reichte es seinem Vorgesetzten. »Informanten unserer Dienste haben in Berlin in Erfahrung bringen können, dass die dortige Polizei einen Beamten in die besetzten Gebiete schicken will. Inkognito.«

Caron warf nur einen kurzen Blick auf die Unterlage. »Er dürfte nicht der einzige deutsche Polizist sein, der hier unsere Autorität zu untergraben versucht. Wo liegt das Problem?«

»Der Polizist ist hier, um in Sachen Treppmann zu ermitteln.«

Der General sah seinen Untergebenen fragend an.

»Der Mord an der jungen Frau. Zwei unserer Soldaten wurden verdächtigt und angeklagt, aber freigesprochen.«

»Ja, natürlich. Die Sache hat ziemlich viel Staub aufgewirbelt. Die hiesige Presse war voll davon, hat man mir berichtet.«

»Nicht nur die hiesige, mon Général.«

»Und was will dieser Polizist nun genau?«

»Vermutlich Beweise dafür finden, dass die Täter schuldig sind und wir sie zwar angeklagt, aber nicht verurteilt haben. Und das vorsätzlich. Die Absicht dürfte darin bestehen, unsere Militärgerichtsbarkeit und damit die französische Armee öffentlich zu diskreditieren.«

Caron biss erneut in das Croissant. »Und? Haben wir?«

»Bitte? Ich verstehe nicht ganz …«

»Haben wir die Schuldigen laufen lassen?«

»Mon Général!«

»Jetzt lassen Sie Ihre gespielte Empörung. Wenn es so gewesen wäre, gäbe es gute Gründe, so gehandelt zu haben. Es gibt immer gute Gründe. Glauben Sie etwa, dass die deutschen Militärbehörden ihre Soldaten wegen der Übergriffe gegen die französische Zivilbevölkerung zur Rechenschaft gezogen haben?« Er nippte am Kaffee. »Ich sehe, Sie stimmen mir zu. Also, haben wir?«

»Nein.«

Das Mienenspiel des Generals ließ keine Rückschlüsse darauf zu, ob er seinem Stabsoffizier glaubte. »Gut. Aber warum ist diese Angelegenheit so wichtig, dass Sie mich beim Frühstück stören? Die Deutschen halten unsere Soldaten doch ohnehin für die Täter, oder?«

Dupont nickte schweigend.

»Was soll also das ganze Theater?«

»Es handelt sich um eine Prinzipienfrage, mon Général.«

»Prinzipien?«

»Wir haben die höheren Polizeibeamten auch deshalb aus unseren Gebieten ausweisen lassen, weil wir die alleinige staatliche Gewalt für uns beanspruchen. Wir sprechen Recht, wir sichern die öffentliche Ordnung. Da können wir nicht zulassen, dass irgendein deutscher Polizist in unserem Hoheitsgebiet Ermittlungen anstellt.«

Der General schien nicht sehr beeindruckt. »Wenn Sie meinen«, erwiderte er ungerührt. »Dann verhaften Sie diesen Kerl und lassen Sie ihn wegen Spionage vor ein Kriegsgericht stellen.«

»Leider dürfte das nicht so einfach werden.«

»Das sollten Sie mir erklären, Herr Colonel.«

»Selbstverständlich.« Dupont schilderte seinem Vorgesetzten, dass ihr Informant leider den Namen des Polizisten nicht habe in Erfahrung bringen können, außerdem wisse man nicht, wie er aussehe. Auch sei nicht bekannt, wann und vor allem wo er in die besetzten Gebiete einreisen wolle. »Er wird sich aber vermutlich hier in Herne oder im näheren Umfeld aufhalten«, beendete Dupont den Bericht.

»Was wissen wir denn überhaupt über diesen Mann?«, erkundigte sich der General.

»Er soll ausgezeichnet Französisch sprechen.«

»Das ist alles?«

»Leider.«

»Etwas dürftig, oder? Schließlich können wir einen Mann nicht nur deshalb verhaften, weil er unsere Sprache spricht.«

»Ich stimme Ihnen uneingeschränkt zu.«

Der General seufzte. »Also gut. Informieren Sie die Truppe. Sie sollen an den Zufahrtsstraßen und in den Zügen, die von Restdeutschland in unser Gebiet fahren, die Augen offen halten. Vielleicht macht dieser Polizist ja einen Fehler und verrät sich durch seine Sprachkenntnisse selbst.«

»Das ist bereits geschehen, mon Général.«

»Ausgezeichnet.« Caron klingelte nach seinem Burschen, der gleich darauf den Raum betrat. Der General deutete auf das halb verspeiste Croissant. »Räum das hier weg. Es sieht zwar aus wie ein Croissant, schmeckt aber, als ob es aus Sägemehl gebacken wäre.« Dann wandte er sich wieder an den Stabsoffizier. »Sonst noch etwas?«

Dupont zog weitere Papiere aus der Mappe. »Es sind erneut Schmähschriften gegen uns aufgetaucht, die außerdem Drohungen gegen Deutsche enthalten, die mit uns zusammenarbeiten. Unterschrieben sind sie wie immer von dieser sogenannten Feme.«

»Wer steckt dahinter?«

»Wir haben, ehrlich gesagt, keine Ahnung. Es ist uns bisher nicht gelungen, einen Informanten in diese Kreise einzuschleusen. Wir werden es natürlich weiter versuchen, aber ich bin skeptisch, ob uns das gelingen wird. Diese Gruppen verstehen sich als deutsche Patrioten. Selbst wenn wir einen von ihnen identifizieren könnten, dürfte es schwierig werden, ihn zur Zusammenarbeit mit uns zu bewegen.«

Caron nickte. »Bei uns war es ja nicht anders. Patrioten auf beiden Seiten.« Er lachte auf. »Wir haben unsere Frauen und Mädchen, die mit deutschen Soldaten poussierten, auch nicht gerade mit Glacéhandschuhen angefasst. Tun Sie Ihr Möglichstes und finden Sie diese Leute.«

»Oui, mon Général. Mon Général?«

»Was gibt es noch?«

»Ich habe noch eine Information, die Sie möglicherweise interessieren könnte. Es geht um einen Ihrer deutschen Bekannten.«

»Lassen Sie hören.«

Der Offizier reichte seinem Vorgesetzten ein Schriftstück.

Der General las und verzog das Gesicht. »Sind das gesicherte Informationen?«

»Nein. Im Moment sind das nur Hinweise.«

»Beobachten wir ihn?«

»Bis jetzt noch nicht. Soll ich das veranlassen?«

»Nein. Ich werde mit ihm reden.« Caron zündete sich eine Zigarette an. »Sie dürfen gehen, Herr Colonel.«

14

Samstag, 17. Februar 1923

Hermann Treppmann hatte gestern einen Anwalt aufgesucht, der noch einmal bestätigt hatte, was er schon von Schafenbrinck wusste: Es sei zwecklos, ein deutsches Gericht anzurufen. Jetzt wollte Treppmann nur noch Gleiches mit Gleichem vergelten. Er wollte Rache!

Den ganzen Tag hatte er damit verbracht, Freunde und Bekannte aufzusuchen. Er glaubte zu wissen, dass einige von ihnen seit der Novemberrevolution Karabiner oder Pistolen in ihren Häusern versteckten. Aber keiner war bereit, ihm eine Schusswaffe auszuhändigen. Die meisten stritten ab, überhaupt Waffen zu besitzen. Andere verweigerten sie ihm mit der Begründung, er würde sein Leben aufs Spiel setzen, wenn er bewaffnet von den Franzosen aufgegriffen werde.

Seine Enttäuschung wuchs mit jeder Abfuhr, die er erfahren musste. Und mit der Enttäuschung wuchs seine Wut.

Schließlich machte sich Treppmann auf den Weg zu einem Lokal, in dem Saborski und seine Freunde regelmäßig verkehrten. Er wollte erneut mit Saborski sprechen. Wenn dieser schon nicht gewillt war, ihn in die Widerstandsgruppe aufzunehmen, konnte er ihm wenigstens bei der Waffenbeschaffung behilflich sein.

Die Kneipe war fast leer, als er sie am frühen Abend betrat. Er nahm an der Theke Platz und bestellte ein Bier. Der Wirt, der ihn flüchtig kannte, begrüßte ihn mit einem Kopfnicken.

»War Wilfried Saborski heute schon hier?«, erkundigte sich Treppmann beiläufig, als er sein Gezapftes erhielt.

»Nein. Aber vielleicht kommt er noch. Samstags trifft er sich hier mit seinen Kumpeln häufiger zum Skat.«

Treppmann wartete vergebens. Er wollte gerade bezahlen und sich auf den Heimweg machen, als Kalle Soltau die Kneipe betrat.

»Na, Narbengesicht«, feixte der Wirt, als sich Soltau neben Treppmann an die Theke setzte. »Wie immer?«

»Du sollst mich nicht so nennen«, giftete Soltau mit schwerer Stimme zurück. »Sonst poliere ich dir die Fresse.«

Der Wirt lachte. »Du halbe Portion? Hast dir wohl schon Mut angetrunken, was? Da zittere ich ja jetzt schon.«

Soltau machte eine verächtliche Handbewegung. »Lass mich doch in Ruhe. Ich will 'n Bier und 'n Korn.« Er wandte sich Treppmann zu. »Wat machst du denn in Sodingen? Kommst doch sonst nich ausse Siedlung raus.« Fahrig tastete er seine Narbe ab.

Treppmann registrierte die Alkoholfahne, die ihm entgegenflog. »Tapetenwechsel. Mal was anderes sehen.«

»Kann ich mir denken. Dir fällt zu Hause die Decke auf den Kopf, wat?«

Als Treppmann schwieg, nickte Soltau verstehend und sah sich in dem Lokal um. »Nix los.«

Als der Wirt ihm das Gedeck brachte, fragte Soltau: »Willi, kommt Wilfried noch?«

Willi hob die Schultern. »Keine Ahnung. Ist aber ein ziemlich gefragter Mann, dein Freund.«

»Wie meinze denn dat?«

Der Wirt machte eine Kopfbewegung in Treppmanns Richtung. »Dein Nachbar hat sich auch schon nach ihm erkundigt.« Er wandte sich wieder seinen Zapfhähnen zu.

Soltau schob den Hocker etwas näher zu Treppmann. »Wat willze denn von Wilfried?«

Treppmann wusste, dass Soltau zu den Leuten um Saborski gehörte, die sich im Hinterzimmer des Restaurants *Karl der Große* trafen. Möglicherweise war er sogar Mitglied einer der aktiven Widerstandsgruppen. Kam er vielleicht über Soltau an eine Waffe heran? Aber er musste vorsichtig sein. Deswegen antwortete er ausweichend: »Nichts Besonderes. Ich wollte ihn um seine Hilfe bitten.«

»Dir hilft doch jeder. Nach dem, wat du und deine Familie durchgemacht habt.« Er klopfte Treppmann jovial auf die Schulter. »Gilt auch für mich.«

»Danke. Trinkst du einen mit?«

»Gern. Abba ich geb einen aus. So weit kommt dat noch, dat ich mich von dir einladen lass. Halt du deine Kröten zusammen. War bestimmt allet nich billig. Die Beerdigung und so.«

Drei Bier und drei Korn später kam Treppmann langsam auf sein Anliegen zu sprechen. »Stehst du noch zu deinem Angebot?«

»Welchet Angebot?«, lallte Soltau und stützte den Kopf in eine Hand.

»Du hast mir deine Hilfe zugesagt.«

Soltau richtete sich auf. »Worauf du dich verlassen kannst. Wat kann ich für dich tun?«

Treppmann beugte sich zu Soltau hin und flüsterte in dessen Ohr: »Wenn du eine Waffe bräuchtest, wen würdest du fragen?«

»Ich brauch keinen fragen.«

Treppmann seufzte. Soltau war zu betrunken, um die Anspielung zu verstehen. Er würde direkter werden müssen. »Ich benötige eine Waffe.«

»Wat willze denn mit 'ner Knarre?«, stieß Soltau hervor.

»Mir den Franzosen schnappen, der meine Agnes auf dem Gewissen hat.«

Kalle Soltau machte den Mund auf und wieder zu. »Dat vergisste am besten sofort wieder. Ein freundschaftlicher Rat von mir: Halte dich da raus. Dat is zu gefährlich. Eine Tote inner Familie reicht.«

»Du hilfst mir also nicht?«

Soltau schüttelte heftig den Kopf. »Nee. So war dat mit der Hilfe nich gemeint.«

»Aber du hast ...«

»Lasset bleiben, Hermann. Glaub mir, is besser so. Willi, zahlen.« Kalle Soltau erhob sich von seinem Hocker.

15

Montag, 19. Februar 1923

Diese Nacht hatte er wieder schlecht geschlafen und unter dem Traum gelitten. Immer wieder wurde er durch ihn an die grausamen Ereignisse erinnert, die er vor etwas mehr als fünf Jahren durchleben musste.

Stets war er im Grenadiergraben, in Sichtweite des französischen Feindes. Wie oft war er damals diesen Weg entlanggehastet, der eigentlich kein Graben mehr war, sondern nur noch eine Mulde, zernarbt von zahllosen Trichtern. Es gab kaum Schutz vor dem feindlichen Feuer und man lief über Leichen hinweg vom zerstörten Ort Ornes hinauf zur Vaux-Kreuz-Höhe, in die vorderste deutsche Stellung. Zahlreiche seiner Kameraden waren auf dem Weg nach vorn gefallen, noch bevor sie ihr eigentliches Ziel erreicht hatten.

Diese Erlebnisse konnte Goldstein einfach nicht vergessen. Sie schoben sich in sein Bewusstsein, verdrängten jeden anderen Gedanken. An die kleinsten Details erinnerte er sich. So, als ob es gestern gewesen wäre.

Es war ein kühler, klarer Morgen Ende September 1917 gewesen, als das Regiment zum Sturmangriff antrat. Nach zweitägigem Dauerregen ließ der blaue Himmel auf einen sonnigen Tag hoffen. Immer noch war der Boden aufgeweicht und morastig.

Sie lagen erst seit zwei Wochen in der Knochenmühle vor Verdun. Hauptmann Schreiber befehligte die Kompanie, in der er diente. Goldstein selbst war Leutnant in diesem Abschnitt. Um Punkt sechs Uhr sammelten sich die Soldaten vor den Leitern, die aus den Unterständen nach oben führten, direkt hinein in das Maschinengewehrfeuer der Franzosen. Hauptmann Schreiber stieg als Erster hoch, die Trillerpfeife baumelte um seinen Hals, die Pistole hielt er in der Rechten. »Zum Angriff!«, rief er. »Folgt mir. Zum Angriff!«

Fast die Hälfte der Kompanie fiel dem feindlichen Sperrfeuer zum Opfer. Die französischen Granaten rissen tiefe Löcher in das Terrain. Viele Soldaten stürzten getroffen zurück in den Graben, kaum dass sie die Leiter erklommen hatten. Die Nachkommenden drängten nach vorn, angetrieben von den Offizieren hinter ihnen. Die Soldaten traten auf Tote und Sterbende, drückten deren Körper in den Schlamm des Unterstandes, ignorierten das Stöhnen und Schreien, schoben sich die Leitern hoch und denjenigen von ihnen, die wie durch ein Wunder bis jetzt überlebt hatten, bot sich ein unwirklicher Anblick: Zwischen den explodierenden Granaten, den gefallenen Grenadieren, den gebückt dem ersten Drahtverhau entgegenstürmenden Soldaten stand aufrecht Hauptmann Schreiber mit dem Rücken zum Feind, die Trillerpfeife im Mund, und forderte seine Soldaten mit energischen Handbewegungen auf, die Gräben zu verlassen und anzugreifen. Der Offizier stand da, die feindlichen Geschosse ignorierend, anscheinend ohne jede Angst um sein eigenes Leben.

Wie ein Fels in der Brandung, dachte Goldstein, als er an ihm vorbeilief.

Der Angriff in ihrem Abschnitt endete bereits nach wenigen Metern. Noch bevor es den Infanteristen gelungen war, mit den Drahtscheren eine Lücke in den Stacheldraht zu schneiden, waren die meisten von ihnen tot. Zerfetzt von Granaten, zersiebt von Maschinengewehren. Einige hingen leblos im Drahtverhau, andere brüllten vor Schmerz. Ihr Schreien ging unter im Donnern der Explosionen.

Goldstein warf sich zu Boden, kroch, nach Deckung suchend, langsam zurück. Ein ohrenbetäubender Knall in seiner unmittelbaren Nähe ließ ihn fast taub werden. Wie von einer Riesenhand wurde er hochgehoben, fünf Meter zur Seite geschleudert und landete am Rand eines Granattrichters. Er machte sich so klein, wie er konnte, tastete nach seinen Beinen und stellte mit Erleichterung fest, dass er den Einschlag anscheinend unverletzt überstanden hatte. Sein Gewehr hatte er verloren, ebenso seinen Stahlhelm. Hier, im Freien liegend, war er leichte Beute für Kugeln und Splitter. Er musste in Deckung gehen! Er glitt über den Rand in den Trichter und atmete durch. Eine vorläufige Sicherheit. Er versuchte, sich zu orientieren. Der Unterstand befand sich etwa zwanzig Meter südlich, eine fast unüberwindbare Entfernung.

Der Trichterrand war glitschig. Immer wenn Goldstein sich bewegte, rutschte er auf dem nassen Lehm ein Stück tiefer. Plötzlich hörte er neben sich ein Stöhnen. Er drehte sich vorsichtig um. Etwa einen Meter unterhalb von ihm lag ein deutscher Infanterist, dessen rechter Armstumpf heftig blutete.

»Kamerad«, stöhnte der Soldat. »Bitte hilf mir.«

Goldstein bemühte sich, dem Mann näher zu kommen. Dabei verlor er erneut ein wenig an Höhe. Plötzlich bemerkte er, dass auf dem Boden des Trichters eine Art gelber Nebel wogte. Er wusste sofort, was dieser Nebel bedeutete: Gas! Es hatte sich auf dem Grund gesammelt. Hastig griff Goldstein an seine Seite, an der der Blechbehälter mit der Gasmaske an seinem Gürtel hing. Aber da war kein Blechbehälter. Und auch keine Gasmaske. Wieder rutschte er tiefer. Panik erfasste ihn. Seine Finger krallten sich in den nassen Lehm. Aber unaufhaltsam glitt er weiter nach unten, dem sicheren Tod entgegen. Er strampelte, ruderte mit den

Armen, hieb seine Füße in den Lehm, bis er einen Widerstand spürte. Er drückte sich ab. Das Stöhnen seines Kameraden wurde lauter. »Bitte nicht«, jammerte der Schwerverwundete. »Bitte.«

Goldstein ignorierte das Flehen, schob sich hoch, den Körper seines Kameraden als Widerlager nutzend, drückte ihn hinein ins Gas und sich in Sicherheit, kroch schließlich über den Rand des Trichters und hörte trotz des infernalischen Lärms von kreischenden Splittern und explodierenden Granaten das letzte Wort des im Gas krepierenden Soldaten. Das letzte Wort des Infanteristen, der ihm durch seine bloße körperliche Anwesenheit das Leben gerettet und den er dem Gas überantwortet hatte. Das Wort, das er nie mehr im Leben würde vergessen können: Mutter.

Peter Goldstein saß allein in dem Abteil in der zweiten Klasse. Zum dritten Mal an diesem Tag zog er den Personalausweis aus der Tasche, den ihm Kriminalsekretär Hofer ausgehändigt hatte. Der Ausweis berechtigte zur Einreise in die besetzten Gebiete. Das Foto, das Goldstein hatte machen lassen, war auf der rechten Seite des Dokuments quer eingeklebt und an der unteren linken Ecke mit einem Stempel versehen worden, auf dem man mit Mühe die Aufschrift *Der Stadtkommandant* entziffern konnte. Goldstein selbst hatte mit seinem richtigen Namen gezeichnet, da Hofer zu bedenken gegeben hatte, dass die Verwendung eines Falschnamens immer die Gefahr eines irrtümlichen Versprechers mit sich bringe und so die Tarnung auffliegen könne. Auch das Geburtsdatum war korrekt angegeben, lediglich Goldsteins Geburtsort war von Straßburg nach Hannover verlegt worden. Als ständiger Wohnsitz war seine alte Berliner Adresse genannt. Unter Beruf stand Handelsvertreter. Diese Ausweise waren im Grunde nicht mehr als von den Franzosen ausgestellte Passierscheine. Doch ohne ein solches Dokument würde er das besetzte Gebiet nicht betreten können.

Goldstein musterte den Ausweis und hoffte, dass die Fälschung so gut war, dass die französischen Grenzkontrollen ihn nicht behelligten.

Langsam verspürte er Hunger. Er war in aller Frühe in Berlin aufgebrochen und hatte erst den D-Zug nach Hamburg genommen, um dort in den Zug nach Münster umzusteigen. Im Westfälischen angekommen hatte er seine Fahrscheine nach Hamburg und Münster weggeworfen, um bei einer eventuellen Durchsuchung nur das Billett von Münster nach Herne in der Tasche zu tragen. Darüber hinaus führte er die Rechnung eines Münsteraner Hotels mit sich, laut der er sich die letzten drei Nächte in der Stadt aufgehalten hatte.

Hundemüde, wie er heute früh gewesen war, hatte er es dummerweise versäumt, etwas Essbares einzupacken. Platz genug wäre gewesen. Der größere der beiden Koffer, mit denen er reiste, war seiner privaten Garderobe vorbehalten und nur zu zwei Dritteln gefüllt. Der kleinere dagegen war randvoll bepackt mit Schrauben und Muttern in verschiedenen Größen und Ausführungen, diversen Verkaufsprospekten und Bestellformularen. Goldstein sollte als freier Handelsvertreter für Eisenwaren auftreten und hatte das vergangene Wochenende damit verbracht, sich Produktnamen einzuprägen und sich durch die technischen Beschreibungen zu quälen, allerdings ohne wirklichen Erfolg. Die Beschaffenheit und Anwendungsbereiche der meisten der Erzeugnisse in seinem Musterkoffer waren für ihn ein Buch mit sieben Siegeln geblieben.

Die Abteiltür wurde aufgeschoben und der Kontrolleur verlangte, die Fahrkarte zu sehen. Goldstein kam der Aufforderung nach. Der Uniformierte beäugte das Pappstückchen lange.

»Sie wollen nach Herne?«, fragte er dann skeptisch.

»Ja.«

»Das dürfte nicht so einfach werden.«

»Warum nicht?«

»Sie benötigen zur Einreise ein besonderes Dokument.«

»Das habe ich.«

Misstrauisch musterte der Schaffner den Reisenden. »Wohnen Sie in Herne?«

»Nein. Ich habe dort beruflich zu tun.«

»Sie machen Geschäfte mit den Franzosen?« Der Tonfall machte deutlich, was der Mann von den Besetzern des Ruhrgebietes hielt.

»Selbstverständlich nicht«, gab Goldstein entrüstet zurück.

Die Miene des Kontrolleurs hellte sich auf. »Nichts für ungut, der Herr. Aber es reisen in diesen Tagen nicht sehr viele ins besetzte Gebiet. Ist ja auch ziemlich beschwerlich.«

»Inwiefern?«, erkundigte sich Goldstein.

»Der Hauptbahnhof in Recklinghausen wurde von den Franzosen stillgelegt. Die meisten Passagiere steigen in Haltern aus. Auch dieser Zug fährt nur bis Sinsen. Ist eine Station nach Haltern. Wenn Sie Glück haben, können Sie dort in den Pendelzug zum Block Börste umsteigen. Da ist der Grenzbahnhof.«

Da Goldstein ein fragendes Gesicht machte, ergänzte der Beamte: »Börste ist ein Stadtteil von Recklinghausen. Liegt im Norden.«

»Und wie komme ich von da nach Herne?«

»Straßenbahn. Und wenn die nicht fährt, zu Fuß.«

Das sind ja schöne Aussichten, dachte Goldstein. »Wie weit ist es denn von diesem Börste nach Herne?«, fragte er misstrauisch.

»Genau kann ich Ihnen das nicht sagen. Aber es werden schon zehn Kilometer sein.«

»Zehn Kilometer?«, echote Goldstein, obwohl er den Mann gut verstanden hatte.

»Wenigstens.« Der Schaffner grinste, lochte die Fahrkarte und gab sie zurück. »Weiter gute Fahrt«, wünschte er und verließ das Abteil.

Vielleicht war es doch keine so gute Idee gewesen, vom Norden kommend ins Ruhrgebiet einzureisen. Hofer hatte gemeint, dass die West-Ost-Verbindung zwischen Köln und Berlin sehr viel stärker frequentiert und daher von den französischen Soldaten auch intensiver kontrolliert würde.

Wie der Kontrolleur prophezeit hatte, ergoss sich in Haltern eine große Anzahl Reisender auf den Bahnsteig. Goldstein fragte sich, wo diese Leute alle Platz gefunden hatten, war sein Abteil doch eigentümlicherweise von Münster bis hier völlig leer geblieben.

Nach dem Pfiff des Fahrdienstleiters fuhr die Dampflok wieder an, gewann schnell an Tempo, um nach nur wenigen Minuten kreischend abzubremsen. Der Zug näherte sich der Endstation.

»Sinsen, Bahnhof Sinsen«, war eine laute Stimme zu vernehmen. »Bitte alles aussteigen. Der Zug endet hier.«

Goldstein streifte seine Jacke über, packte seine beiden Koffer und verließ den Waggon. Schneidende Kälte schlug ihm entgegen. Er sah sich um. Außer ihm hatten nur noch eine Handvoll Reisender den Zug verlassen.

»Wo wolln Se denn hin?«, fragte ihn ein Bahnbeamter freundlich.

»Nach Herne.« Goldsteins Atem bildete kleine Wolken in der kalten Luft.

»Gehen Se ma da hinten hin.« Der Eisenbahner zeigte mit dem Arm an dem Zug vorbei Richtung Süden. Dort, ganz am Ende des Gleises, stand eine kleine Menschengruppe.

»Vielleicht ham Se ja Glück und der Pendelzug kommt.«

Also schleppte Goldstein seine Koffer zu den anderen Wartenden, die frierend in der Abenddämmerung standen. Und sie hatten Glück. Wenig später näherte sich schnaufend eine Lokomotive, hinter deren Tender ein einzelner Personenwagen der dritten Klasse angekuppelt war.

Als der Zug stand, steckte der Lokführer den Kopf aus dem Fenster seiner Maschine und rief: »Steigen Se ein. Aber 'n bisken dalli, wenn ich bitten darf.«

Eilig folgten alle der Aufforderung. Goldstein fand einen Platz, nicht weit von der Waggontür entfernt. Ihm gegenüber saß ein älteres Paar. Goldstein grüßte mit einem Kopfnicken, welches die beiden erwiderten.

Mit einem Ruck setzte sich der Zug in Bewegung. Goldstein kramte in seiner Jacke und zog die Fahrkarte hervor.

»Die brauchen Se nich«, sagte der Mann von gegenüber. »In Börste is sowieso Schluss mit lustig. Wat Se brauchen, is 'n Pass.«

Goldstein nickte erneut. »Ich weiß«, sagte er nur.

Die Fahrtzeit von Sinsen nach Börste war noch kürzer als die der Etappe davor. Goldstein lachte auf, als der Bahnhof in sein Blickfeld geriet. Unter einem Grenzbahnhof hatte er sich etwas anderes vorgestellt. Es gab keinen ausgebauten Bahnsteig, kein Empfangsgebäude, keine Verladeeinrichtungen. Eigentlich gab es nichts, was üblicherweise einen Bahnhof ausmachte.

Die Dampflok schob den Waggon rückwärts auf ein Abstellgleis, neben dem eine einfache, an einer Seite offene Holzbaracke stand. Zwei Gaslaternen links und rechts des Schuppens spendeten schummriges Licht.

Aus dem Halbdunkel schälten sich die Silhouetten einiger Männer.

Als er ausgestiegen war, erkannte Goldstein, dass es sich bei den Personen, die neben den Gleisen warteten, um französische Soldaten handelte. Stumm wiesen sie den Reisenden den Weg in die Baracke, wo ein Offizier an einem wackeligen Holztisch saß und die Pässe und Passierscheine kontrollierte. Neben ihm stand ein weiterer Soldat, das Gewehr mit aufgepflanztem Bajonett geschultert. Er musterte jeden Eintretenden.

Die wenigen alleinreisenden Männer wurden besonders sorgfältig überprüft. Paare oder Frauen dagegen wurden vereinzelt sogar ohne Kontrolle durchgewunken. Goldstein reihte sich in die Schlange ein. Zehn Minuten später fragte ihn der Befehlshabende in ausgezeichnetem Deutsch nach seinem Pass.

Goldstein zückte das Dokument und hoffte, dass dem Franzosen das leichte Zittern seiner Hände nicht auffiel.

Gründlich begutachtete der Offizier das Dokument. »Wohin wollen Sie?«, fragte er.

»Nach Herne. Ich bin beruflich unterwegs.«

»Was tun Sie?«

»Ich bin freier Handelsvertreter für Eisenwaren. Ich möchte hier im mittleren Ruhrgebiet neue Kunden gewinnen.«

Der Offizier deutete ein Lächeln an. »Ist das im Moment nicht ein etwas ungünstiger Zeitpunkt für Kundenakquisitionen?«

Auf diese Frage war Goldstein vorbereitet und er antwortete, ohne zu zögern: »Ganz im Gegenteil. Durch das – wie soll ich es bezeichnen? – Engagement Ihres Landes im Ruhrgebiet sind alte Geschäftsbeziehungen zerbrochen. Es ist nicht immer einfach, Güter hierher zu bringen. Ich vermittle neue Kontakte mit hoffentlich weniger Lieferschwierigkeiten.«

»Wie das?«

»Meine Lieferanten befinden sich im Ruhrgebiet. Nun suche ich Kunden und bringe beide zueinander. Da geht dann einiges einfacher.«

»Verstehe. Öffnen Sie bitte Ihre Koffer.« Der Offizier gab dem Soldaten ein Zeichen, worauf dieser an den Tisch trat, Goldsteins Gepäckstücke in Empfang nahm und mit geübten Griffen durchsuchte.

»Ihr Musterkoffer, nehme ich an?«, erkundigte sich der Franzose, nahm eine der Schrauben heraus und drehte sie zwischen den Fingern.

»Ja.«

Der Soldat warf das Metallteil zurück, klappte schwungvoll den Kofferdeckel zu und gab dem Deutschen das Personaldokument zurück. »Danke. Sie können passieren.«

Goldstein nahm seine Koffer und ging Richtung Ausgang. Er war erst einige Schritte vom Kontrolltisch entfernt, als er den Offizier in scharfem Ton auf Französisch rufen hörte: »Attendez!«

Für einen Moment erwog Goldstein, sich umzudrehen. Dann aber folgte er seiner inneren Stimme, die ihm riet, ruhig weiterzugehen.

Sogleich wiederholte der Offizier seinen Befehl auf Deutsch. Nun blieb Goldstein stehen und drehte sich langsam um. »Ja, bitte?«

»Sie sprechen kein Französisch?«

»Nein. Kein Wort.«

Der Franzose machte eine herablassende Handbewegung. »Der Nächste.«

Auf der Ladefläche eines Lastkraftwagens erreichte Goldstein am frühen Abend die Innenstadt von Recklinghausen. Von da aus nahm er die Straßenbahn nach Herne, wo er sich in der Nähe des Bahnhofs ein Hotelzimmer suchte. Er aß etwas und fiel wenig später in einen tiefen Schlaf.

16

Montag, 19. Februar 1923

Ah, Monsieur Trasse. Bonsoir, bonsoir.«

General Caron stand auf und ging seinem Besucher entgegen. »Schön, dass Sie meiner Einladung zu dem heutigen Abend trotz Ihrer vielfältigen anderweitigen Verpflichtungen gefolgt sind. Es ist mir eine Freude, Sie zu sehen.«

Trasse blieb stehen und reichte dem Franzosen die Hand. »Die Freude ist ganz auf meiner Seite, Herr General.« Seine Augen blitzten.

»Immer wieder muss ich Ihr wirklich exzellentes Französisch bewundern. Wo haben Sie es gleich gelernt?«

»Ich habe Ende des letzten Jahrhunderts einige Semester in Paris studiert.«

»An der Sorbonne?«

»Wo sonst?«

»Natürlich, natürlich.« Der General zeigte auf die Sitzgruppe. »Bitte nehmen Sie doch Platz. Wein? Cognac?«

»Wein, bitte.«

Wieland Trasse setzte sich in den schweren Sessel. »Wenn Sie gestatten, Herr General, würde ich vorschlagen, dass wir auf den weiteren Austausch unverbindlicher Höflichkeiten verzichten und gleich zur Sache kommen.« Der Deutsche lächelte ironisch. »Die Einladung, die mir Ihr Ordonnanzoffizier überbracht hat, ähnelte mehr einem Befehl, war mein Eindruck. Ihr Offizier wäre doch sicherlich nicht ohne mich zu Ihnen zurückgekehrt, oder?«

»Selbstverständlich nicht.« General Caron hob sein Glas.

»Trotzdem haben Sie hoffentlich nichts gegen einen guten Wein einzuwenden. Burgunder. Probieren Sie.«

Der Regierungsrat nahm einen Schluck und blickte sein Gegenüber erwartungsvoll an.

»Herr Trasse, wir haben Grund zu der Vermutung, dass Sie über exzellente Kontakte nicht nur ins Berliner Finanzministerium, sondern auch in das Innenministerium verfügen.«

»Selbstverständlich habe ich Beziehungen ins Finanzministerium. Schließlich ist das mein Beruf. Aber zum Innenministerium ...« Trasse schüttelte leicht den Kopf. »Nein. Da muss ich Sie enttäuschen.«

Der General stellte sein Glas ab. »Würden Sie mir Ihr Wort darauf geben?«

Trasse zögerte einen kleinen Moment mit der Antwort. Dann sagte er: »Nein. Sie wissen, dass unsere Seite die Besetzung des Rheinlandes und des Ruhrgebietes als völkerrechtswidrigen, kriegerischen Akt betrachtet. Sie wissen sicherlich auch, dass ich als Beamter an meinen Amtseid gegenüber Deutschland und seiner Regierung gebunden bin und gebunden sein will. Im Grunde dürfte ich noch nicht einmal hier sitzen und Wein mit Ihnen trinken. Aber da ich ja nicht freiwillig gekommen bin, wird mein Dienstherr sicher darüber hinwegsehen.« Er lächelte erneut. »Aber Ihnen mein Wort geben? Wie käme ich dazu!«

»Diese Antwort hatte ich befürchtet. Ein Mann Ihrer Intelligenz und Integrität ist stets auf der Hut. Also vergessen Sie mein Anliegen.« Der General machte eine Pause. »Wenn Sie gestatten, möchte ich Ihnen eine kurze Geschichte erzählen. Wie Ihre Regierung über gute Kontakte zu unseren Pariser Dienststellen verfügt, so haben wir solche Kontakte natürlich auch zu den deutschen Ministerien. Das wissen wir, das wissen Sie. Und einer dieser Kontakte, nennen wir ihn ›Jemand‹, meint nun, des Öfteren Ihren Namen gehört zu haben. Allerdings arbeitet Jemand nicht im Finanz-, sondern im Innenministerium.«

Als Trasse ihn unterbrechen wollte, hob Caron die Hand. Sein Tonfall wurde hart. »Bitte warten Sie noch einen Moment. Jemand geht sogar so weit und behauptet, Sie würden im Auftrag der deutschen Regierung hier im Landkreis Recklinghausen den passiven Widerstand der Bevölkerung gegen uns organisieren. Sie seien der strategische Kopf hinter den Aktionen, die diese Leute durchführen. Und Sie würden dafür sorgen, dass der Widerstand auch finanziell nicht ausblutet. Das alles hat uns Jemand erzählt, Herr Trasse. Und ich glaube unserem Jemand.«

Wieland Trasse hatte sich Carons Beschuldigung angehört, ohne eine Miene zu verziehen. »Ihr Jemand scheint ein fantasiebegabter Mensch zu sein, Herr General.«

»Wie gesagt, ich bin mir ziemlich sicher, dass seine Informationen stimmen.«

Trasse nahm einen Schluck Wein. »Also verhaften Sie mich jetzt?«, fragte er gelassen.

»Nein. Ich möchte Ihnen stattdessen ein Geschäft vorschlagen.«

»Ach. Das ist ja interessant. Unterstellen wir für einen Moment, ich wäre tatsächlich derjenige, für den Sie mich halten. Warum sollte ich mich dann ausgerechnet mit Ihnen, dem Befehlshaber der Besatzungstruppen in meiner Heimatstadt, auf ein Geschäft einlassen?«

»Die Antwort ist ganz einfach: weil es sonst Ihren Kopf kosten kann«, entgegnete der General trocken. »Ich habe Erkundigungen über Sie eingezogen, Herr Trasse. Sie mögen zwar wie ich ein Patriot sein, aber Sie sind alles andere als dumm. Und tote Patrioten hatten wir auf beiden Seiten seit 1914 genug, finde ich. Stimmen Sie mir zu?«

Der Regierungsrat nickte bloß.

»Ein guter Anfang. Und damit Sie mich nicht missverstehen: Würden deutsche Soldaten in meiner Heimat stehen, ich würde mich nicht einen Deut anders verhalten, als Sie und Ihre Landsleute es tun. Aber ich habe einen Auftrag zu erfüllen und werde ihn kompromisslos ausführen. Hier also mein Angebot.« Caron griff zu einer Aktenmappe und zog ein Schriftstück hervor. Er hielt es hoch, sodass Trasse es lesen konnte. »Bei Ihren Französischkenntnissen dürften Sie kein Problem haben zu erkennen, dass es sich bei diesem Akt in der Tat um einen Haftbefehl handelt, ausgestellt auf Ihren Namen. Als Haftgrund wird dringender Spionageverdacht angegeben. Sie wissen, was das heißt?«

Trasse blieb weiterhin stumm.

»Natürlich wissen Sie es. Also, wenn Sie mit uns kooperieren, zerreiße ich den Haftbefehl und rette Ihren Hals. Tun Sie das nicht, rufe ich die vor meiner Tür wartende Wache. Das nächste Mal, wenn Sie Tageslicht sehen, werden Sie sich auf dem Weg zum Hinrichtungsplatz befinden. Wie entscheiden Sie sich?«

Die Mundwinkel des Regierungsrates zuckten. Lakonisch stellte er fest: »Ich soll Ihnen also meine Landsleute ans Messer liefern.«

»Natürlich nicht alle. Mich interessieren Saboteure, Attentäter. Nicht die kleinen Fische, die Flugblätter gegen uns verteilen oder jungen Frauen mit dem Abschneiden ihrer Haare drohen, wenn sie sich mit meinen Landsleuten einlassen. Nun?«

Wieland Trasse griff erneut zum Weinglas. Seine Stimme zitterte nur unmerklich. »Zerreißen Sie den Haftbefehl. Ist wirklich gut, Ihr Burgunder.«

Als er eine halbe Stunde später im Fond des Wagens saß, in dem er von einem der Offiziere Carons zu seiner Wohnung zurückgebracht wurde, hatte er seine Selbstsicherheit zurückgewonnen. Eigentlich kann mir das Angebot des Generals nur recht sein, dachte er. Er würde Vorsicht walten lassen müssen, gewiss. Aber es kam seinem Plan sehr entgegen.

Befriedigt lehnte er sich zurück und schloss die Augen. Caron würde sich noch wundern.

17

Dienstag, 20. Februar 1923

Bitte nicht.« Der Soldat flehte um sein Leben.

Goldstein blickte nach unten, erkannte den gelben, wabernden Qualm am Boden des Trichters, schaute in das verzweifelte Gesicht seines verwundeten Kameraden. Sah die Todesangst in den weit aufgerissenen Augen des anderen.

»Bitte!«

Mit einem Fuß auf der Schulter des Todgeweihten schob sich Goldstein Zentimeter für Zentimeter hoch, fühlte mit der suchenden rechten Hand einen Ast oder eine Wurzel am Rand des Granatentrichters, krallte sich fest und zog sich nach oben, weg vom Gas.

»Mutter«, hörte Goldstein seinen Kameraden noch stöhnen, bevor er sich in die trügerische Sicherheit des offenen Geländes wälzte, mitten hinein in den Granatenhagel der Franzosen. Goldstein rappelte sich auf, lief geduckt weg von dem Krater, warf sich in den Schlamm, als er das Pfeifen eines Schrapnells hörte, sprang wieder auf und rannte weiter, der eigenen Linie entgegen. Kurz bevor er den Graben erreichte, verspürte er einen heftigen Schlag im Rücken und stürzte. Voller Entsetzen bemerkte er vor sich wieder den

Kameraden mit dem blutigen Armstumpf. In der unverletzten Hand trug er Goldsteins Stahlhelm, aus dem gelbe Gasschwaden herausquollen. Mit ausdruckslosem Gesicht reichte der Sterbende ihm den Helm. »Bitte.«

Goldstein griff zu. Der Gasnebel verdichtete sich zu einer Wolke. Starr vor Angst verfolgte Goldstein, wie sich das Gas zu einer gelben Kugel formte, langsam in Richtung seines Kopfes flog und ihn schließlich völlig umschloss. Er rang nach Luft und atmete Gas. Der andere Soldat lachte auf und schlug rhythmisch mit der unverletzten Hand auf seine Schutzmaske. Mit jedem Schlag löste sich ein Stück Fleisch von der anfangs noch gesunden Hand, bis schließlich nur noch blanke Knochen zu sehen waren. »Bitte, Goldstein«, kreischte der Soldat unablässig. Und dann streckte er seinen skelettierten Zeigefinger aus: »Sie, Herr Goldstein! Jetzt sind Sie mit Sterben an der Reihe, Herr Goldstein, jetzt Sie!«

Peter Goldstein schreckte hoch. Es dauerte einen Moment, bis er realisierte, wo er sich befand.

»Herr Goldstein!« Es klopfte heftiger an der Zimmertür. »Aufstehen«, rief eine weibliche Stimme – seine Hotelwirtin. Goldstein hatte sie gestern gebeten, ihn zu wecken.

Er tastete nach seiner Taschenuhr, die er auf dem Nachttischchen deponiert hatte. Kurz nach acht.

»Sind Sie wach?«

»Danke«, krächzte Goldstein, seine Unterlippe schmerzte. Prüfend fuhr er mit der Zunge über die Stelle. Sie war geschwollen. Er musste sich im Schlaf auf die Lippe gebissen haben. Der Polizist stöhnte. Immer wieder dieser schreckliche Traum!

Eine halbe Stunde später betrat er den Speiseraum des kleinen Familienhotels an der Bochumer Straße. Mit dem Frühstück konnte er sich Zeit lassen. Erst für zehn Uhr war er mit einem Beamten der hiesigen Verwaltung in einem

Café in der Nähe des Neumarkts verabredet. Neben dem Leiter der Herner Schutzpolizei war Verwaltungssekretär Wiedemann der einzige Mensch, der von seinem Auftrag in der westfälischen Stadt Kenntnis hatte, er würde auch der Kontaktmann zu Goldsteins Berliner Dienststelle sein.

Vom Hotel war es nicht weit zum *Café Corso*. Kurz bevor er das Lokal betrat, steckte sich Goldstein eine Strohblume ans Revers, so wie es als Erkennungszeichen vereinbart war. Er kam sich ein wenig affig vor mit der trockenen Blume im Knopfloch, auch wenn er sich in Johns Bar öfter so hatte ausstaffieren müssen. Aber dort war er als Eintänzer tätig gewesen, hier arbeitete er als Polizist. Goldstein tröstete sich damit, dass sich um diese Zeit vermutlich nicht allzu viele Gäste in dem Café aufhalten würden.

Er sollte recht behalten. Lediglich zwei ältere Damen widmeten sich an einem der hinteren Tische mit Hingabe dem Kuchen.

Peter Goldstein suchte sich einen Platz, von dem aus er den Eingang gut im Auge behalten konnte. Als die Bedienung kam und sich nach seinen Wünschen erkundigte, bestellte er einen Kaffee, aber nicht ohne sich vorher nach dem heutigen Preis für das Getränk erkundigt zu haben. Sein Barvermögen war nach der Hotelübernachtung und dem Abendessen schon ziemlich geschrumpft und er wusste nicht, ob Wiedemann ihn mit neuen Geldmitteln ausstatten würde.

Der Raum war überheizt. Goldstein fühlte, wie sich Schweiß unter seinen Achseln bildete. Ungeduldig blickte er immer wieder zur Tür. Er hatte seinen Kaffee schon ausgetrunken, da betrat ein hagerer Mann, etwa im gleichen Alter wie Goldstein, das Café und steuerte nach einem Blick in die Runde schnurstracks auf seinen Tisch zu.

»Peter Goldstein?«, fragte der Ankömmling.

»Ja.«

Der Mann streckte seine Hand aus. »Ewald Wiedemann.« Er machte keine Anstalten, sich zu setzen oder seinen Mantel auszuziehen. »Ich schlage vor, wir gehen etwas spazieren. An der frischen Luft unterhält es sich leichter.«

Goldstein nickte, bezahlte und folgte dem Mann nach draußen. Der Herner wandte sich Richtung Osten. »Es ist nicht weit bis zum Stadtgarten. Zwar haben die Franzosen in der Nähe ihr Hauptquartier, aber zwei Spaziergänger werden dort auch im Winter nicht sonderlich auffallen.«

Auf dem Weg zum Park tauschten die beiden Männer Belanglosigkeiten aus. Goldstein begann, ungeduldig zu werden.

Erst als in weitem Umkreis keine anderen Personen auszumachen waren, begann Wiedemann mit einer ausführlichen Schilderung der bisherigen polizeilichen Ermittlungen im Mordfall Treppmann.

»Ich kenne die Akte«, unterbrach ihn Goldstein nach wenigen Minuten genervt.

»Tatsächlich?« Wiedemann war offensichtlich aus dem Konzept gebracht.

»Natürlich. Hofer hat mir gesagt, dass Sie mir eine Unterkunft vermitteln können. Ich wäre Ihnen dankbar, wenn das zügig vonstatten gehen könnte. Ich wohne im Moment im Hotel und das ist ...«

»Eine Unterkunft vermitteln?« Der Kollege schaute überrascht. »Davon weiß ich nichts. Meine Instruktionen sehen lediglich vor, Sie mit dem Sachverhalt vertraut zu machen.«

»Sie wissen nichts davon?« Eine böse Ahnung befiel Goldstein. »Kriminalsekretär Hofer hat mich dahingehend unterrichtet, dass Sie mein Ansprechpartner nicht nur für die Wohnungsfrage, sondern auch für alle finanziellen Belange seien.«

»Das verstehe ich nicht ...«

»Über Sie sollte meine Bezahlung abgewickelt werden. Bis auf ein paar Reichsmark in der Tasche bin ich völlig mittellos.«

»Oh.« Der Herner schien ehrlich überrascht. Er musterte den Berliner nachdenklich.

Dann sagte er: »Ich habe eine Idee. Meine Schwester wohnt wie die Treppmanns in der Teutoburgia-Siedlung. Sie hat ein kleines Zimmer unter dem Dach. Das ist zurzeit frei. Dort können Sie die nächsten Tage bleiben. Und verpflegen wird sie Sie sicherlich auch. Ich kläre die Sache derweil mit Berlin. Ich stelle Sie meiner Schwester als einen früheren Schulfreund vor, sie wird keine unnötigen Fragen stellen. Was meinen Sie?«

Aus ermittlungstechnischen Gründen war Wiedemanns Vorschlag das Beste, was Goldstein hatte passieren können. Trotzdem musste er schlucken. Seinen Start in eine Karriere als wohlhabender Beamter hatte er sich anders vorgestellt. Mit einem Seufzer stimmte er zu.

18

Dienstag, 20. Februar 1923

Wilfried Saborski kannte nur einen der fünf Männer persönlich. Walter Kowalke war fast im gleichen Alter wie Saborski. Die beiden hatten sich Anfang 1922 auf einer Parteiveranstaltung der noch jungen NSDAP in Essen kennengelernt und angefreundet. Das heutige Treffen mit den anderen Führern der Widerstandsgruppen hatte Kowalke organisiert. Vor drei Tagen war er überraschend bei Saborski aufgetaucht und hatte ihn zu diesem Siedlungshaus in Recklinghausen-Hochlarmark bestellt. Es gehe um die Planung weiterer Aktionen gegen die Besatzer, hatte er gesagt und vermehrt und eindringlich darauf hingewiesen, dass die Zusammenkunft absolut vertraulich bleiben müsse. Saborski hatte sich über die ständigen Ermahnungen geärgert. Schließlich wusste er selbst, dass die französischen Spitzel versuchten, die Widerstandsgruppen zu unterwandern.

Trotzdem war er der Einladung gefolgt und saß nun an Kowalkes Küchentisch.

Dieser hatte kurz und knapp die Regeln für dieses Treffen bestimmt: »Jeder nennt seinem Vornamen und die Stadt, aus der er kommt. Das reicht.« Er sah auf die Küchenuhr. »Unsere Runde wird sich um drei Uhr wieder auflösen. Ihr werdet nacheinander das Haus verlassen und in unterschiedliche Richtungen gehen. Ihr geht allein. Auch wenn ihr euch später am Bahnhof oder an einer Straßenbahnhaltestelle wieder treffen solltet, habt ihr euch noch nie gesehen. Alles klar?«

Die Männer murmelten Zustimmung. Kowalke goss unaufgefordert Kaffee in die Tassen, die vor den Männern auf dem Tisch standen, und zeigte auf das Selbstgebackene. »Bedient euch.« Er wartete einige Augenblicke, um allen ausreichend Gelegenheit zum Zugreifen zu geben. Dann blickte er auf den groß gewachsenen Kerl zu seiner Linken. »Fang an.«

»Gunter«, sagte der daraufhin mit einer piepsigen Kinderstimme, die im seltsamen Kontrast zu seiner Erscheinung stand. »Gunter aus Gelsenkirchen.«

Der nächste Mann trug als Einziger der Anwesenden einen Anzug und war sorgfältig frisiert. »Karl-Heinz. Wanne-Eickel.«

Dann waren Wieland aus Castrop und Gottfried aus Bochum an der Reihe. Schließlich stellte sich Saborski vor.

Walter Kowalke nickte. »Ich habe zu diesem Treffen aufgerufen, zum einen weil wir unsere Aktionen zukünftig besser koordinieren müssen. Es geht zum Beispiel nicht an, dass die Abfertigung eines Zuges in Wanne-Eickel von den dortigen Eisenbahnern aufgehalten, derselbe Zug aber dann in Herne bevorzugt durchgewinkt wird. Zum anderen sollten wir unsere Widerstandsformen überdenken.«

»Wie meinst du das?«, fragte Gunter mit der kindlichen Stimme.

»Bleiben wir bei den Eisenbahnen. Die Franzosen setzen mehr und mehr ihre eigenen Militäreisenbahner ein und übernehmen schrittweise den gesamten Betrieb. Je mehr Deutsche auf der Straße landen, desto weniger können wir den Güterverkehr erschweren. Irgendwann in naher Zukunft haben wir jede Einflussmöglichkeit verloren. Und dann?« Kowalke machte eine Pause, um den Anwesenden Zeit zum Nachdenken zu geben. »Ich sage es euch. Schon bald werden wir keine Weichen mehr umnummerieren und keine Züge auf die falschen Gleise schicken können. Wir werden die Weichen beschädigen müssen, um unsere Ziele zu erreichen. Wir müssen vom passiven zum aktiven Widerstand übergehen.« Als Kowalke die Gesichter der Anwesenden musterte, wusste er, dass seine Worte ihre Wirkung nicht verfehlt hatten.

Auch Saborskis Herz schlug schneller. Endlich! Darauf wartete er schon seit Wochen. Flugblätter verteilen, pah! Darüber lachten die Franzosen doch nur. Es herrschte Krieg. Und im Krieg durfte man in der Wahl seiner Waffen nicht zimperlich sein. »Du meinst also, wir sollten die Franzosen direkt angreifen?«

»Genau. Sabotage.« Wieland schlug zur Bestätigung mit der flachen Hand kräftig auf den Tisch. »Wir sind dabei. Meine Männer in Castrop brennen vor Ungeduld. Also, was sollen wir tun?«

»Immer mal langsam mit den jungen Pferden.« Kowalke lächelte. »Wir dürfen nichts überstürzen. Die Aktionen müssen sorgsam geplant werden.«

Der Bochumer meldete sich zu Wort. »Ich halte das nicht für vernünftig.«

»Ich hör wohl nicht richtig!«, blaffte Saborski. »Warum sitzt du dann hier?«

»Ich bin für den passiven Widerstand. Aber ich bin gegen Sabotage, weil ...«

»Er ist gegen Sabotage«, äffte Wilfried Saborski den Mann nach. »Bist du auch gegen die Franzosen? Man könnte fast glauben ...«

»Halt!« Walter Kowalke fiel seinem Parteigenossen ins Wort und legte beruhigend seine Hand auf dessen Unterarm. »Lass ihn ausreden.«

Saborski lehnte sich widerstrebend zurück.

»Los, Gottfried. Sag, was du zu sagen hast.«

»Militärisch sind die Franzosen uns eindeutig überlegen. Einen offenen Konflikt dürfen wir daher nicht riskieren.«

»Will ja auch keiner«, warf Gunter ein. Kowalke hob erneut seine Hand, um ihn ebenfalls zum Schweigen zu bringen.

»Aber auch Sabotage oder Angriffe auf einzelne Soldaten werden die Franzosen zu Gegenreaktionen veranlassen. Denkt darüber nach, wir stehen immer wieder im Streik. Die Streikgelder fließen nicht in der Höhe, wie Berlin sie uns versprochen hat. Dann die Geldentwertung. Unsere Kinder haben Hunger. Das sind für viele ausreichende Argumente, sich mit den Besatzern zu arrangieren. Schon jetzt wird auf meiner Zeche immer wieder die Frage gestellt, warum wir Bergleute eigentlich die Förderung und den Abtransport der Kohle nach Frankreich behindern sollen. Verkauft wurde unsere Kohle doch auch früher schon, meinen einige. Ob wir denn damals gefragt worden sind, an wen und für welchen Preis? Nein. Das haben die Zechenbarone immer allein entschieden. Jetzt sind eben die Franzosen die Eigentümer. Und wenn sie uns bezahlen, was hat sich für uns geändert? Wie gesagt, so denken schon jetzt einige. Und wenn die Kinder nicht bald ausreichend zu essen bekommen, werden es immer mehr, sage ich euch. Dann stehen wir allein gegen eine Militärmacht. Aktiver Widerstand ist Selbstmord. Der Reichskanzler hat schon recht.«

Wilfried Saborski hatte den Ausführungen mit wachsender Erregung zugehört. Jetzt sprang er auf und rief: »Es geht um deutsche Kohle! Sag das deinen Kumpeln. Sie gehört dem deutschen Volk, nicht den Franzosen!«

»Den deutschen Zechenbesitzern, meinst du wohl?«, entgegnete Gottfried.

»Was für einer bist du eigentlich?«, brüllte Saborski. »Ein Scheißkommunist?«

»Nein, ich bin kein Kommunist. Aber ein Realist.«

»Ach nee, wenn ich das schon höre. Realisten haben sich auch die genannt, die den Krieg 1918 für verloren erklärt haben, obwohl die Reichswehr ungeschlagen tapfer im Felde kämpfte. Und was war die Folge dieser realistischen Politik? Versailles! Und nun die Franzosen an Rhein und Ruhr. Ich pfeife auf deinen Realismus, verstehst du!«

Die anderen nickten beifällig.

Saborski wandte sich wütend an Kowalke. »Wie konntest du diesen Kommunisten hier hereinlassen? Er wird uns noch alle ans Messer liefern.«

Kowalke versuchte zu beschwichtigen. »Er ist kein Kommunist, das weiß ich. Außerdem ...«

»Außerdem ist er Realist, ich weiß«, höhnte Saborski. »Ich dachte, du würdest deine Gesprächsteilnehmer etwas sorgfältiger auswählen. Hier sollten eigentlich Männer sitzen, die deutsch und national denken. Nein«, ergänzte er schnell.

»Nicht nur denken, sondern auch handeln. Und der da«, er zeigte auf Gottfried. »Der hat hier nichts verloren. Stimmt ihr mir zu?«

Ein mehrstimmiges Ja war die Antwort. Nur Kowalke schwieg.

Wilfried Saborski setzte nach. »Was ist mit dir, Walter? Stimmst du mir auch zu?«

Kowalke zögerte, dann sagte er leise: »Ja.«

»Dann sind wir uns ja einig.« Saborski triumphierte innerlich. In dieser Runde war Kowalke abgemeldet, das stand fest. Jetzt hatte er das Sagen. »Verschwinde«, fauchte er Gottfried an. »Und wenn du nur ein Wort über dieses Treffen verlierst, werde ich dich persönlich zur Rechenschaft ziehen.«

Der Angesprochene stand auf und verließ die Küche ohne Gruß.

Saborski setzte sich wieder. »So«, sagte er mit einem verächtlichen Seitenblick auf Kowalke. »Und jetzt erkläre ich euch, was wir zukünftig tun werden.«

19

Dienstag, 20. Februar 1923

Es stank nach kaltem Zigarrenrauch. Colonel Dupont riss trotz der feuchten Kälte, die draußen herrschte, die Fenster auf. Er und zwei Mitarbeiter des militärischen Nachrichtendienstes hatten sich in der Gräff-Schule zu einer Lagebesprechung eingefunden. Derartige Zusammenkünfte fanden mindestens einmal in der Woche statt, bei Bedarf auch öfter. Heute war einer dieser besonderen Anlässe.

Die drei Offiziere hatten an einem Ende des langen Eichentisches Platz genommen, der vor der Besetzung den Lehrkräften der Schule vorbehalten gewesen war. Vor den Männern standen Gläser, eine Flasche Rotwein sowie eine Karaffe mit Wasser. Vor Duport lag zudem ein dünner Aktenordner.

Der Colonel öffnete die Flasche, prüfte den Korken und verteilte den Wein. Er hob sein Glas. »A votre santé.«

Nachdem sie alle getrunken hatten, begann er: »Messieurs. Wie Sie wissen, haben wir die Information erhalten, dass ein deutscher Polizeibeamter in unser Hoheitsgebiet eingereist ist oder einreisen wird, um, ohne von uns dazu autorisiert worden zu sein, eigenmächtig Untersuchungen in einem tragischen Mordfall vorzunehmen. Es versteht sich von selbst, dass diese Aktivität ausschließlich mit der Absicht erfolgt, die französische Armee zu diskreditieren und unsere staatliche Autorität infrage zu stellen. Ein solches Vorgehen können wir selbstverständlich nicht billigen. Wir haben deshalb den Befehl erhalten, die Handlungen des deutschen Polizisten als feindlichen Spionageakt zu betrachten, den Täter festzunehmen und unserer Gerichtsbarkeit zuzuführen.«

»Dazu müssten wir ihn aber zunächst einmal haben«, bemerkte einer der Nachrichtenoffiziere, ein etwas untersetzter Dunkelhaariger von Anfang vierzig, trocken.

»Deswegen, mein lieber Pialon, sitzen wir ja hier«, erwiderte der Colonel. »Unsere Pflicht ist es als Erstes, den Polizisten festzusetzen. Wie wir das tun, ist dem General egal. Was haben wir bisher?«

Capitaine Mirrow, der dritte Offizier, meldete sich zu Wort. »Die Posten an den Ausfallstraßen in die unbesetzten Gebiete wurden verstärkt und die Kontrollen an den Straßensperren intensiviert. Außerdem werden die Fernverkehrszüge ohne Ausnahme überwacht.«

»Was ist mit den Personenkontrollen in unserem Hoheitsgebiet?«, fragte Dupont.

»Bisher leider keine Ergebnisse. Wir wissen zu wenig über diesen Mann. Er spricht Französisch, na und? Das tun viele. Aber wie sieht er aus? Wie alt ist er? Wo wohnt er? Unsere deutschen Informanten können uns auch nicht helfen. Behaupten sie zumindest.«

Dupont erinnerte sich an sein gestriges Gespräch mit Trasse. Nachdem der General mit dem Deutschen fertig gewesen war, hatte Dupont die Order erhalten, den Regierungsrat zu seiner Wohnung zurückzubringen. Und gleich die Gelegenheit genutzt, ihn nach dem unbekannten Polizisten zu fragen. Doch auch Trasse hatte Unkenntnis signalisiert. Ob diese Aussage stimmte? Immerhin hatte Trasse zugesagt, vorsichtig Erkundigungen bei seinen Landsleuten einzuholen. Der Colonel nahm sich vor, dem Finanzbeamten baldmöglichst erneut auf den Zahn zu fühlen.

Laut sagte Dupont: »Der Spion wird Helfer brauchen. Wenn nicht gleich von Beginn an, dann später. Wer könnten seine Vertrauensleute sein?«

Lieutenant Pialon kratzte sich nachdenklich am Kopf. »Ich glaube nicht, dass er sich den aktiven Widerständlern anschließen wird. Ihr Reichskanzler hat zwar zum passiven Widerstand aufgerufen und den deutschen Beamten jede Kooperation mit unseren Behörden verboten, aber gleichzeitig auch erklärt, dass sich Deutschland nicht aktiv gegen unsere Armee wehren werde. Der Spion ist mit großer Wahrscheinlichkeit Polizeibeamter. Er wird sich an die Anweisungen seines obersten Vorgesetzten halten. Nein, wenn er Unterstützung benötigt, wird er sie bei seinesgleichen suchen.«

»Bei der Polizei?«, vergewisserte sich Dupont.

»Oder bei anderen Beamten. Aber ich glaube, in der Tat eher bei der Polizei.« Pialon drehte das Glas in seiner Hand.

»Dann befragen Sie eben die deutschen Polizisten.«

»Ich glaube kaum, dass wir viel erfahren werden. Die leitenden Beamten wurden ausgewiesen. Die niedrigeren Chargen wissen vermutlich nichts. Und wenn doch ...« Pialon lachte leise. »Die würden sich eher die Zunge abbeißen, als einen Kameraden verraten.«

»Was meinen Sie, wie alt er ist?«, warf Dupont in die Runde.

Capitaine Mirrow schaltete sich wieder in die Diskussion ein. »Versetzen wir uns in die Lage der Deutschen. Dieser Polizist wurde hierher geschickt um ein Verbrechen aufzuklären. Er muss allein arbeiten, sich immer gegenwärtig sein, dass seine Identität aufgedeckt und er von uns festgenommen werden kann. Dafür braucht man stabile Nerven. Und Erfahrung. Ich glaube also, dass unser Mann schon älter ist. Mindestens vierzig, wenn nicht sogar fünfzig Jahre.«

»Was meinen Sie, Pialon?«

»Ich sehe das ähnlich. Die Deutschen wollen unsere Ermittlungen in diesem Mordfall diskreditieren und propagandistisch ausschlachten. Wenn sie unserem Militärgericht einen offensichtlichen Fehler nachweisen könnten, wäre das ein großer Erfolg für sie. Sie wollen also Ergebnisse sehen. Die Gefahr des Scheiterns wäre bei einem jungen Polizisten zu groß. Ich denke, Pierre hat recht.«

Dupont wog die Argumente ab und nickte: »Ich stimme Ihnen zu. Wir haben es also vermutlich mit einem älteren Mann zu tun. Wo wird er sich aufhalten? In einem Hotel?«

»Das glaube ich nicht«, antwortete Mirrow. »Er wird davon ausgehen, dass wir dort als Erstes suchen. Er wird privat wohnen. Als Schlafbursche. Oder zur Untermiete.«

»Oder bei Freunden beziehungsweise Verwandten«, ergänzte Pialon. »Auf keinen Fall in einem Hotel oder einer Pension.«

»Und in welcher Stadt? Herne?«

»Oder sonst wo in der näheren Umgebung. Längere Anfahrtswege wird er nicht riskieren. Die Gefahr, von einer unserer Streifen kontrolliert und aufgegriffen zu werden, wäre zu groß.«

Mirrow brummte zustimmend.

»Er muss sich eine neue Identität zugelegt haben. Mit welcher Legende ist er unterwegs? Was meinen Sie?«, fragte der Colonel die beiden Experten.

Lieutenant Pialon griff zur Weinflasche und schenkte nach, während sich Mirrow danach erkundigte, ob die Luft nun für alle genehm sei. Als sich keine Widerrede erhob, stand er auf und schloss die Fenster. Dabei fiel sein Blick auf den Lastkraftwagen, der brummend über den Schulhof fuhr. *Spedition Müller* stand in großer Schrift auf der Plane.

Dem Lieutenant schoss ein Gedanke durch den Kopf. »Natürlich! Er muss sich bewegen können, ohne Verdacht zu erregen. Wie ein Spediteur. Oder ein Vertreter. Die reisen durch ihr Revier, um ihre Kunden aufzusuchen. Eine bessere Tarnung gibt es nicht.«

»Damit könnte er unsere Streifen tatsächlich täuschen.« Der Colonel lächelte fein.

»Entsprechende Ausweispapiere vorausgesetzt«, ergänzte der Lieutenant.

»Das dürfte für die Deutschen kein großes Problem darstellen. Ihre Fälscher sind sicher nicht schlechter als unsere.« Lieutenant Pialon grinste breit.

»Bleibt noch eine letzte Frage. Wie geht er vor?«

»Unser Berliner Informant hat berichtet, dass die Deutschen einen Mann gesucht haben, der fließend Französisch spricht.« Mirrow lehnte sich im Stuhl zurück und faltete die Hände im Nacken.

Der Colonel beschloss, diese unmilitärische Körperhaltung seines Untergebenen zu ignorieren. Um erfolgreich zu sein, mussten Mirrow und Pialon häufig außerhalb der üblichen militärischen Gepflogenheiten agieren. Dabei gehörten die beiden zu den besten Abwehragenten, die dem 32. Armeekorps zur Verfügung standen. Dupont wusste das.

»Dafür kann es nur einen Grund geben: Der Polizist soll Kontakt zu den beiden Soldaten aufnehmen, die des Mordes angeklagt und freigesprochen wurden«, führte Mirrow seinen Gedanken zu Ende.

»Wäre es da nicht sinnvoll, wir würden die zwei versetzen?«, fragte Dupont.

»Non«, antwortete der Capitaine energisch. »Es gibt ein deutsches Sprichwort. Es lautet: Mit Speck fängt man Mäuse. Unser Speck sind die beiden Soldaten. Wenn wir sie sorgfältig im Auge behalten, kommt der unbekannte deutsche Polizist ganz allein zu uns.«

Colonel Dupont stand auf und hob sein Glas. Die beiden anderen Männer taten es ihm nach. »Dann sind wir uns also einig. Wir suchen einen Mann von mindestens vierzig Jahren, der vermutlich als Handelsvertreter oder in einem ähnlichem Beruf unterwegs ist, eine private Unterkunft nutzt, sich in oder in der Umgebung von Herne aufhält und gut Französisch spricht. Das ist doch schon etwas. Darauf trinken wir.«

20

Dienstag, 20. Februar 1923

Martha Schultenhoff, Wiedemanns Schwester, war eine Frau von Anfang dreißig, deren Ehemann den Heldentod in der Schlacht bei den Masurischen Seen im September 1914 zwar nicht gesucht, aber dennoch gefunden hatte. Sie lebte von einer geringen Hinterbliebenenrente, arbeitete stundenweise als Schneiderin und Wäscherin für die nahe gelegene Zeche und vermietete die Dachkammer ihres kleinen Hauses in der Teutoburgiastraße. Obwohl die Zechenverwaltung schon mehrmals gedroht hatte, ihr die Wohnberechtigung zu entziehen, hatte sie es mit Geschick und Umsicht immer wieder verstanden, eine Kündigung abzuwenden.

Kaum hatte Peter Goldstein die Koffer in seinem neuen Quartier abgestellt und sich probeweise auf der harten Liege aus Holz mit der Strohmatratze ausgestreckt, klopfte es an der Tür. Martha Schultenhoff lud ihren neuen Untermieter auf einen Begrüßungsschluck ein. Goldstein dankte, erbat sich aber noch ein paar Minuten Zeit, um sich etwas frisch zu machen.

Er goss aus einer großen Kanne Wasser in eine Steingutschale und wusch sich sorgfältig. Ob es Wiedemann gelingen würde, die Sache mit seiner Bezahlung zu klären?

Wenig später saß Goldstein Martha Schultenhoff bei einem selbst gebrannten Kirschschnaps in der Wohnküche gegenüber.

Er versank fast in dem altersschwachen Sofa mit der ausgeleierten Polsterfederung. Die Tischkante befand sich in Höhe seiner Brust. Über dem Tisch baumelte eine Leuchte und an der Wand links von Goldstein blubberte ein großer Kohleofen, behagliche Wärme in dem Raum verbreitend. An dem blank polierten Rundgriff hingen Pfannen und Töpfe. Neben dem Wasserbecken befand sich der Küchenschrank und auf ihm einige vergilbte Fotos. Eines trug einen Trauerflor und zeigte einen Soldaten, vermutlich handelte es sich um den gefallenen Ehemann seiner Gastgeberin. In einer anderen Ecke des Raumes wartete eine mechanische Nähmaschine auf Arbeit. In zwei großen Weidenkörben stapelten sich Kleidungs- und Wäschestücke.

»Ich bin nicht dazu gekommen aufzuräumen«, entschuldigte sich Martha Schultenhoff, die Goldsteins neugierigen Blicken gefolgt war. Sie saß auf einem der vier wackeligen Holzstühle. »Erzählen Sie doch ein wenig über sich. Man hat ja schließlich nicht oft Gelegenheit, mit anderen Menschen so gemütlich beieinanderzusitzen.«

Goldstein zögerte keine Sekunde und präsentierte ihr die Legende vom Handelsvertreter, der auf Kundensuche sei. Er war erstaunt, wie flüssig ihm die Lügen über die Lippen gingen. »Und so habe ich ...« Goldstein erschrak. Ihm fiel Wiedemanns Vornamen nicht mehr ein. Um Zeit zu gewinnen, griff er zum Schnapsglas.

Glücklicherweise kam ihm Martha Schultenhoff zu Hilfe. »Waren Sie tatsächlich mit Ewald in einer Klasse? Ich kann mich nicht erinnern, dass er früher von Ihnen gesprochen hat.«

Goldsteins Gedanken rasten. Bruder Ewald war kein gutes Thema. Er musste der Unterhaltung eine andere Wendung geben, denn sonst würde auffallen, dass er nicht die geringste Ahnung davon hatte, wo und wie Ewald Wiedemann seine Schulzeit verbracht hatte. Er entschloss sich, auf die im *Stillen Eck* eingeübten Verhaltensweisen zurückzugreifen, und setzte ein charmantes Lächeln auf: »Nein, nur auf derselben Schule. Wie geht es denn seiner Familie?«

Das letzte Wort war noch nicht verklungen, da wünschte Goldstein, er hätte diese Frage nicht gestellt. Wie dumm er war!

Seine Gastgeberin schaute ihn mit erstaunten Augen an. »Ich bin seine Familie. Unsere Eltern sind schon vor Jahren verstorben.«

»Oh, das tut mir leid. Ich dachte, er habe erwähnt, dass er verheiratet sei. Aber da muss ich mich wohl verhört haben.«

»Bestimmt. Er ist noch zu haben. Ihm ist die Richtige noch nicht über den Weg gelaufen.«

»Könnte ich vielleicht noch ...« Goldstein zeigte auf die Flasche.

»Selbstverständlich. Gerne. Schmeckt er Ihnen?« Großzügig schenkte Martha nach.

»Danke. Sehr gut. Ist das Ihr verstorbener Mann dort auf der Fotografie?«, versuchte er den Themenwechsel.

»Ja. Das ist mein Hennes.« Sie hob das Pinnchen. »Warum musste er mich so früh allein lassen?«, fragte sie seufzend.

Goldstein heuchelte Mitleid. »Ewald erzählte mir, Ihr Mann sei bei den Masurischen Seen gefallen?«

Martha Schultenhoff nickte bloß.

»Das ist sicher nicht einfach für Sie gewesen, allein in dieser schweren Zeit.«

Tränen stiegen in ihre Augen. »Entschuldigung«, sagte sie und drehte sich zur Seite.

Goldstein betrachtete die junge Frau genauer. Martha Schultenhoff trug ihre Haare hochgesteckt. Sie war nicht gerade schlank, ihre Rundungen waren etwas stärker ausgeprägt, als im Moment modern war, aber sie hatte ein hübsches Gesicht und eine angenehme, dunkle Stimme. Wie es wohl wäre, mit ihr ...

Sie schnäuzte ihre Nase. »Verzeihen Sie. Aber die Erinnerung ...«

»Sie brauchen sich doch nicht zu entschuldigen. Es war mein Fehler. Ich hätte das Thema nicht ansprechen dürfen.« Goldstein lächelte sie an. »Sie haben sicher eine schöne Zeit miteinander verlebt.«

Wieder nickte sie.

»Ihr Hennes hat wirklich Glück gehabt.«

»Wie meinen Sie das?«

»Na, bei einer Frau wie Ihnen«, schmeichelte Goldstein.

Martha errötete und fixierte verlegen ihr Glas.

Das Kreischen einer Schelle zerriss unvermittelt die Stille. Martha Schultenhoff sprang auf, augenscheinlich froh über die Unterbrechung, und verschwand im Flur. Goldstein vernahm gedämpfte Stimmen. Dann kehrte Martha in die Küche zurück, lächelte entschuldigend, schüttete etwas Zucker in eine Schüssel und lief zurück in den Flur. Mit einem Krachen fiel die Haustür ins Schloss.

»Das war Lisbeth, ein Nachbarskind«, erklärte Martha, nachdem sie wieder in der Küche Platz genommen hatte. »Die Familie hat vergessen, Zucker einzukaufen. Na ja, kein Wunder, bei dem, was die Treppmanns durchgemacht haben.«

Goldstein horchte auf. Es wusste, dass die Ermordete auch in dieser Siedlung gelebt hatte. Aber dass der Zufall ihm den Einstieg in seine Ermittlungen so einfach machen würde! Als Marthas Untermieter war er zum direkten Nachbarn der Treppmanns geworden. Was für eine Chance! Hier musste er auf jeden Fall wohnen bleiben. Das erste Mal in seinem Leben fühlte er sich als echter Kriminalist.

Martha Schultenhoff schenkte den dritten Schnaps ein.

»Was ist denn bei den Treppmanns Schlimmes passiert?«, erkundigte sich Goldstein beiläufig.

»Ach so, das können Sie ja nicht wissen. Agnes, die älteste Tochter der Familie, ist ermordet worden. Ganz in der Nähe. Franzosen sollen das gewesen sein, sagen die Leute.« Sie senkte die Stimme und sprach in einem verhaltenen Ton weiter. »Die Agnes, erzählt man sich in der Nachbarschaft, soll mit Franzosen herumpoussiert haben. Kein Wunder, wenn da was passiert.« Zur Bekräftigung ihrer Worte hob sie mit einer energischen Bewegung das Glas an den Mund und kippte den Inhalt hinunter. Ihre Wangen glühten. »Ansonsten war sie aber ein liebes Mädchen, das können Sie mir glauben. Immer hilfsbereit und freundlich. Und in die Kirche ist sie auch regelmäßig gegangen.«

Goldstein, dessen Vertrauen an einen gnädigen Gott in den Schützengräben vor Verdun erheblich gelitten hatte, hob etwas die Mundwinkel. »Dann dürfte sie ja in den Himmel gekommen sein. Insofern hat sie ja noch Glück gehabt«, sagte er.

Martha entging die Ironie. »Bestimmt.«

Eine Stunde später war die Flasche halb leer. Goldstein hatte Martha zum Weitertrinken aufgefordert, sich selbst aber zurückgehalten. Schließlich hatte er sie überreden können, sich zu ihm auf das Sofa zu setzen.

Er rückte etwas näher an sie heran und ergriff ihre Hände. »Und in all den Jahren hat es nie einen anderen Mann gegeben als Hennes?«

Sie schüttelte den Kopf.

Goldstein legte einen Arm um ihre Schulter. »Ach, kommen Sie. Bei Ihrem Aussehen.« Er zog die junge Frau näher zu sich heran.

Mit schwerer Stimme fragte Martha: »Sie tragen keinen Ring. Sind Sie nicht verheiratet?«

»Nein«, antwortete er. »Ich bin nicht verheiratet.«

»Haben Sie eine feste Freundin?«

»Nein.«

Die Antwort schien sie zu befriedigen.

Goldstein beugte sich vor und knabberte an ihrem Ohrläppchen. Martha drehte den Kopf zunächst zur Seite, wendete sich ihm aber dann doch zu. Ihre Lippen suchten einander. Martha schob das Kissen, das sie noch trennte, beiseite. Wie zufällig streifte ihre Hand dabei seinen Oberschenkel und blieb dort liegen. Goldstein holte tief Luft und schob seine Rechte unter ihre Bluse. Er knetete heftig ihren Busen. Auch Marthas Hand rutschte nun höher. Sie atmete schwer.

Die Finger der jungen Frau erkundeten seinen Schritt und fingen dann an, sanft sein Geschlechtsteil zu massieren. Goldstein zog hektisch sein Hemd aus der Hose. Martha streichelte erst seinen nackten Rücken, dann schafften sie es mit einer gemeinsamen Anstrengung, seine Hose bis zu den Knien zurückzuschieben, um seinem schmerzvoll angeschwollenen Glied Platz zu verschaffen. Martha schob ihren Rock hoch und setzte sich rittlings auf ihn. Die junge Frau stieß einen kurzen Schrei aus, als er in sie eindrang, und warf ihren Kopf nach hinten.

21

Mittwoch, 21. Februar 1923

Die drei Männer verloren nicht viele Worte. Sie wussten, was zu tun war. Einer hatte sich am Hofeingang platziert, um die Straße im Auge zu behalten und bei Auftauchen einer französischen Militärstreife oder einer anderen potenziellen Gefahr seine Kameraden warnen zu können. Aber diese Vorsicht war unnötig. Die Übergabe des Rucksacks, in dem sich der Sprengstoff befand, und der Umhängetasche mit den Zündern sowie die Übermittlung der Instruktionen gingen zügig vonstatten: In den nächsten Minuten war einer der Männer schon wieder mit dem Fahrrad unterwegs nach Sodingen, um die heiße Fracht dort abzuliefern. Der andere fuhr zurück nach Castrop und der dritte, der am Hofeingang Schmiere gestanden hatte, schlenderte, leise pfeifend, zurück nach Hause. Keiner der drei wusste, welches Ziel die jeweils anderen hatten. Sollte einer von ihnen geschnappt werden, konnte er auch nichts ausplaudern.

Der Morgennebel lag wie ein nasses, dickes Tuch über der Stadt. Den Radfahrer störten die Nebelschwaden nicht. Zwar konnte er die Soldaten, die patrouillierten, erst spät ausmachen, aber auch für den Radler verringerte sich die Gefahr einer Entdeckung deutlich. Tatsächlich gelangte der Bote unbehelligt an sein Ziel.

Er verstaute das Rad in einem Schuppen, der an eine kleine Werkstatt grenzte, und betrat einen winzigen Raum, der als Büro diente.

»Mann, ist das ungemütlich draußen«, sagte er zur Begrüßung. »Die Kälte kriecht durch alle Nähte.«

»Alles klargegangen?«, erkundigte sich Wilfried Saborski. Kalle Soltau und er warteten schon seit einer Stunde auf die Fracht.

Adolf Schneider packte Rucksack und Hängetasche auf den wackeligen Schreibtisch und schob sich eine Kippe zwischen die Lippen. Dann ging er zu dem kleinen Kanonenofen, der den Raum erwärmte, rieb sich die steif gewordenen Hände und steckte schließlich die Zigarette an. »Sicher«, sagte er betont gelassen. »Wieso auch nicht?«

Soltau sprang auf und blies eine Kerze, die die Tischplatte erhellte, aus. »Bisse verrückt? Du kannst doch dat Zeug nich neben der offenen Flamme abstellen. Wat is, wenn dat allet hochgeht?«

»Dann sind wir platt«, entgegnete Schneider trocken und schnippte das noch brennende Streichholz auf den Boden. »Und hier ist nur noch ein großes Loch. Da kann Wilfried eine viel schönere Werkstatt als jetzt bauen. Aber mach dir nicht ins Hemd.« Er nahm einen Zug und klopfte mit der Hand, in der er die Zigarette hielt, auf den Rucksack. »Das ist Gelatine Donarit. Gesteinssprengstoff. Der fliegt nicht so einfach in die Luft. Wird entweder mit einer Zündschnur oder durch elektrische Zündung zur Explosion gebracht.«

Schneider zeigte auf die Tasche. »Wir werden elektrische Zünder benutzen. So besteht keine Gefahr, dass jemand die glimmende Zündschnur entdeckt und frühzeitig austritt.«

Wilfried Saborski hatte mittlerweile den Rucksack geöffnet und den Sprengstoff hervorgeholt, der zu einer Rolle von etwa zwölf Zentimeter Länge und mit einem Durchmesser von nicht ganz zwei Fingerbreiten geformt war. Prüfend wog er den Explosivstoff in der Hand, misstrauisch beäugt von Karl Soltau, der sich auf seinem Stuhl immer kleiner machte und nervös mit dem Finger seine Narbe abfuhr. »Wat wiegt so ein Teil?«

»Etwa drei- bis vierhundert Gramm.«

»Und wie viele Rollen sind in dem Rucksack?«

»Etwa dreißig«

»Und das reicht?«

»Wilfried, das sind rund zehn Kilo Donarit. Fachmännisch eingesetzt, puste ich dir mit der Menge den halben Herner Bahnhof in den Orkus.«

»Und du kannst das fachmännisch einsetzen?«

»Ich war Steiger, bevor ich wegen meiner Lunge nach über Tage gekommen bin. Im Streckenvortrieb. Da lernst du so was.«

»Dass du Steiger warst, weiß ich. Aber ich dachte, im Bergbau würde mit einer Lunte gezündet.«

»Ach was. Zu gefährlich. Immer nur elektrisch.«

Saborski pfiff anerkennend durch die Zähne. »Woher kommt das Zeug, weißt du das?«

Schneider zuckte mit den Schultern. »Wir haben den Kumpel, der den Sprengstoff besorgt hat, nicht gefragt. Sicher von irgendeinem Pütt.«

»Fällt das eigentlich auf der Zeche nicht auf, wenn so viel Sprengstoff fehlt?«

Schneiders Grinsen wurde noch breiter. »Normalerweise

schon. Aber wenn der Schießmeister hier und da eine fehlende Stange übersieht ...«

»Verstehe. Und die Franzosen ...«

»Haben nicht genug Leute, um kontrollieren zu können, ob die entnommene Menge Donarit wirklich verbraucht wurde«, erklärte er. »Glaubt mir, es war sicher kein Problem, das Zeug zu besorgen. Und es ist auch nicht nachzuvollziehen, woher es stammt. Macht euch also keine Sorgen.«

Saborski packte den Sprengstoff wieder zurück und stellte den Rucksack in die dem Kanonenofen gegenüberliegende Ecke des Raums. »Vorsicht heißt die Mutter der Porzellankiste«, sagte er nur.

Kalle Soltau erwachte aus seiner Erstarrung. Doch noch immer konnten sich seine Augen nicht von dem Sprengstoff lösen. »Wie bringen wir die Stangen denn an?«, wollte er wissen.

»Das lass mal meine Sorge sein«, entgegnete Schneider.

»Aber die Wachposten ...?«

»Wir haben das ausbaldowert. Nicht jede Brücke über den Kanal wird ständig von den Franzosen bewacht. Die Streifen kommen in der Regel alle zwei Stunden, vertreten sich etwas die Beine und verschwinden wieder. Wirklich kontrollieren tut da keiner. Wir haben also ausreichend Zeit«, beruhigte Wilfried Saborski. »Die Besatzer haben Truppen auf den Zechen Friedrich der Große und Teutoburgia stationiert. Aber die brauchen mindestens zehn Minuten, bis sie, nachdem sie die Explosion registriert haben, die Brücke erreichen. Und wir werden uns natürlich nicht südlich des Kanals aufhalten, sondern nördlich. Wenn die Franzosen eintreffen, sind wir schon in unserem Versteck in Pöppinghausen. Nachdem die Brücke im Arsch ist, werden sie uns eh nicht verfolgen können.«

»Was, wenn sie Boote einsetzen?«

»Hast du hier schon mal Franzosen mit Booten gesehen? Sie müssten sich erst welche besorgen ... Nein, kein Problem. Wir schaffen es sicher bis nach Pöppinghausen. Da warten wir in aller Ruhe den Morgen ab und dann ab durch die Mitte.«

Die Glocke der nahe gelegenen Kirche schlug zehn Uhr.

Wilfried Saborski stand auf. »Wir treffen uns wie besprochen um fünf am vereinbarten Ort im Wald hinter Schloss Bladenhorst. Adolf, du bringst den Sprengstoff mit. Ich nehme die Zünder. Und du, Kalle, besorgst festes Seil. Aber nicht zu wenig, hörst du?«

Kalle Soltau nickte.

»Und vergiss bloß das Messer nicht. Ich habe keine Lust, die Seile durchzubeißen.« Saborski ging zur Tür, öffnete sie und lugte vorsichtig nach draußen. »Die Luft scheint rein zu sein. Dann man los. Und drückt die Daumen, dass sich der Nebel hält.«

22

Mittwoch, 21. Februar 1923

Goldstein wachte mit heftigen Kopfschmerzen in einem ihm unbekannten Bett auf. Er hatte keine Erinnerung daran, wie er hierhergekommen war. Ihm war speiübel. Sobald er nur an Kirschschnaps dachte, rumorte sein Magen. Er zermarterte sein Gehirn. Was war gestern Abend genau passiert? Hatte er den ersten Schritt getan oder Martha? Und war sie mit allen Handlungen einverstanden gewesen?

Langsam kehrte die Erinnerung zurück. Und je mehr ihm wieder einfiel, desto unbehaglicher wurde ihm. Er hatte

Martha verführt, um möglichst lange in ihrem Haus wohnen zu können. Einfach schäbig!

Er vernahm Schritte im Flur. Unmittelbar darauf wurde die Tür geöffnet. Martha Schultenhoff trat in das Schlafzimmer. Über ihrem Arm trug sie Goldsteins Hose und Hemd.

»Du bist schon wach«, stellte sie fest. »Guten Morgen.« Die Befangenheit in ihrer Stimme war nicht zu überhören. Mit staksigen Bewegungen legte sie seine Bekleidung auf einen Stuhl.

»Guten Morgen«, murmelte Goldstein ebenso verlegen.

»Ich habe etwas zum Frühstücken vorbereitet. Wenn du möchtest, natürlich. Es ist nicht viel, aber ...«

»Danke. Frühstück wäre schön.«

Sie blieb unschlüssig stehen und fixierte einen imaginären Punkt an der gegenüberliegenden Wand. »Wegen heute Nacht ... Das verpflichtet dich natürlich zu nichts.«

Goldstein wusste nicht, was er darauf antworten sollte.

Martha Schultenhoff wandte sich zur Tür. »Ach ja, ich habe dir Waschwasser auf deine Kammer gebracht.« Sie verließ den Raum.

Zwanzig Minuten später setzte sich Goldstein frisch gewaschen und rasiert an den Küchentisch. Martha plauderte wie ein Wasserfall – über das schlechte Wetter, die Geldentwertung, das nicht verheilen wollende Hüftleiden einer Nachbarin – die vergangene Nacht erwähnte sie mit keinem weiteren Wort. Manchmal siezte sie Goldstein sogar. Der kaute verunsichert sein Brot mit Rübenkraut, nippte am Muckefuck und gab nur ab und zu zustimmende oder abweisende Laute von sich.

Schließlich hielt es Goldstein nicht mehr aus. »Ich möchte mich bei dir entschuldigen«, stieß er hervor. Im gleichen Moment wusste er, dass er einen großen Fehler begangen hatte.

»Du willst was?« Martha Schultenhoff ließ den Topflappen fallen, mit dem sie gerade einen Kessel mit heißem Wasser vom Herd nehmen wollte. »Entschuldigen? Wofür? Das wir miteinander ins Bett gegangen sind? Willst du dich etwa dafür entschuldigen? Ich war zwar betrunken, aber ...« Ihre Stimme erstarb.

»Nein ... Eigentlich ... Ich meine: Ja«, stotterte Goldstein.

Martha sah ihn entgeistert an, Tränen stiegen ihr in die Augen. »Weißt du eigentlich, was du da sagst?«, flüsterte sie und wischte sich mit ihrer Schürze das Gesicht trocken. Dann gab sie sich selbst die Antwort. »Nein, das weißt du nicht.« Sie bückte sich und hob den Topflappen auf. In ihrem gewohnten Plauderton fuhr sie fort: »Der Schlüssel für die Haustür hängt am Brett neben dem Eingang. Bitte verliere ihn nicht.« Damit verließ sie die Küche.

Peter Goldstein blieb nachdenklich sitzen, gab sich einen Ruck und spülte das von ihm benutzte Geschirr. Bemüht, möglichst wenige Geräusche zu verursachen, verließ er schließlich mit seinem Musterkoffer in der Hand das Haus.

Dichter Nebel hüllte ihn ein. Er zog seinen Schal fester und versuchte, sich zu orientieren. Wiedemann hatte ihm erklärt, wie er von der Teutoburgiastraße zum Haus der Treppmanns und auch zum Tatort finden konnte. Goldstein war sich allerdings nicht sicher, ob das, was er noch im Sinn hatte, auch das war, was Wiedemann wirklich gesagt hatte.

Der Berliner Polizist wandte sich nach links, Richtung Norden. Tatsächlich erreichte er nach kurzem Fußweg ein Haus, auf welches die Beschreibung Wiedemanns zutraf: Eckgrundstück, über alle Stockwerke eine halbrunde Ausbuchtung, die wie ein kleiner Turm aussah, zwei von der Teutoburgiastraße aus sichtbare Eingänge, eine Buche im Vorgarten. Goldstein blieb stehen. Das Gebäude lag im Dunkeln. Er überlegte einen Moment, ob er der Familie einen Besuch abstatten sollte. Aber selbst wenn jemand zu Hause war, was hätte er sagen sollen? »Guten Tag, ich bin Berliner Polizeibeamter und habe den Auftrag, den Mord an Ihrer Tochter zu untersuchen?« Oder vielleicht: »Benötigen Sie unter Umständen einige Schrauben?« Bei dem Gedanken musste er über sich selbst grinsen. Nein, ein spontaner Besuch war keine besonders intelligente Idee. Er würde sich einen glaubwürdigen Vorwand ausdenken müssen, bevor er Kontakt zu den Treppmanns aufnahm.

Goldstein lief weiter und bog in die Schadeburgstraße ein. Hier waren die Häuser deutlich höher gebaut als in der restlichen Siedlung, wirkten geräumiger. Die Größe der Gärten schien jedoch ähnlich. Die Flächen hinter den Häusern dienten zum Anbau von Kartoffeln und Gemüse, um die vielen hungrigen Mäuler stopfen zu können. Auf einigen Rasenflächen weideten Ziegen.

Martha hatte ihm beim Frühstück erzählt, dass in diesen Gebäuden die Steiger der Zeche wohnten, die Angestellten. Pro Haus üblicherweise nur eine Familie. In den Häusern der einfachen Bergarbeiter dagegen wohnten nicht selten drei Generationen mit zehn und mehr Personen unter einem Dach. Oft wurden darüber hinaus einzelne Betten oder Kammern an die Schlafburschen vermietet, junge Bergleute zumeist, die noch keine Familie gegründet hatten.

Der Polizist ging langsam weiter, entschied sich dann, seine Rolle als Handelsvertreter zu spielen, und klopfte an der nächsten Haustür. Ein Mann öffnete und schlug ihm, bevor Goldstein den Mund aufmachen konnte, die Tür wieder vor der Nase zu. Auch die Bewohner der nächsten Häuser ließen ihn nicht zu Wort kommen. Manche öffneten erst gar nicht, sondern beäugten ihn nur misstrauisch hinter ihren Gardinen. Goldstein wusste nicht, was er davon halten sollte. Solange er mit den Leuten nicht über Schrauben reden musste, war das Risiko, enttarnt zu werden, gering. Andererseits erhielt er so aber keine Chance, mit jemandem ins Gespräch zu kommen und Informationen über den Mord an Agnes Treppmann einzuholen.

Schließlich stand Goldstein vor der Ruine, in der die Tote gefunden worden war. Im Nebel wirkte der abgebrannte Bau fast bedrohlich. Goldstein sah sich um und betrat, nachdem er sicher war, nicht beobachtet zu werden, das Grundstück. Er suchte den Kellereingang und stieg langsam die Stufen hinunter. Dabei hatte er Mühe, nicht auf dem überall herumliegenden Geröll auszurutschen. Die Kellertür war halb verbrannt und hing schief in der Zarge. Ein Teil des Türsturzes fehlte. Freiliegende Armierungseisen ragten in den Durchgang. Goldstein drückte die Reste der Tür zurück. Die verrosteten Scharniere quietschten. Der Keller bestand aus einem einzigen Raum. Verkohlte Bretter ließen aber erkennen, dass es hier ursprünglich viele Holzverschläge gegeben hatte. Es war dunkel und Goldstein ärgerte sich, dass er sich keine Lampe besorgt und mitgenommen hatte.

Langsam gewöhnten sich seine Augen jedoch an die Lichtverhältnisse und sein Blick fiel auf die Lumpen, von denen im Bericht der Herner Polizisten die Rede gewesen war. Die alten Kohlensäcke lagen in einer Ecke im hinteren Teil des Raumes. Goldstein vermutete, dass der ganze Keller gründlich durchsucht worden war. Trotzdem unterzog auch er alles einer systematischen Inspektion. Nach einer guten Stunde gab er auf. Er hatte keine neuen Hinweise entdecken können.

Goldstein verließ den Keller, um durch den Haupteingang das Erdgeschoss des Gebäudes zu betreten. Überall lag Schutt herum. Die Holztreppe, die früher in die oberen Etagen geführt hatte, war vollständig verbrannt. Ohne Leiter gab es keine Möglichkeit, dort hinauf zu gelangen.

Der Polizist nahm auch jeden Erdgeschossraum gründlich in Augenschein, konnte aber nirgends etwas Auffälliges entdecken. Schließlich wollte er auch den letzten Raum resigniert verlassen, da fiel ihm zwischen all dem Schutt etwas Blaues auf. Er bückte sich und schob den Dreck beiseite: eine Zigarettenschachtel der Marke *Nil*. Goldstein zog sein Taschentuch hervor und hob damit die Schachtel vom Boden auf. Sie war kaum verstaubt und äußerlich unbeschädigt. Lange konnte sie hier also noch nicht gelegen haben. Der Polizist wickelte die Schachtel sorgfältig in das Taschentuch und verstaute sie in seiner Jackentasche. Wiedemann musste veranlassen, dass die Schachtel auf Fingerabdrücke untersucht wurde.

Goldstein beugte sich erneut nach unten und suchte den Boden ein weiteres Mal ab. Nun fielen ihm einige Zigarettenkippen auf, sowohl *Nil* als auch *Ova*. Und er bemerkte, dass einige Steinbrocken so gestapelt worden waren, dass sie auch als Sitzgelegenheit benutzt werden konnten.

Hatte hier jemand gewartet? Auf was oder wen? Die Stelle war nicht im Bericht seiner Herner Kollegen erwähnt worden. Entweder hatten die Kollegen sie übersehen oder ihr keine besondere Bedeutung zugeschrieben. Möglich war auch, dass sich erst nach dem Leichenfund jemand hier eingerichtet hatte. Und französische Soldaten bevorzugten doch wohl sowieso eher die ihnen aus Frankreich vertrauten Marken. Andererseits, waren in Herne überhaupt französische Zigaretten zu bekommen? Er musste unbedingt mit Wiedemann sprechen.

Goldstein beschloss, den letzten Weg der Toten bis zum Bahnhof Börnig zurückzugehen.

In dem unscheinbaren Empfangsgebäude brannte Licht, als Goldstein den aus Schotter aufgeschütteten Bahnsteig an der eingleisigen Strecke betrat. Er ging bis zum Ende der

Plattform und musterte die Umgebung. Kein Zaun trennte das Bahnhofsgelände vom Unterholz, das neben dem Gleis wucherte. Kleinere und größere Büsche boten jedem, der nicht vom Zug oder Bahnsteig aus gesehen werden wollte, vorzügliche Deckung. Es war also auch nicht auszuschließen, dass der oder die Täter nicht in der Ruine gewartet, sondern ihrem Opfer gleich hier aufgelauert hatten.

So in Gedanken versunken, bemerkte Goldstein nicht, dass sich ihm ein französischer Wachposten näherte. Der Mann hob seine Stimme und rief auf Französisch: »Halt! Ausweiskontrolle!«

Goldstein schrak zusammen, zwang sich dann aber zur Ruhe. Sein Ausweis hatte schon einer Überprüfung standgehalten. Plötzlich hatte er eine Idee. Vielleicht konnte er von dem Posten etwas erfahren. Allerdings musste er dann französisch sprechen und würde sich so möglicherweise verraten. Schnell schaute er sich um. Kein anderer Franzose weit und breit. Der Soldat kam langsam näher, den Karabiner locker über der Schulter. Der Mann war klein gewachsen und untersetzt. Hätte ihm der Soldat unbewaffnet gegenübergestanden, wäre Goldstein spielend mit ihm fertig geworden. Er wog seine Chancen ab und beschloss, das Risiko einzugehen. Also antwortete er auf Französisch. »Guten Tag. Einen Moment.« Er griff in die Innentasche seiner Jacke und zog das Dokument hervor. »Hier, bitte.«

Der Soldat musterte ihn erstaunt und warf nur einen flüchtigen Blick auf das Papier. »Was machen Sie um diese Zeit hier? Der nächste Zug geht erst in zwei Stunden.«

»Ich weiß«, log Goldstein. »Aber ich bin nicht hier, um fortzufahren, sondern um etwas zu suchen, was ich gestern oder vorgestern verloren habe. Ich bin mir ziemlich sicher, dass es auf diesem Bahnsteig gewesen ist, weiß es aber natürlich nicht genau. Deshalb suche ich nun an allen möglichen Stellen.«

»Ah, oui. Was haben Sie verloren?«

Goldstein öffnete seinen Musterkoffer. »Sehen Sie, ich vertreibe Eisenwaren. Ich vermisse einen Satz Spezialschrauben. Sie waren in einem kleinen Kästchen verstaut.« Er spreizte seine Finger. »Das Behältnis ist etwa so groß.«

»Ich habe nichts gefunden.«

»Schade. Vielleicht einer Ihrer Kameraden?«

»Das weiß ich nicht. Aber ich wurde erst gestern hierher abkommandiert. Wie kommt es, dass Sie unsere Sprache so perfekt beherrschen?«

»Meine Mutter war Französin.«

»War?«

»Sie ist während des Krieges gestorben. In den ersten Kriegswochen. Wir lebten im Grenzgebiet. Eine Granate hat ihr Ziel verfehlt, Sie verstehen?«

»Eine von uns?«

»Nein. Die Deutschen haben sie abgefeuert.«

Der Franzose dachte einen Moment nach. »Wenn meine Mutter von meinen eigenen Landsleuten umgebracht worden wäre ...«

»Es war ein Unfall.«

»Trotzdem. Warum sind Sie noch hier und leben nicht in Frankreich? Oder sonst wo?«

Goldstein versuchte, ein zerknirschtes Gesicht zu machen. »Die Liebe. Meine Freundin ist Deutsche. Sie will bei ihren kranken Eltern bleiben. Sonst wären wir schon längst von hier fort.«

Der Soldat nickte verstehend.

»Wenn ich mich bei Ihren Kameraden nach meinen Schrauben erkundigen will, an wen müsste ich mich wenden?«

»Wir sind alle vom Infanterieregiment 147 und haben unsere Quartiere in der Gaststätte *Nagel*. Aber da wird Sie vermutlich niemand hereinlassen.« Der Soldat sah sich um und senkte seine Stimme. »In der Wilhelmstraße gibt es ein kleines Lokal. Das heißt *Zum Fässchen*. Dort treffen sich Mannschaften und untere Dienstgrade, wenn sie Ausgang haben. Offiziell ist es uns zwar nicht gestattet, das Lokal zu besuchen, da dort auch Deutsche verkehren. Hauptsächlich Frauen.« Er zwinkerte verschmitzt. »Aber die meisten unserer Offiziere tolerieren das. Schließlich müssen wir auch etwas Spaß haben, oder? Ich kann mir zwar nicht vorstellen, dass jemand Ihre Schrauben gefunden und aufbewahrt hat, aber wer weiß. Vielleicht haben Sie ja Glück.«

»Vielen Dank, Kamerad. Sie haben mir wirklich sehr geholfen.«

Goldstein verabschiedete sich freundlich und schlenderte davon. Also *Zum Fässchen*. Wenn er wieder flüssig war, würde er dort ein Bier trinken.

23

Mittwoch, 21. Februar 1923

Die halb verfallene Hütte war von wilden Holunderbüschen umgeben. Das Unterholz stand so dicht, dass es trotz der kahlen Äste kaum Blicke durchließ. Der Nebel hatte sich den ganzen Tag über nicht aufgelöst und trug dazu bei, dass selbst Saborski, der die Gegend rund um das alte Wasserschloss in Bladenhorst wie seine Westentasche kannte, Schwierigkeiten hatte, den Treffpunkt auf Anhieb zu finden.

Adolf Schneider betrat als Letzter den Verschlag, neben dem Rucksack auch noch einen prall gefüllten Beutel schleppend.

»Was hast du denn da drin?«, flüsterte Saborski.

»Lehm«, antwortete Schneider ebenfalls mit leiser Stimme.
»Lehm?«
»Ja. Um den Druck zu lenken.«

Saborskis war anzusehen, dass er kein Wort von dem verstand, was ihm Schneider erklärte.

»Der Explosionsdruck geht immer den Weg des geringsten Widerstandes. Wenn es sich nicht um sehr große Sprengstoffmengen handelt, kann es sein, dass die Explosion wirkungslos verpufft. Deshalb der Lehm. Ich werde damit versuchen, den Druck in eine bestimmte Richtung zu lenken.«

Kalle Soltau griff in seine Jackentasche, klaubte eine Zigarettenschachtel hervor und wollte sich eine Kippe anzünden, da fiel sein Blick auf den mit Sprengstoff gefüllten Rucksack. Schnell schob er Schachtel und Zündhölzer zurück.

»Und das funktioniert?« Wilfried Saborski suchte die Taschen seines Mantels ab und sagte dann: »Alfred, gib mir doch bitte eine Zigarette.«

Schneider kam dem Wunsch nach. »Sollte es zumindest. Ich habe mir die Brücke genauer angesehen. Zwischen dem Brückenaufleger und dem Gleitlager auf beiden Seiten ist ein Spalt, gerade breit genug, um das Donarit darin zu verstauen.« Er gab Saborski Feuer, argwöhnisch beäugt von Soltau, der bis an die Bretterwand der Hütte zurückwich. »Vermutlich ist das Verschmieren des Spaltes mit dem Lehm sogar überflüssig, aber ich möchte sichergehen, dass wirklich alles zu Bruch geht.«

»Warum jagen wir eigentlich genau diese Brücke in die Luft?«, fragte Soltau.

»Warum fragst du?« Saborski musterte den anderen misstrauisch. »Willst du etwa einen Rückzieher machen?«

»Nein, nein«, beeilte sich Soltau zu versichern. »Aber es interessiert mich halt.«

Saborski seufzte. »Nun gut. Knapp fünf Kilometer westlich von hier befinden sich die Herner Zechenhäfen«, erklärte er. »Friedrich der Große und König Ludwig. Dann die Zechen im Osten: Ickern, Victor und so weiter. Bestimmt zwei Drittel der hiesigen Kohle werden dort verschifft. Über den Zweig-Kanal zum Rhein-Herne-Kanal und dann zum Rhein, von da nach Frankreich und Belgien. Ein Großteil der Frachtkähne muss deshalb diese Brücke passieren. Wenn die Trümmer im Kanal liegen, ist Schluss mit lustig. Die brauchen Wochen, um die Durchfahrt wieder frei zu kriegen. Außerdem ist die Brücke eine wichtige Nord-Süd-Verbindung. Die nächste Möglichkeit, den Kanal zu überqueren, gibt es in Horsthausen oder Habinghorst. Ist die Brücke im Eimer, müssen die Franzosen Umwege fahren. Sind das genug Gründe, hier zuzuschlagen?« Er warf einen Blick ins Freie. »Es wird gleich dunkel. Die französische Streife kommt gegen sechs. Danach haben wir etwa zwei Stunden, um alles vorzubereiten und den Sprengstoff zu zünden. Das müsste reichen.« Mit einer entschlossenen Bewegung warf Saborski die Zigarette zu Boden und trat sie aus. Kaum war die Glut verglommen, drang Motorengeräusch an ihr Ohr.

»Die Franzosen«, raunte Wilfried Saborski. »Lasst uns gehen.«

Die drei Männer bahnten sich einen Weg durch das Unterholz. Sie bemühten sich, nicht auf trockene Äste zu treten. Nach einigen hundert Metern hob Saborski, der vorangegangen war, die Hand und bedeutete seinen Kameraden, sich hinzuhocken. Französische Wortfetzen waren zu hören, Gelächter. Durch das Dunkel der Bäume erkannten die Deutschen den flackernden Schein der französischen Handleuchten.

»Die Streifen kommen von ihrem Inspektionsgang zurück«, flüsterte Saborski. »Die sind gleich wieder weg.«

Er sollte recht behalten. Ein paar Minuten war noch Gemurmel zu vernehmen, dann startete der Motor des Armeelasters und schnell entfernte sich das Geräusch.

»Los jetzt!«, rief Saborski und sprang auf.

Die Männer rannten los. Zweige peitschten in ihre Gesichter. Langsam stieg das Gelände an, um dann die letzten zehn, zwölf Meter steil einen Abhang hinauf Richtung Brücke zu führen. Schwer atmend erreichten sie ihr Ziel.

»Hierher. Schnell.«

Schneider lief zu einer Treppe, die sich an der südlichen Seite der Brücke befand, und sprang, gefolgt von den anderen beiden, die Stufen hinunter. Unterhalb der Brücke war es noch dunkler. Feuchte Schwaden stiegen vom Kanal auf. Schneider schob sich auf allen vieren eine gemauerte Schräge hoch, der Brückenunterseite entgegen.

»Licht«, rief er mit gedämpfter Stimme. »Ich brauche eine Lampe.«

»Du hast keine?«, fragte Saborski zurück.

»Nein.«

Wilfried Saborski wandte sich an Soltau. »Und du?« Ein unausgesprochener Vorwurf klang in seiner Frage mit.

»Ich war für Seile und Messer zuständig. Von einer Lampe hat keiner wat gesacht«, entschuldigte sich Soltau.

»Verdammte Scheiße!« Saborski wandte sich nach oben: »Wir haben keine Lampe.«

Für einen Moment war es still. Dann fluchte Schneider laut: »Mist! So ein dreckiger Mist!« Er atmete tief durch und sagte dann: »Kalle, komm rauf und hilf mir. Du musst mit den Zündhölzern leuchten.«

Soltau zuckte zusammen. »Ich?«

Saborski boxte ihm in die Seite. »Nun mach schon. Oder hast du Schiss?«

Als Soltau nicht reagierte, sondern zurückwich, streckte

Saborski seine rechte Hand aus. »Elender Feigling! Her mit den Zündhölzern. Aber dalli!«

Mit zitternden Händen überreichte Soltau das Gewünschte. Wilfried Saborski schnappte sich die Taschen mit den Seilen und den Zündern und kletterte zu Schneider hoch, der bereits begonnen hatte, Löcher in die Sprengstoffkapseln zu bohren, um dort die elektrischen Zünder hineinzustecken. Zum Schluss half ihm Saborski dabei, die Schießleitung anzuschließen.

Das Anbringen und Verdrahten der Zünder hatte im diffusen Schein der Zündhölzer länger gedauert als geplant. Trotz der Kälte standen Schweißtropfen auf der Stirn der beiden Männer, als sie, die Zündleitung hinter sich herführend, endlich die Schräge herunterrutschten.

»Dat wird nix!«, jammerte Soltau, als seine Kumpane neben ihm standen. »Dat andere Gleitlager schaffen wir nicht. Dat wird zu knapp. Wenn uns die Franzosen erwischen, dann …«

»Ach, halt die Schnauze, du Heulsuse! Mach dir bloß nicht ins Hemd«, blaffte Schneider ihn an. »Wenn wir nur einen Pfeiler sprengen, bleibt das Ding womöglich stehen und alles war für die Katz. Komm, Wilfried.« Er schlug Saborski auf die Schulter und drückte Soltau das Ende des Zündkabels in die Hand. »Halt das fest, du Arsch. Einfach nur festhalten.«

Die beiden anderen Männer robbten nun zum anderen Brückenlager hoch, um auch dort den Sprengstoff zu verstauen und die Öffnung, durch die sie das Donarit in den Spalt geschoben hatten, dick mit Lehm zu verschmieren. Die letzten Stangen, für die kein Platz mehr zwischen Lager und Brückenaufleger war, banden sie mit Seilen an einem der Stahlträger fest. Schließlich verdrillten sie alle Kabel. Die Arbeit ging ihnen jetzt etwas leichter von der Hand, nun mussten sie nur die beiden Kabel, die zu den zwei Sprengladungen führten, mit einem dritten verbinden und Letzteres über die Stufen nach oben auf die Brücke führen.

»Zum Verstecken der Schießleitung bleibt zu wenig Zeit«, meinte Schneider, als schließlich alle drei Männer mitten auf der Brücke standen.

»Egal!«, rief Wilfried Saborski. »Wir müssen von der verdammten Brücke runter.«

Er schnappte sich das Kabel und rollte es im Laufen aus. Die beiden anderen folgten ihm.

Auf der anderen Kanalseite warf sich Saborski nur wenige Meter hinter der Brücke in einen Graben und brüllte Schneider an: »Schließ das Kabel an und mach das Ding scharf!«

Kalle Soltau war auf der Straße stehen geblieben. »Ich hör einen Wagen«, heulte er unvermittelt. »Die Franzosen kommen. Lasst uns abhauen. Die Franzosen kommen!«

»Kalle hat recht«, stieß Schneider hervor. »Das wird wirklich knapp.« Er griff zum Schießkabel, isolierte mit kältestarren Händen die Ende beider Pole ab und verband sie mit der Zündmaschine. Schneider zog den Auslösearm heraus, drehte eine Kurbel und legte eine Hand auf den Hebel, der den Zündimpuls auslösen sollte. »So«, flüsterte er atemlos. »Der Generator ist geladen. Das Ding ist scharf.«

»Und weiter?« Auch Wilfried Saborski rang nach Luft.

»Nichts weiter«, bemerkte Schneider trocken. »Drücken und bum!«

»Ich seh die Wagenlichter. Wir müssen abhauen, sofort.« Kalle Soltau sprang wie ein junges Fohlen hin und her. »Wir müssen weg.«

Mit einem Satz war Saborski neben ihm, schlug ihm seine Faust ins Gesicht und schrie: »Hier haut keiner ab, hast du verstanden?!« Er schlug erneut zu, bis Blut aus Soltaus Nase schoss.

Schließlich stieß er den anderen von sich weg in den Graben. »Und jetzt halt endlich die Klappe!« Er griff zur Zündmaschine. »Nur drücken, sagst du?«

»Nur drücken.«

»Gut. Ich erledige das. Und du kümmerst dich um den Feigling da.«

Der Lkw kam näher. Deutlich war das Motorengeräusch zu vernehmen.

»Nun mach schon, Wilfried«, drängte Schneider. »Wir sollten wirklich sehen, dass wir Land gewinnen.«

»Denk nach, Adolf. Wenn wir jetzt sprengen, wissen die Franzosen, dass wir in der Nähe sind. Und wenn die Brücke nicht wie geplant einstürzt, haben wir sie am Hals. Und dann: Gute Nacht, Marie.«

Bestürzt fragte Schneider: »Was hast du vor, Wilfried?«

»Wir passen den Moment ab, wenn sie auf der Brücke sind. Die nach der Explosion noch übrig sind, werden keine große Lust haben, uns zu verfolgen.«

»Aber wir wollten nur eine Brücke sprengen, keine Menschen umbringen.« Das Entsetzen stand Schneider ins Gesicht geschrieben. Soltau schluchzte leise vor sich hin.

»Seid beide einfach still«, zischte Saborski nur und spähte zur Brücke. »Es ist so weit. Jetzt gilt's.« Entschlossen packte er mit beiden Händen den Zündhebel.

Der französische Lastkraftwagen stoppte auf der Südseite des Zweig-Kanals, etwa zwanzig Meter von der Brücke entfernt. Im Scheinwerferlicht des Fahrzeugs konnten die drei Deutschen trotz des Nebels die schemenhaften Umrisse der Soldaten ausmachen, die sich der Brücke näherten.

Saborski zählte leise. »Fünf, sechs, sieben, acht. Jetzt sind alle, die vom Laster abgestiegen sind, auf der Brücke«, flüsterte er. »Noch ein paar Meter. Kommt, ihr Franzmänner, nur noch ein paar Meter.«

Wenige Sekunden später verzog sich sein Gesicht zu einer Grimasse. Er richtete sich etwas auf und drückte den Zündhebel mit aller Kraft nach unten.

Einen Moment passierte nichts. Wilfried Saborski sah erstaunt zu Schneider hinüber. Der zuckte nur ratlos mit den Schultern. Dann erschütterte eine ohrenbetäubende Explosion die Gegend. Die Druckwelle presste die Saboteure auf den Boden. Ein Regen kleinerer Steine ging auf sie nieder und der folgende Staub nahm ihnen den Atem. Ein Kreischen übertönte kurz alles andere. Und dann, Stück für Stück, platschten Teile der Brücke ins Wasser.

Die Deutschen krochen aus dem Graben und klopften sich den Staub von den Kleidern. Grinsend machte Saborski seine Kumpane darauf aufmerksam, dass der Fahrer des französischen Lkw gewendet hatte und mit hoher Geschwindigkeit davonfuhr.

»Dem geht der Arsch auf Grundeis«, lachte er und schlug Schneider anerkennend auf die Schulter. »Lasst uns gehen. Auftrag erfolgreich ausgeführt.«

Mit jedem Schritt, mit dem die drei Männer sich von der Brücke entfernten, wurde das Wimmern der sterbenden französischen Soldaten leiser.

24

Donnerstag, 22. Februar 1923

Martha Schultenhoff und Peter Goldstein beschränkten sich auf den Austausch von Belanglosigkeiten und vermieden es, über ihre Liebesnacht zu sprechen.

Goldstein hatte, nachdem er auf dem Bahnhof in Börnig

mit dem französischen Soldaten gesprochen hatte, noch einige Stunden versucht, seine Eisenwaren an den Mann zu bringen und dabei Informationen zu sammeln, beides jedoch ohne Erfolg. Am frühen Nachmittag war er durchgefroren und hungrig in die Teutoburgiastraße zurückgekehrt. Martha hatte ihm dünne Suppe warm gemacht und ihn mit wenigen Worten darüber informiert, dass ihr Bruder Ewald mit ihm sprechen wolle. Als Treffpunkt hatte Wiedemann wieder den Herner Stadtgarten vorgeschlagen.

»Er erwartet dich morgen Mittag. Punkt zwölf Uhr.« Falls sich Martha darüber wunderte, dass sich Goldstein und ihr Bruder statt in dessen Büro im Rathaus oder einer Speisegaststätte in einem zugigen Park trafen, zeigte sie das nicht, sondern wandte sich sogleich wieder ihren Näharbeiten zu.

Am heutigen Morgen hatte Peter Goldstein das Haus früh verlassen und war, um das Fahrgeld für die Straßenbahn zu sparen, zu Fuß nach Herne gelaufen. Glücklicherweise hatte sich der Nebel vollständig aufgelöst und die Sonne schien. Goldstein genoss den Marsch durch die klare Winterluft. Bald wurde es ihm warm. Er lockerte den Schal, öffnete den obersten Jackenknopf und atmete tief durch. Ein wirklich schöner Tag.

Obwohl Goldstein den Stadtpark vor der vereinbarten Zeit erreichte, wartete der Herner schon auf ihn.

»Lassen Sie uns wieder einige Meter gehen«, schlug Wiedemann vor. »Dann erkennen wir mögliche Verfolger leichter.«

Die beiden Männer schlugen den Weg ein, der tiefer in den Park führte. Von Zeit zu Zeit schaute sich Wiedemann prüfend um, aber sie blieben allein.

»Haben Sie schon von dem Anschlag gehört, der gestern Abend auf eine Kanalbrücke verübt wurde?«, erkundigte sich Wiedemann.

»Nein.«

»Fünf französische Soldaten sind getötet worden, drei schwer verletzt. Die Brücke ist vollständig zerstört. Die Fahndung nach den Attentätern läuft auf Hochtouren.« Wiedemann berichtete in einem Tonfall, der keinerlei Rückschlüsse darauf zuließ, ob er die Tat billigte. »Die französische Militärpolizei hat inzwischen mehrere Deutsche unter dem Vorwand verhaftet, Widerstandsgruppen anzugehören. Ich bin sicher, dass diese Verhaftungen nur der Anfang sind. Sie sollten also besonders vorsichtig sein. Haben Sie schon etwas erreicht?«, fragte er unvermittelt.

Goldstein berichtete von seinen gestrigen Aktivitäten und übergab Wiedemann die Zigarettenschachtel.

»Ich werde die Untersuchung veranlassen. Leider sind wir nicht mehr im Besitz des Koppels, mit der die kleine Treppmann erwürgt wurde. So können wir keinen Abgleich der Abdrücke vornehmen. Wenn denn überhaupt Abdrücke zu finden sind. Wir werden sehen.«

»Mich würde interessieren, ob es in Herne französische Zigaretten zu kaufen gibt.«

»Kaufen können Sie vermutlich keine. Aber die Franzosen haben eigene Nachschubwege. Sie haben sicherlich welche.«

»Kann die jeder französische Soldat erwerben?«

»Da bin ich überfragt.« Wiedemann lächelte. »Aber nach meinen eigenen Erfahrungen beim Militär werden wohl vor allem die Offiziere bedient werden.«

Goldstein nickte nachdenklich. Und war die Marke *Nil* nicht sogar auch in Frankreich im Handel erhältlich? Keineswegs schloss sein Fund aus, dass es Franzosen gewesen waren, die in der Ruine gewartet hatten. »Können Sie in Erfahrung bringen, ob die beiden deutschen Schutzpolizisten, die den Keller durchsucht haben, auch das Erdgeschoss der Ruine in Augenschein genommen haben?«

»Natürlich. Das ist kein Problem.«

»Gut. Noch eine Frage. Kennen Sie die Gaststätte *Zum Fässchen?*«

»Ja. Hat einen ziemlich schlechten Ruf. Zu den ständigen Gästen dort gehören Franzosen und ihre Liebchen.« Der Verwaltungssekretär spuckte voller Verachtung aus. »Anständige Deutsche meiden das Lokal. Warum wollen Sie das wissen?«

Der Polizist erzählte von seinem Gespräch mit dem französischen Soldaten am Bahnhof in Börnig und seinem Vorhaben, sich in der Gaststätte umzuhören.

Wiedemann schüttelte verwundert den Kopf. »Wie konnten Sie ein solches Risiko eingehen? Wenn der Soldat seine Vorgesetzten über das Gespräch informiert, laufen Sie Gefahr, aufgespürt zu werden.«

»Das war mir klar. Aber irgendwie muss ich an die beiden Soldaten herankommen, die des Mordes verdächtigt werden. Warum nicht so?«

»Sie müssen wissen, was Sie tun. Trotzdem ist Ihr Vorhaben riskant. Nicht nur wegen der Franzosen. Kein ordentlicher Deutscher betritt das *Fässchen*. Und selbst bei manch einem der Zuhälter regt sich mittlerweile so etwas wie Nationalstolz. Wir beobachten sehr sorgfältig, wer sich mit Franzosen einlässt. Also Vorsicht!«

»Wer ist ›wir‹?«

Wiedemann sah den Berliner verwundert an. »Patrioten, die ihr Vaterland lieben.«

Goldstein fragte lieber nicht weiter. »Vielen Dank für die Warnung. Aber ich glaube, ich werde trotzdem dort hingehen. Mir scheint, dass das die einzige Möglichkeit ist, Kontakt zu den französischen Soldaten herzustellen. Oder haben Sie eine bessere Idee?«

»Nein.« Wiedemann machte eine Kopfbewegung nach links. »Sehen Sie dort? Eine Streife. Wir sollten uns einen anderen Weg suchen.«

Peter Goldstein schaute in die angegebene Richtung. Tatsächlich näherten sich ihnen zwei französische Soldaten.

Die Spaziergänger bogen bald möglichst rechts ab, um aus dem Blickfeld der Streife zu verschwinden.

Sofort beschleunigte Wiedemann seinen Schritt. »Kommen Sie, schnell.«

Sie verließen den Park und änderten erneut den Kurs. Schließlich verbargen sie sich in einem Hausflur. »Wir sollten hier warten. Ich weiß zwar nicht, ob die Franzmänner es auf uns abgesehen hatten, aber sicher ist sicher.«

Die beiden Männer zogen sich noch weiter in das Halbdunkel des Flures zurück. Wiedemann prüfte, ob die Tür, die zum Hof hinausführte, verschlossen war. War sie nicht.

Der Herner lugte auf den Hof. »Sollte die Streife dieses Haus betreten, laufen Sie los. Im Hof wenden Sie sich nach rechts. Springen Sie über den kleinen Zaun und halten Sie sich dann links. Die Einfahrt führt auf die Straße. Über die gelangen Sie ins Zentrum. Dort dürften Sie weniger auffallen.«

»Und Sie?«

»Ich bleibe hier. Ich bin Herner Verwaltungsbeamter, zuständig unter anderem für die Einhaltung von Bauvorschriften. Und darf mich deshalb auch in den Hausfluren anderer Leute aufhalten.« Wiedemann grinste.

Aber ihre Vorsichtsmaßnahme war überflüssig. Nach zehn Minuten war klar, dass die Militärstreife einen anderen Weg als sie genommen hatte. Goldstein und Wiedemann verließen ihr Versteck.

»Ach, übrigens. Fast hätte ich das vergessen.« Wiedemann drückte Goldstein einen Umschlag in die Hand. »Ihre Vergütung für diesen Monat. Berlin hat mich angewiesen, Sie zu bezahlen. Allerdings kann ich Ihnen nur Dollar geben. Aber das sollte Ihnen eigentlich nur recht sein, oder?«

Goldstein warf einen Blick in den Umschlag und schluckte. Darin befanden sich dreißig Dollar. Ein kleines Vermögen!

Sie verabredeten sich für den kommenden Sonntagmorgen vor der Kreuzkirche. »Unter den Kirchgängern werden wir sicher nicht auffallen«, meinte Wiedemann und verabschiedete sich.

Gemütlichen Schrittes bummelte Goldstein in die Herner Innenstadt. Er betrat eine Sparkassenfiliale und schob dem Bankangestellten einen Zehndollarschein hin. »Bitte wechseln Sie mir das in Reichsmark«, bat er.

Der Mann hinter dem Schalter musterte den Schein. »Einen Moment«, sagte er dann, stand auf und verschwand. Wenige Augenblicke später kehrte er in Begleitung eines älteren Kollegen zurück.

»Guten Tag«, begrüßte dieser Goldstein. »Sie möchten zehn Dollar umtauschen?«

Goldstein bejahte.

»Ich würde Ihnen dringend empfehlen, die Summe zu reduzieren. Zehn Dollar entsprechen nach dem heutigen Wechselkurs etwa zweihundertfünfzigtausend Reichsmark. Keiner kann Ihnen aber sagen, was Ihr Geld in drei Tagen noch wert ist. Wenn die Geldentwertung so voranschreitet, verlieren Sie womöglich zwanzig oder dreißig Prozent. Also ...?« Der Angestellte schob den Schein zurück und sah Goldstein fragend an.

Der nickte und guckte in den Umschlag. Darin befand sich aber kein kleinerer Schein.

»Ich habe leider nur Zehndollarscheine.«

»Dann würde ich Ihnen die Einrichtung eines Fremdwährungskontos empfehlen. Sie zahlen Dollar ein, das Konto wird in Dollar geführt und ...«

Goldstein schüttelte heftig den Kopf. Dafür müsste er seine Personalien preisgeben und einen festen Wohnsitz nachweisen. Das war das Letzte, was er wollte. »Nein, danke.« Er schob den Schein wieder zurück. »Ich bin nur auf der Durchreise. Bitte wechseln Sie ihn.«

Der Mann hinter dem Schalter zog die Augenbrauen hoch. Es war ihm anzusehen, dass er Goldsteins Verhalten nicht billigte. Dennoch sagte er: »Wie Sie wünschen.«

Wenige Minuten später hielt Goldstein mehr als eine Viertelmillion Reichsmark in den Händen. Das dürfte mehr als genug sein, um seine Schulden bei Martha Schultenhoff zu begleichen.

25

Donnerstag, 22. Februar 1923

Vielen Dank, dass Sie mich so kurzfristig empfangen.« Regierungsrat Wieland Trasse hatte sich in einen schweren Polstersessel Abraham Schafenbrinck gegenübergesetzt. Auf dem runden Beistelltisch zwischen den Männern dampfte frisch aufgebrühter Kaffee in einer weißen, mit Blattgold verzierten Porzellankanne.

Ein junges Hausmädchen stand einige Meter entfernt und wartete stumm, bis auch ihr Arbeitgeber Platz genommen hatte. Auf ein Zeichen hin trat sie näher und goss Kaffee in die bereitstehenden Tassen. Die Hände der jungen Frau zitterten leicht, als sie den Herrschaften das Getränk servierte. Etwas Kaffee schwappte über, sodass Trasses Untertasse verschmutzt wurde. Schafenbrinck warf seiner Angestellten einen vorwurfsvollen Blick zu, worauf diese errötete und mit gesenktem Kopf um Entschuldigung bat.

»Verzeihen Sie, Herr Regierungsrat«, sagte der Kaufmann,

nachdem das Mädchen den Salon verlassen hatte. »Aber die Kleine ist erst seit einigen Tagen bei uns. Sie ist noch nicht perfekt. Unser altes Mädchen kam auf grausame Art ums Leben, wie Ihnen sicherlich bekannt ist.«

»Ich weiß. Wirklich tragisch, diese Angelegenheit. Und dann noch dieser skandalöse Freispruch der beiden Soldaten durch die französische Militärgerichtsbarkeit. Einfach unglaublich.« Trasse nippte am Kaffee. »Es ist wirklich zuvorkommend von Ihnen, dass Sie mir Ihre wertvolle Zeit schenken.«

Der Kaufmann machte eine abwehrende Handbewegung. »Ich bitte Sie. Als mich mein Freund Siegfried Königsgruber in Ihrem Namen um die Möglichkeit dieser Unterredung bat, habe ich mit Freuden zugestimmt.« Er lächelte verschmitzt. »Schließlich kann es für mich als Unternehmer doch nur von Vorteil sein, mich mit einem leitenden Beamten der Finanzbehörde auszutauschen, auch wenn Recklinghausen nicht für meine Unternehmungen hier in Herne zuständig ist. Noch nicht zuständig ist, möchte ich hinzufügen.«

»Ich nehme an, Ihre Bemerkung zielt darauf ab, dass Sie beabsichtigen, in Recklinghausen eine Filiale Ihres Hauses zu eröffnen?«

»Dann hat sich das also schon herumgesprochen? Ja, Sie haben recht.«

»Und wann genau wird es so weit sein?« Trasse machte eine Kunstpause und hob etwas die Stimme. »Entschuldigen Sie, wenn ich so direkt frage. Wenn es sich bei dem Termin noch um ein Geschäftsgeheimnis handeln sollte ...«

»Keineswegs. Die Eröffnung ist für den Anfang des nächsten Jahres geplant. Das genaue Datum steht allerdings noch nicht fest. Es gibt noch ein paar Schwierigkeiten, die zu bewältigen sind.«

»Sie beziehen sich auf das Haus am Herzogswall?«

Sein Gesprächspartner schmunzelte. »Sie sind wirklich ausgezeichnet informiert. Möchten Sie noch etwas Kaffee?«

Trasse lehnte dankend ab.

»Aber ich vermute, Sie sind nicht zu mir gekommen, um sich mit mir über meine Erweiterungspläne zu unterhalten?«

»In der Tat nicht.« Trasse wirkte nachdenklich.

»Nun spannen Sie mich nicht auf die Folter, lieber Herr Regierungsrat. Worum geht es?«

»Sicher werden Sie mir zustimmen, wenn ich behaupte, dass die Geschäftspolitik Ihres Hauses einen gewissen Einfluss auf die übrige Herner Kaufmannschaft hat.«

»Das will ich wohl meinen«, bestätigte Schafenbrinck. »Ich bin führendes Mitglied im *Verein für Handel und Gewerbe*. Und als größtes Haus am Platze …«

»Eben. Man orientiert sich an Ihren Meinungen und Handlungen.«

»Worauf wollen Sie hinaus?«

»Soweit mir bekannt ist, denken Sie wie ein deutscher Patriot?«

»Selbstverständlich. Niemand hat Grund, an meiner nationalen Gesinnung zu zweifeln«, bekräftigte der Kaufmann.

»Gut. Denn man erwartet von Ihnen, dass Sie ein Signal setzen.«

»Wer erwartet das von mir?«

»Das deutsche Volk.«

Für einen Moment war Schafenbrinck verblüfft und er kraulte gedankenverloren seinen Bart. Dann lachte er kurz auf. »Übertreiben Sie da nicht ein wenig?«

»Nein, keineswegs.«

»Also, das müssen Sie mir genauer erklären.«

»Gern.« Trasse griff in seine Jackentasche und zog ein Blatt Papier hervor. »In Recklinghausen wird morgen ein Flugblatt verteilt werden, das von allen im Stadtgebiet vertretenen Organisationen und Gewerkschaften einstimmig verabschiedet wurde. Ich lese Ihnen den Text kurz vor: *An die Handel- und Gewerbetreibenden Recklinghausens! Die unterzeichneten Organisatoren verlangen von den Handel- und Gewerbetreibenden die sofortige Einstellung des Verkaufs von Waren jeglicher Art an die Besatzungstruppe. Pflicht eines jeden Gewerbetreibenden ist es, Waren nur an die deutsche Bevölkerung zum Verkauf zu bringen. Ein Verräter am deutschen Volke, insbesondere aber an der vergewaltigten Ruhrbevölkerung ist derjenige, der unserer Aufforderung nicht nachkommt. Die unterzeichneten Organisatoren werden wirkungsvolle Maßnahmen gegen die Außenseiter zu treffen wissen und auch für die Veröffentlichung der Namen Sorge tragen. Wir erwarten, dass Sie sich dem Anliegen der Recklinghäuser Organisationen nicht verschließen werden und auch in Herne den Warenverkauf an die Franzosen beenden.*«

Schafenbrinck stand auf und ging zu dem dreitürigen Eichenschrank, der neben dem Fenster stand. Er öffnete die mittlere Tür, holte eine Flasche Cognac heraus und hielt sie hoch. »Sie auch?«, fragte er.

»Gern.«

Der Kaufmann goss ein und kehrte mit zwei gefüllten Schwenkern zu seinem Platz zurück. »Den Franzosen dürfte das nicht gefallen.«

Trasse prostete Schafenbrinck zu und nahm einen Schluck. »Sicher nicht.«

Beide schwiegen eine Weile. Dann ergriff erneut der Regierungsrat das Wort: »Sie kennen die Polizeiverordnung des Herrn Oberpräsidenten für die Provinz Westfalen vom September letzten Jahres?«

»Sie meinen das Verbot des Kleinverkaufs von Waren an Ausländer?«

Trasse nickte.

»Natürlich. Ich befürchte allerdings, dass die Franzosen nicht besonders viel von dieser Anweisung halten.«

»Werden Sie dem Gebot folgen?« Eine unausgesprochene Drohung schwang in Trasses Worten mit. »Es dürfte Ihren Geschäften – und damit meine ich ausdrücklich auch Ihre zukünftigen Geschäfte in meinem Verantwortungsbereich – nicht schaden, wenn Sie deutlich machen, auf wessen Seite Sie stehen.«

Schafenbrinck erhob sich, lief zum Fenster und erwiderte verärgert: »Herr Regierungsrat, ich muss doch sehr bitten. Wie ich schon bemerkte, steht meine nationale Gesinnung außerhalb jeden Zweifels.«

»Selbstverständlich. Ich kann also davon ausgehen, dass Sie sich im Sinne dieses Flugblattes verhalten?«

Schafenbrinck kehrte zum Tisch zurück und prostete Trasse zu. »Nicht nur das. Ich werde veranlassen, dass dieser Aufruf noch heute auf meine Kosten gedruckt wird. Schon morgen werde ich die Mitglieder des hiesigen Gewerbevereins zu einer außerordentlichen Sitzung zusammenholen, um den Appell beschließen zu lassen. Das dürfte nicht mehr als eine Formsache sein. Schließlich sind wir alle Patrioten.«

26

Donnerstag, 22. Februar 1923

Es regnete heftig, als Peter Goldstein vor der Kneipe stand, in der die Franzosen verkehrten. Er sah sich um. Die wenigen Gaslaternen warfen nur gedämpftes Licht in die menschenleere Wilhelmstraße.

Als Goldstein den Schankraum des *Fässchen* betrat, verstummten für einen Moment die Gespräche und die wenigen Anwesenden musterten ihn teils prüfend, teils gelangweilt. Der Polizist schlug den Kragen seiner Jacke herunter, knöpfte sie auf und stellte sich an die Theke.

»Ja?«, erkundigte sich der Wirt, ein feister Glatzkopf mittleren Alters, mürrisch.

»Ein Bier, bitte.«

Die vom Rauch vergilbten Wänden des Lokals schmückten Jagdtrophäen: präparierte Rehschädel, ein Geweih und der ausgestopfte Kopf eines Ebers. Die gesamte Einrichtung sah so aus, als ob sie schon vor Jahren hätte erneuert werden müssen. Fünf der sieben Tische waren unbesetzt. An dem sechsten nippten zwei Damen an ihren Getränken und warfen Goldstein Blicke zu, die er von den Nutten der Berliner Friedrichstraße kannte. An dem letzten Tisch spielten drei Männer Karten. Den Gesprächsfetzen nach, die Goldstein aufschnappte, handelte es sich bei ihnen um Deutsche.

»Ihr Bier. Wollen Se sofort zahlen?« Der Wirt setzte das Glas vor dem Gast ab.

Als Goldstein den Kopf schüttelte, murmelte der Glatzkopf etwas Unverständliches und malte einen Strich auf den Bierdeckel.

Vier Striche später hatten die Frauen eingesehen, dass Goldstein kein Kunde werden würde, und ihre Bemühungen, mit ihm in Kontakt zu treten, eingestellt. Von den drei Kartenspielern waren nur noch zwei da, die im Wechsel Bier und Korn vertilgten und ansonsten stumpfsinnig in ihre Gläser schielten. Goldstein fragte sich langsam, ob es wirklich eine gute Idee gewesen war, das *Fässchen* aufzusuchen. Er bestellte sein nächstes Bier. In dem Moment wurde die Eingangstür aufgerissen und mehrere lärmende Franzosen betraten das Lokal.

»Vin. Vin rouge«, rief einer. »Deux bouteilles.«

Die Franzosen waren in Zivil. Zwei von ihnen drängten zur Theke, schoben Goldstein unsanft zur Seite und ließen sich von dem diensteifrigen Wirt ein Tablett mit Weingläsern und zwei Flaschen Wein aushändigen. Die anderen Soldaten hatten sich schon an einem Tisch niedergelassen, auf dem die Gläser nun kreisförmig angeordnet wurden. Ein Mann griff nach einer Weinflasche und goss die Gläser voll, dem Rund folgend, das die Gefäße bildeten. Anschließend prosteten sich die Franzosen fröhlich zu.

Goldstein erkannte den Soldaten wieder, mit dem er sich am Vortag auf dem Bahnhof unterhalten hatte. Da dieser aber seitwärts zur Theke hockte und noch dazu nur Blicke für den Wein und seine Kameraden hatte, bemerkte er Goldstein nicht.

Eine der professionellen Liebesdienerinnen witterte ein Geschäft und erhob sich von ihrem Stuhl. Sie beugte sich zu einem der Soldaten hinunter und flüsterte ihm etwas ins Ohr. Gleichzeitig krauelte sie ihm mit einer Hand den Nacken.

Unwirsch warf der Mann seinen Kopf zurück, schlug den Arm der Nutte zur Seite und zischte verärgert auf Deutsch: »Lass das!«

»Dann eben nicht«, maulte die junge Frau und wandte ihre Aufmerksamkeit dem nächsten Soldaten zu. Der ließ sich die Zärtlichkeiten nicht nur gefallen, sondern zog die Frau auf seinen Schoß, schlang seinen linken Arm um ihren Oberkörper und betatschte sie. Die Prostituierte kreischte und zog den Kopf des Soldaten näher zu sich heran, damit er ihre weiblichen Formen besser spüren konnte.

Die zweite Prostituierte folgte dem Beispiel ihrer Kollegin und landete schließlich bei einem klein gewachsenen Dicken, der der Frau gleich unter den Rock griff.

Es dauerte keine zehn Minuten, da hatten die sieben Männer weitere zwei Flaschen Rotwein getrunken. Der Dicke kippte den Inhalt seines Glases in einem Zug in sich hinein, stand auf und zog die kichernde Prostituierte zu einer Tür am Ende des Schankraumes. Im Vorbeigehen gab die junge Frau einem der beiden Zecher am Nebentisch ein Zeichen. Der Soldat registrierte die Bewegung nicht, im Gegensatz zu Goldstein. Er hatte diese Handbewegung Dutzende Male in Berlin gesehen. Keine Sorge, bedeutete dieses Zeichen, diesen Freier habe ich im Griff.

Goldstein beobachtete das gierige Besäufnis mit einer Mischung aus Neugier und Erschrecken. Er hatte mit seinen Kameraden hinter der Front und später als Mitglied des Freikorps Loewenfeld solche und ähnliche Feste gefeiert. Auch bei ihnen war der Alkohol in Strömen geflossen und willige Frauen hatten ihnen gegen Geld Vergnügen bereitet. Es war aber etwas anderes, ob man Teilnehmer einer solchen Runde war oder ob man nur zusah. Regelrecht verblüffend fand er die Erkenntnis, dass sich das Verhalten des männlichen französischen Erzfeindes von dem des Deutschen in nichts unterschied. Nur die Sprache klang anders.

»Noch 'n Bier?«, fragte der Wirt, ohne seinen Blick von den Franzosen zu wenden, von denen er sich offensichtlich das bessere Geschäft versprach.

»Ja.«

Goldstein nahm einen Schluck und grübelte darüber nach, wie er mit den Franzosen ins Gespräch kommen konnte.

Bevor er sich eine Strategie zurechtgelegt hatte, stand der ihm bekannte Soldat auf und wandte sich in Richtung Theke, um weitere Getränke zu ordern. Dabei fiel sein Blick auf Goldstein.

»Ah, Sie kenne ich doch. Sie sind doch der Deutsche, der eigentlich ein halber Franzose ist.« Er grinste breit. »Ja, genau. Das sind Sie. Ein Halbfranzose.« Der Soldat wollte sich schier ausschütten vor Lachen. Als er sich wieder etwas beruhigt hatte, fragte er: »Haben Sie Ihre Schrauben wieder gefunden?«

Peter Goldstein schüttelte den Kopf.

»Kein Problem. Warten Sie.« Der Mann drehte sich um und rief seinen Kameraden zu: »Julian, kommst du bitte einen Moment zu mir.« Dann wandte er sich erneut an Goldstein: »Mein Kamerad hatte häufig Dienst am Bahnhof. Vielleicht hat er Ihre Schrauben gefunden.« Er reichte dem Deutschen die Hand. »Ich heiße übrigens Gilbert.«

Goldstein nickte und entschied sich für die französische Variante seines Vornamens. »Mein Name ist Pierre.«

Mittlerweile standen die beiden nicht mehr allein an der Theke. Der Mann, der die Annäherungsversuche der Prostituierten so brüsk zurückgewiesen hatte, hatte sich zu ihnen gesellt. »Oui?«, fragte er nun.

»Julian, das ist Pierre. Er spricht unsere Sprache perfekt, denn er hatte eine französische Mutter. Pierre sucht nach Schrauben. Er glaubt, er hat sie an diesem verdammten Bahnhof, an dem wir Dienst schieben, verloren.« Gilbert kicherte. »Hast du dort Schrauben gefunden?«

Der Gefragte drehte sich halb zur Seite und musterte Goldstein. Dann deutete er eine Verbeugung an und reichte ihm die Hand. »Sergeant Julian Sollé«, stellte er sich förmlich vor. »Guten Abend.«

Goldstein musste sich bemühen, nicht die Kontrolle über sein Mienenspiel zu verlieren. In seinem Kopf überschlugen sich die Gedanken. Julian Sollé! Einer der beiden Mörder von Agnes Treppmann stand ihm in einer heruntergekommenen Kneipe in der Herner Innenstadt von Angesicht zu Angesicht gegenüber. Wie, um Gottes willen, sollte er mit der Situation umgehen?

»Angenehm. Darf ich Sie zu einem Glas Wein einladen?«, fragte er.

Glücklicherweise nahm der Franzose die Einladung an.
»Gerne. Sie vermissen also Schrauben?«

Angesichts des ungläubigen Gesichtsausdrucks seines Gegenübers beeilte sich Goldstein, darauf hinzuweisen, dass es sich um einen sehr teuren Schraubensatz handelte, der speziell für einen Kunden angefertigt worden sei.

Zwanzig Minuten später, Gilbert hatte sich längst wieder zu seinen anderen Kameraden gesellt, standen Goldstein und Julian Sollé noch immer am Tresen und unterhielten sich angeregt. Natürlich hatte Sollé keine Schrauben gefunden, Goldstein aber zugesagt, dass er im Wachzimmer auf dem Bahnhof nachsehen werde. Ansonsten hatten sich die beiden Männer über die besten Rotweinlagen Frankreichs und deutsche und französische Literatur ausgetauscht. Sollé wirkte nachdenklich, fast ein wenig melancholisch. Goldstein musste sich immer wieder in Erinnerung rufen, dass dieser nette, fast gleichaltrige Plauderer neben ihm ein junges Leben bestialisch ausgelöscht hatte. Zu sympathisch wirkte Sollé.

»Rauchen Sie?« Sollé bot ihm eine Zigarette an. Goldstein war nicht wirklich verwundert, dass es eine *Nil* war. Er lehnte ab. Der Franzose griff in seine Tasche, zog ein Zündholzbriefchen hervor und zündete mit dem letzten Hölzchen die Zigarette an. Achtlos warf er das leere Briefchen auf die Theke.

»Julian«, rief einer seiner Kameraden und hob sein Glas. »Hast du uns vergessen?«

Sollé entschuldigte sich bei Goldstein und kehrte an den Tisch zurück. Das war die Gelegenheit! Goldstein zog sein Taschentuch und ließ die Zündholzpackung darin verschwinden. Wenn er Glück hatte, waren die Fingerabdrücke darauf identisch mit denen auf der Zigarettenschachtel, die er in der Ruine sichergestellt hatte.

Goldstein trank in aller Ruhe sein Glas leer, bezahlte, verabschiedete sich mit einem Kopfnicken von den feiernden

Franzosen und trat hinaus in die Dunkelheit. Der Regen hatte aufgehört. Stattdessen war wieder Nebel aufgezogen. Die Luft schmeckte nach Kohlenstaub. Goldstein schlug seinen Kragen hoch und marschierte los, Richtung Straßenbahnhaltestelle.

Den Mann, der ihm mit etwas Abstand folgte, bemerkte er nicht.

27

Freitag, 23. Februar 1923

General Caron war klar, dass die bisherigen Verhaftungen, die seine Militärpolizei vorgenommen hatte, nicht viel mehr als Potemkinsche Dörfer darstellten, ziemlich große Potemkinsche Dörfer sogar. Sie hatten in den vergangenen zwei Tagen in Herne und Umgebung rund zwanzig Personen festgenommen, ausnahmslos Männer. Die meisten waren mittlerweile schon wieder auf freiem Fuß. Trotzdem hatte Dupont auf Carons Weisung die Arretierungen als bedeutende Erfolge gefeiert und entsprechende Depeschen an das Oberkommando und das Verteidigungsministerium in Paris abgesetzt. Caron kannte die Verhörergebnisse seiner Spezialisten. Sicher war der eine oder andere der Festgesetzten im Widerstand gegen die französische Besatzung aktiv, aber es war ihnen nicht gelungen, ein Mitglied des Widerstandsnestes dingfest zu machen, das den Tod der fünf französischen Wachsoldaten zu verantworten hatte. Jetzt rächten sich seine voreiligen Erfolgsmeldungen. Seine Vorgesetzten in Paris wurden langsam misstrauisch und die Fragen, die in den Telegrammen standen, die ihm Dupont stündlich auf den Schreibtisch legte, wurden immer drängender. Caron seufzte und befahl seinem Adjutanten, unverzüglich Colonel Dupont zu ihm zu bitten. Er brauchte einen überzeugenden Erfolg. Er brauchte einen glaubwürdigen Täter. Und das schnell.

Zehn Minuten später betrat der Colonel Carons Arbeitszimmer.

»Hat sich dieser Trasse Ihnen gegenüber bisher kooperativ gezeigt?«, erkundigte sich der General.

»Kooperativ ist nicht das richtige Wort, mon Général.«

»Welches, zum Teufel, ist es dann?!«, fuhr Caron seinen Verbindungsoffizier an.

»Hinhaltend. Das beschreibt den Charakter unserer Gespräche präziser.«

»Trasse hat Ihnen also keine brauchbaren Hinweise gegeben?«

»Bedauerlicherweise nein.«

»Schaffen Sie mir den Kerl hierher. Und zwar sofort.«

»Ich gebe zu bedenken, dass sich Trasse um diese Zeit wahrscheinlich in der Finanzbehörde in Recklinghausen aufhält. Es dürfte ziemliches Aufsehen erregen, wenn wir einen so hochrangigen Beamten von seinem Arbeitsplatz wegzerren.«

Der General war für einen Moment verblüfft. Dann zischte er leise: »Das, Herr Colonel, ist mir so etwas von egal, das können Sie sich kaum vorstellen. Was interessiert mich die Meinung der Deutschen! Die Meinung unserer Landsleute in Frankreich, die sich fragen, ob wir wirklich alles unternehmen, um die Mörder unserer Kameraden dingfest zu machen, interessiert mich. Und das, und nur das, Dupont, sollte auch Sie interessieren! Und jetzt sehen Sie zu, dass dieser Trasse unverzüglich vor meinen Augen erscheint. Haben Sie mich verstanden?«

Colonel Dupont schlug die Hacken zusammen. »Zu Befehl.« Damit verließ er den Raum.

Caron klingelte nach seiner Ordonnanz und ließ sich einen Kaffee bringen. Anschließend lehnte er sich in seinem gepolsterten Stuhl zurück und hing seinen schlechten Gedanken nach.

Es war fast Mittag, als der Regierungsrat endlich in das Zimmer geführt wurde. Dieses Mal blieb der General hinter seinem Schreibtisch sitzen und bot Trasse keinen Stuhl an.

Grußlos eröffnete Caron das Gespräch: »Herr Trasse, bei unserer letzten Unterredung haben Sie zugesagt, dass Sie mit uns zusammenarbeiten werden. Nun berichten mir meine Offiziere, dass davon keine Rede sein kann. Sie halten uns hin, Herr Trasse. Ich habe deshalb Folgendes beschlossen: Sollten Sie uns nicht bis morgen Abend brauchbare Hinweise liefern, wer für den Sprengstoffanschlag auf die Brücke in Bladenhorst und damit für den Tod meiner Männer verantwortlich ist, werde ich Sie zur Rechenschaft ziehen. Ich denke, das war deutlich genug. Au revoir, Monsieur.«

Colonel Dupont, der während der kurzen Ansprache seines Vorgesetzten das Arbeitszimmer nicht verlassen hatte, trat vor und fasste Trasse am Arm, um ihn aus dem Raum zu eskortieren.

Der aber schüttelte Duponts Hand ab und bemerkte gelassen: »Warum so viel Umstände. Wir können unsere Probleme doch gleich jetzt besprechen.« Trasse lächelte. »Sie sind an einem der Verantwortlichen für den Anschlag interessiert?«

»Das fragen Sie ernsthaft?« Der General schnaubte.

Trasse zeigte auf den Stuhl vor dem Schreibtisch. »Darf ich?«

Caron schnappte nach Luft. Eine solche Impertinenz hatte er noch nicht erlebt. Trotzdem gab er nach und nickte.

Der Regierungsrat schob den Stuhl demonstrativ langsam in eine ihm genehme Position und nahm Platz. »Natürlich habe ich mit diesem Anschlag nicht das Geringste zu tun«, erklärte er.

»Natürlich nicht«, erwiderte der General und sah dabei aus, als ob er gerade in eine Zitrone gebissen hätte.

»Und selbstverständlich kenne ich auch keinen der Attentäter persönlich.«

Vor Zorn schwollen Carons Adern. »Ich hatte nicht vermutet, dass Sie sich selbst ans Messer liefern würden. Hören Sie schon auf mit Ihrem Distanzierungsgequatsche«, blaffte er.

»Wie Sie meinen. Ich habe ein Flugblatt gesehen, welches die Kaufleute auffordert, zukünftig keine Waren mehr an Franzosen zu verkaufen, und das …«

»Das habe ich auch gesehen«, unterbrach der Offizier barsch. »Es wurde heute Morgen in Recklinghausen verteilt. Wir haben einige der Verteiler verhaftet.«

Ungerührt fuhr Trasse fort: »… das heute auch in Herne gedruckt wird. Wenn meine Informationen stimmen, auf Kosten eines der hiesigen Geschäftsleute.«

»Was hat das mit dem Bombenanschlag auf die Bladenhorster Brücke zu tun?«, erkundigte sich Caron ungeduldig. »Kommen Sie zur Sache!«

»Es ist nicht das erste Flugblatt, das dieser Mann finanziert hat. Im Übrigen bezahlt er nicht nur Flugblätter, sondern auch anderes.«

»Was?«

Trasse hob die Schultern. »Durchsuchen Sie seinen Keller. Aber seien Sie gründlich. Ich könnte mir vorstellen, dass Sie etwas finden. Ach ja, selbstverständlich werde ich nicht als Zeuge zur Verfügung stehen. Egal vor welchem Gericht.«

Der Franzose dachte einen Moment nach. »Verstehe ich Sie richtig: Dieser Kerl, von dem Sie sprechen, trägt die Verantwortung für das, was in Bladenhorst passiert ist?«

»Er ist einer der Hintermänner, ja.«

General Caron erhob sich halb von seinem Platz, stützte beide Hände auf den Schreibtisch und beugte sich vor. »Wenn Sie mich hintergehen, Trasse, kommen Sie vor ein Kriegsgericht. Und zwar nicht als Zeuge. Dann stehen Sie schneller vor einem Exekutionskommando, als Sie es sich vorstellen können.«

Der Regierungsrat lehnte sich in seinem Stuhl zurück, suchte umständlich in seiner Tasche und holte schließlich eine Packung Zigaretten hervor. »Sie müssen mir nicht drohen«, meinte er. »Wir kooperieren doch auf das Vorzüglichste.«

Caron sprang auf und baute sich vor dem Deutschen auf. »Raus mit der Sprache. Wie heißt der Kerl?«

Trasse lächelte, kostete seinen Triumph für einen kurzen Moment aus und sagte dann langsam: »Abraham Schafenbrinck. Der Herner Kaufhausbesitzer. Im Keller seines Hauses an der Bochumer Straße finden Sie die Beweise, die Sie benötigen.« Er steckte sich die Zigarette zwischen die Lippen. »Haben Sie zufällig Feuer?«

Noch am selben Abend schickte General Caron, Befehlshabender des Generalkommandos des 32. französischen Armeekorps, eine Depesche an das Verteidigungsministerium in Paris. *Bombenanschlag in Bladenhorst aufgeklärt,* hieß es darin. *Täter gefasst.*

Tatsächlich hatten französische Soldaten im Keller der Schafenbrincks ein verschnürtes Paket entdeckt. Als sie es öffneten, fiel ihnen neben einigen Stangen Sprengstoff auch ein Stapel Flugblätter in die Hände, die zum aktiven, gewalttätigen Widerstand gegen die französische Besatzungsarmee aufforderten. Es hatte nicht lange gedauert, bis der französische Nachrichtendienst auch die Druckerei ausfindig gemacht hatte, in der gerade der Boykottaufruf der Kaufleute hergestellt wurde. Nachdem dem Besitzer mit dem Militärgericht gedroht worden war, nannte er den Namen seines Auftraggebers. Und nur fünf Stunden, nachdem Trasse den jüdischen Kaufmann denunziert hatte, saß dieser bereits in einer französischen Gefängniszelle.

Caron hatte seinen Täter. Obgleich ihn leise Zweifel plagten, wenn er daran dachte, wie bereitwillig ihm Trasse den Kaufmann ans Messer geliefert hatte, und er sich fragte, woher Trasse eigentlich von dem Paket mit dem Sprengstoff wusste, unterschrieb er ohne Zögern den Befehl, der das offizielle Militärstrafverfahren gegen Schafenbrinck einleitete. Neben anderen Delikten wurde Abraham Schafenbrinck des fünffachen Mordes angeklagt.

28

Samstag, 24. Februar 1923

Trotz weiterer Versuche war es Hermann Treppmann nicht gelungen, eine Schusswaffe zu besorgen. Der Anschlag auf die Bladenhorster Brücke hatte ihn jedoch auf eine andere Idee gebracht: Sprengstoff! Er wusste, wo auf der Zeche das Donarit gelagert wurde. Sein Plan war simpel. Er würde die Tür des Lagerraums aufbrechen, Sprengstoff und Zünder entwenden und dann seine Tochter rächen. Das Wie und Wo seiner Rache war ihm noch keine Überlegung wert gewesen. Seine Gedanken kreisten momentan nur um das eine Problem: Er musste an das Donarit gelangen!

Das aber war nicht so einfach, wie er sich das vorgestellt hatte. Nach dem Attentat hatten die Franzosen ihre Sicherheitsvorkehrungen verschärft. Die Sprengstofflager auf den

Schachtanlagen wurden Tag und Nacht bewacht. Jede Entnahme aus den Lagern wurde penibel protokolliert. Französische Ingenieure fuhren nach unter Tage und überwachten sogar dort die Verwendung des Sprengstoffs.

Nun stand Hermann Treppmann beim Pförtner der Zeche Teutoburgia und wartete auf das Ende der Mittagsschicht.

Es war fast halb elf, als er seinen Kollegen Otto Schmidt aus der Kaue kommen sah. Schmidt war Schießmeister im Revier 12 und seit Langem ein guter Freund Treppmanns.

»Glück auf, Hermann. Was machst du denn hier um diese Zeit?«

»Ich habe auf dich gewartet.«

»Warum denn das?«

»Kann ich dich ein Stück begleiten?«

Die beiden Männer entfernten sich zügig vom Zechentor. Schmidt bot Treppmann eine Prise Schnupftabak an.

»Siehst schlecht aus, Hermann. Der Tod deiner Kleinen?«

»Das auch.«

»Willst du darüber sprechen?«

»Eigentlich nicht.«

Für einige Minuten gingen die beiden Bergleute schweigend durch die Siedlung.

Schließlich meinte Schmidt: »Nun rück schon raus mit der Sprache. Du schlägst dir doch nicht die halbe Nacht um die Ohren, nur um mit mir nach Hause zu spazieren.«

Treppmann atmete tief durch. »Natürlich nicht.« Unvermittelt kam er zur Sache: »Otto, kannst du mir Sprengstoff besorgen?«

Schmidt blieb abrupt stehen. »Spinnst du?«

»Nein, es ist mir todernst.«

»Willst du auch eine Brücke in die Luft jagen?«

»So etwas Ähnliches.«

»Schlag dir das aus dem Kopf!«

Hermann Treppmann griff seinen Freund mit beiden Händen bei den Schultern und sah ihm ins Gesicht. »Franzosen haben mein Mädchen ermordet und sind freigesprochen worden. Der Gedanke, dass ihre Mörder vielleicht nicht weit von hier unbehelligt durch die Gegend laufen, macht mich fast verrückt. Das darf doch nicht sein! Otto, verstehst du? Das darf nicht sein!«, wiederholte er eindringlich.

»Klar verstehe ich dich. Aber ich kann dir nicht helfen.«

»Warum nicht?«, flehte Treppmann. »Du hast doch täglich mit Donarit zu tun.«

»Schon. Aber die Franzosen passen auf wie die Luchse. Da ist nichts zu machen. Und selbst wenn ich dir Sprengstoff und Zünder besorgen könnte, würde ich es nicht tun. Du kennst dich mit dem Zeug nicht aus. Der Umgang damit will gelernt sein. Du würdest dich nur selbst gefährden.« Schmidt ging langsam weiter.

»Ich war selbst lange unter Tage. Ich habe gesehen, wie die Schießhauer Sprengungen vorbereitet haben.«

»Das vielleicht. Aber nie selbst geschossen. Nein, kommt nicht infrage. Sieh dich an, Hermann. Du bist nur noch ein Schatten deiner selbst. Du hast dich da in etwas verrannt. Die halbe Siedlung weiß mittlerweile, dass du dich nach Waffen erkundigt hast. Du kannst von Glück sagen, dass niemand den Franzosen einen Hinweis gegeben hat. Dein Hass frisst dich auf. Geh nach Hause und kümmere dich um deine Frau und deine andere Tochter. Sie brauchen dich nötiger als Agnes. Lass die Toten ruhen.« Er wandte sich ab. »Gute Nacht, Hermann.«

Hermann Treppmann blieb wie betäubt stehen. Tränen liefen ihm über das Gesicht.

29

Sonntag, 25. Februar 1923

Die Glocken der Kreuzkirche riefen die Gläubigen zum Gebet.

Goldstein hatte im Herbst 1917 zum letzten Mal eine Kirche betreten. Seine Kompanie war damals zu einem Militärgottesdienst in einem durch Granaten beider Seiten fast vollständig zerstörten Gotteshaus befohlen worden. Einen Glockenturm hatte es nicht mehr gegeben, ganze Abschnitte des Kirchendaches fehlten und auch von den Bleiglasfenstern waren nur noch Reste vorhanden. Aber Teile der Bestuhlung und erstaunlicherweise die Orgel hatten das Bombardement fast unversehrt überstanden. Der Geistliche hatte in seiner Predigt von Frieden und Glück gesprochen, was in vielen Ohren wie blanker Hohn geklungen hatte, angesichts des tausendfachen Sterbens um sie herum. Neben den Illusionen über glorreiche deutsche Siege hatte Goldstein wie andere auch seinen Glauben auf den Schlachtfeldern im Westen verloren.

»Warten Sie schon lange?«

Goldstein, ganz in trübe Gedanken versunken, bemerkte Wiedemann erst, als dieser ihn ansprach. »Nein, nur ein paar Minuten.«

Der Platz vor der Kirche hatte sich merklich gefüllt. Kleine Gruppen von Gläubigen in ihrer Sonntagskleidung unterhielten sich leise. Spielende Kinder wurden von Müttern ermahnt, sich nicht schmutzig zu machen. Und einige ältere Menschen ließen sich von ihren Angehörigen durch das offene Portal in die Kirche führen, um auf den Bänken sitzend den Beginn des Gottesdienstes zu erwarten.

Wiedemann kam schnell zur Sache. »Es ist so, wie ich vermutet hatte. Französische Zigaretten sind zwar erhältlich, werden aber in der Regel nur an die höheren Offiziersdienstgrade ausgegeben. Mannschaften und Unteroffiziere müssen sich mit den Produkten des Feindes begnügen.« Er grinste schief und griff nach Goldsteins Arm. »Kommen Sie. Wir besuchen einen der Polizeibeamten, die den Mord an der Treppmann untersucht haben. Hauptwachtmeister Schäfer wohnt hier in der Nähe. Seine Frau und die Kinder machen heute einen Verwandtenbesuch, sodass wir uns unterhalten können. Ich habe unser Kommen angekündigt. Er erwartet uns.«

»Was haben Sie ihm über mich erzählt?«

»Sie sind ein Kollege aus Essen, der solche und ähnliche Fälle für Schulungszwecke der Polizei dokumentiert.«

»Keine schlechte Geschichte.«

»Außerdem habe ich ihm gesagt, dass Sie Müller heißen.«

»Müller? Sehr originell.«

»Nicht wahr.« Wiedemann wandte sich zum Gehen.

»Warten Sie einen Moment. Eine Frage noch: Konnten Sie Fingerabdrücke auf der Zigarettenschachtel finden?«

»Ja. Sie wurden sorgfältig untersucht. Mir wurde gesagt, sie stammen von zwei unterschiedlichen Personen. Für eine Zuordnung fehlen natürlich Vergleichsabdrücke.«

Goldstein griff in seine Tasche und reichte Wiedemann die Zündholzpackung, die immer noch in sein Taschentuch eingewickelt war.

»Hier haben Sie den Fingerabdruck, den Sie brauchen. Sergeant Julian Sollé war so freundlich, ihn mir zu überlassen. Er raucht *Nil*.«

Der Verwaltungssekretär sah ihn anerkennend an und verstaute das Beweisstück sorgfältig in seiner Manteltasche. »Ich werde mich darum bemühen«, sagte er dann nur.

Nach einem zehnminütigen Gang durch die kalte Morgenluft erreichten sie ein großes Haus an der Overwegstraße. Im Hausflur roch es muffig. Die Stufen der Holztreppe knarrten, als die beiden Männer sie betraten. Schäfer wohnte im zweiten Stock.

Er öffnete nur Sekunden, nachdem Wiedemann die Klingel gedreht hatte. Der Hauptwachtmeister war von bulliger Statur und überragte Goldstein um Haupteslänge. Er führte die Besucher in das Wohnzimmer.

»Ich kann Ihnen nur Kräutertee anbieten«, sagte Schäfer entschuldigend. »Kaffee war zu vernünftigen Preisen am Samstag nicht zu bekommen. Einfach schrecklich, die Geldentwertung.«

»Auch daran ist nur der Franzose schuld«, stellte Wiedemann fest und nahm Platz.

Goldstein, der das etwas anders sah, zog es vor, seine Meinung nicht zu äußern. Stattdessen sagte er: »Ein Tee wäre nicht schlecht. Es ist wieder ziemlich kalt draußen.«

Schäfer verließ das Zimmer, um den Tee aufzubrühen. Goldstein sah sich um. Wiedemann hatte sich auf einem Sofa niedergelassen, das identisch war mit dem, auf dem er selbst saß: ein mit rotem Samt bezogener Zweisitzer mit hoher Rückenlehne. Vor ihnen stand ein rechtwinkliger, dreieckiger Tisch aus schwarzem Schleiflack. Die Sitzgruppe komplettierten zwei ebenfalls mit rotem Samt bezogene Armstühle. Die eine Wand nahm ein fast raumhoher schwarzer Schleiflackschrank mit verspiegelten Türen ein, von der anderen lächelte zwischen Bildern mit Heidemotiven und einem Zinnteller ein Pfeife rauchender Bauer in Öl. Goldsteins Blick fiel auf die Anrichte: Darauf thronte eine beinahe ein Meter lange Bronzeplastik eines Pferdes, das einen zweirädrigen Wagen zog. Goldstein stand auf, um das Stück näher in Augenschein zu nehmen.

»Ein Erbstück meines Schwiegervaters. Gefällt es Ihnen?« Schäfer war mit einem Tablett in das Zimmer zurückgekehrt. »Die Plastik soll aus dem späten 18. Jahrhundert stammen. Angeblich war sie früher im Besitz des Herzogs von Braunschweig.«

»Ja. Wirklich sehr schön.« Goldstein setzte sich wieder.

»Herr Hauptwachtmeister, wie ich Ihnen schon erzählt habe, arbeitet unser Kollege Müller an einer Dokumentation über spektakuläre Morde. Die Dokumentation dient der Ausbildung unseres polizeilichen Nachwuchses. In diesem Zusammenhang hat er einige Fragen an Sie, die den Fall Treppmann betreffen. Es versteht sich von selbst, dass Sie seine Fragen nach bestem Wissen beantworten müssen«, kam Wiedemann auf das Anliegen ihres Besuches zu sprechen.

Schäfer nickte und rührte unsicher in seinem Tee.

Goldstein ergriff das Wort. »Zunächst eine Frage zur vermutlichen Tatwaffe, dem Koppel. Sie haben keine Möglichkeit gehabt, es genauer zu untersuchen?«

»Nein. Die Franzosen haben es ja sogleich beschlagnahmt. Aber mein Kollege und ich haben mit dem Arzt gesprochen, der die erste, allerdings nicht sehr gründliche Obduktion durchgeführt hat. Inoffiziell, versteht sich. Die Franzosen haben noch vor Abschluss seiner Untersuchungen die Leiche quasi vom Seziertisch heruntergezerrt und dem Arzt bei Androhung eines Kriegsgerichtsverfahrens verboten, über seine Erkenntnisse zu sprechen. Der Mediziner ist sich zu mehr als neunzig Prozent sicher, dass der Tod durch Ersticken eingetreten ist, verursacht durch das Würgen mit einem etwa vier Zentimeter breiten Gurt, womöglich mit einem Koppel.«

»Sie glauben also, dass das aufgefundene französische Koppel die Tatwaffe ist?«

Schäfer schaute Goldstein verwundert an. »Natürlich. Womit soll das Mädchen denn sonst umgebracht worden sein?«

»Mit einem ähnlich breiten Gürtel zum Beispiel.«

»Aber wir haben keinen Gürtel gefunden.«

Das, dachte Goldstein, ist nun leider kein Beweis. Und auch die Tatsache, dass ein Koppel in der Nähe des Tatortes gefunden worden war, war – streng genommen – kein Beweis, sondern bestenfalls ein Indiz. »Ich nehme an, Sie haben die Ruine gründlich durchsucht?«

»Wenn Sie auf den verschwundenen Schmuck anspielen – wir haben im Keller und der Umgebung des Hauses nichts gefunden.«

»Haben Sie auch in den oberen Geschossen des Hauses nachgesehen?«

Schäfer zögerte einen Moment mit einer Antwort. »Wir haben gründlich gesucht.«

»Auch in den oberen Stockwerken?«, insistierte Goldstein erneut.

»Selbstverständlich.« Schäfer griff zur Teetasse. Seine Hände zitterten leicht.

»Das würde ich gerne etwas genauer wissen. Sie haben also auch die ersten Etage untersucht?«

»Ja.«

»Sind Sie über die Treppe gegangen?«

Der Hauptwachtmeister warf Wiedemann einen Hilfe suchenden Blick zu. »Natürlich.«

Goldstein schüttelte den Kopf. Ruhig sagte er: »Das ist nicht möglich, Herr Schäfer. Sie waren nicht in der ersten Etage, weil Sie ohne eine Leiter nicht dorthin gelangen können. Die Holztreppe ist nämlich völlig verbrannt. Sie waren überhaupt nicht in den oberen Etagen, nicht wahr?«

Als Schäfer nicht sofort antwortete, fuhr Goldstein fort: »Ich bin nicht hier, um Ihnen vorzuwerfen, dass Sie Ihre

Arbeit nicht ordentlich gemacht haben. Ich möchte nur verstehen, was sich in der Mordnacht wirklich ereignet hat.«

Der massige Mann fiel sichtbar in sich zusammen. »Wir hatten keine Zeit für weitere Untersuchungen. Die Franzosen haben uns doch weggeschickt. Außerdem lag die Leiche im Keller. Welchen Sinn hätte es gehabt, das ganze Haus zu durchsuchen?« Er zögerte, suchte nach Worten. »Wer sind ... warum wollen Sie das so genau wissen? An was für einer Dokumentation arbeiten Sie eigentlich?«

Wiedemann warf Goldstein einen schnellen Blick zu. Goldstein blinzelte Zustimmung und stand auf. »Vielen Dank für den Tee. Herr Wiedemann, wollen wir dann mal wieder ...?«

Als die beiden Männer kurz darauf auf der Straße standen, schüttelte Wiedemann den Kopf: »Da sind Sie mit Ihren Fragen etwas zu weit gegangen. Schäfer wird sicher an Ihrer Legende zweifeln. Aber er ist Patriot und würde einen Landsmann nie ans Messer liefern.«

»Hoffentlich haben Sie recht. Es war unbedacht von mir, solche Fragen zu stellen. Glauben Sie, dass es möglich ist, sofort einen Abgleich der Fingerabdrücke Sollés mit denen auf der Zigarettenschachtel zu bekommen? Falls sie identisch sind, würde mich das sehr weiterbringen.«

Wiedemann überlegte. »Es ist zwar Sonntag, aber ich werde mein Möglichstes tun. Also gehen wir.«

Goldstein musste vierzig Minuten in einem Café auf Wiedemanns Rückkehr warten.

Der Herner Polizeibeamte spannte ihn, nachdem er sich gesetzt hatte, nicht lange auf die Folter. »Die Fingerabdrücke auf der Zigarettenschachtel und auf der Zündholzpackung sind ohne jeden Zweifel identisch. Die Soldaten haben also vor dem Kriegsgericht gelogen. Herzlichen Glückwunsch,

Herr Goldstein. Damit haben Sie die Schuld der Franzosen bewiesen.«

Goldstein schüttelte den Kopf. »Streng genommen habe ich nur bewiesen, dass die Zigarettenschachtel, die in der Ruine lag, irgendwann durch Sollés Hände gegangen sein muss. Mehr nicht.«

Wiedemann winkte ab. »Ach was. Die Fingerabdrücke. Das Koppel. Die gleiche Zigarettenmarke! Wie viele Beweise wollen Sie denn noch? Der Fall ist aufgeklärt.« Er klopfte dem Polizisten auf die Schulter. »Gute Arbeit, wirklich.«

Goldstein hätte gern Wiedemanns Überzeugung, dass die Franzosen die Täter waren, geteilt. Aber in ihm nagten Zweifel. Er hatte Indizien zusammengetragen, aber keinen Beweis. Alles ließ sich auch anders erklären. Allerdings war davon auszugehen, dass seine Berliner Vorgesetzten ähnlich dachten wie Wiedemann. Und war eine endgültige Gewissheit es eigentlich wert, das Risiko einzugehen, von den Franzosen geschnappt und als Spion verurteilt zu werden? Sicher nicht.

Goldstein rang sich eine Entscheidung ab. »Sie haben recht. Ich reise zurück nach Berlin und liefere meinen Bericht ab.«

»Wann wollen Sie fahren?«

»Gleich morgen früh.«

30

Sonntag, 25. Februar 1923

Wieland Trasse war gegen Mittag in Münster eingetroffen. Sein Weg führte ihn in ein Gebäude in der Nähe des Domplatzes. Dort, im ersten Stock, hatte eines der Abwehrkommissariate seinen Sitz, das eng mit der *Zentrale Nord* zusammenarbeitete. Deren Kontaktmann im besetzten Gebiet war Wieland Trasse. Den Mitgliedern der Abwehrkommissariate war es streng untersagt, selbst in die besetzten Gebiete zu reisen. Die Gefahr einer Entdeckung durch die französische Spionageabwehr erschien den Verantwortlichen zu groß. Stattdessen nutzte die *Centrale Staatspolizei,* die den Auftrag hatte, landesverräterische Bestrebungen von Deutschen im besetzten Teil Deutschlands aufzuklären, die Dienste unverdächtiger Bürger, um den Kontakt zu halten. Häufig handelte es sich um Beamte und Gutsituierte, die für die Staatspolizei Spitzeldienste leisteten und die der Kollaboration Verdächtige unter Vorspiegelung falscher Tatsachen ins unbesetzte Gebiet lockten, wo sie festgenommen und vor deutsche Strafgerichte gestellt werden konnten.

Trasse nun arbeitete nicht nur als Denunziant, sondern koordinierte für die *Zentrale Nord* auch die Arbeit der Widerstands- und Sabotagegruppen im mittleren Ruhrgebiet. Diese Tätigkeit war heute der Grund dafür, dass er in dem kärglich eingerichteten und nur unzureichend beheizten Büro in der Münsteraner Innenstadt saß. Zwei hohe Polizeioffiziere in Zivilkleidung hatten ihm gegenüber Platz genommen.

Nach dem Austausch der üblichen Begrüßungsfloskeln kam einer der beiden gleich zur Sache. Kriminaldirektor Erich Gräfe war korpulent und auf seiner Glatze perlte, trotz der ungemütlichen Witterung draußen, der Schweiß, den er sich immer wieder mit einem weißen Taschentuch abwischte.

»Die Organisation Saborski neigt zu Alleingängen«, schnaufte er. »Störung des Eisenbahnverkehrs der Franzosen: Ja. Versenkung eines Schleppkahns im Rhein-Herne-Kanal, wie es Schlageter gemacht hat: Ja. Aber tote französische Soldaten: Nein.« Er griff erneut zum Taschentuch.

Kriminalinspektor Blokker, ein für seinen Dienstgrad erstaunlich junger Mann, ergänzte: »Sie wissen doch, dass wir den Franzosen keinen Vorwand liefern dürfen, aus der Besetzung der Gebiete an Rhein und Ruhr einen Flächenbrand werden zu lassen. Ein Funke genügt und Deutschland wird in einen neuen Krieg hineingerissen, den es momentan nicht gewinnen kann. Also rufen Sie Ihre Leute zu Ordnung. Keine weiteren toten Franzosen mehr!«

Den Regierungsrat überraschten die Vorwürfe nicht. Gleich als er auf dem üblichen Behördendienstweg die Einladung zu diesem Treffen übermittelt bekommen hatte, war ihm klar gewesen, dass er sich wegen Saborskis Anschlag auf die Bladenhorster Brücke würde verantworten müssen. Und er hatte sich vorbereitet. »Ich bin mir bewusst, dass die Aktion nicht so ablief, wie wir sie geplant hatten. Saborski war in der Vergangenheit immer zuverlässig. An ihm hat es nicht gelegen, dass der Einsatz etwas unglücklich verlaufen ist. Einer der Männer des Kommandos hat versagt.«

»Inwiefern?«, wollte Gräfe wissen.

»Dem Stoßtrupp fehlte es an der richtigen Beleuchtung, die dieses Kommandomitglied hatte besorgen sollen. So dauerte das Anbringen und Verdrahten der Zünder länger als geplant. Als die Sprengladungen scharf waren, war keine Zeit mehr, die Zündschnüre zu verstecken. Hätte das Kommando nicht gesprengt, wäre es Gefahr gelaufen, von den Franzosen entdeckt und festgenommen zu werden. Das wollten die Männer verständlicherweise nicht riskieren. Der Tod der französischen Soldaten ist zwar bedauerlich, war aber nach Lage der Dinge unvermeidlich. Schließlich führen wir bereits Krieg. Keinen offenen, sondern einen verdeckten. Das wissen Sie ebenso gut wie ich. Saborski und seinen Leuten ist wegen der Toten kein Vorwurf zu machen.« Trasse sah in die Runde. Als sich kein Widerspruch regte, fuhr er fort: »Trotzdem habe ich selbstverständlich mit Saborski gesprochen. Ein solcher Fehler wird sich nicht wiederholen.«

»Das hoffen wir doch sehr. Was haben Sie mit dem Kerl vor, der versagt und die Aktion gefährdet hat?«, erkundigte sich der Kriminalinspektor.

»Saborski wird sich mit dem Fall befassen.«

Einige Sekunden hingen die Männer ihren Gedanken nach. Jeder wusste, was das Gesagte bedeutete.

Gräfe unterbrach das Schweigen. »Was ist mit diesem Kaufhausbesitzer, den die Franzosen festgenommen haben. Wie heißt er doch gleich?«

»Schafenbrinck«, antwortete Trasse.

»Genau. Sie haben seinen Namen in der Vergangenheit nie erwähnt. Inwiefern kommen die Franzosen darauf, dass er etwas mit dem Anschlag zu tun haben könnte?«

»Das sollten Sie General Caron fragen«, entgegnete der Regierungsrat. »Ich kenne den Mann kaum.«

»Also gehört er nicht zu uns?« Gräfe schien irritiert.

»Nicht dass ich wüsste. Wenn nicht Sie ...« Trasse ließ den Satz mit Absicht unvollendet.

Seine beiden Gegenüber schüttelten fast synchron den Kopf und Blokker zog den richtigen Schluss: »Der Mann ist also unschuldig?«

»So sieht es aus«, bemerkte Trasse lakonisch. »Aber er ist Jude.«

Alle Anwesenden verstanden, was gemeint war.

»Also unternehmen wir nichts?«, fragte Blokker schon fast rhetorisch.

»Natürlich nicht«, antwortete Gräfe. »Sollen die Franzmänner mit dem Juden doch machen, was sie wollen. Da lassen sie wenigstens unsere Leute in Ruhe.«

»Zumindest einige Tage«, ergänzte Trasse.

31

Sonntag, 25. Februar 1923

Lange hatte Goldstein überlegt, wie er sich Martha gegenüber verhalten sollte. Als er am späten Sonntagnachmittag wieder in die Teutoburgia-Siedlung zurückgekehrt war, hatte er einen Entschluss gefasst. Doch Martha Schultenhoff war nicht zu Hause. Goldstein legte ein Kohlenbrikett nach, damit der Ofen nicht ausging, und wartete in der Küche.

Erst zwei Stunden später drehte sich der Schlüssel in der Haustür. Goldstein sprang auf und lief ihr entgegen. »Ich möchte mit dir reden«, begann er seine Beichte.

»Sicher nicht, bevor ich den Mantel ausgezogen habe«, erwiderte sie. »Wie wäre es, wenn du heißes Wasser aufsetzt, während ich die Wintersachen ausziehe? Ich habe mich heute für meine Schneiderarbeit mit Kaffee bezahlen lassen. Eine Tasse wird uns guttun.«

Kurz darauf saßen sie beide am Küchentisch, jeder einen dampfenden Becher süßen Kaffees vor sich.

Martha Schultenhoff schaute ihren Gast aufmerksam an. »Also, worüber wolltest du mit mir sprechen?«

Goldstein atmete tief ein. »Ich habe dir nicht die Wahrheit gesagt.«

»Inwiefern?«

»Ich bin kein Handelsvertreter für Schrauben, sondern Polizist.«

Sie schien nicht besonders überrascht. »Und du kommst aus Berlin und wirst morgen wieder dorthin zurückkehren.«

»Ja. Aber woher …?«

»Ewald hat es mir eben erzählt. Wir waren verabredet. Er war sich nicht sicher, ob du dich von mir verabschieden würdest, und befürchtete, dass du dich ohne ein Wort aus dem Haus schleichen könntest.«

»Er hat dir verraten, dass ich Polizeibeamter bin?«

»Nein. Er hat von einem wichtigen Auftrag gesprochen, den du dringend in Berlin zu erledigen hättest und der keinen Aufschub zuließe. Er wollte mich einfach nur schonend darauf vorbereiten, dass du einfach so verschwinden könntest. Aber da du nun hier mit mir am Tisch sitzt, hat sich Ewald geirrt. Schön.«

»Hat er dir gesagt, warum ich hier in Herne bin?«

»Nein, das hat er nicht. Und es ist mir eigentlich auch egal. Du musst mir nichts erzählen, was du nicht willst.«

»Ich möchte es aber.«

Sie nahm einen Schluck Kaffee und wartete.

»Meine Berliner Vorgesetzten haben mich beauftragt, den Mord an Agnes Treppmann aufzuklären. Ich soll Beweise dafür finden, dass sie von den Franzosen ermordet worden ist.«

Martha hob die Augenbrauen. »Und deine Arbeit ist beendet?«

»Ja. Ich bin mir ziemlich sicher, dass ich die Täterschaft der beiden Franzosen, die vom Kriegsgericht freigesprochen wurden, nun belegen kann.«

Martha Schultenhoff wurde blass. Für lange Sekunden sagte sie kein Wort. Dann vergewisserte sie sich: »Ziemlich sicher?«

»Na ja, ich habe leider keinen Zeugen oder hundertprozentige Beweise. Es gibt aber viele Indizien …«

»Du glaubst also, Julian ist schuldig?«

»Julian? Ja. Aber wie kommt es, dass du den Franzosen …?«

Martha sprang auf. Mit den Worten: »Warte hier, ich bin sofort zurück«, stürmte sie aus der Küche und dann auch aus dem Haus.

Verblüfft blieb Goldstein zurück. Er stürzte ebenfalls zur Tür, doch die Dunkelheit hatte Martha bereits verschluckt. Die Kälte sprang ihn an wie ein wildes Tier. Bibbernd und kopfschüttelnd kehrte Goldstein ins Warme zurück, schloss die Eingangstür hinter sich und setzte sich wieder an den Küchentisch.

Er musste nicht lange auf Marthas Rückkehr warten. Sie lief die Treppe zum Obergeschoss hinauf. Goldstein hörte an den Tritten, dass sie sich in ihrem Schlafzimmer befand. Kurz darauf betrat Martha wieder die Küche, einen Briefumschlag in der zitternden Hand.

»Hier. Lies das!« Sie hielt Goldstein das Schreiben hin, ging zum Ofen und rieb ihre Hände in der aufsteigenden Warmluft.

Goldstein musterte den Umschlag. Er enthielt keinen Absender, keine Anschrift und keine Briefmarke, war also nicht durch die Post befördert worden. Auf dem Umschlag stand in Schönschrift nur ein Name. *Agnes*. Goldstein öffnete den Umschlag und zog ein einzelnes Blatt heraus. *Ma petite chérie Agnes*, las er, nachdem er das Papier auseinandergefaltet hatte. *Je t'aime.* Dann ging es in einem etwas holprigen Deutsch weiter. Goldsteins Erstaunen wuchs, je länger er las. Er hielt einen Liebesbrief an die Ermordete in den Händen, voll mit Treueschwüren und der Versicherung ewiger Zuneigung, unterschrieben von dem Mann, den er für den Mörder hielt: Julian Sollé.

»Woher hast du das?«, fragte Goldstein mit trockenem Mund.

»Lisbeth hat ihn mir zu Aufbewahrung gegeben. Sie hat ihn gut versteckt in Agnes' Schrank gefunden und wollte nicht, dass ihre Eltern ihn zu Gesicht bekommen. Ich war eben bei ihr und habe sie um Erlaubnis gebeten, dir den Brief zu zeigen. Sie hat es mir gestattet, allerdings erst, nachdem ich ihr zugesagt habe, dass du mit diesem Wissen nicht leichtfertig umgehst.«

Goldstein schüttelte den Kopf. »So ein Schreiben beweist doch gar nichts. Vielleicht hat dieser Franzose Liebe für Agnes empfunden und sie hat sich in einer Mädchenschwärmerei geschmeichelt gefühlt. Vielleicht hat sie sich sogar mit ihm getroffen, ihn aber abgewiesen, als er zudringlich wurde, und dann hat er sie aus gekränkter Eitelkeit oder sexueller Begierde erwürgt.« Er hatte diese Sätze hastig hervorgestoßen, fast so, als ob er sich selbst von der Richtigkeit seiner Behauptungen überzeugen wollte.

»Versprich mir, dass du dein Wissen für dich behältst!«

»Ich bin Polizist, Martha. Ich soll und will diesen Fall lösen.«

»Aber dazu musst du doch nicht unbedingt alles preisgeben, was du weißt, oder?«

Nach kurzem Nachdenken antwortete er: »Ich kann dir nur versprechen, dass ich mit dem, was du mir erzählt hast, äußerst diskret und behutsam umgehen werde. Wenn es möglich ist, werde ich niemandem davon erzählen. Aber wenn mein Amtseid mich zum Sprechen zwingt, werde ich sprechen. Mehr kann ich nicht zusagen.«

»Einverstanden.« Sie holte tief Luft. »Ja, du hast recht. Agnes und der Franzose haben sich getroffen. Heimlich. Und das mehrmals.«

»Du scheinst gut informiert zu sein.«

»Lisbeth hat sogar mal aufgepasst, dass die beiden nicht gestört wurden.«

Goldsteins Gedanken überschlugen sich. »Hat dein Bruder nicht mit dir über den Fall gesprochen?«

»Nein. Warum sollte er?«

Ja warum? Wiedemann war Verwaltungssekretär und kein Polizist. »Weißt du auch, wo sich die beiden getroffen haben?«

»Ja. In der alten Ruine. Allerdings nicht im Keller, wo Agnes gefunden wurde, sondern oben im Haus.«

Der Polizist schluckte. »Hat Agnes geraucht?«

Martha blickte verständnislos.

»Bitte antworte. Hat sie geraucht?«

»Ja. Aber nur, wenn sie mit ihrer Schwester oder mit mir allein war. Nie in der Öffentlichkeit.«

»Welche Sorte?«

»Ist das wichtig?«

»Ja.«

»Lass mich nachdenken.« Sie überlegte einen Moment. »Ich glaube, *Ova*. Ja, genau. Sie rauchte *Ova*.«

Ova. Die gleiche Marke, wie er sie in der Ruine gefunden hatte. »Warum hat Lisbeth nichts von dieser Liaison erzählt?«

Martha sah Peter Goldstein mit großen Augen an. »Das fragst du? Hast du noch nie etwas von den Scherenclubs gehört?«

Goldstein schüttelte den Kopf.

»Das sind Gruppen junger Männer, die glauben, dass die deutsche Geburtsurkunde ihnen das Recht gibt, zu bestimmen, mit wem sich andere Deutsche, besonders aber junge Frauen, treffen dürfen und mit wem nicht.« Marthas Stimme hatte einen zornigen Tonfall angenommen. »Und wenn diesen pubertierenden Jünglingen der Umgang missfällt, kann es vorkommen, dass sie den betroffenen Frauen auflauern und ihnen gewaltsam die Haare bis auf die Kopfhaut abschneiden, um sie so zu brandmarken. Für jeden sichtbar sind sie dann als Franzosenliebchen denunziert. Und wenn es beim Abschneiden der Haare bleibt, haben sie noch Glück.«

»Wie meinst du das?«

»Es soll Fälle geben, dass Frauen verprügelt worden sind. Aber über so etwas redet man nicht. Wir sind ja ein einig Volk, oder? Lisbeth tut gut daran zu verschweigen, dass sie ihrer Schwester geholfen hat, sich heimlich mit einem Franzosen zu treffen. Sie hat sicher kein Vergnügen daran, kahl geschoren durch die Straßen laufen zu müssen, das Kainsmal Franzosenliebchen auf dem Haupt. Jedenfalls glaubte sie nicht daran, dass Julian Agnes ermordet hat. Ich im Übrigen auch nicht.«

»Hast du diesen Franzosen jemals kennengelernt?«

Martha verneinte. »Aber Agnes hat mir von ihm erzählt. Sie hat diesen französischen Soldaten geliebt, Peter. Und sie war sich sicher, dass Julian sie ebenfalls liebte. Er hat sie nicht umgebracht.«

Goldsteins seufzte. Er hatte ja schon vor diesem Gespräch Zweifel an der Beweiskraft der Indizien gehabt. Und nun? Er konnte noch nicht zurück nach Berlin reisen. Stattdessen, so entschied er, würde er sich noch einmal mit Sollé unterhalten. »Weißt du, wie die beiden Kontakt miteinander aufgenommen haben? Agnes Treppmann konnte ja schließlich schlecht zur französischen Unterkunft gehen und dort nach Sollé fragen.«

»Ja. Julian wird doch ausschließlich auf dem Bahnhof hier in Börnig eingesetzt. Wenn Agnes zur Arbeit fuhr oder zurückkehrte, haben sie sich mit einem vorab verabredeten Zeichen darauf aufmerksam gemacht, dass sich in einem Papierkorb am Bahnhofsschuppen ein Umschlag mit einer kurzen Nachricht befindet. In einem unbeobachteten Moment konnte der Empfänger die Nachricht dann an sich nehmen.«

»Was für ein Zeichen war das?«

»Keine Ahnung. Warum willst du das wissen?«

»Ich möchte mich mit Sollé treffen. Ich muss mit ihm persönlich sprechen.«
»Gut. Ich werde mich bei Lisbeth erkundigen.«
»Danke.«

In dieser Nacht schliefen sie wieder miteinander. Aber es war nicht so impulsiv, so spontan wie beim ersten Mal, sondern der Austausch der Zärtlichkeiten bekräftigte eher eine Übereinkunft. Die Liebesnacht war quasi die Unterschrift unter diesen Vertrag.

32

Montag, 26. Februar 1923

Drei Tage war es her, dass ihr Mann verhaftet worden war. Ernestine Schafenbrinck litt ohnehin oft an Kopfschmerzen. Nun drohte aber eine heftige Migräneattacke von ihr Besitz zu ergreifen. Außerdem plagten sie Depressionen und die Sorge um ihren Mann.

Nur einmal hatte sie ihren Ehemann bisher besuchen dürfen, und das auch nur für eine halbe Stunde. Er war nur einen Steinwurf weit von ihrem Haus in der Strafanstalt inhaftiert, so nah und doch unerreichbar. Bei ihrem Besuch hatte sich Abraham bemüht, einen zuversichtlichen Eindruck zu machen, und sich überzeugt gezeigt, dass sich herausstellen würde, dass er, was den Sprengstoff und die Flugblätter in seinem Keller anging, unschuldig war. Tränen liefen Ernestine über das Gesicht, als sie daran dachte, wie angestrengt ihr Mann die Fassade des Optimismus hatte aufrechterhalten wollen. Aber sie wusste es besser. In seinen Augen stand geschrieben, dass er sich Sorgen machte, Sorgen um sie, nicht um die eigene Person.

Die Franzosen hatten Schafenbrinck gestattet, seiner Frau eine Vollmacht auszustellen, damit sie in der Lage war, die dringendsten Geschäfte mit der Bank, Kunden und Lieferanten abzuwickeln. Schließlich mussten Rechnungen beglichen, das Personal bezahlt und Einkäufe getätigt werden. Der Buchhalter in der Kaufhausverwaltung hatte zwar den Überblick über die verschiedenen Geschäftsvorgänge, aber selbstverständlich keinen Zugriff auf die Konten und erst recht nicht auf das Privatvermögen der Familie. Jetzt rächte sich bitter, dass Abraham Schafenbrinck gezögert hatte, einen Stellvertreter und potenziellen Nachfolger aufzubauen, eine Aufgabe, die eigentlich ein Sohn und Erbe hätte übernehmen müssen. Aber die Ehe war kinderlos geblieben.

Und so sah sich Ernestine Schafenbrinck von einem Moment auf den anderen genötigt, in die Rolle einer Geschäftsfrau zu schlüpfen, eine Rolle, in der sie sich alles andere als wohl fühlte.

Hausdiener Erwin meldete den von ihr gewünschten Besuch des Buchhalters der Firma. Ernestine Schafenbrinck trocknete ihre Tränen, richtete ihre Kleidung und wartete in der Mitte des Arbeitszimmers auf ihren Gast.

»Gnädige Frau«, grüßte Thomas Segburg unterwürfig und verbeugte sich tief. Der Buchhalter war einen guten Kopf kleiner als die Kaufmannsfrau, hager und seine spitzen Gesichtszüge erinnerten an eine Maus. Segburg war seit knapp zwei Jahrzehnten im Dienst der Schafenbrincks und hatte sich in all den Jahren äußerlich kaum verändert. »Schrecklich, was Ihrem Gatten widerfahren ist. Einfach furchtbar.« Segburg sah hoch. »Sie wollten mich sprechen?«

Die Hausherrin zeigte auf die Sitzgruppe. »Bitte.«

Segburg versank fast in den Polstern, als er sich setzte.

»Ich habe Sie rufen lassen, um mich mit Ihnen zu beraten. Schließlich darf unser Geschäft in keiner Weise darunter leiden, dass die Franzosen meinen Mann unschuldig inhaftiert haben.«

Der Buchhalter nickte zustimmend.

»Bitte setzen Sie mich darüber ins Bild, wie wir dastehen und welche Schritte als Nächstes zu unternehmen sind.«

Segburg machte seinen Mund auf und zu wie ein Fisch, der auf dem Trockenen liegt, und fragte dann überrascht: »Wann? Jetzt?«

Ernestine Schafenbrinck lehnte sich zurück und antwortete mit fester Stimme: »Natürlich.«

In den nächsten dreißig Minuten bombardierte sie Segburg mit Begriffen wie brutto und netto, Aktiva und Passiva, kurz- und langfristigen Lieferantenkrediten, Forderungen aus Lieferungen und Leistungen oder Skonto. Hinzu kamen Namen von Lieferanten und Produkten, Details anstehender Vertragsverhandlungen und schließlich Zahlen, Zahlen und nochmals Zahlen.

Unsympathisch war der Buchhalter Ernestine Schafenbrinck schon immer gewesen. Doch je länger er sie mit seinem Fachkauderwelsch traktierte, desto mehr veränderte sich das Gefühl von Abneigung zu Abscheu. Vor ihr hockte eine kleine, graue Maus und mit jedem Wort, das aus der spitzen Mausschnauze floss, wurde ihr deutlicher bewusst, dass sie nie wirklich verstehen würde, was den Kaufmannsberuf ausmachte. Zugleich nahm ihre Verunsicherung zu, bis sie sich schließlich selbst wie eine Maus fühlte und nach einem Loch suchte, in dem sie sich verstecken konnte.

»Und deswegen müssen wir dringend unser Eigenkapital erhöhen, gnädige Frau. Gerade in diesen Zeiten sollten wir versuchen, Kredite zu bekommen. Je nach Rückzahlungsmodalitäten könnte das für uns ...«

Sie stand auf und sagte entschlossen: »Für heute ist es genug. Vielen Dank für Ihre Ratschläge, Herr Segburg. Ich werde sie sorgfältig prüfen und Ihnen dann meine Entscheidung mitteilen.«

Der Buchhalter erhob sich mit ungläubigem Gesicht. »Sollte ich Ihnen nicht besser einen schriftlichen Vorschlag zukommen lassen? Oder gleich selbst mit der Bank sprechen? Ich kenne den Filialleiter unserer Hausbank persönlich. Er ...«

Ernestine Schafenbrinck schnitt ihm mit einer Handbewegung das Wort ab. »Danke für Ihr Angebot. Aber ich werde mich selbst um alles kümmern. Sie finden sicher allein zu Tür?« Ohne seine Antwort abzuwarten, drehte sich die Kaufmannsfrau um, ging gemessenen Schrittes zur Verbindungstür, die das Arbeitszimmer von den übrigen Wohnräumen trennte, schloss sie hinter sich und ließ sich stöhnend auf einen der Stühle im Esszimmers nieder.

Was sollte sie nur tun? Wenn sie den schrecklichen Kerl eben richtig verstanden hatte, hing die Finanzierung ihres neuen Kaufhauses in Recklinghausen von einer Erhöhung des ... Wie hatte Segburg das genannt? Ja, genau. Jetzt hatte sie es wieder: Zur Finanzierung müsse das Eigenkapital erhöht werden. Aber worum handelte es sich dabei? Wie ging das vor sich? Es grauste ihr bei dem Gedanken, den Mäuserich als Berater an ihrer Seite zu wissen. Gab es denn niemanden, auf den sie sonst bauen konnte?

Sie ging den Kreis der Menschen durch, mit denen sie gesellschaftlichen Kontakt pflegten. Da war der Oberbürgermeister, der mittlerweile von den Franzosen ausgewiesen worden war. Einige Mitglieder des Rates der Stadt Herne, der Schulrat, ein paar höhere Polizeioffiziere, die meisten von ihnen waren allerdings ebenfalls ausgewiesen worden. Ernestine Schafenbrinck zermarterte sich den Kopf, aber ihr wollte keiner einfallen, den sie in Geschäftsdingen um Unterstützung bitten konnte, vor allem nicht bei einem so sensiblen Vorgang wie dem der Aufnahme eines Kredites. Eine unachtsame Bemerkung oder eine unter Umständen sogar gezielte Indiskretion der ins Vertrauen gezogenen Person und die Reputation des Kaufhauses Schafenbrinck war beschädigt. Das durfte sie nicht riskieren.

Vielleicht sollte sie versuchen, eine erneute Besuchserlaubnis zu bekommen, um sich mit ihrem Mann zu beraten? Andererseits, hatte ihr der verantwortliche Offizier nicht deutlich zu verstehen gegeben, dass ein derartiger Antrag frühestens in zwei, drei Wochen entschieden werden würde? Bei einem Menschen, der verdächtigt wurde, fünf französische Soldaten auf dem Gewissen zu haben, konnten und wollten die französischen Behörden nicht anders handeln, hatte der Offizier ihr gesagt.

So viel Zeit blieb ihr nicht. Die Entscheidung müsse schnell getroffen werden, hatte Segburg behauptet. Wer kannte sich mit Geldangelegenheiten aus? Plötzlich fiel ihr der Finanzbeamte ein, der kürzlich erst ihren Mann aufgesucht und über den sich Abraham so überaus wohlwollend geäußert hatte. Und auch sein Name war ihr präsent: Regierungsrat Wieland Trasse. Sie würde ihn fragen. Vielleicht konnte er ihr helfen.

33

Donnerstag, 1. März 1923

Die letzten drei Tage hatte Goldstein seine Bemühungen verstärkt, die Metallwaren anzupreisen und dabei Zeugen für die Tatnacht zu finden. Weiterhin vergeblich. Scheinbar taugte er weder als Handelsreisender noch als Polizist.

Gestern Nachmittag war Marthas Bruder Ewald aufgetaucht, sichtlich überrascht, Goldstein immer noch in Börnig vorzufinden. Der Polizist hatte fadenscheinig behauptet, dass er zwar von der Schuld der beiden Franzosen überzeugt sei, aber die Indizienkette nicht für wirklich beweisfähig halte. Die Unschuldsvermutung, so argumentierte Goldstein, gelte auch für Franzosen. Mit seinem Berufsethos sei es nicht zu vereinbaren, Menschen ohne zweifelsfreie Beweise zu Schuldigen zu erklären. Deshalb müsse er weiter ermitteln.

Wiedemann war sichtbar erstaunt, hatte aber nur lakonisch gemeint: »Sie müssen es ja wissen.« Nachdem er einige Zeit auf seine Schwester gewartet hatte, war er schließlich wieder gegangen.

Am Abend hatte Martha berichtet, dass es Lisbeth Treppmann endlich gelungen war, Kontakt zu Julian Sollé herzustellen. Anscheinend hatte der Soldat einige Tage nicht am Bahnhof in Börnig Dienst geschoben. Sollé sei bereit, sich mit Goldstein zu treffen. Allerdings am besten noch heute, da Sollé die Nachricht erhalten habe, jeden Moment nach Frankreich zurückbeordert werden zu können.

Das war der Grund, warum Goldstein nun schon seit einer halben Stunde um die Kreuzkirche strich. Für zwölf Uhr hatten sie sich verabredet. Dem Deutschen war klar, dass er ein nicht unerhebliches Risiko einging. Sollten sich Martha und Lisbeth irren und Sollé war doch der Mörder Agnes Treppmanns, war nicht auszuschließen, dass gleich die französische Militärpolizei aufmarschierte. Natürlich hatte er sich vorsichtshalber in der Kirche nach möglichen Fluchtwegen umgesehen. Es gab mehrere Seitenpforten, aber die waren verschlossen gewesen. Damit wurde die Kirche zur Falle. Goldstein wurde immer nervöser.

Fünf Minuten vor der vereinbarten Zeit traf Sollé vor der Kirche ein. Er trug Zivil. Prüfend sah er sich um, öffnete das schwere Eingangsportal und verschwand im Inneren des Gebäudes.

Goldstein beobachtete noch einige Zeit die Umgebung der Kirche, konnte aber nichts Verdächtiges ausmachen. Er atmete tief durch und verließ seinen Posten.

Julian Sollé hatte in der dritten Bankreihe vor dem Altar Platz genommen und wandte Goldstein den Rücken zu. Als die Tür hinter dem Deutschen ins Schloss fiel, drehte sich der Franzose um.

Langsam näherte sich Goldstein. Er setzte sich schräg hinter Sollé in die nächste Reihe. Außer den beiden hielt sich niemand in der Kirche auf. Trotzdem senkte Goldstein die Stimme bis zum Flüstern, als er auf Französisch guten Tag sagte.

Auch Sollé sprach leise: »Der Mann mit den Spezialschrauben. Das dachte ich mir bereits«, sagte er mit einem Lächeln. »Sie wissen, dass Sie von unseren Diensten gesucht werden?«

»Ich habe es vermutet«, antwortete der Polizist.

»Einen Tag nachdem wir uns in dem Lokal getroffen haben, erhielten wir die Information, dass nach einem gut Französisch sprechenden Spion gefahndet wird, der sich möglicherweise in Herne herumtreibe. Ich nehme an, unser Treffen in der Kneipe war nicht zufällig?«

Goldstein nickte.

»Sicherheitshalber habe ich dieses Lokal seitdem gemieden. Kompliment: Ihre Lügen klangen sehr glaubwürdig.«

»Es war nicht alles gelogen. Meine Mutter war tatsächlich Französin. Aber sie ist, wie mein Vater auch, eines natürlichen Todes gestorben.«

Sollé winkte ab. »Ich will nicht wissen, was von Ihren Geschichten stimmt und was nicht. Das ist mir egal. Lassen Sie uns zur Sache kommen. Wir sollten das hier nicht in die Länge ziehen. Denn wenn wir gemeinsam entdeckt werden, finde ich mich, schneller, als ich denken kann, in einer Sträflingskolonie wieder. Verurteilt zu lebenslänglicher Zwangsarbeit. Das möchte ich vermeiden. Also, was wollen Sie wissen?«

Ohne Umschweife fragte Goldstein: »Haben Sie etwas mit der Ermordung Agnes Treppmanns zu tun?«

Ebenso spontan und überzeugend erfolgte die Antwort: »Nein. Nicht das Geringste.«

»Aber Sie haben sich mit ihr in der abgebrannten Ruine getroffen?«

»Ja.«

»Warum haben Sie dann vor Gericht geleugnet, dort gewesen zu sein?«

»Das liegt doch wohl auf der Hand, oder? Aber ich will es Ihnen trotzdem erklären. Ich habe während meines Dienstes meinen Posten entgegen eines ausdrücklichen Befehls verlassen. Wir stehen alle unter Kriegsrecht.«

Goldstein verstand, was Sollé sagen wollte. Vor Verdun waren deutsche Soldaten für geringere Vergehen exekutiert worden. »Haben Sie Agnes geliebt?«

»Würde ich sonst dieses Risiko auf mich nehmen?« Sollé nestelte an seinem Mantel und Pullover, öffnete schließlich den Hemdkragen und zog eine Goldkette hervor, an der ein Ring hing. »Der ist von Agnes. Sehen Sie, hier.« Er hielt Goldstein den Ring entgegen. »Die Innenseite trägt eine Gravur. Können Sie sie erkennen?«

»Ja.«

»Lesen Sie.«

»*Für Julian. In ewiger Liebe. Agnes.*«

Sollé ließ die Kette wieder unter sein Hemd gleiten. Er atmete schwer und hatte Tränen in den Augen. »Sie hat ihn mir kurz vor ihrem Tod geschenkt.«

»Haben Sie denn auch ihre Kette?«

»Nein.«

»Wann haben Sie Agnes zuletzt gesehen?«

»Einen Tag vor ihrer Ermordung.«

»Trug sie die Kette da noch?«

»Soweit ich mich erinnere, ja.«

»Zeugen haben ausgesagt, etwa eine halbe Stunde vor der Tat zwei Soldaten in der Nähe des Fundortes der Leiche gesehen zu haben. Können Sie mir dazu etwas erzählen?«

»Ja. Agnes war nicht in dem Zug, mit dem sie üblicherweise kam. Ich wollte nachsehen, ob sie möglicherweise an unserem Treffpunkt auf mich wartete. Ein Kamerad hat mich begleitet.«

»Wusste Ihr Kamerad von Ihrem Verhältnis zu Agnes?«

»Ja. Ich habe ihn eingeweiht, weil es für einen französischen Soldaten in Uniform nicht ungefährlich ist, sich nachts in einsamen Gegenden allein auf der Straße aufzuhalten. Auch nicht bewaffnet.«

»Verstehe. Wissen Sie, wem das Koppel gehörte, mit dem Agnes vermutlich erdrosselt worden ist?«

Sollé hob die Schultern. »Ich habe nicht die geringste Ahnung.«

»Ist Ihnen vielleicht aufgefallen, ob einem Ihrer Kameraden ein Koppel fehlte?«

»Sie haben mir erzählt, dass Sie als Soldat vor Verdun lagen. Stimmt das?«

»Ja.«

»Dann wissen Sie so gut wie ich, dass von Zeit zu Zeit die Koppelschnallen versagen. Manchmal werden Koppel verlegt oder vergessen. Sie machen Meldung, bekommen von ihrem Vorgesetzten einen Anschiss und später ein neues Koppel. Ein ganz alltäglicher Vorgang. Das fragliche Koppel könnte von überall her stammen.«

Goldstein nickte. Sollé hatte natürlich recht. »Sie meinen also, dass ein Franzose als Täter nicht infrage kommt?«

»Das habe ich nicht gesagt.«

Goldstein sah ihn prüfend an. »Würden Sie mir tatsächlich einen Kameraden ausliefern? Schließlich bin ich Ihr Feind.«

Sollé protestierte heftig. »Vor Verdun waren wir Feinde. Jetzt würde ich uns eher als Verbündete bezeichnen, oder? Schließlich wollen wir beide das Gleiche: Agnes' Mörder vor Gericht sehen. Selbst wenn der Täter ein Landsmann von mir wäre, soll er dafür büßen. Mir ist das Liebste genommen worden, was ich je hatte. Und ich will, dass der Täter dafür bestraft wird. Egal, ob Deutscher oder Franzose.«

Sollés Auftreten und die Tatsache, dass er sich auf das nicht ungefährliche Treffen eingelassen hatte, beseitigten die letzten Zweifel Goldsteins. Der Mann in der Kirchenbank vor ihm war nie und nimmer für den Tod Agnes Treppmanns verantwortlich. Er musste den Mörder an anderer Stelle suchen. Damit war eins sicher: Er stand wieder ganz am Anfang seiner Ermittlungen.

»Sie gehen zurück nach Frankreich, habe ich gehört?«

»Ja. Am Samstag. Aber ich komme wieder. Irgendwann, wenn wirklich Frieden herrscht. Ich will wenigstens ein einziges Mal an Agnes' Grab stehen.« Sollés Stimme wurde fast unhörbar. »Und ich möchte mit ihren Eltern sprechen. Ihnen alles erklären.« Der Franzose begrub das Gesicht in seinen Händen.

Goldstein stand auf, klopfte dem Soldaten fast zärtlich auf die Schulter und ließ ihn mit seinem Schmerz allein in der Kirche zurück.

Eine Stunde später hockte Goldstein in seiner Kammer auf der Holzliege und versuchte, seine Gedanken dadurch zu ordnen, dass er sie auf kleinen Notizzetteln festhielt. Sollé war also nicht der Täter. Natürlich war nicht auszuschließen, dass ein anderer französischer Soldat die junge Frau ermordet hatte. Aber war das wahrscheinlich? Würde der sein Opfer ausgerechnet am Rand dieser Arbeitersiedlung suchen? Vermutlich nicht. Aber wer kam sonst infrage? Goldstein schrieb *Familie, Freunde, Bekannte* und malte um die drei Wörter einen großen Kreis und daneben ein Ausrufezeichen. Dass die Täter oft aus dem näheren Umfeld des Opfers stammten, war allgemein bekannt.

Die entscheidende Frage war die nach dem Motiv. Warum brachte ein Mensch einen anderen um?

Der Polizist schrieb *Habgier* auf ein Blatt und betrachtete das Geschriebene einen Moment lang. Die Akten besagten eindeutig, dass der Toten kein Geld gestohlen worden war. Nur Ring und Kette fehlten. Den Ring hatte das Mädchen Julian Sollé geschenkt. Wo die Kette war, war weiterhin ungeklärt. Aber würde jemand für eine Kette, die keinen hohen Wert besitzen konnte, eine junge Frau ermorden? Das konnte er sich nicht vorstellen. Goldstein strich das Wort wieder durch. Nein, Habgier schloss er aus.

Was war mit sexueller Begierde? Das wäre ein Motiv auch für einen französischen Soldaten. Wenn er sich recht erinnerte, stand im Untersuchungsbericht, dass die Leiche vollständig bekleidet aufgefunden worden war. Auch die Ergebnisse der gerichtsmedizinischen Untersuchung waren in dieser Hinsicht eindeutig gewesen: keine sexuelle Gewalt. Goldstein fielen seine eigenen Worte wieder ein, die er Martha gegenüber gebraucht hatte: »Und dann hat er sie aus gekränkter Eitelkeit oder sexueller Begierde erwürgt.« *Gekränkte Eitelkeit*, ja, vielleicht. *Sexuelle Begierde?* Trotz der fehlenden Indizien nicht auszuschließen. Goldstein notierte beides.

Eifersucht, natürlich. Das tragende Motiv vieler klassischer Dramen. Hatte Agnes Treppmann einen weiteren, einen heimlichen Verehrer gehabt? Jemand, der vielleicht sogar hinter das Geheimnis ihrer Liaison mit Sollé gekommen war, allen Vorsichtsmaßnahmen zum Trotz? *Eifersucht.* Goldstein unterstrich das Wort mehrmals.

Und was war mit Hass? Hatte sich die junge Frau jemanden so zum Feind gemacht, dass denjenigen die Mordlust übermannt hatte? Der Polizist kritzelte *Hass* auf ein Stück Papier.

Minutenlang starrte er auf seine kleine Blattsammlung: *Gekränkte Eitelkeit, sexuelle Begierde, Eifersucht, Hass.* Was war das Mordmotiv? Goldstein seufzte. Draußen war es inzwischen dunkel geworden. Aber vielleicht regte etwas frische Luft ja seine Gedanken an. Er beschloss, noch eine Runde spazieren zu gehen.

Im Gegensatz zu den zurückliegenden Tagen war es heute ungewöhnlich mild. Deshalb verzichtete Goldstein auf seinen Mantel, streifte sich nur die Jacke über und trat auf die Straße. Der Wind blies aus Nordost, über die Zeche Teutoburgia hinweg. Die Luft schmeckte nach Kohle. An der Schadeburgstraße angekommen, wandte sich Goldstein nach rechts. Nach wenigen Metern erreichte er das Eingangstor der Zeche. Für einen Moment blieb er stehen.

Das Tor lag einige Meter von der Straße zurück und bestand aus drei Teilen. In der Mitte eine große Durchfahrt, flankiert von zwei kleineren Eingängen. Nur das rechte, kleinere Tor war geöffnet. Schmiedeeiserne Gitter versperrten die anderen Durchgänge. Ein Fenster war erleuchtet, vermutlich befand sich dahinter das Pförtnerbüro. Im Durchgang stand eine Gruppe Männer, die in ein Gespräch vertieft schienen. Einige rauchten. Weiter hinten auf dem Werksgelände patrouillierte eine französische Doppelstreife. Rechts in der Zufahrt parkte ein Fahrzeug der Marke *Adler*.

Über den Toren stand in hervorgehobenen Buchstaben: *Zeche Teutoburgia*.

Goldstein schlenderte an der großen Ziegelmauer vorbei, weiter Richtung Osten. Den Männern, die sich eben noch mit dem Pförtner unterhalten hatten, nun aber den gleichen Weg einschlugen, schenkte er keine Beachtung. Fünf Minuten später hatte er die Zechenmauer hinter sich gelassen und die letzten Siedlungshäuser passiert. Er beschloss zurückzugehen, vielleicht war Martha inzwischen zu Hause eingetroffen.

Goldstein drehte sich um. Er sah noch, wie einer der Männer, die ihm gefolgt waren, einen Satz nach vorn machte, einen starken Knüppel hoch erhoben in beiden Händen, und wollte schützend die Arme vor sein Gesicht ziehen. Zu spät. Der Schlag traf ihn mit aller Wucht am Kopf.

34

Freitag, 2. März 1923

Wieder hatte er nur zwei oder drei Stunden geschlafen, nicht anders als in den vorherigen langen Nächten. Angst beherrschte sein Denken: Angst um seine Frau, Angst vor der Zukunft, Angst um sein Leben. Das immer häufiger auftretende Stechen in seiner Brust verstärkte diese Gefühle noch.

In unregelmäßigen Abständen holten ihn die Franzosen zum Verhör. Auch davor hatte er Angst. Wie lange konnte er dem Druck noch standhalten? Wann würde er ein Geständnis ablegen und die Unwahrheit sagen, nur um endlich Ruhe zu haben?

Er zuckte jedes Mal zusammen, wenn sich Stiefeltritte seiner Zelle näherten, erschrak bis ins Mark, wenn sich der Schlüssel in der Tür drehte und er durch lange Gänge zum Verhör gezerrt wurde. Im Verhörzimmer dann traktierten ihn drei, vier Offiziere mit immer denselben Fragen: Woher hatten Sie den Sprengstoff? Haben Sie die Sprengung selbst gezündet? Wer hat Ihnen geholfen? Wer hat Ihnen den Auftrag zu dem Attentat erteilt? Wer sind die Hintermänner? Wurden Sie für die Tat bezahlt? Welcher Widerstandsgruppe gehören Sie an?

Abraham Schafenbrinck wälzte sich von seiner Pritsche und schleppte sich zum Eimer, um seine Notdurft zu verrichten. Anschließend reinigte er sich, so gut es ging, mit Zeitungspapier. Als er den Deckel zurück auf den Emailleeimer legen wollte, wurde ihm speiübel. Hustend und würgend erbrach er die Reste des kargen Essens, das ihm am Abend zuvor hingestellt worden war. Sein Körper krampfte im Brechreiz, Sterne tanzten vor seinen Augen.

Es dauerte Minuten, bis der Anfall vorbei war. Er machte sich daran, das Erbrochene zu beseitigen. Der säuerliche Geruch des Erbrochenen mischte sich mit dem seiner Exkremente.

Als Schafenbrinck das letzte Stück Papier verbraucht und in den Eimer geworfen hatte, war der Boden immer noch nicht sauber. Schafenbrinck kippte das Waschwasser, das in der Blechschüssel auf dem wackeligen Tisch gestanden hatte, über den Boden, griff zu seinem Unterhemd und wischte voller Verzweiflung über die Stelle, an der er sich hatte übergeben müssen.

Tränen der Wut und des Abscheus liefen über sein unrasiertes Gesicht. Verzweifelt rappelte er sich hoch und trommelte erst zaghaft, dann immer heftiger gegen die Zellentür, bis seine Fingerknochen blutig waren.

»Lasst mich raus!«, schrie er verzweifelt. »Lasst mich bitte raus. Ich habe doch nichts getan.«

Sein Flehen verhallte ungehört, ging in ein unkontrolliertes Schluchzen über. Langsam rutschte der Kaufmann auf den Zellenboden und rollte sich zusammen, hemmungslos weinend.

Schafenbrinck hatte jedes Zeitgefühl verloren, als er sich endlich zurück zu seiner Pritsche schleppte. Er ließ sich auf den Rücken fallen und stierte aus weit aufgerissenen Augen an die weiß gekalkte Decke. Zum wiederholten Mal stellte er sich die Fragen, auf die er keine Antwort fand. Warum er? Warum hatten die Franzosen den Sprengstoff ausgerechnet in seinem Keller platziert? Denn daran hatte er keinen Zweifel: Niemand aus seinem Haus oder seinem Umfeld, die Hausangestellten eingeschlossen, waren dafür verantwortlich, dass die Franzosen Sprengstoff in seinem Keller gefunden hatten. Es konnten nur die Besatzer selbst gewesen sein, die ihm das angetan hatten. Aber, verdammt noch mal, warum?

Er hörte sich nähernde Schritte. Sie holten ihn einmal mehr zum Verhör. Eilig richtete er sich auf. Seine Peiniger sollten ihn so nicht sehen, so verzweifelt. Aufrecht würde er den Feind empfangen, mit offenem Blick, selbstbewusst, stolz und unbeugsam. Deutsch eben.

Als er sich erhob, um sich gerade hinzustellen, zuckte ein schrecklicher Schmerz durch seine linke Brusthälfte. Instinktiv griff er mit der rechten Hand an die Herzgegend, krümmte sich. Dann stürzte er und riss dabei den Fäkalieneimer um. Der Inhalt ergoss sich über den Boden und den Kaufmann. Doch das bekam Abraham Schafenbrinck nicht mehr mit.

Als die französischen Wachsoldaten wenig später die Zellentür öffnen wollten, mussten sie sich zunächst mit ihrem gesamten Gewicht dagegenstemmen, um den dahinter liegenden leblosen Körper ihres Gefangenen mit dem Türblatt zur Seite zu schieben. Als sie die Situation dann erfasst hatten, lief einer von ihnen los, um den Militärarzt zu holen. Aber das war unnötig. Abraham Schafenbrinck war bereits tot.

35

Freitag, 2. März 1923

Goldstein hörte Stimmen, die erst sehr leise waren und dann immer lauter in sein Bewusstsein drangen. Rasender Kopfschmerz peinigte ihn. Eine Sirene heulte. In dem Raum hing ein strenger Geruch, der ihm vertraut vorkam. Er versuchte, sich aufzurichten und die Augen zu öffnen. Es dauerte einen Moment, bis er realisierte, dass seine Augen verbunden waren und er, an Händen und Füßen gefesselt, auf dem Rücken lag.

»Unser Freund scheint aufgewacht zu sein«, hörte er jemanden aus weiter Ferne sagen.

Schritte näherten sich. Unsanft wurde er an den Armen gepackt und hochgezogen. Seine Füße schleiften über den Boden, bis er auf einen Stuhl gedrückt wurde.

»Einfach sitzen bleiben«, befahl eine weitere Stimme, jetzt schon deutlicher.

Mit einem Ruck wurde Goldstein die Binde vom Kopf gerissen. Von dem plötzlichen Lichteinfall geblendet, hatte der Polizist Mühe, sich zu orientieren. Als Erstes konnte er die schemenhaften Umrisse zweier Gestalten, die ihm gegenüberstanden, ausmachen. Dann erkannte er rechts von seinem Platz einzelne Holzverschläge. Pferdeboxen, schoss es ihm durch den Kopf. Genau. Er befand sich in einem Stall. Das also war der Grund für den strengen Geruch.

»Wer bist du?«, fragte der größere der beiden Umrisse.

Goldstein stierte krampfhaft in die Richtung, aus der die Frage gekommen war. Die Gesichtszüge der vor ihm Stehenden waren nur schwer auszumachen. Die beiden Männer standen mit dem Rücken zu einem Fenster, durch dessen halb blindes Glas die tief stehende Sonne hereinschien.

»Mein Name ist Peter Goldstein«, antwortete er krächzend. Sein Mund war trocken wie Staub. »Könnte ich etwas zu trinken haben?«

Der Größere der beiden machte eine Kopfbewegung nach links. »Gib ihm was.«

In Goldsteins Gesichtsfeld erschien ein dritter Mann und setzte ihm eine Flasche an den Mund. Das Wasser war warm und schmeckte abgestanden, trotzdem trank Goldstein mit gierigen Schlucken.

»Das reicht«, kam die Order des Großen. »Also, wer bist du?«

»Peter Goldstein. Das sagte ich doch bereits.«

»Er versteht es nicht. Erklär es ihm, Adolf.«

Ein Faustschlag traf Goldstein am rechten Mundwinkel. Sein Kopf wurde zur Seite geschleudert. Er stöhnte auf.

»Vielleicht verstehst du jetzt«, sagte der Wortführer. »Wir wissen, wie du heißt.« Er machte eine kleine Pause. »Zumindest kennen wir das, was in deinen Papieren steht. Uns interessiert aber, wer du tatsächlich bist und was du bei uns verloren hast.«

»Was in meinem Ausweis steht, stimmt. Ich bin Handelsvertreter für Metallwaren, spezialisiert auf Schrauben.« Das Sprechen tat Goldstein weh. Sein Kiefer schmerzte bei jeder Bewegung.

»Handelsvertreter für Schrauben, was? Es ist uns nicht verborgen geblieben, dass du mit deinem Koffer durch die Gegend ziehst.« Der Mann machte einen Schritt auf ihn zu und beugte sich vor, sodass Goldstein nun die Gesichtszüge gut erkennen konnte. »Was hast du denn genau im Angebot?«

»Schrauben. Das sagte ich doch bereits.«

»Ja, das stimmt.« Der Mann richtete sich wieder auf. »Schrauben braucht man schließlich immer, nicht wahr?« Seine beiden Partner nickten heftig. »Bestimmt hast du auch Schrauben im Angebot, die ich dringend benötige. Führst du Schlossschrauben in der Größe M70 x 0,1?«

Goldsteins Gedanken rasten. M70 x 0,1? Er erinnerte sich, dass diese Angabe etwas mit der Größe und der Steigung einer Schraube zu tun hatte. Aber hatte er so etwas in seinem Musterkoffer? Er musste raten. »Natürlich. Wie viele brauchst du?«

Der Große lächelte und gab dem Mann an Goldsteins Seite ein Zeichen. Wieder traf ihn ein schwerer Schlag, dieses Mal von links.

»Hör auf, uns anzulügen. Es gibt keine handelsüblichen Schrauben dieser Art. Jeder, der sich auch nur ein wenig mit dieser Materie beschäftigt hat, weiß das. Ich frage dich zum letzten Mal: Wer bist du?«

Goldstein fühlte, wie Blut von seiner aufgeplatzten Unterlippe am Kinn hinunterrann. Vergeblich versuchte er, mit der Zunge die Blutung zu stillen. Fieberhaft dachte er nach. Wer waren diese Männer? Was wollten sie von ihm? Er hatte es mit Deutschen zu tun, das stand fest. Und sie wussten nichts von seiner Aufgabe. Arbeiteten sie für den Widerstand? Oder waren sie Kollaborateure, die mit den Franzosen paktierten? Aber warum hatten sie ihn dann nicht der französischen Militärpolizei ausgeliefert? Nein, keine Kollaborateure. Kriminelle vielleicht. Oder aber …

Der Große näherte sich wieder. Langsam, fast bedächtig zog er eine Pistole aus der Tasche seines Mantels, lud durch und entsicherte sie. Dann hielt er die Waffe an Goldsteins Schläfe.

»Spiel nicht den Helden.« Er drückte den Lauf fester an den Kopf des Polizisten. »Tja, du hast es so gewollt.«

Goldstein fasste einen Entschluss. Er hatte die Knochenmühle Verdun nicht überlebt, um in diesem Pferdestall zu krepieren. Er eignete sich tatsächlich nicht zum Helden.

»Warte!«, rief er mit zitternder Stimme. »Ich bin Polizist.«

Sein Gegenüber senkte die Pistole. »Ach nee. Ein Polizist. Du siehst aber nicht aus wie einer. Kann sich einer von euch diesen Kerl als Polizisten vorstellen?« Der Mann schaute auffordernd zu seinen Begleitern hinüber, die beide den Kopf schüttelten.

»Ich komme aus Berlin«, stieß Goldstein hervor. »Ich bin von meiner Dienststelle nach Herne geschickt worden, um den Mord an Agnes Treppmann aufzuklären.«

Für einige Sekunden sprach niemand. Goldstein atmete tief durch und setzte alles auf eine Karte. »Ich bin inkognito hier. Wenn die Franzosen erfahren, wer ich bin, lande ich vor einem Militärgericht.«

Der groß gewachsene Mann schob die Waffe zurück in seine Tasche. »Kannst du das beweisen?«

»Ich führe keinen Dienstausweis mit mir, wenn du das meinst.«

»Arbeitest du allein oder unterstützen dich Herner Polizisten?«

Goldstein zögerte mit der Antwort. Wenn er sich irrte und er doch in der Gewalt von Kollaborateuren war, lieferte er mit der Antwort womöglich Kameraden ans Messer.

»Na, was ist?«, drohte der, der ihn mit den Schlägen traktiert hatte.

Nun gut. Er hatte keine Alternative. Wenn er aus dem Stall wieder herauswollte, musste er kooperieren. »Ewald Wiedemann. Er kennt mich.«

»Wiedemann?«

»Ja. Er ist bei der Herner Stadtverwaltung ...«

»Wir wissen, wer er ist. Aber du kannst den Namen auch von seiner Schwester erfahren haben. Schließlich bist du ja bei ihr untergekrochen.«

»Das könnte in der Tat so sein. Ist es aber nicht. Erkundigt euch bei Wiedemann und ihr werdet bestätigt bekommen, dass ich die Wahrheit sage.«

Die drei Männer zogen sich in eine Ecke des Stalls zurück und flüsterten miteinander. Dann trat der Große von ihnen wieder an Goldsteins Stuhl. »Wir werden Wiedemann holen. Bis dahin bleibst du hier.«

Goldstein seufzte erleichtert. Also keine Kollaborateure. Und vermutlich auch keine Kriminelle.

Stunden vergingen. Bald war sich Goldstein sicher, ganz in der Nähe eines Bergwerks zu sein. Er hörte Geräusche, die er zuordnen konnte: Kohlewagen stießen beim Entleeren mit einem metallischen Scheppern zusammen. Leise Glockenschläge gaben am Förderschacht das Signal zur Seilfahrt. Und ganz in der Nähe ratterte gleichmäßig eine Fördermaschine. Er hatte keinen Zweifel. Möglicherweise befand er sich sogar auf der Zeche Teutoburgia.

Goldsteins Bitte, wenigstens die Fußfesseln zu lockern, war ignoriert worden. Immer mehr staute sich das Blut in Armen und Beinen. Auch kontinuierliches Bewegen der Zehen und Finger brachte keine Erleichterung. Hunger und Durst quälten. Außerdem wurde Goldstein sich mehr und mehr der Schmerzen in seinem Kiefer bewusst. Zwei Zähne waren locker und die Lippen stark geschwollen. Er verlor jedes Zeitgefühl.

Goldstein musste eingenickt sein, das Geräusch der sich öffnenden Tür riss ihn aus einem leichten Schlaf.

»Seid ihr von allen guten Geistern verlassen?«, blaffte Wiedemann, als er Goldstein erkannte. »Bindet den Mann sofort los.«

Der Große kam der Aufforderung unverzüglich nach. Goldstein massierte seine geschwollenen Finger und machte vorsichtig ein paar Schritte. Dabei wandte er sich an Wiedemann. »Vielen Dank für Ihr Kommen.«

Wiedemann nickte und stellte mit einem schiefen Grinsen fest: »Sie haben ja ganz schön etwas abbekommen. Aber ich hatte Sie gewarnt. Warum mussten Sie im *Fässchen* herumschnüffeln.«

Der große Mann streckte Goldstein die Hand entgegen. »Wilfried Saborski. Ich glaube, wir müssen Ihnen Abbitte leisten«, sagte er und trat dabei verlegen von einem Fuß auf den anderen. »Wir hielten Sie für einen dieser Franzosenspitzel, die sich überall herumtreiben. Schließlich taten Sie in dieser Kneipe ziemlich vertraut mit den Franzmännern. Sie sprechen sogar deren Sprache.« Er schüttelte Goldsteins Hand so heftig, dass dieser aufstöhnte. »Also, nichts für ungut.« Saborski zeigte auf seinen jüngsten Kumpanen. »Das hier ist im Übrigen Wilhelm Gleisberg. Und der dahinten, der mit dem kräftigen Schlag, heißt Adolf Schneider.«

Schneider wich Goldsteins Blick aus, entschied sich dann aber doch für ein entschuldigendes Kopfnicken.

»Woher wissen Sie, was ich in der Kneipe gemacht habe?«, wunderte sich Goldstein.

»Wir haben überall unsere Informanten. Auch unter den leichten Mädchen«, schmunzelte Saborski, »und bei den Wirten. Das *Fässchen* gehört zu den drei oder vier Lokalitäten, in denen Franzosen verkehren und die wir regelmäßig im Auge behalten.«

»Kommen Sie«, meinte Wiedemann und nahm Goldstein beim Arm. »Martha wird sich um Ihre Blessuren kümmern. Sie hat sich schon Sorgen gemacht.«

Das vernahm Goldstein mit Erstaunen. Aber es gefiel ihm auch.

Zum Abschied klopfte Saborski Goldstein aufmunternd auf die Schulter. »Wenn ich Ihnen irgendwie helfen kann, lassen Sie es mich wissen. Ach, und Sie müssen keine Bedenken haben. Meine Männer und ich können schweigen.« Er hob den Finger und zeigte auf Goldsteins Gesicht. »Bitte nehmen Sie das nicht persönlich. Sie wissen ja: Wo gehobelt wird, fallen Späne.« Er grinste breit.

Goldstein nickte und folgte Wiedemann durch die Tür. Als er ins Freie trat, fand er seine Vermutung bestätigt. Sein Gefängnis befand sich tatsächlich auf dem Gelände der Zeche Teutoburgia.

36

Freitag, 2. März 1923

Bei der Besprechung, die General Caron einberufen hatte, ging es vor allem um den plötzlichen Tod ihres Gefangenen.

»Wurde der Mann denn vor seiner Einweisung nicht ärztlich untersucht?«, fragte der General.

»Selbstverständlich«, antwortete Colonel Dupont. »Wir haben Schafenbrinck dem Militärarzt vorgeführt. Allerdings sagte der Arzt, der Gefangene sei nicht sehr kooperativ gewesen. Er hat Fragen zu seinem gegenwärtigen Gesundheitszustand nur ausweichend beantwortet. Die Untersuchung hat keine Anzeichen für eine ernsthafte Erkrankung geliefert.«

»Woran ist der Gefangene gestorben?«

»Herzversagen, meint der Arzt.«

»Uns trifft also keine Schuld?«

»Direkt nicht.«

»Wie meinen Sie das?« Caron wurde ungehalten. Er hasste es, wenn sich seine Untergebenen missverständlich ausdrückten. Für ihn waren knappe, eindeutige Formulierungen unverzichtbare Voraussetzung für das Funktionieren militärischer Strukturen.

Dupont registrierte den Stimmungswechsel seines Vorgesetzten. »Verzeihen Sie, mon Général. Nach Ansicht des Arztes könnten die Inhaftierung und die ständigen Verhöre dazu beigetragen haben, eine eventuell schon vorhandene Erkrankung des Herz-Kreislauf-Systems des Gefangenen so zu verstärken, dass es zu einem Infarkt kommen konnte.«

»Verstehe. Ist die Witwe informiert worden?«

»Ja. Heute früh.«

»Wie hat sie es aufgenommen?«

»Gefasst.«

»Gut. Wie gehen wir weiter vor?«

Capitaine Mirrow schaltete sich ein. »Wenn ich einen Vorschlag machen dürfte?«

Caron nickte.

»Wir sollten die deutsche Presse informieren. Der Tod Schafenbrincks wird sowieso publik werden. Es ist besser, wenn wir die Deutungshoheit über den Vorfall behalten.«

»Die deutschen Gazetten im unbesetzten Restdeutschland werden sich das Maul zerreißen.« Der General trank einen Schluck Kaffee. »Insofern stimme ich Ihnen zu. Es darf nicht so aussehen, als ob wir etwas zu verbergen hätten.«

Mirrow meldete sich erneut zu Wort. »Ich hätte noch eine Anregung. Wir sollten den Toten von den Deutschen untersuchen lassen. Überlassen wir die Leiche deren Gerichtsärzten. So können sie uns später keine Vertuschung der Todesursache oder Ähnliches vorwerfen.«

»Guter Vorschlag. Geben wir ihnen ihren Helden zurück.« Caron lehnte sich zurück und verschränkte die Hände hinter dem Kopf. »Was haben die Verhöre ergeben?«

Die Offiziere schwiegen betreten.

»Dupont. Antworten Sie!«

»Nichts, mon Général.«

Caron erhob sich halb, den Oberkörper nach vorn gebeugt. »Wie bitte?«

»Wir haben den Sprengstoff, den wir im Keller des Hauses Schafenbrincks gefunden haben, und die Flugblätter. Ansonsten Fehlanzeige. Der Gefangene hat bis zuletzt seine Unschuld beteuert und behauptet, wir hätten ihm die Beweise untergeschoben.«

Der General wandte sich an einen Offizier, der in der zweiten Reihe saß und sich bisher noch nicht geäußert hatte. »Colonel Prión, haben Sie die Verhöre persönlich geführt?«

Der Kommandeur der Militärpolizei straffte sich. »Oui.«

»Halten Sie Schafenbrinck für schuldig?«

Prión, sichtlich verlegen, rutschte auf seinem Stuhl hin und her. Dann rang er sich zu einer Antwort durch. »Ich bin mir nicht sicher.«

»Sie sind sich nicht sicher?!«, bellte Caron. »Dann lassen Sie mich meine Frage anders formulieren: Hätten Sie, wären Sie in der Rolle des Vorsitzenden des Militärgerichts, Schafenbrinck zum Tode verurteilt?«

Prión dachte erneut lange nach. Schließlich sagte er: »Unter Berücksichtigung der rechtsstaatlichen Grundsätze auch der Militärgerichtsbarkeit – nein. Nicht nach den Ergebnissen der Verhöre und der vorliegenden Beweise.«

»Ist jemand der Anwesenden anderer Meinung?« Carons Augen blitzten. »Na?«

Niemand wagte es, sich zu äußern. Caron stand auf und sagte mit leiser Stimme: »Er war schuldig, haben Sie verstanden? Ohne Wenn und Aber. Schafenbrinck war verantwortlich für den feigen Mord an unseren Soldaten. Möglicherweise hat er das Attentat nicht selbst ausgeführt, aber er war einer der Hintermänner.« Unvermittelt wurde der General laut. »Meine Offiziere werden jede Diskussion darüber, ob wir den richtigen Mann verhaftet haben, unterbinden. Ist das klar? Und es ist mir völlig egal, ob dieser Deutsche – wie haben Sie das so schön formuliert, Prión? – unter Berücksichtigung der rechtsstaatlichen Grundsätze der Militärgerichtsbarkeit schuldig ist. Wir befinden uns im Krieg, meine Herren. Da kann es vorkommen, dass Grundsätze wie die Rechtsstaatlichkeit auf der Strecke bleiben. Nur eines dürfen wir nie vergessen: unseren soldatischen Fahneneid. Wir dienen Frankreich. Und Frankreich, das ist das französische Volk. Und das möchte wissen, ob der grausame Tod seiner Söhne gesühnt worden ist. Und das ist er, ohne jeden Zweifel. Dieser Kaufmann war schuldig. Allerdings hat Gott uns die Vollstreckung des Urteils aus der Hand genommen.« Langsam ließ sich Caron zurück auf seinen Stuhl fallen. Als ob es seinen emotionalen Ausbruch nicht gegeben hätte, fragte er: »Was gibt es sonst noch?«

Colonel Dupont ergriff das Wort: »In einem Lokal hier in Herne hat ein Deutscher, der unsere Sprache perfekt beherrscht, Kontakt zu einigen unserer Soldaten gesucht. Es könnte der Polizist gewesen sein, der den Mord an der Treppmann untersuchen soll. Dafür spricht, dass er sich besonders intensiv mit Sergeant Julian Sollé unterhalten hat.«

»Ich nehme an, Sie haben den Soldaten befragt?«

»Selbstverständlich. Sollé hat angegeben, dass er sich in der Tat mit einem Deutschen unterhalten habe. Sie hätten sich über Wein und französische Literatur ausgetauscht, sagt er.«

Der General verzog das Gesicht. »Ein deutscher Polizist, der über Literatur spricht?«

»Wenn der Mann denn der Polizist ist. Die anderen Soldaten haben die Aussage Sollés bestätigt. Zwar haben sie die Unterhaltung natürlich nicht komplett verfolgt, aber den Gesprächsfetzen nach, die sie aufgeschnappt haben, war es so.«

»Und Sie glauben, dass dieser Mann der Gesuchte sein könnte?«

»Möglicherweise. Allerdings ist der Deutsche, der das Gespräch mit unseren Soldaten gesucht hat, noch recht jung. Und eigentlich gingen wir ja davon aus, dass die Deutschen eher einen erfahrenen Mann schicken.«

»Hm. Haben Sie eine Beschreibung des Mannes?«

»Ja. Allerdings ist sie nicht sehr präzise. Die Soldaten haben an dem Abend getrunken und gefeiert, wenn Sie verstehen, mon Général.«

»Und sich mehr für die leichten Mädchen interessiert, nicht wahr?«

Der Colonel nickte.

»Geben Sie das, was Sie haben, weiter. Unsere Männer sollen Ausschau halten, ob dieser Deutsche noch einmal auffällig wird. Sonst noch etwas?«

Capitaine Mirrow ergriff das Wort. »Heute Abend wird Schillers *Tell* in einem Herner Theater aufgeführt. Wahrscheinlich wird diese Aufführung zu Kundgebungen gegen unsere Anwesenheit genutzt werden.«

»Greifen Sie durch! Wenn es sein muss, mit Gewalt.«

Mirrow nahm Haltung an: »Wie Sie befehlen.«

General Caron stand auf. »Ich danke Ihnen. Das war's für heute.«

37

Samstag, 3. März 1923

Hilfst du mir?« Martha Schultenhoff stand mit dem Rücken zum Spülbecken und sah Peter Goldstein fragend an.

Der musterte verwundert das große Küchenmesser, das seine Wirtin in der Linken hielt. »Wobei?«

»Ich möchte ein Kaninchen schlachten.«

Natürlich kannte Goldstein die Käfige im kleinen Stall hinter dem Haus. Zwei-, dreimal hatte er die Tiere mit Salatabfällen gefüttert. Zutraulich waren die Kaninchen dabei zum Maschendraht gehoppelt, hatten ihre Schnäuzchen eng an den Draht gedrückt und, zitternd vor Erregung, auf ihr Futter gewartet. Goldstein antwortete nicht.

»Was ist nun. Hilfst du mir?«

Langsam erhob sich der Polizist von seinem Platz am Küchentisch. »Was soll ich tun?«

»Komm mit.« Martha nahm die große emaillierte Schüssel vom Küchenschrank und drückte sie Goldstein in die Hand. »Ich zeig es dir.«

Sie selbst griff sich einige gewaschene Stofftücher. Nachdem sich beide Jacken umgehängt hatten, um sich vor der Kälte zu schützen, öffnete Martha die Küchentür.

Im Freien war es ungemütlich. Schwarze Wolken verdunkelten den Himmel. Ein kalter, stürmischer Wind trieb heftige Regenschauer vor sich her. Die beiden beeilten sich, den nur wenige Meter entfernten Stall zu erreichen. Martha schloss die Tür hinter ihnen und entzündete ein Windlicht, das den Raum nur unzureichend erleuchtete. Dann schob sie einen wackeligen Tisch zurecht, legte die Tücher und das Messer darauf und forderte Goldstein auf, auch die Schüssel dort zu platzieren. Schließlich kramte sie einen etwa dreißig Zentimeter langen Holzpflock hervor und reichte ihn Goldstein.

»Ich halte das Karnickel fest. Und du schlägst mit dem Pflock kräftig in seinen Nacken. Aber wirklich kräftig zuschlagen, damit es benommen wird.«

Goldstein musterte den Prügel in seiner Hand. Vor Verdun hatte er einigen Soldaten dabei zugesehen, wie diese Hühner schlachteten, die sie überraschend in einer halb zerstörten Scheune entdeckt hatten. Das hatte nicht besonders schwierig ausgesehen.

Martha öffnete einen Käfig und zog ein fast weißes Kaninchen an den Hinterläufen heraus, hielt es hoch und griff mit fester Hand die Vorderläufe. Sie streckte Goldstein das Tier entgegen. »Los.«

Der Polizist griff zu dem Holzpflock, nahm Maß und schlug mit aller Kraft zu. Das Kaninchen quiekte kurz auf und erschlaffte. Schnell legte es Martha in die Schlüssel, griff zum Messer und durchtrennte mit einer einzigen Bewegung die Kehle des Tieres. Sie hob es erneut an den Hinterläufen hoch und ließ das Blut in die Schüssel laufen. Schweigend sahen die beiden zu, wie immer weniger Blut den kleinen Körper verließ.

Nach einigen Minuten war das Kaninchen vollständig ausgeblutet. Martha nahm erneut das Messer, zog dem Tier mit geübten Schnitten das Fell ab und zerlegte es fachmännisch. Goldstein hatte ihr zunächst mit Interesse zugesehen. Doch dann wuchs seine Abscheu. Die blutigen Fleischteile, die Martha auf den Tüchern ausbreitete, erinnerten ihn an die zerfetzten Leiber seiner Kameraden im Trommelfeuer der Franzosen. Goldsteins Zähne mahlten. Ohne es zu bemerken, biss er sich heftig auf die Lippen, konnte aber trotzdem den Blick nicht vom Tisch abwenden.

Als Martha endlich alle Fleischstücke in Tücher gewickelt hatte, sah sie hoch. »Was ist mit dir?«, fragte sie besorgt. Sein Gesicht war ganz grau.

»Nichts«, entgegnete er knapp. »Es ist nichts.«

Zurück in der Küche wusch Martha das Fleisch sorgfältig und legte es in Milch ein. »Das wird ein schöner Braten morgen«, meinte sie dann.

Goldstein stand am Fenster und blickte nach draußen. Langsam drehte er sich um. »Gibt es etwas zu feiern?«

Sie lächelte. »Ja. Meinen Geburtstag. Ich werde morgen vierunddreißig.« Und nach einer kurzen Pause setzte sie hinzu: »Hast du Lust, mich heute Abend ins Theater zu begleiten? Sie bringen den Tell.«

Das *Palast-Theater* in der Herner Innenstadt war bis auf den letzten Platz besetzt. Martha hatte ihren besten Rock aus dem Schrank geholt, eine frisch gestärkte Bluse angezogen und sich die Haare hochgebunden. Unter ihrem Mantel trug sie eine Jacke mit schwarzem Samtbesatz. Auch Goldstein hatte sich herausgeputzt: Oxfordhose, ein frisches Hemd, Wolljacke und den langen Mantel.

Die Aufführung begann bereits um sechs Uhr. So sollte gewährleistet sein, dass alle Zuschauer nach dem Ende der Veranstaltung rechtzeitig vor der Ausgangssperre ihre Wohnungen erreichen konnten.

In den Straßen nahe des *Palast-Theaters* patrouillierte ungewöhnlich viel französisches Militär.

Goldstein beobachtete die Soldaten mit Misstrauen. »Ich habe ein komisches Gefühl.«

Martha zog ihn weiter. »Mach dir keine Sorgen. Das ist seit der Besetzung nichts Ungewöhnliches. Die Bergleute haben am Vormittag ihren Lohn erhalten. Viele, besonders die Unverheirateten unter ihnen, sind heute in den Gaststätten der Innenstadt unterwegs.« Sie lächelte verschmitzt. »Der eine oder andere ist einem flüchtigen Abenteuer bestimmt nicht abgeneigt. Außerdem habe ich gehört, dass es an den vergangenen Wochenenden in anderen Städten zu Auseinandersetzungen zwischen angetrunkenen Deutschen und französischen Soldaten gekommen ist. Es soll sogar Tote gegeben haben. Da ist es mir schon lieber, wenn die Franzosen solche Streitereien verhindern.«

Goldsteins Misstrauen verflüchtigte sich nicht, aber er schwieg.

In kleinen Gruppen standen die Besucher vor dem *Palast-Theater* und warteten auf Einlass. Viele Gespräche kreisten um die jüngsten Maßregelungen der Franzosen. Danach war es der deutschen Bevölkerung bei Strafe verboten, die Nationalhymne oder andere patriotische Lieder zu singen und bestimmte Film- oder Theateraufführungen zu besuchen. Schillers *Wilhelm Tell* stand nicht auf dieser Liste – noch nicht, wie einige vermuteten. In diesem Moment wurden die Türen des Theaters geöffnet und die Menschen drängten in das Innere des Gebäudes. Nachdem Martha und Goldstein ihre Mäntel an der Garderobe abgegeben hatten, suchten sie ihre Plätze auf. Kurz darauf verloschen die Lichter und der Vorhang öffnete sich.

Die Schauspieler gaben ihr Bestes und im Nu war der erste Akt vorbei. Goldstein spürte, wie Marthas Hand die seine suchte. Dann legte sie ihren Kopf an seine rechte Schulter.

Die zweite Szene des nächsten Akts spielte auf einer Wiese, von hohen Felsen umgeben. Im Hintergrund war zwischen eisbedeckten Gipfeln ein See zu sehen. Es war Nacht. Das Wasser des Sees und die Gletscher leuchteten im Mondlicht. Einer der bewaffneten Landleute trat vor:

Nein, eine Grenze hat Tyrannenmacht,
Wenn der Gedrückte nirgends Recht kann finden,
Wenn unerträglich wird die Last – greift er
Hinauf getrosten Mutes in den Himmel,
Und holt herunter seine ew'gen Rechte,
Die droben hangen unveräußerlich
Und unzerbrechlich, wie die Sterne selbst. –
Der alte Urstand der Natur kehrt wieder,
Wo Mensch dem Menschen gegenübersteht; –
Zum letzten Mittel, wenn kein andres mehr
Verfangen will, ist ihm das Schwert gegeben. –
Der Güter höchstes dürfen wir verteid'gen
Gegen Gewalt. – Wir stehn vor unser Land,
Wir stehn vor unsre Weiber, unsre Kinder!

Laute Bravorufe wurden im Publikum laut und Applaus brandete auf. Wilhelm Tell wurde zum Fanal gegen die Franzosen uminterpretiert. Ein anderer Schauspieler streckte die Hände in die Höhe, so als wollte er die Welt umarmen. Mit bebender Stimme rezitierte er:

Bei diesem Licht, das uns zuerst begrüßt
Von allen Völkern, die tief unter uns
Schwer atmend wohnen in dem Qualm der Städte,
Laßt uns den Eid des neuen Bundes schwören.
– Wir wollen sein ein einzig Volk von Brüdern,
In keiner Not uns trennen und Gefahr.

Alle Darsteller traten an den Bühnenrand und hoben drei Finger. Tumultartige Begeisterungsrufe ließen die Darsteller nicht zu Wort kommen.

Als sich der Lärm gelegt hatte, wiederholten sie die Szene. Die Zuschauer, die sich längst von ihren Plätzen erhoben hatten, blieben stehen. Auch Martha und Goldstein wurden von der Begeisterung mitgerissen und sprachen den Rütlischwur laut mit.

Bei diesem Licht, das uns zuerst begrüßt
Von allen Völkern, die tief unter uns
Schwer atmend wohnen in dem Qualm der Städte,
Laßt uns den Eid des neuen Bundes schwören.
– Wir wollen sein ein einzig Volk von Brüdern,
In keiner Not uns trennen und Gefahr.
– Wir wollen frei sein, wie die Väter waren,
Eher den Tod, als in der Knechtschaft leben.
– Wir wollen trauen auf den höchsten Gott
Und uns nicht fürchten vor der Macht der Menschen.

Plötzlich wurden die Türen zum Theaterraum aufgerissen. Bewaffnete französische Offiziere und Soldaten stürmten ins Innere des Saales. In den Händen hielten sie Reitpeitschen, mit denen sie wahllos auf die Zuschauer einschlugen.

»Raus hier!«, riefen sie. »Sofort.«

Ungeachtet ihres Alters und Geschlechts zerrten sie die Theatergäste aus den Stuhlreihen und stießen sie Richtung Ausgang. Männer, die sich schützend vor ihre Frauen stellten, wurden mit Gewehrkolben traktiert.

Jetzt war es von Vorteil, einen Sitzplatz auf den billigen Plätzen zu haben. Goldstein gelang es, Martha trotz des Gedränges durch eine Tür zu schieben, bevor die Soldaten zu ihnen vorgedrungen waren. Sie liefen zur Garderobe und tatsächlich konnten sie sich noch ihrer Mäntel bemächtigen, bevor die Franzosen den Zugang versperrten. Das Geschrei um sie herum war unbeschreiblich.

Goldstein drehte sich noch einmal kurz um. Soldaten trieben die Theaterbesucher die Treppe hinab. Einer dieser

Soldaten schaute für einen Moment in Goldsteins Richtung, ihre Blicke trafen sich. Der Deutsche erkannte den Mann sofort. Es war Gilbert, der ihm den Tipp mit der Kneipe *Zum Fässchen* gegeben hatte.

Auch der Soldat war aufmerksam geworden. Er rief einem Offizier, der hinter ihm stand, etwas zu und zeigte mit dem ausgestreckten Arm auf Goldstein. Ein paar Soldaten machten sich sofort auf in die Richtung, doch die Menge geriet durch das zusätzliche Gedränge nun vollends in Panik. Ein Durchkommen war unmöglich.

Goldstein griff Marthas Hand und zog sie mit sich. Und der Vorsprung, den sie hatten, reichte. Atemlos gelangten sie unter den Ersten ins Freie, zogen im Laufen ihre Mäntel an, wandten sich nach links, eilten noch einige hundert Meter die Bahnhofstraße entlang und bogen dann, um keine Aufmerksamkeit zu erzeugen, langsamer gehend in eine Nebenstraße ein, Lärm und Licht hinter sich lassend.

38

Sonntag, 4. März 1923

Kalle Soltau hatte sich seit der Brückensprengung von Wilfried Saborski ferngehalten. Er traute seinem früheren Kampfgefährten nicht mehr, ja, er hatte regelrecht Angst vor ihm. Saborski seinerseits hatte ebenfalls nichts von sich hören lassen. Soltau ging seiner Arbeit als Schlosser in einer Metall verarbeitenden Fabrik nach, mied die Kneipen, in denen seine Kumpane verkehrten, blieb nach Einbruch der Dunkelheit in seiner Wohnung und hoffte, dass sich die Aufregung über das Attentat bald legen würde.

Sorgfältig strich er nun Rübenkraut auf das frische Brot und verzehrte es mit Genuss. Die nächste Scheibe belegte er mit Käse, dazu frühstückte er ein Stück durchwachsenen Speck, den er mit seinem Klappmesser in kleine, mundgerechte Stücke zerlegte. Seine Speisekammer war gut gefüllt. Wie viele seiner Kollegen hatte auch Soltau es sich zur Regel gemacht, den größten Teil des Wochenlohns schon am Tag der Auszahlung auszugeben, um die Auswirkungen der Inflation etwas zu mindern. So konnte er sonntags immer aus dem Vollen schöpfen. Soltau war zwar katholischen Glaubens, aber nicht gläubig. Statt die Messe zu besuchen zog er es vor, nach einem ausgiebigen Frühstück und einem Verdauungsnickerchen den Fußballplatz zu besuchen, wo sein Sodinger Klub um Punkte kickte.

Als Kalle Soltau heute die Straße betrat, lief er der französischen Militärstreife, die gekommen war, um ihn zu verhaften, direkt in die Arme. Ehe er sich versah, fand sich der Schlosser auf der Ladefläche eines Armeefahrzeugs wieder, im Kreis eines halben Dutzends anderer Männer, die anscheinend auch von der Straße weg festgenommen worden waren. Soltau kannte keinen der anderen Männer. Ein Gespräch war aber sowieso nicht möglich, da die Soldaten jedes Wort mit einem Stoß des Gewehrkolbens ahndeten.

Vor der Gräffschule hielt der Wagen. Die Gefangenen wurden in das Gebäude geführt und in ein Klassenzimmer gebracht. Dort wurde ihnen befohlen, sich im Abstand von einigen Metern auf den Boden zu setzen. Damit war weiterhin jede Möglichkeit, sich auszutauschen, unterbunden. Soldaten hielten Wache. Soltau war der Dritte, der zum Verhör abgeholt wurde. Er hatte die beiden, die vor ihm aus dem Klassenzimmer geschleppt worden waren, gesehen – sie wirkten äußerlich unversehrt. Trotzdem zitterte Soltau wie Espenlaub. Was wussten die Franzosen? Hatten sie Kenntnis davon, dass er an dem Attentat in Bladenhorst beteiligt gewesen war? Hatte ihn jemand verpfiffen?

Der Raum, in den er geführt wurde, war nur spärlich möbliert. Vor einem Schreibtisch, hinter dem ein Offizier saß, stand ein Holzschemel. Die Soldaten, die ihn begleitet hatten, drückten ihn auf den Hocker und bauten sich links und rechts von ihm auf. Sie schienen bereit, jeden Fluchtversuch unverzüglich und mit aller Härte zu unterbinden. Aber Soltau verschwendete keine Gedanken an Flucht. Er war froh, noch am Leben zu sein, und entschlossen, das auch zu bleiben. Und dieser Selbsterhaltungstrieb war es, der ihn jede Beteiligung an dem Sprengstoffanschlag verdängen ließ. Er würde nichts gestehen. Er kannte keinen Saborski, keine Widerstandsgruppe, wusste erst recht nicht, mit Sprengstoff umzugehen. Er hatte an dem fraglichen Abend geschlafen, war nicht ausgegangen und somit auch nie auch nur in der Nähe des Tatorts gewesen.

Zu seiner Verblüffung aber war nicht das Attentat, sondern das Kleben von Plakaten Gegenstand des Verhörs. Es ging also nicht um seinen Kopf. Von Minute zu Minute wurde Soltau ruhiger, beantwortete alle Fragen zu seiner Person gelassen und verneinte jedwede Wahrnehmung einer Klebeaktion in seiner Nachbarstadt so überzeugend, dass er nach nur zwanzig Minuten wieder auf dem Schulhof stand und seiner Wege gehen durfte.

Erleichtert entschied er sich, seine Freiheit gebührend zu feiern.

Nach einem entsprechend ausgiebigen Frühschoppen fand er nur mit Mühe die Straßenbahn, die ihn zu seiner Wohnung zurückbrachte. Der Schlosser wohnte am östlichen Rand von Sodingen, nur einen Steinwurf vom Kaiser-Wilhelm-Turm entfernt, der auf dem Beimberg stand.

Soltau schaffte es noch, die Schuhe auszuziehen, dann

schlug er lang auf das Bett. Sekunden später war er fest eingeschlafen.

Heftiges Klopfen an der Tür weckte ihn. »Ja, is ja gut. Komm ja schon«, brummte er Vor sich hin schimpfend, schlurfte er zur Eingangstür. Als er öffnete, hielt ihm ein Unbekannter eine Polizeimarke vor die Nase.

»Herr Karl Soltau?«, fragte der Mann. Als der bejahte, fuhr der Polizist fort: »Bitte kommen Sie mit. Wir benötigen einige Auskünfte von Ihnen.«

»Aber ich hab doch heute Vormittag schon alles gesacht, wat ich weiß«, entgegnete Soltau, immer noch verschlafen.

Ungerührt antwortete sein Gegenüber: »Davon weiß ich nichts. Ich habe Order, Sie zum Verhör zu begleiten. Bitte ziehen Sie sich an.«

Widerwillig folgte der Schlosser der Aufforderung, schlüpfte in seine Schuhe und streifte die Jacke über. Dann begleitete er den Unbekannten nach draußen.

»Der Wagen steht dahinten an der Ecke«, erklärte der Polizist und zeigte Richtung Beimberg.

Brav trottete Soltau neben dem Mann her. Gerade als er begann, sich darüber zu wundern, dass der Polizist den Wagen nicht direkt vor der Tür abgestellt hatte, wurde er gepackt und in einen Hausflur gedrängt. Ehe Soltau protestieren konnte, sah er sich von zwei weiteren Personen umringt. Kräftige Hände zogen seine Arme nach hinten.

Aus dem Halbdunkel des Hausflures trat Wilfried Saborski hervor. »Du bist nicht nur ein Feigling, sondern auch ein Verräter«, stellte er fest.

Soltau wand sich unter dem festen Griff seiner Bewacher. »Nix hab ich gesacht. Dat kannze mir glauben. Kein Wort ham die Franzosen von mir erfahren.«

»Und warum haben Sie dich dann gehen lassen, während die anderen Kameraden weiter in Ketten liegen?«

»Wat weiß ich denn. Ich jedenfalls hab nich gequatscht«, versicherte Soltau erneut.

Wilfried Saborski wandte sich an die anderen Männer. »Hört euch das gut an. So winselt ein Vaterlandsverräter.« Wieder an Soltau gerichtet, verkündete er: »Du bist verurteilt worden.«

Kalle Soltau wurde aschfahl. »Wer hat mich verurteilt?«

»Das deutsche Volk«, antwortete Saborski trocken. »Und die *Zentrale Nord* hat mich mit der Vollstreckung des Urteils beauftragt.« Er griff in seine ausgebeulte Manteltasche.

Soltau wollte aufschreien, brachte aber keinen Laut heraus. Ungerührt zog Wilfried Saborski eine Marinepistole hervor und drückte sie an Soltaus Schläfe.

39

Sonntag, 4. März 1923

Obwohl an dem Kaninchenbraten nichts auszusetzen war, wollte er Goldstein nicht recht schmecken. Missmutig stocherte er auf dem Teller herum.

Schließlich schob er ihn zur Seite. »Es tut mir leid. Der Braten ist ausgezeichnet. Aber ich bin satt. Ich kann heute nicht so viel essen«, behauptete er.

Quasi im letzten Moment hatte er heute Morgen in einer Sodinger Gärtnerei einen Strauß Krokusse erstanden. Diesen hatte er Martha verlegen in die Hand gedrückt, zusammen mit einem Briefumschlag, in dem ein Dollarschein steckte. Ihm war es vor einigen Tagen doch noch gelungen, das Geld zu wechseln. Martha hatte sich bedankt und die Blumen bewundert, den Schein aber mit keiner Silbe gewürdigt. Goldstein war verunsichert. War das Geschenk zu unpersönlich? Andererseits kannte er Martha kaum. Und bei sparsamer Lebensweise konnte sie mit dem Gegenwert eines Dollars fast eine Woche ihren Unterhalt bestreiten. Was also sollte falsch sein an diesem Geschenk?

»Heute Nachmittag kommen mein Bruder und einige Nachbarn zu einer Tasse Kaffee vorbei. Ich würde mich freuen, wenn du auch dabei sein würdest.« Sie sah ihn erwartungsvoll an.

Goldstein nickte. »Natürlich. Um wie viel Uhr?«

»Gegen drei.« Sie stand auf, um das Geschirr fortzuräumen.

Goldstein erhob sich ebenfalls und bot ihr seine Hilfe an. Einen Moment lang dachte er, sie würde ihn abweisen.

Dann aber erwiderte sie lächelnd: »Füll den großen Topf mit Wasser und stell ihn auf den Herd. Zum Spülen muss das Wasser heiß sein.«

Ewald Wiedemann kam als erster Gast. Er schenkte seiner Schwester eine große Seidenstola, die sie sich beglückt umhängte. Goldstein verspürte einen Stich, als er daran dachte, wie sie auf sein Geschenk reagiert hatte.

»Der Kuchen muss noch etwas abkühlen«, sagte Martha, nachdem sie ihrem Bruder noch einmal um den Hals gefallen war. »Ihr könnt in der Stube warten. Die anderen müssen ja auch gleich kommen.«

»Wenn es dir recht ist, vertreten wir uns noch die Beine«, antwortete Wiedemann, ohne Goldsteins Meinung einzuholen. Er wandte sich an Goldstein. »Kommen Sie?«

Die ersten Meter legten sie schweigend zurück. Als sie das Eingangstor der Zeche Teutoburgia passierten, blickte Goldstein instinktiv zurück.

Wiedemann lachte laut auf: »Keine Angst. Sie haben von Saborski und seinen Männern nichts mehr zu befürchten.«

Im nächsten Moment wurde er ernst. »Dafür sollten Sie sich den Franzosen gegenüber etwas vorsichtiger verhalten.«

»Wie meinen Sie das?«

»Heute Morgen wurde eine Fahndungsmeldung der französischen Militärpolizei herausgegeben, die auch an die deutschen Dienststellen gegangen ist. Sie suchen einen sogenannten Krawallmacher, der gestern bei den Unruhen im Theater beteiligt gewesen sein, diese sogar angezettelt haben soll. Die Beschreibung passt ziemlich genau auf Sie.«

Goldstein überlegte. »Was würden Sie mir raten?«

»Schreiben Sie Ihren Bericht und verlassen Sie Herne, ehe es zu spät ist.«

»Aber was soll ich denn schreiben? Ich kenne die Täter doch immer noch nicht.«

Wiedemann blieb stehen. »Menschenskind, nehmen Sie Vernunft an«, sagte er eindringlich. »Die angeklagten Franzosen sind auch die Schuldigen, das liegt doch auf der Hand. Der Freispruch des Kriegsgerichts war eine Farce. Sie selbst haben die Beweise dafür doch erbracht.«

»Indizien, keine Beweise«, widersprach Goldstein.

Wiedemann packte mit beiden Händen Goldsteins Schultern. »Hauen Sie ab, Mensch! So schnell wie möglich. Was glauben Sie denn, was Berlin von Ihnen hören will?«

Als Goldstein schwieg, gab der Herner selbst die Antwort: »Berlin ist definitiv nicht daran interessiert, dass Sie die Unschuld unserer Feinde feststellen. Das muss Ihnen Ihr gesunder Menschenverstand doch sagen.«

»Aber die Wahrheit«, warf Goldstein ein.

»Ach, hören Sie auf mit der Wahrheit.« Wiedemann ließ ihn wieder los. »Hier geht es um Größeres, Wichtigeres.«

»Was kann es Wichtigeres geben als die Wahrheit?«

Wiedemann musterte Goldstein besorgt. »Ihr Leben, beispielsweise. Oder auch Deutschland.«

»Meinen Sie tatsächlich, dass meine Ermittlungen die Geschicke Deutschlands beeinflussen könnten?«, fragte Goldstein spöttisch.

»Warum denn nicht? Das richtige Wort zur richtigen Zeit kann Massen mobilisieren, mitreißen. Ein mutiger, gut formulierter Zeitungsartikel, der auf Ihren Ergebnissen basiert – und das Volk steht auf gegen die Besatzer. Unterschätzen Sie nicht die Wirkung der Propaganda, mein Lieber. Sie kann Geschichte schreiben.«

Es begann zu nieseln. »Lassen wir es dabei bewenden«, schlug Goldstein vor. »Wir sollten zurückgehen und Martha nicht länger warten lassen.«

»Werden Sie meinem Rat folgen?«

Goldstein sah Wiedemann direkt in die Augen. »Nein«, sagte er mit fester Stimme.

Wiedemann drehte sich abrupt und lief los. »Sie müssen es ja wissen. Aber bitten Sie mich zukünftig nicht mehr um Hilfe.« Der Ärger in seiner Stimme war nicht zu überhören.

Goldstein atmete durch und sah dem Herner nach. Nein, Wiedemann konnte ihn nicht überzeugen. Seine Entscheidung stand fest und war richtig.

Als der Polizist wenig später Marthas Haus betrat, war Wiedemann nicht dort. Ein junges Mädchen half in der Küche, den Kuchen zu portionieren. Martha stellte sie Goldstein als Lisbeth Treppmann vor, die Schwester der Ermordeten. Lisbeth war schlank, hatte lange, dunkelbraune Haare und trug einen schwarzen Rock und eine ebenfalls schwarze Bluse. Natürlich, sie war in Trauer.

»Sie sind also der Polizist«, sagte Lisbeth Treppmann, nachdem sie Goldstein die Hand gegeben hatte. »Ich habe Sie schon ein paarmal auf der Straße gesehen. Konnten Sie mit Julian sprechen?«

»Ja.«

»Martha hat mir zugesagt, dass Sie meinen Eltern nichts über Agnes und Julian erzählen werden. Das stimmt doch?« Sie sah ihn bittend an.

Er nickte: »Ich würde mich gerne etwas länger mit dir unterhalten. Ich darf dich doch duzen?«

Lisbeth nickte. »Warum wollen Sie mit mir sprechen?«

»Ich möchte mehr über deine Schwester erfahren. Welche Freunde und Bekannte sie hatte, womit sie sich die Zeit vertrieb, halt alles, was mir helfen kann, ihren Mörder zu fangen.«

Martha, die den beiden bisher den Rücken zugekehrt und schweigend Kaffee aufgebrüht hatte, fuhr herum. »Aber nicht heute. Nicht an meinem Geburtstag. Und nicht in meinem Haus!«

Lisbeth zuckte zusammen. Martha trat zu ihr und strich ihr tröstend über das Haar. »Entschuldige. Ich habe das nicht so gemeint.« Aber der Blick, den sie Goldstein zuwarf, strafte ihre Worte Lügen. Sie ergriff die Kuchenplatte und verließ die Küche.

Kopfschüttelnd sah ihr Goldstein nach. Was sollte dieser Ausbruch? Es war doch sie gewesen, die ihm erst die Möglichkeit eröffnet hatte, von dem Wissen der Nachbarstochter zu profitieren. Warum dann jetzt diese Reaktion?

Lisbeth wartete, bis Martha die Tür hinter sich geschlossen hatte. Dann stieß sie hastig hervor: »Agnes hat ein Tagebuch geführt. Wollen Sie es lesen?«

Goldstein war wie elektrisiert. »Natürlich.«

»Ich werde es Ihnen zeigen.« Sie hielt den Zeigefinger vor den Mund. »Aber Sie dürfen auch davon nichts verraten. Versprochen?«

»Versprochen. Wann kann ich es sehen?«

»Wir treffen uns Dienstag. Am Nachmittag.«

»Und wo?«

»In der alten Ruine.«

Martha kehrte in die Küche zurück, warf Goldstein einen misstrauischen Blick zu. »Geht in die gute Stube zu den anderen. Ihr solltet hier nicht allein sein. Das gibt nur Gerede.«

Wortlos kam Goldstein der Aufforderung nach. Im Wohnzimmer hatten sich um den Tisch einige Personen versammelt, die Goldstein noch nicht kannte. Auch den Raum kannte er nicht, die ›gute Stube‹ wurde nur sonntags oder zu besonderen Anlässen benutzt. Möbliert war der Raum mit einer mit grünem Samt bezogenen Polstergarnitur, die wahrscheinlich noch von Marthas Eltern stammte. Ein großes Kissen mit Spitzenbesatz war so sorgsam drapiert worden, dass Goldstein vermutete, dass es verschlissene Stellen des Sofabezuges verdecken sollte. An der Wand stand eine Anrichte aus Kirschholz mit einem kunstvoll gedrechselten Aufsatz.

Eine Frau mittleren Alters sprach Goldstein sofort an und schlug mit der rechten Hand aufmunternd auf die Polsterfläche des freien Stuhls neben ihr. »Kommen Se ma an meine beste Seite. Gesehen hab ich Sie ja schon. Von Weitem. Gezz will ich Sie abba ma 'n bisken besser kennenlernen.«

Folgsam nahm Goldstein Platz.

Ohne Umschweife plapperte die Frau weiter. »Wissen Se, dat hier is 'n Dorf. Die Hälfte der Leute sind miteinander verwandt.« Sie warf Martha einen nicht zu deutenden Blick zu. »Un die andere Hälfte will dat noch werden, wenn se nich gerade miteinander verfeindet sind, verstehn Se? Da bleibt nix geheim. Sie nich un auch die anderen nich. Eben nix. Hier guckt em jeder den anderen inne Fitzebohnen.«

»Fitzebohnen?«, echote Goldstein verwirrt.

»Jau. Fitzebohnen. Innen Kochtopp, wenn Se verstehn, wat ich meine. Ich könnt Ihn Sachen erzählen, dat würden Se nich glauben. Aber ich sach nix. Is ja besser so. Aber wenn ich wollte, ich könnt …«

»Ilse!« Martha war aufgestanden und blickte ihre Nachbarin streng an. »Ich glaube nicht, dass dein Gerede hier irgendjemanden interessiert.«

Ilse zuckte nur mit den Schultern. Dann raunte sie Goldstein zu: »Dat wolln wer doch erst ma sehen, oder?«

40

Montag, 5. März 1923

Obwohl ihr Ehegatte noch nicht begraben war, duldete die wirtschaftliche Lage des Kaufhauses keinen Aufschub in der Angelegenheit. Der Buchhalter Thomas Segburg war am Samstag erneut bei Ernestine Schafenbrinck vorstellig geworden; zum einen, um zu kondolieren, zum anderen aber auch, um zum wiederholten Mal sein Anliegen vorzutragen: Die Eigenkapitaldecke des Unternehmens müsse unverzüglich verstärkt werden, so Segburg, um die Renovierungskosten des geplanten Hauses in Recklinghausen abzusichern sowie die Erstausstattung mit Waren vorzufinanzieren. Die Witwe hatte daraufhin Regierungsrat Trasse gebeten, ihr kurzfristig einen Besuch abzustatten. Und nun saß ihr der Finanzbeamte, auf den ihr verstorbener Mann so große Stücke gehalten hatte, gegenüber. Mit versteinerter Miene wartete er, dass das Hausmädchen, das den Tee servierte, den Salon verließ.

»Gnädige Frau, es fehlen mir die Worte, um meiner Bestürzung angemessen Ausdruck zu verleihen. Seien Sie versichert, dass ich Ihnen, wann immer Sie es wünschen, jedwede Unterstützung zukommen lassen werde. Ihr Ehegatte ist, wenn ich das so sagen darf, als Patriot für Deutschland in französischer Kerkerhaft gestorben. Das Reich wird seiner immer gedenken. Und selbstverständlich werde auch ich den Verstorbenen in meine Gebete einbeziehen. Wir haben ihm viel zu verdanken. Er war wirklich ein großer Deutscher.«

Ernestine Schafenbrinck stammte aus einer alteingesessenen bürgerlichen Familie. Konventionen und Etikette waren ihr in Fleisch und Blut übergegangen. Obwohl sie daher wusste, was von solchen salbungsvollen Floskeln zu halten war, taten ihr die Worte des Gastes gut.

»Ich danke Ihnen für Ihre Anteilnahme, Herr Regierungsrat. Leider muss ich Sie bereits jetzt in einer Angelegenheit um Unterstützung bitten.«

Trasse erhob sich etwas aus dem schweren Polster und deutete eine Verbeugung an. »Verfügen Sie über mich, gnädige Frau.«

»Ich benötige Ihren Ratschlag. Mein Mann hat mir berichtet, dass Sie nicht nur über exzellente Kontakte verfügen, sondern dass Ihnen als Finanzbeamter in Geldangelegenheiten niemand an Wissen das Wasser reichen kann.«

Trasse senkte bestätigend den Kopf. »In aller Bescheidenheit darf ich sagen, dass ich mich in der Tat nicht nur bei der Steuergesetzgebung und deren Eintreibung, sondern in allen Sachverhalten des Finanzwesens zu Hause fühle.«

»Sie wissen, dass wir nach Recklinghausen zu expandieren gedenken. Dazu sind allerdings nicht unerhebliche Finanzmittel erforderlich, über die wir momentan nicht verfügen. Wie mir mein Buchhalter erklärt hat, liegt das nicht daran, dass das Unternehmen finanziell nicht gesund wäre, im Gegenteil. Aber aufgrund der Geldentwertung ist keiner unserer Lieferanten bereit, Waren auf Kredit zu liefern. Wir müssen sie also vorfinanzieren. Und das hat unser Barkapital fast aufgezehrt. Zwar gibt es noch einige Außenstände, aber die, so meint mein Buchhalter, dürften nicht ausreichen, um die kommenden Kosten zu decken.« Ernestine Schafenbrinck hatte bis vor zwei Tagen nicht gewusst, wie schlimm es wirklich um die Firma stand. Sie lebte quasi von der Hand in den Mund. Das Kaufhaus warf zurzeit nicht genug ab, um den Haushalt und das Personal zu finanzieren.

»Verstehe.«

»Ich habe bereits mit unserer Hausbank gesprochen. Sie wäre unter Umständen bereit, das neue Haus in Recklinghausen zu finanzieren, fordert aber einen flexiblen, täglich neu zu berechnenden Zinssatz, der sich an der Geldentwertung orientiert, dazu einen garantierten Mindestzins von fast zehn Prozent sowie als Sicherheit einen Anteil am Unternehmen, grundbuchlich abgesichert. Was meinen Sie, ist das ein seriöses Angebot?«

Regierungsrat Trasse lachte auf. »Seriös? Ich nenne das Geldschneiderei.«

Ernestine Schafenbrinck war nun doch etwas überrascht. »Aber wir haben seit Jahren sehr enge Geschäftsbeziehungen zu diesem Geldinstitut. Mein Mann hat nie davon gesprochen, dass diese Bank je versucht hat, uns zu übervorteilen.«

»Ihr Mann war ein, entschuldigen Sie den Ausdruck, mit allen Wassern gewaschener Geschäftsmann. Vielleicht glaubt man nun, mit Ihnen ein leichtes Spiel zu haben.«

Die Witwe wirkte nachdenklich.

»Sehen Sie, es ist doch so: Eine Bank verleiht Geld nicht aus Menschenfreundlichkeit, sondern um daran zu verdienen. Banken leben von den Schulden anderer Leute. Doch ein Bankkredit ist nicht immer geeignet, finanzielle Engpässe zu beheben. Sie müssen den Schuldendienst auch bedienen können.« Trasse zögerte, als er ihren verständnislosen Blick sah. »Entschuldigen Sie das Fachkauderwelsch. Ich meine, Sie müssen die Kreditzinsen bezahlen können. Und wenn Sie das nicht können oder die Zinsen extrem hoch sind, ist ein Kredit nicht unbedingt das Richtige.«

»Aber was soll ich denn sonst machen?«

Trasse senkte seine Stimme. »Ich möchte Ihnen ja nicht zu nahe treten, aber haben Sie schon einmal daran gedacht ...« Er räusperte sich. »Haben Sie schon erwogen, zu verkaufen?«

Natürlich hatte sie das. Und das sogar schon gemeinsam mit Abraham. Sie hatten überlegt, wie es wäre, als gut situierte Frühpensionäre beispielsweise in einem Ostseebad zu leben. Schließlich hatten sie keine Erben. Aber immer hatte sich ein Argument gefunden, das gegen den Verkauf sprach. Vor allem wohl, weil das Geschäft Abrahams Lebensinhalt dargestellt hatte.

»Eigentlich nicht«, log sie trotzdem. »Aber bitte sprechen Sie weiter.«

»Natürlich sollten Sie nicht das gesamte Unternehmen veräußern. Nur einen Teil, sagen wir, fünfundvierzig Prozent. So bleiben Sie Mehrheitseigner, bestimmen die Geschäftspolitik. Gleichzeitig fließen Mittel in Ihre Firma, über die Sie verfügen und mit denen Sie die Expansion in Recklinghausen finanzieren können. Und bei einer geschickten Verkaufsstrategie müsste noch genug übrig bleiben, dass Sie auch Ihr Privatvermögen angemessen aufstocken können.«

Der Gedanke gefiel ihr. Das hörte sich so an, als könnte sie ihre finanziellen Probleme mit einem Schlag beseitigen. »Wie genau habe ich mir eine solche Strategie vorzustellen?«

Der Regierungsrat lächelte fein. »Bis wann müssen Sie die Mittel für den Umbau des neuen Hauses bereitstellen?«

»Mein Buchhalter sagt, spätestens im Oktober.«

»Das ist ideal.«

»Wieso?«

»In diesen Zeiten ist jeder bestrebt, sein Geld in Sachwerten anzulegen. Deshalb werden dafür Preise gezahlt, die auch auf Fremdwährungsbasis überdurchschnittlich hoch sind.«

»Das sagte schon mein Mann. Ist es denn dann vernünftig, ausgerechnet jetzt zu verkaufen?«

»Nein.«

Ernestine Schafenbrinck verstand die Welt nicht mehr. »Aber Sie sagten doch gerade ...«

Trasse hob die Hand. »Bitte warten Sie und lassen Sie es mich erklären. Es wäre unvernünftig, zum heutigen Zeitpunkt zu verkaufen. Aber nicht, jetzt schon einen entsprechenden Vertrag rechtswirksam zu vereinbaren. Die Transaktion sollte dann allerdings erst in drei oder vier Monaten erfolgen.«

Ernestine Schafenbrinck war vollends verwirrt. »Ich glaube, ich kann Ihnen nicht folgen.«

Regierungsrat Trasse schaute sich um, so als ob er sich versichern wollte, keine überflüssigen Zuhörer zu haben. »Die Reichsregierung plant drastische Maßnahmen gegen die Geldentwertung. Eine Währungsreform. Die vorbereitenden Arbeiten sind seit Wochen im Gange. Auch ich bin damit befasst. Natürlich dürfen diese Maßnahmen nicht vorzeitig publik werden, weil sonst Spekulanten den Erfolg unserer Arbeit gefährden könnten. Deshalb unterliegen unsere Aktivitäten auch strengster Vertraulichkeit.« Ernst fragte er: »Ich kann mich doch auf Ihre Diskretion verlassen?«

Sie nickte heftig. »Selbstverständlich.«

»Das habe ich nicht anders erwartet. Wobei ich Sie nur deshalb ins Vertrauen ziehe, weil Ihr Mann sein Leben für Deutschland gegeben hat und das Vaterland Ihnen etwas schuldet. Geld kann Ihnen natürlich den Gatten nicht ersetzen, aber Ihr Leid etwas lindern.«

Ernestine Schafenbrinck nickte voller Demut und war gespannt, was folgen würde.

»In genau drei Monaten treten die Maßnahmen in Kraft. Sie werden Deutschlands Wirtschaft auf einen Schlag stabilisieren, das kann ich Ihnen versichern.« Trasse flüsterte nun fast. »Die Nennbeträge der Reichsmark werden um mindestens den Faktor zehn reduziert. Das heißt, aus hundert Mark werden zehn. Ausgenommen davon werden nur Kreditverträge sein, um keinen Bankenzusammenbruch auszulösen. Eingegangene Kreditverpflichtungen werden also durch die Reform nicht billiger. Allerdings ist nicht vorgesehen, Kaufverträge in gleicher Weise zu behandeln. Wenn Sie also heute einen Vertrag mit einer Zahlungsverpflichtung über einhundert Mark eingehen, müssen Ihre Vertragspartner diesen nach der Reform zu dem Nennwert erfüllen, der ausgehandelt worden ist.«

Es dauerte eine Weile, bis Ernestine Schafenbrinck die volle Tragweite dieser Aussage erfasst hatte. »Das heißt, dass ich für Verkäufe, die ich heute abzeichne, in drei Monaten das Zehnfache des Kaufpreises erhalten werde?«

»Im Vergleich zur Kaufkraft der reformierten Währung, ja.«

»Und das mit dieser Reform ist sicher?«

»So sicher, wie ich hier vor Ihnen sitze, gnädige Frau.«

Die Witwe dachte angestrengt nach. »Besteht aber denn überhaupt Aussicht, einen Käufer zu finden?«

Trasse lächelte. »Aber ich bitte Sie. Wir sprachen doch eben über die Flucht in die Sachwerte. Alle befürchten, dass sich die Lage weiter verschlimmert. Einen solventen Interessenten für Ihre Firma zu begeistern, dürfte kein Problem darstellen.«

»Würden Sie mir dabei behilflich sein? Sie haben doch sicher auch da die entsprechenden Kontakte.«

»Nun ja. Das nun eigentlich eher nicht. Solche Transaktionen sind nun nicht mein täglich Brot.«

»Herr Regierungsrat, bitte lassen Sie mich nicht im Stich«,

flehte Ernestine Schafenbrinck. »Sie sind der Einzige, der mir helfen kann.«

Trasse lehnte sich zurück und nippte befriedigt an seinem Tee. »Also gut. Ich werde tun, was ich kann. Möglicherweise kenne ich einen Interessenten. Aber lassen Sie uns zuerst die Details des möglichen Geschäfts besprechen.«

41

Dienstag, 6. März 1923

Am Montag war es Goldstein endlich gelungen, jemanden zu finden, der sich in der Tatnacht in der Nähe der Ruine aufgehalten hatte.

Der Polizist hatte seine Schrauben schon an Dutzenden Haustüren feilgeboten – fast immer war ihm die Tür vor der Nase zugeschlagen worden. Er war schon auf dem Weg zurück zu Marthas Haus gewesen, als ein älterer Mann an seine Seite getreten war.

»Sie sind der Mann, der sich für den Tod der kleinen Treppmann interessiert?«

Als Goldstein nicht sofort antwortete, ergriff ihn der Mann beim Arm und zog ihn mit sich zu einem Gartenschuppen. »Hier können wir ungestört sprechen.«

»Wie kommen Sie darauf, dass ich mich mit dem Mord beschäftigte?«

»Wären Sie mir sonst hierhin gefolgt?« Der Ältere lächelte fein. »Außerdem, hier in der Siedlung bleibt nichts lange geheim. Es wird erzählt, dass jemand, der Schrauben verkaufen will, viele Fragen stellt. Wie ein Polizist. Egal. Sind Sie dieser Jemand?«

»Das wäre möglich.«

»Also hören Sie zu: Meine Frau möchte nicht, dass ich im Haus rauche. Der Qualm meiner Pfeife ist nicht gut für ihr Asthma, sagt sie. Also gehe ich zum Paffen immer vor die Tür und vertrete mir etwas die Beine. Das habe ich auch an dem Abend gemacht, als das Mädchen umgebracht wurde. Als ich in die Nähe der Ruine gekommen bin, habe ich einen Mann gesehen, der es ziemlich eilig hatte. Er kam von dem Grundstück, sah sich auf der Straße um und lief, als er mich von Weitem entdeckte, schnell Richtung Bahnhof.«

»Trug der Mann Uniform?«

»Ich glaube nicht. Aber genau konnte ich das nicht erkennen. Es war schon zu dunkel.«

»Um welche Uhrzeit war das?«

»Es muss kurz vor elf Uhr gewesen sein.«

»Und der Mann war allein?«

»Ich habe nur eine Person ausmachen können.«

»Ist Ihnen sonst noch etwas aufgefallen?«

»Nein.«

»Haben Sie bei der Polizei eine Aussage gemacht?«

Der ältere Mann spuckte verächtlich auf den Boden. »Deutsche Polizisten, die mit den Besatzern paktieren! Mit denen will ich nichts zu tun haben.«

»Sie sind etwas vorschnell mit Ihrem Urteil. Nicht jeder Polizist, der in diesen Zeiten seinen Dienst tut, unterstützt die Franzosen.«

»Mag sein. Ich habe jedenfalls nicht mit Polizisten gesprochen. Außer mit Ihnen. Aber keine Sorge, ich kann schweigen wie ein Grab.« Mit diesen Worten hatte sich der Mann umgedreht und einen konsternierten Goldstein zurückgelassen.

Der Dienstag präsentierte sich mild und freundlich. Frühling hing in der Luft. Die schon kräftige Sonne schien durch eine zerstörte Fensteröffnung und tauchte den Raum in helles Licht. Es war eben dieser Raum, in dem sich auch Agnes und ihr französischer Soldatenfreund heimlich getroffen hatten. Seit kurz nach zwölf hockte Goldstein in der Ruine und wartete auf Lisbeth Treppmann. Zeit genug, um nachzudenken. Das gestrige Gespräch hatte ihm klar vor Augen geführt, dass er seine Legende als Schraubenverkäufer nicht mehr lange würde aufrechterhalten können. Dass er Polizist war, machte die Runde. Weitergeholfen hatten ihm die Hinweise des Mannes auch nicht. Eine Person hatte sich eilig vom Tatort entfernt. Keine wirklich weiterführende Information. Allerdings hatte sein Gesprächspartner Soltau und Schneider nicht bemerkt, die sich ja um diese Zeit ebenfalls in der Gegend aufgehalten haben mussten – sofern die Aussagen, die sie gemacht hatten, stimmten.

Goldstein hatte sich aus herumliegenden Steinen eine Sitzgelegenheit gebaut und hielt nun sein Gesicht in die warmen Strahlen.

Dummerweise hatte sich am Sonntag keine Gelegenheit mehr ergeben, eine feste Uhrzeit auszumachen, und so musste der Polizist fast vier Stunden ausharren, bis die Schwester der Toten erschien.

Atemlos berichtete sie, dass sie zunächst im Haushalt hatte helfen müssen, ehe sie die Erlaubnis bekam, das elterliche Haus zu verlassen. Als sie die Ruine dann endlich erreichte, hätten nur wenige Meter vom Eingang entfernt zwei Nachbarinnen ein intensives Gespräch geführt.

Goldstein nickte. Er hatte Wortfetzen dieser Unterhaltung vernommen. Angesichts der neugierigen Blicke der beiden Frauen war Lisbeth weiter Richtung Bahnhof gelaufen und hatte dort eine halbe Stunde gewartet. Erst jetzt war sie zum Treffpunkt zurückgekehrt.

Goldstein lächelte beruhigend. »Das hast du sehr gut gemacht. Es ist besser für uns beide, wenn niemand von unserem Treffen weiß.«

In der Zwischenzeit hatte der Polizist Zeit genug gehabt, zu überlegen, welche Fragen ihm am dringlichsten erschienen.

»Deine Schwester hatte ein Kettchen getragen. Kannst du mir beschreiben, wie es aussieht? Oder gibt es zufällig eine Fotografie von Agnes, auf der sie die Kette trägt?«

Das Mädchen schüttelte den Kopf. »Wir haben beide die gleiche Kette zur Kommunion geschenkt bekommen. Sie sind aus Gold und daran hängt ein kleines Medaillon, das im Inneren das Hochzeitsfoto unserer Eltern zeigt.«

Eine Kette mit einem Medaillon. Plötzlich wurde Goldstein klar, dass Lisbeth im Plural gesprochen hatte. »Du besitzt die gleiche Kette?«

»Natürlich. Agnes und ich tragen sie immer.«

»Zeigst du sie mir?«

Lisbeth dachte einen Moment nach. »Ja. Aber ich trage sie unter der Bluse. Ich muss den obersten Knopf lösen, um sie abnehmen können. Bitte drehen Sie sich um. Und nicht gucken.«

Goldstein tat, wie geheißen, musste aber schmunzeln. In Berlin tanzten junge Frauen, die nur unwesentlich älter als Lisbeth waren, nackt vor Dutzenden gieriger Männeraugen und hier in der westfälischen Provinz waren die Mädchen zu scheu, einen Knopf zu öffnen, ohne dass ein Mann dabei zusah.

»Sie können sich wieder umdrehen.« Lisbeth hielt ihm, wieder schicklich gekleidet, das Kettchen entgegen. »Hier ist sie.«

Goldstein musterte das Schmuckstück genau, öffnete das Medaillon, prägte sich das Foto ein. Dann gab er die Kette zurück. »Danke. Hast du das Tagebuch deiner Schwester mitgebracht?«

Lisbeth griff in ihre Umhängetasche, zog ein fast quadratisches Buch mit einer Seitenlänge von etwa zwanzig Zentimetern hervor und hielt es Goldstein hin. »Hier.«
Der Polizist nahm das Buch genauer in Augenschein. Es hatte einen Stoffbezug und war mit einem Gurt und einem Verschluss gesichert. Vorsichtig drückte er den kleinen Hebel, um das Schloss zu öffnen. Vergeblich.
»Hast du den Schlüssel?«, fragte er Lisbeth, indem er ihr das Buch zurückgab.
Das Mädchen zog einen kleinen Schlüssel aus der Tasche und steckte ihn in das Schloss. Mit einem fast unhörbaren Klacken sprang es auf. Sie reichte das Tagebuch Goldstein.
Gespannt klappte der Polizist die erste Seite auf.
Die erste Eintragung stammte vom 1. Januar dieses Jahres.
»Seit wann hat deine Schwester Tagebuch geführt?«, erkundigte er sich.
»Das hier ist das erste.«
Goldstein begann zu lesen. Die erste Eintragung beschäftigte sich damit, dass Agnes dem lieben Tagebuch mitteilte, dass sie ab sofort alles darin festhalten würde, was ihr widerfuhr. Am nächsten Tag folgte ein längerer Bericht über einen im Grunde belanglosen Streit mit ihrer Schwester. Schon mit dem dritten Tag wurden die Einträge kürzer. Und keiner enthielt etwas, was Goldstein weiterhalf. Bis zum 15. Januar. Goldstein las:

Montag, 15.1.23
Heute habe ich einen netten französischen Soldaten kennengelernt. Er stand am Börniger Bahnhof und hat L und mich vor anzüglichen Bemerkungen seiner Kameraden in Schutz genommen. Blöde Kerle. Der Soldat spricht sogar ganz gut Deutsch. Er ist ganz anders, als alle über die Franzosen sagen.

Richtig lieb.
Heute Schnee und Frost.

»Warst du dabei, als deine Schwester Julian das erste Mal am Bahnhof getroffen hat?«
Lisbeth nickte.
Mit dem Buchstaben L war also Agnes' Schwester gemeint.

Dienstag, 16.1.23
Vater hat mit mir geschimpft. Ich solle mich nicht mit den Franzosen abgeben. Woher weiß er das? Ob L gequatscht hat? Ich muss zukünftig vorsichtiger sein.
Heute Morgen habe ich W. am Herner Bahnhof getroffen. Zufall, sagt er. Ich weiß nicht, ob das stimmt. Er hat mich bis zum Kaufhaus von AS. begleitet. Da musste er dann weg.
Gerade habe ich mit L gesprochen. Sie hat geschworen, dass sie Vater nichts erzählt hat. Ich glaube ihr. Also hat mich jemand anderer gesehen. Wer? Vielleicht I, die immer hinter den Vorhängen lauert?
Kein Schnee, aber immer noch kalt.

Es schien Stil der Verstorbenen zu sein, die Namen der Personen lediglich durch Buchstaben abzukürzen.
»Wer könnte W sein?«, wollte Goldstein wissen.
Lisbeth zuckte mit den Schultern.
AS. dürfte für Abraham Schafenbrinck stehen, Agnes' Arbeitgeber, überlegte Goldstein. Er hatte von dem Tod des Kaufmanns in französischer Haft gelesen. Und I? Ihm fiel die Nachbarin ein, an deren Seite er Marthas Geburtstagsfeier hatte verbringen müssen. Sie hieß Ilse und schien gut über alle Ereignisse in der Nachbarschaft informiert zu sein. Wahrscheinlich war sie es, die Agnes hier erwähnte.

Mittwoch, 17.1.23
Ärger im Dienst. Suppenschüssel beim Spülen aus der Hand gerutscht und zerbrochen. ES. war ungehalten, das habe ich gemerkt. Geschimpft hat aber eigentlich nur M. Wollte ihr erst entgegnen, dass Mutter besser kocht als sie, habe aber dann nichts gesagt. Hoffentlich erfährt AS. nichts von dem Malheur. Ich möchte die Stelle nicht verlieren.
Frost.

»Weißt du, wie die Frau von Agnes' früherem Chef mit Vornamen heißt?«
»Ja. Ernestine.«
Das passte: ES. »Haben die Schafenbrincks Kinder?«
Lisbeth schüttelte den Kopf.
»Arbeitet jemand in deren Haushalt, dessen Vorname mit M beginnt?«
Sie dachte einen Moment nach. Dann wusste sie die Antwort: »Marianne. Die Köchin.«
Goldstein las weiter:

Freitag, 19.1.23
Gestern keine Zeit zum Schreiben. War bei M. Sie hat mit mir an meinem neuen Kleid genäht. Toll sieht es aus. Ich kann es kaum erwarten, dass es fertig ist und ich es endlich tragen kann. Aber dazu muss es wohl erst wärmer werden. Mit W für morgen verabredet. Freue mich schon.
Wieder Schnee und Frost.

Dieses M stand sicher für Martha. »Hat Martha deiner Schwester ein Kleid genäht?«
Lisbeth nickte erwartungsgemäß.

Samstag, 20.1.23
Freier Tag! Ganz außer der Reihe! Die S. besuchen Verwandte, da haben sie uns allen, bis auf den armen Chauffeur E natürlich, freigegeben.
L wollte unbedingt W und mich begleiten. Manchmal sind kleine Schwestern wirklich lästig. Wir waren in Castrop auf dem Markt. W hat L und mir eine Tasse heiße Schokolade spendiert. Ich habe den Eindruck, dass er sich um mich bemüht. Schmeichelhaft. Aber nicht mehr!!!!
Frost.

Schon wieder W. Aber Lisbeth musste W kennen, das war jetzt klar.

»Kurz bevor deine Schwester ermordet worden ist, wart ihr gemeinsam auf dem Markt in Castrop. Dort hat euch jemand begleitet, dessen Vorname mit W beginnt. Kannst du dich daran erinnern?«

Lisbeths Augen strahlten. »Das war ein schöner Nachmittag. Wilhelm hat uns Schokolade gekauft. Die war vielleicht lecker.«

»Wilhelm?«

»Wilhelm Gleisberg. Ein Nachbar.«

Der Name kam Goldstein bekannt vor. Angestrengt dachte er nach und tatsächlich fiel ihm ein, wo er Wilhelm Gleisberg begegnet war. Er gehörte zu Saborskis Männern.

»Kennst du diesen Wilhelm näher?«

Lisbeth begann sofort, mit blumigen Worten sein Aussehen zu beschreiben. Goldstein musste grinsen. »Du magst ihn, nicht wahr?«

Lisbeth errötete und verstummte.

»Und Agnes? Hat sie ihn auch gemocht?«

Das junge Mädchen seufzte. »Ich weiß nicht genau. Aber sie war schließlich die Ältere.«

Goldstein verstand. Erst musste die große Schwester unter der Haube sein, bevor die jüngere darauf hoffen durfte, dass jemand um ihre Hand anhielt.

Sonntag, 21.1.23
Den netten Soldaten wieder getroffen. Er heißt J und sieht einfach toll aus. Groß, schlank. Kommt aus Nancy. Ich habe später nachgeschaut, wo das liegt. J ist es verboten, sich mit Deutschen zu treffen. Wie mir auch. Ich meine, ich darf mich nicht mit Franzosen treffen. Also müssen wir aufpassen. Wir haben ein Wiedersehen verabredet. Übermorgen Abend.
Tauwetter.

Montag, 22.1.23
W. hat mich am Bahnhof in Börnig erwartet. Er wollte mich unbedingt nach Hause begleiten. Es war mir nicht recht, aber was sollte ich machen? Ein aufdringlicher Kerl. Ich habe den Verdacht, dass er mir auflauert.
Tauwetter.

Seltsam, dachte Goldstein. Erst geht sie mit Wilhelm auf den Markt, dann ist ihr seine Gegenwart unangenehm. Ob das an ihrer neuen Schwärmerei für Julian liegt? Er würde mit Wilhelm Gleisberg sprechen müssen.

Dienstag, 23.1.23
Ich glaube, ich bin verliebt!!!!! J ist einfach süß. Und ich habe auch kein schlechtes Gewissen, dass ich mich in einen Franzosen verguckt habe. Warum auch? Was ist anders an den Franzosen? Was schlimm daran?
Wieder kalt.

Mittwoch, 24.1.23
J und ich haben uns geküsst!!!! Nicht so, wie es Kinder tun. Nein, wie Mann und Frau. Ich liebe ihn, liebe ihn. Ach, J. Warum ist alles nur so kompliziert?
Frost.

Donnerstag, 25.1.23
Mein erster Liebesbrief!! Von J. Ich habe ihn am Abend Dutzend Mal gelesen und werde ihn gut verstecken. Ach, du mein Lieber.
Später W. auf dem Weg getroffen. Ahnt er etwas von meinen Treffen mit J? Er hat so seltsame Bemerkungen gemacht. Vielleicht sollte ich mit Mutter darüber sprechen. Oder besser doch nicht. Sie würde es nicht verstehen.
Frost.

Das war der letzte Eintrag. Am nächsten Tag war Agnes Treppmann ermordet worden.

Goldstein war betroffen. Bisher war die Tote ein Opfer gewesen, das zwar einen Namen hatte, dessen Schicksal ihm aber nicht wirklich nahegegangen war. Die Tagebucheinträge, so knapp sie auch gehalten waren, hoben die Distanz auf. Plötzlich hatte er das Gefühl, Agnes gekannt zu haben. Ihre Träume, Wünsche, Hoffnungen Mit einem Schlag beendet und ausgelöscht. Ihre Liebe zu dem Franzosen, mochte sie auch nicht mehr als eine Schwärmerei gewesen sein: erbarmungslos zerstört.

Goldstein klappte das Buch zu und gab es Lisbeth zurück. »Danke. Du hast mir wirklich sehr geholfen«, sagte er mit belegter Stimme.

42

Mittwoch, 7. März 1923

Wieland Trasse ließ sich in den schweren Sessel fallen, der im Salon der Villa Siegfried Königsgrubers stand, und streckte die Beine aus.

»Cognac?«, fragte der Hausherr, dessen stattlicher Bauch nur unvollständig von dem seidenen Hausmantel verdeckt wurde.

»Gern. Einen doppelten.«

Königsgruber nahm eine Flasche aus dem Schrank.

»Heute bewegt sich der Hausherr selbst?«, spottete Trasse. »Ist das Glöckchen defekt?« Er zeigte auf die Goldglocke, die auf dem Tisch zwischen ihnen stand. »Auch die Tür hast du eigenhändig geöffnet.«

Sein Freund winkte ab. »Das Mädchen hat heute frei.«

»Wie sozial. Es überrascht mich, dass du deinen Hausangestellten mitten in der Woche Urlaub gewährst.«

»Irgendein Todesfall in ihrer Familie. Die Mutter oder so. Was weiß ich.« Königsgruber öffnete die Flasche und goss ein. »Also, warum bist du hier?«

»Du erinnerst dich an unser letztes Gespräch Ende Januar?«

»Natürlich. Du wolltest mir Schafenbrinck vom Hals schaffen. Zwar ist er tot, wie ich gehört habe. Aber das Kaufhausprojekt in Recklinghausen scheint trotzdem realisiert zu werden. Zumindest gehen die Umbauarbeiten weiter.« Er schob den Schwenker zu Trasse und hob selbst sein Glas. »Zum Wohl.«

Der Regierungsrat nahm einen Schluck. »Was würdest du davon halten, den Laden zu übernehmen?«

»Das Kaufhaus in Recklinghausen?«

»Nein. Das gesamte Unternehmen.«

Königsgruber verschluckte sich fast. »Du scherzt.«

»Das fiele mir im Traum nicht ein.«

Königsgruber stellte sein Glas ab. »Erzähle!«, forderte er mit gespannter Aufmerksamkeit.

»Du stehst zu deinem Angebot?«

»Du meinst die zwanzig Prozent?«

Trasse grinste. »Dein Gedächtnis lässt nach, mein Lieber. Ein Viertel der Anteile an deinem Unternehmen. So lautete unsere Vereinbarung.«

»Ja, ja. Schon gut. Also ein Viertel. Du kannst dich darauf verlassen.«

»Du weißt, dass ich keinen Grund habe, an deinen Worten zu zweifeln.«

»Eben. Deshalb ...«

Trasse schnitt Königsgruber mit einer Handbewegung das Wort ab. »Deshalb werden wir beide einen notariellen Vertrag schließen, der mir die Besitzanteile überträgt, sobald du Schafenbrincks Firma übernommen hast. Das heißt, dass auch ein Viertel der Anteile an den Kaufhäusern mir gehören wird. Du hast doch nichts dagegen?« Der Regierungsrat grinste breit.

»Natürlich nicht«, erwiderte sein Freund schmallippig und griff wieder zu seinem Glas. »Nun lass hören.«

»Ich habe mit Frau Schafenbrinck gesprochen. Die Frau mag in der Lage sein, ein Damenkränzchen zu leiten, versteht aber von geschäftlichen Dingen glücklicherweise so gut wie nichts. Allerdings vertraut sie mir. Schafenbrincks Unternehmen steckt in Geldschwierigkeiten.«

»Wer tut das nicht in diesen Zeiten«, brummte Königsgruber.

»Die Firma benötigt dringend eine Finanzspritze. Ich habe ihr geraten, fünfundvierzig Prozent zu verkaufen. Und zwar im Juni. Den Vertrag schließen wir allerdings bereits in den nächsten Tagen. Ich habe die Firma taxieren lassen. Mit aller Diskretion, versteht sich. Meine Beamten schätzen den Wert des Unternehmens auf etwa einhunderttausend Dollar. Beim gegenwärtigen Wechselkurs sind das rund zweieinhalb Milliarden Reichsmark. Du kannst also für eine Milliarde die fünfundvierzig Prozent erwerben, zahlbar im Juni. In Reichsmark. Alles klar?«

»Woher soll ich im Juni eine solche Menge Geld nehmen? Ich kann doch schon jetzt meinen Verpflichtungen kaum nachkommen.«

Trasse schüttelte den Kopf. »Wir haben bei unserem letzten Treffen ausgiebig darüber gesprochen.«

»Da hatte ich zu viel getrunken«, räumte Königsgruber ein.

»Na gut. Dann noch mal: Ich habe dir damals versucht zu erklären, dass die Politik der Reichsregierung direkt in den Staatsbankrott führt. Die Inflation wird astronomische Ausmaße erreichen. Möglicherweise steckst du dir im Juni mit einem Schein über eine Milliarde deine Zigarre an. Wie auch immer, du bekommst den Laden zu einem Spottpreis.«

»Aber das weiß die Regierung doch auch. Steuert sie nicht gegen?«

»Solange die Franzosen hier sind und der passive Widerstand vom Reich finanziert werden muss, tut sich nichts. Und so wie es aussieht, wird die Besatzung noch etwas andauern. Natürlich muss die Reichsregierung irgendwann reagieren. Sie wird dies auch sicher tun. Aber garantiert nicht vor Herbst. Möglicherweise wird es sogar noch länger dauern.«

»Ein solcher Kaufvertrag muss vor einem Notar geschlossen werden. Und der ist verpflichtet, die Parteien über die Risiken aufzuklären.«

»Stimmt. Aber es gibt zwei Gründe, warum uns das nicht zu interessieren hat.«

»Und welche?«

Trasse berichtete ihm von der Unterhaltung mit Ernestine Schafenbrinck und den Halbwahrheiten, die er ihr aufgetischt hatte. Sie würde, da war er sich sicher, bereitwillig jede Erklärung unterschreiben, die ihr ein Notar vorlegen würde.

Königsgruber fragte nach dem zweiten Grund.

»Ich habe ihr einen Notar empfohlen. Sie wird meinem Rat folgen. Er ist Mitglied meiner Partei.«

»Also Nationalsozialist.«

»Genau. Und Frau Schafenbrinck ist Jüdin. Der Mann wird sie also in unserem Sinne beraten.«

»Das ist sicher?«

»So sicher wie der Tod.«

Königsgruber dachte schon weiter. »Gut, ich habe also die fünfundvierzig Prozent und dann ...«

»Genau. Im Juni gehört uns fast die Hälfte der Firma. Das Kaufhaus benötigt aber spätestens im Oktober die erforderlichen Finanzmittel, um die Eröffnung des Hauses in Recklinghausen Anfang nächsten Jahres nicht zu gefährden. Allerdings wird Schafenbrinck diese Mittel nicht aufbringen können, denn alles, was an die Firma zu zahlen ist, wird wegen der Inflation wertlos sein. Im Kaufvertrag wird es aber eine Klausel geben, die es beiden Parteien ermöglicht, den Anteil der jeweils anderen zu erwerben, wenn dadurch die Zukunft des Unternehmens gesichert werden kann. Ich habe Ernestine Schafenbrinck überzeugt, dass eine solche Klausel ganz in ihrem Interesse ist. Sie glaubt, mit dem Geld, das du ihr schuldest, im Oktober die Anteile von dir zurückkaufen zu können.«

»Aber wie sollen wir den Rest finanzieren? Im Juni wird sie wissen, dass wir sie übervorteilt haben.«

»Sicher. Aber was soll sie machen?«

»Den Vertrag anfechten!«

»Eine notariellen Kaufvertrag? Damit kommt sie nicht durch.«

»Sie kann dich beschuldigen, sie falsch beraten zu haben.«

»Der Notar wird etwas anderes bestätigen. Und wenn es hart auf hart kommt, steht ihre Aussage gegen unsere. Ein Notar und ein hoher Finanzbeamter, beides Deutsche, beschwören ihre Aussage. Dagegen steht das Wort einer Jüdin.« Trasse spuckte die letzten Worte fast aus. »Wem wird man glauben?«

Königsgruber nickte langsam. »Aber das klärt immer noch nicht die Frage der Finanzierung.«

»Ganz einfach. Du nimmst einen Kredit auf.«

»Wer gibt mir denn noch einen Kredit?«

»Darum werde ich mich kümmern, wenn es so weit ist. Eins nach dem anderen. Mach dir keine Sorgen. Am Ende des Jahres gehört das Kaufhaus Schafenbrinck uns. Dann wird es endlich ein rein deutsches Kaufhaus sein.«

Königsgruber hielt die Flasche hoch. »Möchtest du noch einen?«

»Nein, danke. Aber ein Kaffee wäre nicht schlecht.«

Der Hausherr verzog das Gesicht. »Wie denn, ohne Personal?«

Trasse lachte auf. »Dann eben noch einen Cognac.«

Sein Freund schenkte nach. »Ich hätte da noch eine Kleinigkeit mit dir zu besprechen.«

»Und die wäre?«

»Es ist ein wenig delikat.«

»Eine Frauengeschichte? Lass hören!«

Königsgruber wehrte ab. »Nein, nein.« Er machte eine kurze Pause und trank. »Du weißt, dass es mit meiner Fabrik momentan nicht allzu gut läuft.«

»Ja, sicher. Und?«

»Ich musste mir neue Absatzmärkte suchen.«

»Vernünftig.«

»Und da bin ich mit den Franzosen ins Geschäft gekommen.«

Trasse stellte das Glas so heftig auf den Eichentisch, dass Cognac überschwappte. »Du machst Geschäfte mit den Besatzern? Du, ein deutscher Industrieller, arbeitest mit den Feinden unseres Volkes zusammen?«, fragte er entgeistert.

Kleinlaut antwortete Königsgruber: »Was sollte ich denn machen? Mir steht das Wasser bis zum Hals.«

»Warum erzählst du mir das jetzt?«, blaffte ihn Trasse an.

»Ich benötige deine Hilfe. Irgendjemand ist dahintergekommen, dass ich an die französischen Militärbehörden Töpfe, Pfannen und andere Metallwaren geliefert habe.« Er ging zu einem Sekretär, öffnete eine der Schubladen und zog ein Stück Papier hervor. »Dieses Schreiben lag gestern in meinem Briefkasten. Anonym, versteht sich.« Laut las er vor: »*Wer mit den Besatzern paktiert, ist ein Vaterlandsverräter. Und Vaterlandsverräter straft das deutsche Volk. Sie verdienen nur eines: den Tod.* Unterschrieben ist der Zettel mit *Überwachungsausschuss zur Wahrung der deutschen Würde, Ortsgruppe Recklinghausen.*«

»Und inwiefern sollte ich dir in dieser Sache helfen können?«

»Du könntest die Kerle zurückbeordern.«

»Wie kommst du darauf, dass ich das könnte?«

»Na hör mal. Das pfeifen doch die Spatzen von den Dächern. Bei dir laufen alle Fäden zusammen.«

»Du solltest in Erwägung ziehen, dass du dich irrst. Aber selbst wenn es so wäre, wie du sagst, dürfte es nicht so einfach sein, die Feme von deiner Unschuld zu überzeugen. Schließlich hast du mir gegenüber ja gerade den erhobenen Vorwurf als richtig bestätigt.«

»Aber ich bin doch dein Freund«, flehte Königsgruber. »Du kannst mich doch nicht im Stich lassen.«

»Wer sagt denn, dass ich das tue?« Trasse griff zum Cognacschwenker.

»Du hilfst mir also?« Ein Hoffnungsschimmer überzog das Gesicht des Hausherrn.

»Wenn du auch mir zur Seite stehst, natürlich.«

»Ich tue alles, was du willst.«

Trasse lächelte. »Mein Anteil an deiner Firma steigt auf dreißig Prozent. Außerdem trittst du in die NSDAP ein und spendest jedes Jahr mindestens zehntausend Reichsmark.« Und als ob er die Gedanken Königsgrubers lesen könnte, ergänzte er: »Inflationsbereinigt, versteht sich.«

Königsgruber stöhnte: »Du bist ein verdammter Erpresser, weißt du das?« Er sprang auf, lief auf und ab und setzte sich, ruhiger geworden, schließlich wieder. »Na gut. Du hast gewonnen. Ich akzeptiere. Was ist mit meinen Verkäufen?«

Regierungsrat Trasse nickte bedächtig. »Deine Geschäfte mit den Franzosen kannst du selbstverständlich weiter betreiben. Aber sei bitte etwas vorsichtiger. Sonst wird es auch mir schwerfallen, deinen Hals zu retten.« Trasse jubilierte innerlich. Zukünftig würde Königsgruber Wachs in seinen Händen sein. Sein Plan war aufgegangen.

43

Donnerstag, 8. März 1923

Schweißnass wachte Goldstein auf. Seine Unterlippe und Zunge schmerzten. Er hatte sie sich wieder im Schlaf wund gebissen. Dieser Traum! Das Kreischen der Schrapnelle, das

Heulen der Granaten. Und immer wieder das Gesicht des sterbenden Kameraden, seine letzten Worte.

Er versuchte, die Erinnerung zu verdrängen, und entschloss sich, später Ilse Suttkowski aufzusuchen.

»Is ja gut. Immer langsam mit die jungen Pferde«, hörte er eine Frauenstimme schimpfen, nachdem er zum zweiten Mal, jedoch etwas heftiger als vorher, an die Tür geklopft hatte.

Ilse Suttkowski öffnete, einen kleinen Jungen auf dem linken Arm. »Ja?«, fragte sie in dem Tonfall, den Menschen benutzen, wenn sie bei einer wichtigen Beschäftigung gestört werden.

»Guten Morgen. Ich würde mich gerne etwas mit Ihnen unterhalten.«

Sie schien einen Moment heftig nachzudenken. Dann hatte sie sich zu einer Antwort durchgerungen. »Meinetwegen. Abba ich bin am Kochen ...«

Goldstein beeilte sich zu versichern, dass ihn das nicht störe.

»Dann kommen Se ma rein.« Die Frau trat einen Schritt beiseite.

Im Haus roch es intensiv nach Kohl. Am Ende des halbdunklen Flures standen drei weitere Kinder, wie Flöten aufgereiht und nach Größe sortiert.

»Die Älteste is inne Schule«, erklärte Ilse Suttkowski, die Goldsteins Interesse bemerkte. »Und mein Mann is auf Schicht.« Mit einer Handbewegung forderte sie ihn auf, die Küche zu betreten. »Es is noch wat kalter Tee da, wenn Se möchten.«

Goldstein lehnte dankend ab.

Sie griff zu einem Kochlöffel, das Kind immer noch auf dem Arm, und rührte in einem großen Topf, der auf dem Herd stand. »Kappes mit Speck«, erläuterte sie. »Mit Kartoffeln. Mach ich immer für zwei, drei Tage. Is dann nich so viel Arbeit, auch mit die Blagen hier.« Sie drehte sich zu Goldstein um und setzte den Kleinen auf eine Decke, die in einer Ecke auf dem Boden lag. Der brach prompt in lautes Geschrei aus. »Kümmert euch um euren Bruder«, rief die Mutter den anderen Kindern zu, die immer noch im Türrahmen standen und Goldstein schüchterne Blicke zuwarfen. Endlich wischte sich Ilse Suttkowski die Hände an der Schürze ab, zog einen Stuhl am Küchentisch zurecht und nahm darauf Platz. »Nun stehn Se da nich rum, wie bestellt un nich abgeholt. Setzen Se sich endlich. Un dann erzähl'n Se ma, wat Se von mir wollen.«

Goldstein folgte der Aufforderung. Er hatte sich dazu durchgerungen, Ilse Suttkowski reinen Wein einzuschenken. Wenn ohnehin die halbe Siedlung von seiner wahren Identität wusste, war es sinnlos, weiter den Schraubenverkäufer zu spielen. Er war auf die Solidarität seiner Landsleute und auf deren Schweigen angewiesen. »Ich bin Polizist und ...«

»Schon gehört. Also?«

»Auf Marthas Geburtstagsfeier haben Sie ein paar Andeutungen gemacht.«

»Wat denn?« Sie grinste schelmisch. »Ich quatsch 'n bisken viel. Dürfen Se nich allet wörtlich nehm.«

Goldstein seufzte. »Kennen Sie Wilhelm Gleisberg?«

»Den Wilhelm? Un ob ich den kenne. Wohnt drüben inne Barresstraße. Hat hier immer rumscharwenzelt.«

»Wie meinen Sie das?«

»Mensch, dat weiß doch jeder hier inne Siedlung. Der war scharf wie Lumpi auf die kleine Treppmann.«

»Auf Agnes?«

»Genau.« Sie kicherte. »Se hatten abba nich rangelassen. Zumindest soweit ich weiß. Abba dat hat ihn nich gestört. Sah jedenfalls so aus. Allet hat er versucht, um doch noch bei ihr zu landen. Eigentlich ein netten Kerl, der Wilhelm. Bisken unerfahren vielleicht, abba ein netten Kerl. Un altersmäßig hätte er gut zur Agnes gepasst.«

»Hat sich an dem Verhältnis der beiden in letzter Zeit etwas geändert?«

»Nee. Nich dat ich wüsste. War allet so wie immer. Agnes war freundlich zu Wilhelm, is mit ihm bummeln gegangen, also, mir is da nix aufgefallen.«

»Könnte Wilhelm etwas mit dem Tod von Agnes ...«

Ilse Suttkowski lachte laut auf. »Wilhelm? Nie im Leben. Der war so wat von verknallt inne Agnes, der hätte die auf Händen getragen. Also hörn Se bloß auf mit so wat. Oder hat Ihnen jemand wat erzählt?« Sie beugte sich zu Goldstein hinüber. Eine Wolke aus Schweiß, Küchendämpfen und billiger Seife schlug ihm entgegen. »Wer denn? Kommen Se, erzähln Se ma.«

»Nein, mit mir hat niemand über Wilhelm Gleisberg gesprochen. Das war nur so eine Vermutung.«

Sie wirkte enttäuscht. »Schade. Dat hätt ich doch zu gerne gewusst.«

»Können Sie sich einen Grund dafür vorstellen, dass Wilhelm eifersüchtig gewesen ist?«

»Der Wilhelm? Eifersüchtig? Auf den Kerl?« Sie hielt sich erschrocken die Hand vor den Mund.

Goldstein fühlte, wie sich seine Nackenhaare aufrichteten. »Was sagen Sie da? Gab es noch jemanden, der sich um Agnes bemühte?«

Sie stand auf, ging zum Herd und rührte geschäftig in dem Topf.

»Nun antworten Sie doch«, bat Goldstein.

Ilse Suttkowski drehte sich abrupt um. »Warum kann ich auch mein blödes Schandmaul nich halten. Ich sach nix mehr.«

»Ich bin Polizist, der in einem Mordfall ermittelt. Sie müssen mir Auskunft erteilen.«

Ilse Suttkowski lachte schrill. »War dat 'ne Drohung? Dat ich nich lache. Wat wolln Se denn machen? Die Franzmänner holen oder wat?«

»Ewig wird die Besatzung nicht dauern.« Goldstein wusste, dass das ein schwaches Argument war.

»Dann könn Se ja ma wiederkomm.«

»Es hat ganz den Anschein, als ob Sie jemanden decken wollen«, antwortete Goldstein scharf. »Ihr Verhalten ist strafbar.«

Die Frau baute sich vor dem Polizisten auf. »Hörn Se ma zu. Die Mörder von der Agnes waren Franzosen. Dat is für mich klar. Un allet andere geht Se nix an, verstanden? Agnes is tot. Un über Tote soll man nich schlecht reden. Auch nich über andere. Gezz sollten Se besser gehen.«

»Aber ...«

»Fragen Se Ihre Freundin. Vielleicht weiß die ja wat.« Sie zog ihn am Ärmel. »Un gezz raus hier.«

Goldstein war sich sicher, nichts mehr von Ilse Suttkowski zu erfahren. Also gab er auf und verließ grußlos das Haus.

Auf der anderen Straßenseite entdeckte er Lisbeth. Für einen Moment zögerte er, dann ging er zu ihr hinüber. Warum sollte er sich jetzt noch tarnen?

»Ich habe auf Sie gewartet«, raunte ihm das Mädchen zu. »Ich habe Sie an unserem Haus vorbeilaufen sehen und bin Ihnen gefolgt. Sollen wir uns wieder in der Ruine treffen?«

»Ich glaube, dass wird nicht mehr nötig sein. Warum hast du nicht einfach bei Suttkowskis geklopft? Du kennst eure Nachbarn doch gut.«

»Das schon. Aber meine Familie redet eigentlich nicht mehr mit denen.«

»Und warum nicht?«

»Die Ilse tratscht. Und jetzt, seit Agnes tot ist ...«
»Ja?«
»Ach, sie hat ihr alle möglichen Affären angedichtet. Allerdings nicht nur ihr. Auch Martha. Und anderen Nachbarsfrauen. Niemand ist vor ihrer spitzen Zunge sicher.«
»Affären? Was hat sie denn Agnes für eine Affäre angedichtet?«
»Wilhelm zum Beispiel.«
»Du sagst zum Beispiel. Gab es noch jemanden?«
»Ach, sie hat eben schlecht geredet. Agnes hat immer gesagt, Ilse sei eine Krauthacke. Nur mir hat sie noch kein Verhältnis unterstellt«, setzte Lisbeth kokett hinzu und machte eine Kopfbewegung in Richtung des Hauses, das Goldstein gerade verlassen hatte. »Kann aber noch werden.«
Der Polizist drehte sich um und sah prompt Ilse Suttkowskis Kopf hinter der Gardine verschwinden.
»Sehen Sie? Sie dürfen sich nicht wundern, wenn Sie morgen hören, dass wir ein Paar sind.« Die Siebzehnjährige lächelte Goldstein an.
Erstmalig betrachtete der Polizist das Mädchen nicht unter dem Aspekt, dass er eine Zeugin vor sich hatte. Schlank, dunkelblond, hochgesteckte Haare. Gleichmäßige, feine Gesichtszüge und grüngraue Augen. Augen, in denen man versinken konnte. Lisbeth war eine attraktive junge Frau. Goldstein ertappte sich dabei, dass er sie mit Martha verglich. Lisbeths unbekümmertes Wesen, ihre Offenheit unterschieden sich wohltuend von der Martha, die ihm in den letzten Tagen so abweisend gegenübergetreten war. Wie es wohl wäre, Lisbeths Haar zu streicheln und sie in den Arm zu nehmen? Was er wohl zu sehen bekäme, wenn sie mehr als nur einen Knopf ihrer Bluse für ihn öffnen würde?
»Fünf Pfennig für Ihre Gedanken«, rief sie und holte ihn in die Realität zurück.

Er räusperte sich. »Warum bist du mir gefolgt?«

»Ach, ich weiß nicht, ob das wichtig ist. Aber ich habe mir Agnes' Tagebucheintragungen noch einmal genau angesehen.« Sie zog das Buch hervor.

»Ich glaube, es ist besser, wenn wir das nicht hier auf der Straße machen.«

»Dann gehen wir zu Martha. Ist sie zu Hause?«

»Ich glaube nicht.«

»Egal. Sie wird schon nichts dagegen haben.«

In Marthas Küche öffnete Lisbeth das Buch. »Schauen Sie, hier.« Sie zeigte mit dem Finger auf den Eintrag, in dem die Person namens W zum ersten Mal erwähnt wurde. »Sehen Sie?«

Goldstein las erneut Agnes' kindliche Handschrift: *Heute Morgen habe ich W. am Herner Bahnhof getroffen.* »Ja, und?« Er fand nichts Besonderes an diesem Satz.

»Lesen Sie, wo Agnes beschreibt, wie wir mit Wilhelm in Castrop waren.«

Goldstein folgte der Aufforderung und zitierte: »*Wir waren in Castrop auf dem Markt. W hat L und mir eine Tasse heiße Schokolade spendiert.* Ich weiß nicht, worauf du hinauswillst.«

»Sie sind aber begriffsstutzig. Sie sollen nicht vorlesen, sondern lesen. Fällt Ihnen an den beiden Buchstaben W nichts auf?«

Er stierte auf die Seiten. »Wenn ich ehrlich bin, nein.«

Lisbeth schüttelte den Kopf. »Im ersten Fall hat Agnes den Buchstaben W mit einem Punkt versehen. Im zweiten nicht.«

»Sicher ein Zufall.«

»Das glaube ich nicht. Lesen Sie weiter.«

Lisbeth hatte recht. So wie es aussah, verbarg sich hinter ohne Punkt Wilhelm Gleisberg, hinter W mit Punkt aber eine andere Person.

»Alle, die Agnes beim Vornamen nannte oder duzte«, dozierte Lisbeth, »werden ohne einen Punkt abgekürzt. Aber Herr Schafenbrinck zum Beispiel wird als AS. bezeichnet.«

Aufgeregt las Goldstein weiter, hörte aber schon nach wenigen Sätzen wieder auf. »Nein. Deine Theorie kann nicht stimmen.« Er zeigte auf einen der nächsten Sätze. *Mein erster Liebesbrief!! Von J.* stand da.

»Wieso?«

»Sie schreibt J mit einem Punkt. Und sie wird Julian ja wohl geduzt haben, oder? Und hier. Auch mit Punkt. *Ach, J. Warum ist alles nur so kompliziert?* Eine schöne Theorie. Leider stimmt sie nicht.« Als Goldstein dem Mädchen das Buch zurückgeben wollte, stutzte er. »Warte. Natürlich, das ist jeweils ein Satzende. Da muss tatsächlich ein Punkt hin.«

Lisbeth schaute triumphierend.

Goldstein schaute erneut auf die Seiten. An Lisbeths Entdeckung konnte etwas dran sein. Die beiden W standen möglicherweise für zwei verschiedene Personen. Das würde erklären, warum sich Agnes über die Ws mal positiv, mal negativ geäußert hatte.

Aber für wen stand W mit Punkt?

44

Donnerstag, 8. März 1923

Es donnerte. Colonel Dupont blickte erstaunt aus dem Fenster. Ein Gewitter zog auf. Das erste in diesem Jahr. Eine heftige Sturmböe ließ die Fensterläden klappern. Obwohl die Scheiben in dem Klassenzimmer geschlossen waren, meinte Dupont, den Wind zu spüren.

Der Colonel beobachtete die dunklen Wolken, die sich am Horizont in atemberaubender Geschwindigkeit zu bedrohlich wirkenden Bergen auftürmten. Hinter seinem Rücken betrat jemand den Raum. Dupont drehte sich um.

»Bonjour, messieurs.«

Mit einer Handbewegung lud der Colonel die Nachrichtenoffiziere Capitaine Mirrow und Lieutenant Pialon ein, Platz zu nehmen.

»Wo und wann wurde die Leiche gefunden?«, eröffnete der Colonel ohne weitere Vorrede die Besprechung. Er goss Wasser in ein Glas, hob fragend die Flasche und stellte sie, nachdem die anderen beiden Offiziere den Kopf geschüttelt hatten, wieder auf den Eichentisch. »Der Nachschub an Wein ist leider ins Stocken gekommen«, erklärte er schmerzlich lächelnd. »Ich hoffe, dieser Engpass wird bald behoben sein. Also?«

Mirrow ergriff das Wort. »Vor zwei Tagen in einem Waldstück südlich der Zeche Mont-Cenis. In der Nähe des Kaiser-Wilhelm-Turms.«

»Wer hat sie entdeckt?«

»Spielende Kinder. Sie haben die Polizeistation in Sodingen informiert. Ich selbst war bei der Bergung der Leiche zugegen.«

»Berichten Sie.«

»Bei dem Toten handelt es sich um einen Arbeiter namens Karl Soltau. Er wurde achtunddreißig Jahre alt, wie wir aus seinen Ausweispapieren wissen, die er zum Glück bei sich trug. In seiner Tasche fanden sich etwas Kleingeld sowie eine schwere, goldene Uhr. Es sieht also so aus, als ob es sich nicht um Raubmord handelt. Die Tat liegt nicht länger als drei, vier Tage zurück, meint der Arzt.«

Lieutenant Pialon übernahm das Gespräch. »Der Mann wurde erschossen. Wahrscheinlich aber nicht am Fundort der Leiche. Wir haben seine Wohnung durchsucht. Dort haben wir ebenfalls keine Tatspuren finden können. Stattdessen ...«

Dupont griff erneut zum Wasserglas und unterbrach ihn. »Warum machen Sie sich so viel Mühe mit einem toten Deutschen, meine Herren?«

Auf diese Frage hatte Capitaine Mirrow gewartet. »Soltau ist kein Unbekannter. Er war einer der Zeugen im Mordfall Treppmann«, erwiderte er.

»Tatsächlich?«

»Ja.« Mirrow kostete die Überraschung seines Vorgesetzten aus. »Gemeinsam mit einem Adolf Schneider. Beide haben behauptet, zwei unserer Soldaten zur Tatzeit in der Nähe des Tatortes gesehen zu haben. Außerdem haben die beiden das Koppel gefunden, mit dem das Mädchen angeblich erdrosselt wurde.«

»Sehen Sie einen Zusammenhang zwischen den beiden Morden?«, fragte der Colonel interessiert.

»Wir sind uns nicht sicher.« Capitaine Mirrow bat nun doch um Wasser, schenkte sich ein und trank einen Schluck. »Auffällig ist die zeitliche Nähe zwischen beiden Taten. Natürlich kann das Zufall sein. Aber Soltau wurde nicht ausgeraubt und er wurde mit einem Kopfschuss aus nächster Nähe regelrecht hingerichtet. Meiner Ansicht nach schließt das eine Affekttat aus. Seine Leiche wurde vom noch unbekannten Tat- zum Fundort geschafft. Dafür benötigte der oder die Täter einen Karren oder ein anderes Transportmittel. Es handelt sich also um eine von langer Hand geplante Tat. Nur: Was ist das Motiv?«

»Sollte ein Mitwisser ausgeschaltet werden?«

»Denkbar«, antwortete Pialon. »Aber ich möchte noch einmal auf die Durchsuchungsergebnisse von Soltaus Wohnung zurückkommen.«

»Bitte.« Dupont lehnte sich zurück.

Der Lieutenant griff zu einer Aktentasche, die neben ihm auf dem Boden stand, und zog mehrere Dokumente hervor. Demonstrativ langsam breitete er sie vor dem Colonel aus. »Bei den Flugblättern, die Sie hier sehen, handelt es sich um eine fast komplette Sammlung aller Pamphlete, die in den letzten Wochen in Herne und Umgebung aufgetaucht sind.«

»Sie werden solche Schmähschriften in vielen deutschen Haushalten finden«, entgegnete Dupont, nicht besonders beeindruckt.

»Da dürften Sie recht haben. Aber von jedem Exemplar rund hundert Stück?«, antwortete Pialon triumphierend. »Dazu haben wir eine ansehnliche Sammlung von Handfeuerwaffen entdeckt und ein gutes Dutzend Plakate.«

»Das ist in der Tat ungewöhnlich«, räumte sein Vorgesetzter ein. »Soltau gehörte also Ihrer Meinung nach zum hiesigen Widerstand?«

»Genau.«

Colonel Dupont verzog das Gesicht zu einem schiefen Grinsen. »Dann beginnen diese angeblichen Patrioten damit, sich gegenseitig auszuschalten. Das erspart uns eine Menge Arbeit. Warum sollen wir uns also die Hände schmutzig machen?« Als er die erstaunten Gesichter seiner Untergebenen sah, korrigierte er sich. »So war das natürlich nicht gemeint. Selbstverständlich werden wir diesen Fall besonders gründlich untersuchen. Was schlagen Sie vor?«

»Wir sollten uns eingehend mit Adolf Schneider unterhalten. Wie Soltau hat er gegen unsere Soldaten ausgesagt. Vermutlich gehört er ebenfalls zum Umfeld der deutschen Nationalisten. Vielleicht kommen wir über ihn an die Hintermänner heran. Unser Informant hat ja leider bisher noch nicht viel Brauchbares geliefert.«

»Falls Sie Trasse meinen, sehe ich das etwas anders. Immerhin haben wir durch ihn das Attentat auf die Brücke in Bladenhorst aufklären können«, entgegnete Colonel Dupont.

Capitaine Mirrow, der schon seit Jahren mit Dupont zusammenarbeitete und deshalb seinen Chef sehr gut kannte, zögerte einen Augenblick, konnte sich aber die Bemerkung dann doch nicht verkneifen. »Bei allem Respekt«, sagte er, »aber das glauben Sie doch wohl selbst nicht.«

Der Colonel schwieg einen Moment. »Einverstanden«, sagte er schließlich. »Holen Sie sich diesen Schneider.«

45

Donnerstag, 8. März 1923

Mehr als drei Wochen war es nun schon her, dass seine Agnes beerdigt worden war. Und mit jedem Tag, der verstrich, wuchs in Hermann Treppmann der Hass. Hatte er zunächst allein den beiden Soldaten, die vor dem Militärgericht gestanden hatten, den Tod gewünscht, verspürte er inzwischen gegenüber allen französischen Soldaten einen unbändigen Zorn. Ja, sie alle waren verantwortlich für den Tod seiner Tochter!

Doch einen Vergeltungszug aus dem Hinterhalt zu beginnen, hatte sich als unmöglich erwiesen. Er war einfach nicht an eine Waffe oder Sprengstoff herangekommen. Treppmann vermutete, dass Saborski seinen Leuten verboten hatte, ihm zu helfen. Wahrscheinlich wollten Saborskis Hinterleute nicht, dass den Franzosen ein weiterer Grund für Repressalien geliefert wurde.

Diese Erkenntnis brachte Treppmann nicht von seinem Rachegedanken ab. Im Gegenteil, der wurde immer mehr zu einer wahnwitzigen Idee. Schließlich entschied sich Treppmann für ein ganz schlichtes, aber dafür umso leichter durchführbares Vorgehen: Er suchte sich einen Prügel, den er trotz seiner Behinderung gut führen und den er gleichzeitig als Krücke tarnen konnte. Damit würde er sich an einen allein stehenden französischen Posten heranschleichen und dem Soldaten von hinten einen festen Schlag versetzen. Egal, ob der Soldat gleich tot oder nur verletzt war, könnte Treppmann in jedem Fall so den Karabiner in seinen Besitz bringen. Damit würde er es dann mit weiteren Soldaten aufnehmen können. Sollten sie doch alle kommen! Je mehr sich ihm entgegenstellten, umso mehr würde er töten können.

Und heute war es so weit, heute würde er Agnes ermöglichen, ihren Frieden zu finden.

»Ich schau noch eben nach der Ziege«, eröffnete Hermann Treppmann seiner Frau kurz nach dem Mittagessen. »Sie muss noch gemolken werden.« Mit diesen Worten griff er zu seiner Jacke und verließ die Küche durch die Hintertür. Erna hörte, wie ihr Mann den Stall betrat und auf die Ziege einredete. Beruhigt widmete sie sich dem Abwasch.

Treppmann redete in der Tat mit der Ziege, packte jedoch statt des Euters den Holzprügel. Mit dem oben angebrachten Quersteg erinnerte er tatsächlich an eine Krücke. Treppmann klemmte sich das Teil unter den Arm und schlich durch den Garten auf die Straße, Richtung Börniger Bahnhof. Dort würde er ohne Zweifel französische Posten antreffen.

Allerdings hatte er nicht bedacht, dass ausgerechnet jetzt der Nahverkehrszug nach Dortmund in den Bahnhof einlief. Zahlreiche Pendler stiegen ein und natürlich aus, sodass Treppmann sich nicht gleich unbemerkt verbergen konnte.

Doch fünf Minuten später stand Treppmann völlig allein auf dem Bahnsteig. Auch die französische Doppelstreife war nicht mehr zu sehen, nach Abfahrt des Zuges waren die Posten in die Trockenheit des kleinen Schuppens am Bahnsteigende zurückgekehrt.

Hermann Treppmann schaute sich suchend um. Hinter dem Schuppen, in dem die Franzosen Schutz vor dem Regen gesucht hatten, befand sich dichtes Unterholz – ein ideales Versteck und ein idealer Ausgangspunkt, um darauf zu warten, einen einzelnen Soldaten erwischen zu können.

46

Donnerstag, 8. März 1923

Nachdem sich Lisbeth verabschiedet hatte, gingen Goldstein viele Gedanken durch den Kopf. Wer war W.? Verbarg sich dahinter vielleicht der zweite Verehrer, auf den Ilse Suttkowski angespielt hatte?

Goldstein beschloss, die Anregung der geschwätzigen Nachbarin aufzugreifen und Martha zu fragen.

Was sich als keine gute Idee erwies. Nachdem sie zunächst Belanglosigkeiten ausgetauscht hatten, lenkte er das Gespräch auf mögliche Verehrer Agnes'.

Marthas Reaktion war überraschend. Barsch maßregelte sie Goldstein, dass er in ihrem Haus nicht den Polizisten spielen solle. Habe sie ihm nicht schon an ihrem Geburtstag deutlich gemacht, dass ihr das nicht recht sei? Er, so schloss Martha ihre Rede, sei Gast in ihrem Haus. Und er habe sich als solcher zu benehmen. Mit diesen Worten ließ sie ihn stehen.

Goldstein verstand die Welt nicht mehr. Was war nur mit Martha los? Sie, die er als so unkompliziert und pragmatisch kennengelernt hatte. Die ihn doch sogar zunächst bereitwillig bei seinen Ermittlungen unterstützt hatte. Jedenfalls kam er bei Martha im Moment nicht weiter. Er überlegte und beschloss, sich als Nächstes mit Wilhelm Gleisberg zu unterhalten.

Um kurz vor zwei Uhr fand sich der Polizist schräg gegenüber dem Zechentor ein. Von Lisbeth wusste er, dass Gleisberg in dieser Woche Frühschicht auf Teutoburgia hatte, wo er als Gedingeschlepper arbeitete.

Dieses Mal standen die Militärposten direkt am Tor, sechs Soldaten, angeführt von einem Offizier. Wahrscheinlich sollte die sichtbare militärische Präsenz jeden Gedanken an einen Streik unterbinden. Wobei die Aufrufe zur Arbeitsniederlegung auf den Herner Schachtanlagen sowieso nur noch verhalten erfolgten. Zum einen konnte der Betrieb nie zur Gänze eingestellt werden, denn wenn die Entwässerungspumpen ausfielen, würde der Pütt absaufen. Zum anderen litt auch die Bevölkerung unter den Streiks. Die Leute brauchten Kohlen zum Heizen und Kochen, darüber hinaus war das von der Reichsregierung zugesicherte Streikgeld deutlich geringer als der Gedingelohn, den die Zechen zahlten. Außerdem verlor das Geld täglich mehr an Wert.

Goldstein schlug den Jackenkragen höher und hielt sich etwas abseits, darauf hoffend, dass die Soldaten nicht auf ihn aufmerksam würden. Die Warnungen von Marthas Bruder hatten ihn doch mehr beunruhigt, als er es sich selbst eingestehen wollte.

Der Polizist musste nicht lange warten. Das Tor öffnete sich und Gleisberg verließ, mit Kameraden herumscherzend, das Zechengelände.

Goldstein trat an ihn heran. »Guten Tag. Könnte ich Sie vielleicht einen Moment sprechen?«, fragte er leise.

»Dat heißt Glück auf«, mischte sich einer von Gleisbergs Begleitern ein, setzte seinen Weg aber fort.

Gleisberg dagegen blieb überrascht stehen. »Ja, weshalb denn?«, fragte er verunsichert.

Goldstein warf einen verstohlenen Blick zu den französischen Posten, die sie aber nach wie vor nicht beachteten. »Könnten wir vielleicht an anderer Stelle …?«

Gleisberg verstand. »Klar. Natürlich. Kommen Sie.« Er zog Goldstein mit sich. »Gehen wir zu mir. Is nicht weit.«

Gleisberg wohnte am östlichen Ende der Teutoburgia-Siedlung. Er zeigte auf eines der typischen Siedlungshäuser. »Da wohne ich. Ich habe eine Kammer unter dem Dach. Wir können uns aber auch in die Küche setzen. Meine Vermieter kommen erst spät von der Arbeit und Kinder haben die beiden nicht.«

Er öffnete die Tür und sie betraten das Haus. Gleisberg führte Goldstein in die Küche und schaute als Erstes nach dem Küchenherd. Nachdem er etwas Kohle nachgeschüttet hatte, stocherte er mit dem Schürhaken in der Glut, um sie anzufachen. Wenig später strahlte der Ofen wohlige Wärme aus.

»Also, worüber wollen Sie mit mir sprechen?«, begann Gleisberg.

»Ich will nicht um den heißen Brei herumreden. Sie haben Agnes Treppmann den Hof gemacht?«

Gleisberg schwieg lange. »Wenn Sie das so bezeichnen wollen, ja. Aber ich hatte keine Chance. Zumindest nicht mehr kurz vor ihrem Tod. Da war ich vollständig abgemeldet.«

»Wissen Sie, warum?«

»Jemand anderer, vermute ich.«

»Agnes hat mit Ihnen nicht darüber gesprochen?«

Gleisberg schüttelte den Kopf.

»Waren Sie enttäuscht?«

»Ja, natürlich.« Er holte tief Luft. »Aber wenn Sie damit andeuten wollten, dass ich sie deshalb ermordet haben könnte, irren Sie sich. Ich habe Agnes wirklich gerngehabt.«

»Nur gerngehabt? Nicht mehr?«

Der junge Bergmann runzelte die Stirn. »Vielleicht. Ich fand sie toll, habe mich in ihrer Gegenwart immer wohlgefühlt. Ich kannte sie schließlich schon, seit ich Kind war. Anfangs war sie für mich eher wie eine Schwester. Später wurde das anders. Ja, vielleicht habe ich sie wirklich geliebt.«

Goldstein versuchte, in den Gesichtszügen seines Gegenübers die Wahrheit zu lesen. »Dann müssen Sie doch eifersüchtig auf den Unbekannten gewesen sein?«

»Ein wenig. Aber was hätte ich machen sollen?« Gleisberg musterte Goldstein. »Sie glauben mir nicht?«

Goldstein zuckte mit den Schultern. »Wenn ich ehrlich bin, weiß ich nicht, was ich glauben soll. Ich wäre vermutlich höllisch eifersüchtig gewesen.«

»Dann eben nicht. Aber ich kann Agnes gar nicht ermordet haben.«

»Und warum nicht?«

»Ich war auf Schicht. Nachtschicht. Fängt abends um zehn an. Da hat Agnes noch gelebt. Stimmt doch, oder?«

Widerstrebend nickte Goldstein.

»Eben. Ich war bis halb sieben in der Früh unter Tage. Der Fahrsteiger kann das bestätigen. Wir hatten in dieser Nacht einen Bruch. Das Plombieren hat etwas länger gedauert, als wir gedacht haben. Deshalb bin ich sogar eine halbe Stunde über das Schichtende hinaus unter Tage geblieben. Erst gegen sieben habe ich den Pütt verlassen und mich, als ich von Agnes' Verschwinden hörte, sofort an der Suche beteiligt.« Tränen füllten seine Augen. »Wann hätte ich sie umbringen sollen?«

Der Polizist erhob sich langsam und klopfte Gleisberg

aufmunternd auf die Schulter. Er würde Gleisbergs Aussage überprüfen, glaubte aber nicht, dass ihn dieser belogen hatte.

Es hatte begonnen, heftig zu regnen. Goldstein schlug den Kragen hoch und beeilte sich, nach Hause zukommen. Als er sich dem Haus der Treppmanns näherte, wäre ihm beinahe Lisbeth in die Arme gelaufen, die sich ihre Mütze tief ins Gesicht gezogen und ihn daher übersehen hatte.

»Du hast es aber eilig«, lachte er.

»Bitte, helfen Sie mir«, stieß sie atemlos hervor.

Goldstein schaute sie prüfend an. »Was gibt es denn so Dringendes?«

»Mein Vater. Er ist am Bahnhof. Er will dort Franzosen verprügeln. Wenn nicht Schlimmeres!«

»Wie kommst du denn darauf?«, wunderte sich Goldstein.

»Nachbarn haben ihn gesehen.« Lisbeth hing wie eine Klette an seinem Unterarm. »Bitte!«

Die Sorge in ihrer Stimme überzeugte ihn. »In Ordnung.« Er schüttelte ihren Arm ab. »Ich sehe dort nach. Aber du bleibst hier. Verstanden?«

Sie nickte erleichtert. »Ich hole Mutter.«

Goldstein verfiel in einen leichten Trab und erreichte so nach nur wenigen Minuten den kleinen Bahnhof. Etwas atemlos lief er den Bahnsteig entlang, konnte aber weder Treppmann noch französische Soldaten ausmachen. Hatte sich jemand einen schlechten Scherz mit dem Mädchen erlaubt?

Fast hatte er den Bahnsteig schon wieder verlassen, als er hinter sich das Geräusch einer zuschlagenden Tür hörte. Goldstein drehte sich um und sah, wie sich ein Franzose gelangweilt eine Zigarette ansteckte, das Gesicht ihm zugewandt. Und noch etwas bemerkte Goldstein: Aus dem Unterholz hinter dem Soldaten trat Hermann Treppmann hervor, eine Art Krücke in beiden Händen. Gebückt näherte er sich dem Soldaten, richtete sich auf, hob die Krücke hoch über den Kopf und holte zum Schlag aus. Doch irgendetwas hatte den Soldaten gewarnt. Er fuhr herum und riss mit einer raschen Bewegung den Karabiner von der Schulter. Goldstein war schon losgerannt und erreichte den Soldaten in dem Moment, als dieser die Waffe durchlud. Mit einem zweiten Gegner konfrontiert, überlegte der Mann einen Moment zu lange, wer der gefährlichere Angreifer war.

Irgendjemand schrie laut: »Hermann! Nein.«

Dann war Goldstein über dem Franzosen, drückte dessen Gewehr zu Seite. Ein Schuss löste sich. Die beiden Männer fielen zu Boden. Aus den Augenwinkeln verfolgte Goldstein, wie Erna Treppmann auf ihren Mann zulief, ihn packte und mit sich zog.

Der Polizist stieß dem Franzosen das rechtes Knie in den Unterleib, woraufhin dieser laut aufstöhnte und von Goldstein abließ.

Doch mittlerweile war der zweite Soldat der Streife, von dem Schuss alarmiert, aus dem Schuppen geeilt. Einen Moment blickte er verwirrt auf die Szene, dann lud auch er den Karabiner durch. Goldstein sprang auf, machte einen Riesensatz in Richtung seines neuen Gegners und hieb ihm mit aller Kraft die Faust ins Gesicht. Der Soldat schrie auf. Blut spritzte aus seiner Nase. Für einen Moment war er kampfunfähig. Aber Goldstein blieb keine Zeit zum Durchatmen. Von hinten vernahm er ein wütendes Schnauben. Nun stürmte der andere Soldat auf ihn los. Der Polizist wollte nach links ausweichen, aber ein Schlag mit dem Gewehrkolben traf ihn schwer auf der Brust. Rasselnd wich die Luft aus seinen Lungen. Ein zweiter, noch heftigerer Hieb des Soldaten gegen seinen Kopf ließ Goldstein in die Knie gehen. Das Letzte, was er sah, war das wütende Gesicht eines Franzosen.

47

Freitag, 9. März 1923

Sie trafen sich im *Kyffhäuser,* einer Kneipe in der Dortmunder Kampstraße, in der vorzugsweise Homosexuelle verkehrten. Zwar fühlten weder Trasse noch Saborski gleichgeschlechtliche Neigungen, im Gegenteil, Saborski verachtete Homosexuelle aus tiefster Überzeugung. Aber Trasse hielt das Lokal vor allem tagsüber für einen sicheren Ort, da hier eine nur geringe Gefahr bestand, von Dritten erkannt zu werden. Die Besucher der Gaststätte achteten im eigenen Interesse auf Diskretion und zwei Männer, die in einer Nische im Halbdunklen saßen, fielen nicht besonders auf.

Wie Trasse erwartet hatte, war zu dieser Zeit nichts los. Außer dem Wirt hielt sich nur ein weiterer Gast in dem Schankraum auf. Der beschäftigte sich so intensiv mit seinen Bieren und Schnäpsen, dass er sich wahrscheinlich am nächsten Tag an nichts würde erinnern können, schon gar nicht an die beiden Herren mittleren Alters.

»Gab es Probleme mit Soltau?«, erkundigte sich Trasse.

»Hm.«

»Antworte!«

»Nein, keine Probleme«, fuhr ihn Saborski an.

Trasse ignorierte den Ausfall. »Es gab keine Zeugen?«

»Keine außer den Jungs aus Wuppertal.«

»Was hast du ihnen gesagt?«

»Das, was wir besprochen hatten. Ein Verräter müsse liquidiert werden.«

»Gut. Dann bleibt nur noch Schneider. Um den musst du dich als Nächstes kümmern.«

Saborski zog pfeifend die Luft ein. Völlig perplex fragte er: »Schneider? Warum Schneider? Der hat doch nie Schwierigkeiten gemacht! Im Gegenteil. Er führt alle Befehle ohne Zögern aus.«

Trasses stechender Blick sprach Bände. »Ich werde mit dir nicht darüber diskutieren«, sagte er mit ruhiger Stimme. »Du tust, was ich dir sage.«

Saborski schwieg.

Trasse winkte dem Wirt zu und bestellte einen Kurzen und eine Limonade. Als die Getränke auf dem Tisch standen, schob er Saborski den Schnaps zu. »Trink«, ordnete er an.

Saborski kippte den Hochprozentigen und schüttelte sich.

Der Regierungsrat senkte seine Stimme zu einem Flüstern. »Hör genau zu. Ich erkläre es dir nur einmal. Es gibt zwei Gründe, Schneider zu liquidieren. Erstens: Er hat einen Auftrag ausgeführt, der letztlich auch deinen Arsch gerettet hat.«

»Deshalb muss er daran glauben? Versteh ich nicht. Außerdem: Welchen Auftrag meinst du?«

»Warum, glaubst du, haben die Franzosen diesen Juden verhaftet und ihn für die Brückensprengung zur Verantwortung gezogen?«

Als Saborski nicht antwortete, insistierte Trasse erneut. »Na, was meinst du?«

»Keine Ahnung«, brummte Saborski. »Vielleicht brauchten sie schnell einen Schuldigen und haben sich willkürlich für den Juden entschieden. Was weiß ich.«

»Das war keine Willkür. Ich habe ihn General Caron präsentiert. Auf dem Silbertablett. Nur um dich aus der Schusslinie zu bringen. Die Franzosen waren ganz dicht an deiner Gruppe dran.«

Wilfried Saborski machte ein ungläubiges Gesicht. »Wie …?«

»Schneider hat etwas im Keller dieses Juden deponiert, was die Franzosen erwartungsgemäß gefunden haben. Aber nun muss Schneider weg. Er weiß zu viel. Verstehst du?«

»Du hast den Besatzern den Tipp gegeben?«

Trasse nickte selbstzufrieden.

Voller Abscheu sah Saborski ihn an. »Du bist ein Schwein!«, stieß er mit tonloser Stimme hervor.

»Sei vorsichtig, was du sagst«, zischte Trasse. »Sonst überlege ich mir, wie lange dich die *Zentrale Nord* noch braucht.«

»Soll das etwa eine Drohung sein?«

»Natürlich. Wie hat es sich denn sonst angehört?«

»Aha. Wenn ich die Drecksarbeit mit Schneider erledigt habe, bin ich als Nächster an der Reihe. Das wolltest du mir doch sagen, oder?«

Wilfried Saborskis Hand zuckte zu seinem Ledermantel, der über dem Nachbarstuhl hing. In der Innentasche steckte seine Luger.

Doch Trasse war schneller und packte Saborskis Handgelenk. »Du solltest daran nicht einmal denken.« Trasse nippte gelassen an der Limonade. »Wenn du mich erschießt, bekommst du es nicht nur mit der *Zentrale Nord* zu tun, sondern auch mit der französischen Militärgerichtsbarkeit. Dafür werden unsere Kameraden im freien Teil des Reichs sorgen. Entweder du landest vor einem Standgericht und für den Rest deines Lebens in der Sträflingskolonie *Île du Diable* in Französisch-Guayana. Wenn man das dort noch Leben nennen kann. Arbeitest du dagegen weiter mit mir zusammen, baut dir das deutsche Volk nach dem Abzug der Franzosen ein Denkmal. Entscheide dich«, sagte er scharf.

»Du sprachst von zwei Gründen, Schneider zu erledigen. Welcher ist der zweite?«

»Die Franzosen haben Schneider bereits im Visier. Es ist nur eine Frage der Zeit, bis sie ihn hochnehmen. Was meinst du, wie lange wird er den Verhören standhalten? Eine Woche? Zwei Wochen? Dann sind wir beide gefährdet. Schneider ist ein Sicherheitsrisiko.«

»Woher hast du diese Information?«

»Von den Franzosen. Von wem denn sonst?«

»Das haben sie dir gesagt?« Wilfried Saborski blieb misstrauisch.

»Indirekt, ja. Sie haben mich gefragt, ob ich Schneider kennen würde. Und jetzt entscheide dich: Für oder gegen Deutschland! Für oder gegen mich!«

Saborski sackte in sich zusammen. Er hatte keine Wahl und war klug genug, sich das einzugestehen. »Für Deutschland«, murmelte er. Und ergänzte. »Nicht für dich.«

Wieland Trasse griente. »Das ist in diesem Fall dasselbe. Du bringst das mit Schneider in Ordnung, ist das klar?«

Saborski nickte.

»Dann noch etwas. Berlin hat einen Polizisten ins Ruhrgebiet geschickt. Er soll den Mord an dieser Treppmann aufklären. Mit dem musst du dich ebenfalls befassen.«

Saborskis Gedanken rasten. Sollte er Trasse erzählen, dass er den Polizisten kannte? Was, wenn er es verschwieg? Er entschied sich für die Wahrheit. »Ich kenne den Mann. Was meinst du damit, dass ich mich mit ihm befassen soll?«, fragte er bitter. »So, wie mit Soltau und Schneider?«

Trasse lachte auf. »Um Gottes willen. Dieser Polizist ist wichtig für uns. Ihm darf kein Haar gekrümmt werden. Direkter Befehl aus Berlin. Aber woher kennst du ihn?«

Wilfried Saborski erzählte ihm die Geschichte.

»Wissen viele von seiner Identität?«

»Ich befürchte ja. Er selbst hat nicht viel dafür getan, sie zu verheimlichen.«

»Sorg dafür, dass keiner quatscht. Er darf den Franzmännern nicht in die Hände fallen.«

»Dazu dürfte es wohl zu spät sein.«

»Wieso?«

»Er wurde gestern von einer Streife festgenommen, weil er den Helden spielen wollte.«

Trasse schwieg betreten.

»Dieser Polizist hat den verrückten Treppmann beschützt, der seine Tochter rächen und mit einem Holzknüppel auf die Franzosen losgehen wollte«, berichtete Saborski weiter.

»So ein Mist! Hättet ihr nicht besser auf den Alten Acht geben können!«, polterte Trasse.

»Verdammt, was sollten wir denn machen?«, erwiderte Saborski verärgert. »Schließlich können wir nicht überall sein.«

Trasse trank den Rest der Limonade. Nachdenklich sagte er: »So, so. Die Franzosen haben ihn schon. Dann wird Berlin wohl bald einen Nachruf schreiben müssen.«

48

Freitag, 9. März 1923

Als Goldstein aus der Bewusstlosigkeit erwacht war, hatte er auf der Pritsche eines Militärlastwagens gelegen, die Hände auf dem Rücken gefesselt und von zwei Bewachern flankiert. Schwere Regentropfen waren auf ihn geklatscht, bis ein Soldaten eine Plane über ihn geworfen hatte, die ihm jede Sicht nahm.

Rumpelnd bewegte sich das Fahrzeug über die Schotterstraßen. Nach etwa einer halben Stunde hielt der Wagen, fuhr nach einigen Minuten wieder an und stoppte dann endgültig. Die Plane wurde weggerissen und starke Arme zerrten Goldstein unsanft hoch. Er befand sich in einem Innenhof, dessen hohe Mauern jeden Blick in die Umgebung versperrten. Den vergitterten Fenstern nach zu urteilen, handelte es sich um ein Gefängnis.

Die Soldaten stießen ihn zu einer Tür, dann eine Treppe hoch und durch einen Gang in einen Raum. Darin wartete ein Offizier, der ihn auf Französisch ansprach.

Goldstein hielt es für klüger, die Aufforderung, seinen Namen zu nennen, nicht zu verstehen. Der Offizier, ein hochgewachsener Mann von höchstens dreißig Jahren, befahl den Soldaten, die Fesseln des Gefangenen zu lösen. Dann griff er zu einem Aktenordner und fingerte Goldsteins gefälschten Ausweis heraus.

»Monsieur Goldstein«, fuhr er auf Deutsch fort, nachdem er das Dokument ausgiebig studiert hatte. »Herzlich willkommen.«

Er wandte sich an einen Untergebenen, der an einem kleinen Schreibtisch in einer Ecke des Raumes saß, nun wieder auf Französisch: »Lassen Sie diesen Ausweis prüfen. Er scheint mir gefälscht zu sein.« Und den Soldaten befahl der Offizier: »Gürtel, Hosenträger, Schnürsenkel und Ähnliches entfernen. Einsperren. Wir beschäftigen uns später mit ihm.« Mit diesen Worten verließ der Mann den Raum.

Zehn Minuten später fand sich Goldstein in einer Zelle wieder, die mit vier Pritschen ausgestattet war.

Niedergeschlagen ließ er sich auf eine der unteren Liegen fallen und musterte die Wandmalereien, die an Obszönität nichts zu wünschen übrig ließen. Resigniert drehte er sich auf den Rücken und schloss die Augen.

Er machte sich keine Illusionen. Der gefälschte Ausweis würde einer sorgfältigen Überprüfung nicht standhalten.

Die Soldaten, mit denen er im *Fässchen* gesprochen hatte, würden ihn wiedererkennen. Es war nur eine Frage der Zeit, bis die Franzosen herausbekommen hatten, wer er war und welchen Auftrag er hatte. Goldstein atmete tief durch. Er hatte versagt. Und er fürchtete, was ihn erwartete: Verhöre, vielleicht Folter, Kriegsgericht Verurteilung. Wenn er Glück hatte, blieb ihm das Erschießungskommando erspart und er wurde nur zu Zwangsarbeit verurteilt. Bitter lachte er auf. So ein Blödsinn. Nur Zwangsarbeit? Nach allem, was man hörte, kam die Arbeit in den Sträflingskolonien einem Todesurteil auf Raten gleich. Vielleicht war eine standrechtliche Hinrichtung besser. Kurz, schmerzlos und endgültig.

Goldstein nahm sich vor, Haltung zu bewahren. Er würde nicht um Gnade betteln. Er hatte sich schließlich auf diesen Auftrag eingelassen, obwohl er das damit verbundene Risiko kannte. Kriminaldirektor Sander hatte keinen Zweifel daran gelassen, was ihm drohte, wenn die Franzosen seiner habhaft werden würden.

Stunden vergingen, in denen nichts geschah. Von Zeit zu Zeit waren Schritte auf dem Flur zu hören, Türen wurden geöffnet und geschlossen, knappe Befehle drangen dumpf an Goldsteins Ohr. Einmal stoppten die Schritte vor seiner Tür, ein Schlüssel wurde gedreht und er schreckte in der Erwartung hoch, zum Verhör geführt zu werden. Aber lediglich ein Metallteller mit etwas Brot und eine kleine Kanne mit dünnem Tee wurden durch eine Öffnung geschoben. Mit einem Knall schloss sich die Klappe wieder und Goldstein blieb mit seinen düsteren Gedanken allein.

Draußen war es dunkel geworden. Der schwache Schein einer Laterne drang durch das vergitterte Fenster, erhellte den Raum ein wenig.

Goldstein vermaß die Zelle mit seinen Schritten. Fünf in der Länge, vier in der Breite. Fünf, dann vier. Dann wieder fünf. Immer und immer wieder. War es noch Abend? Oder schon Nacht?

Feuchte Kälte kroch durch die Mauern. Goldstein zog die modrig stinkende, verfilzte Decke über sich. Sie half ein wenig gegen die Kälte, aber nicht gegen die Angst. Er gestand es sich ein. Ja, er hatte Angst. Verdammt große Angst sogar. Trotzdem schlief er irgendwann ein.

Ein Geräusch weckte ihn. Sofort war er hellwach. Er hatte sich kaum aufgerichtet, als schon die Zellentür aufgerissen wurde.

»Aufstehen«, befahl jemand barsch. »Mitkommen.«

Die Wachen führten ihn wieder durch Gänge, die ihm endlos vorkamen, schoben ihn schließlich in einen kargen Raum, in dem zwei Offiziere an einem Tisch saßen. Die Posten blieben links und rechts neben der Tür stehen. In einer Ecke hockte an einem kleineren Tisch ein weiterer Soldat, der ein Schreibgerät vor sich liegen hatte. Anscheinend der Protokollant.

Der ältere der beiden Offiziere sprach Goldstein auf Französisch an. »Bitte setzen Sie sich.« Er zeigte auf den Stuhl. »Ich bin Capitaine Mirrow. Und das ist mein Kamerad Lieutenant Pialon. Ich gehe davon aus, dass Sie unsere Sprache sprechen und verstehen, was ich sage. Richtig?«

Goldstein schwieg und blieb stehen.

»Wie Sie wollen.« Capitaine Mirrow war wenig beeindruckt. Er nickte einem Soldaten zu, der eine weitere Tür öffnete und in den Nebenraum rief: »Der Erste bitte.«

Unmittelbar darauf betrat Gilbert das Zimmer, der Soldat, der Goldstein am Börniger Bahnhof den Tipp mit der Kneipe *Zum Fässchen* gegeben hatte.

»Ist er das?«, fragte Mirrow knapp.

»Oui«, antwortete Gilbert und verließ nach entsprechender Aufforderung den Raum wieder. Nach und nach wurden die anderen Franzosen hereingerufen, die zugegen gewesen waren, als Goldstein in der Kneipe Kontakt zu Sollé gesucht hatte. Alle identifizierten den Polizisten zweifelsfrei. Zuletzt betrat Julian Sollé das Verhörzimmer. Kurz streifte Goldstein ein bittender Blick. Der Polizist zwinkerte zustimmend.

»Ist das der Mann, mit dem Sie sich in diesem Lokal unterhalten haben?«, fragte Mirrow.

»Oui.«

»Worüber haben Sie gesprochen?«

»Über Weine und Literatur.«

»Dieser Mann spricht also unsere Sprache?«

»Ja. Sogar exzellent.«

»Danke. Sie können gehen, Soldat.«

Nachdem Pialon die Tür hinter Sollé geschlossen hatte, sagte Mirrow mit eisiger Stimme: »Meinen Sie nicht, es wäre an der Zeit, das Versteckspiel aufzugeben, Herr Goldstein? Wir haben Ihren Ausweis überprüft. Eine gut gemachte Fälschung. Aber eben eine Fälschung. Ist Goldstein eigentlich Ihr richtiger Name?«

Goldstein atmete tief durch, setzte sich nun doch und antwortete dann auf Französisch: »Ich heiße tatsächlich so. Und es stimmt. Ich habe mich mit diesen Männern unterhalten.«

»Warum?«

Goldstein zog es vor, nicht zu antworten.

»Dann will ich es Ihnen sagen. Korrigieren Sie mich, wenn ich irre. Wir wissen aus zuverlässiger Quelle, dass ein deutscher Polizist damit beauftragt wurde, den Mord an der jungen Deutschen zu untersuchen. Sollé war einer der Soldaten, die zunächst dieser Tat verdächtigt worden sind. Sie haben den Kontakt zu ihm gesucht, um mehr über den Mord zu erfahren. Wir wissen von den anderen in der Kneipe Anwesenden, dass Sie sich an dem Abend in der Tat nur über Literatur und Rotweine mit Sollé ausgetauscht haben. Aber ist es dabei geblieben?, fragen wir uns. Vielleicht haben Sie Sollé ja überreden können, sich erneut mit Ihnen zu treffen. Vielleicht haben Sie bei diesem Treffen über den Mord gesprochen. Ist es so gewesen, Herr Goldstein?« Mirrow stand auf, ging um den Tisch herum und beugte sich zu Goldstein hinab. »Reden Sie endlich!«

Goldsteins Gedanken überschlugen sich. Er wollte unbedingt verhindern, dass Sollé der Kollaboration verdächtigt wurde. Aber wie? Wenn er weiter schwieg, würde Agnes' Freund wahrscheinlich ernsthafte Schwierigkeiten bekommen. Gab er aber zu, Polizist zu sein, belastete er sich selbst in erheblichem Maß. Jedoch: Hatte er überhaupt eine Wahl?

»Sie haben gut kombiniert. Zumindest teilweise. Ich gebe es zu. Ich bin kein Handelsvertreter, sondern Polizist und ich bin ins Ruhrgebiet gekommen, um den Mord aufzuklären. Der Ausweis ist eine Fälschung. Und es stimmt auch, dass ich Kontakt zu Sollé aufgenommen habe.«

»Wie lautete genau Ihr Auftrag? Den Mord aufzuklären oder Argumente dafür zu liefern, dass der Freispruch des Militärgerichtes falsch war?«

Goldstein wurde einmal mehr bewusst, auf welch dünnem Eis er sich bewegte. Kriminaldirektor Sanders Auftrag hatte lediglich gelautet, Beweise für die Schuld der Franzosen zu liefern.

Trotzdem versuchte er, möglichst überzeugend zu klingen. »Ich sollte einen Mord aufklären. Ohne Ansehen der Person.«

Capitaine Mirrow war erstaunt. »Glauben Sie das wirklich? Nun gut. Kommen wir zu dem Soldaten Sollé. Was haben Sie zu ihm zu sagen?«

»Ich wollte sein Vertrauen gewinnen. Deshalb das unverfängliche Gespräch in dieser Kneipe. Tatsächlich verfolgte ich die Absicht, ihn später erneut zu treffen. Ganz zufällig, ohne sein Misstrauen zu erregen. Ich habe mehrmals in der Nähe dieses Lokals auf ihn gewartet, leider vergebens. Sollé ist nicht mehr gekommen. Deshalb blieben meine Bemühungen erfolglos. Allerdings war ein weiterer Kontakt dann auch nicht mehr vonnöten.«

»Warum nicht?«

»Die Tat wurde nach meiner festen Überzeugung nicht von französischen Soldaten verübt.«

Im Verhörzimmer hätte man eine Stecknadel fallen hören können. Nur das Kratzen der Schreibfeder des Protokollanten war noch zu vernehmen. Die beiden Offiziere warfen sich überraschte Blicke zu. Capitaine Mirrow fasste sich als Erster. »Das müssen Sie uns genauer erklären.«

Goldstein zwang sich zur Ruhe. Jetzt kam es darauf an, dass er überzeugend wirkte. »Der Fundort der Leiche wurde nicht sorgfältig genug untersucht. Weder von den deutschen Polizeibeamten noch von Ihren Leuten. Im Gebäude habe ich Zigarettenkippen und -schachteln gefunden. Dazu Reste einer Tageszeitung mit dem Datum vom 26. Januar 1923, dem Tag der Ermordung von Agnes Treppmann.« Das war dreist gelogen. Aber woher sollten die Offiziere das wissen? »Deutsche Tageszeitungen dürften eher selten von französischen Soldaten gelesen werden, nicht wahr? Außerdem waren auf der Zeitung, den Schachteln und den Zigarettenkippen teilweise identische Fingerabdrücke. Und diese stammen nicht von Sollé.«

»Woher wissen Sie das?«

»Ich habe sie verglichen. Der Soldat Sollé war so freundlich, im *Fässchen* ein Streichholzbriefchen liegen zu lassen.«

»Von wem stammen die Abdrücke dann?«

»Das kann ich nicht mit Bestimmtheit sagen. Definitiv steht fest, dass einige der Abdrücke auf der Zeitung von Agnes Treppmann stammen. Sie hat sich also an diesem Tag in der Ruine aufgehalten. Auch auf einer der Zigarettenkippen fand sich ein Fingerabdruck von ihr. Das alles legt die Vermutung nahe, dass das Opfer freiwillig in das abgebrannte Gebäude gegangen ist. Wie wir wissen, wurde das Koppel, mit dem das Mädchen erdrosselt worden ist, aber außerhalb der Ruine gefunden. Dort hat auch ein Kampf stattgefunden. Agnes Treppmann wurde mit großer Wahrscheinlichkeit also nicht in der Ruine ermordet. Sie ist demnach vom Bahnhof gekommen, in die Ruine gegangen, hat dort geraucht und das Gebäude wieder verlassen. Erst dann wurde sie ermordet und ihre Leiche in den Keller geschafft. Unterstellen wir, sie hat in der Ruine lediglich eine Person getroffen, die nicht der Mörder ist. Hätte diese Person sie nicht nach dem Treffen nach Hause begleitet? Es war schließlich um diese Zeit stockdunkel. Der Mörder hätte dann keine Gelegenheit zur Tat gehabt. Es war aber nicht so. Also spricht einiges für die Vermutung, dass sie sich mit ihrem Mörder in der Ruine getroffen hat. Und zwar freiwillig! Warum also ist sie ihrem Mörder in das Gebäude gefolgt? Ganz einfach: weil sie ihn kannte. Vermutlich sogar von mehreren solcher Verabredungen. Würde sich ein deutsches Mädchen mit Franzosen treffen? Spätabends, in einem dunklen, verfallenen Gebäude? Vermutlich nicht. Ein Treffen mit einem Deutschen? Sicher eher. Und schließlich gibt es einen Augenzeugen, der gesehen hat, wie ein Mann den Tatort fluchartig verlassen hat. Und er meint sich zu erinnern, dass der Verdächtige schon vor einigen Monaten in der Gegend auffällig häufig herumgelungert hat.« Natürlich war auch das eine dreiste Lüge. »Da schliefen ihre Soldaten noch in französischen Betten.« Goldstein grinste schief. »Nein, alles in allem glaube ich nicht, dass französische Soldaten für den Tod der jungen Frau verantwortlich zu machen sind. Aber, wie gesagt, all das sind nur Indizien, keine Beweise.«

Alles hing nun davon ab, ob ihm die Offiziere seine Geschichte abnahmen. Es ging um seinen Kopf. Und vielleicht um den von Julian Sollé.

»Haben Sie die Fingerabdrücke selbst untersucht?«

»Ja.«

»Womit?«

»Dazu benötigt man nicht viel. Einen weichen Pinsel, etwas Grafit oder Ruß und etwas mit Gelatine präparierte Folie.«

»Warum erzählen Sie das jetzt alles so bereitwillig?« Lieutenant Pialon blieb skeptisch.

»Was habe ich zu verlieren?«, antwortete Goldstein, ohne zu zögern. »Ich kann doch nur gewinnen.«

Capitaine Mirrow sah Goldstein nachdenklich an. »Damit könnten Sie recht haben. Doch müssen Sie uns nun noch erklären, warum Sie auf dem Bahnsteig unseren Posten angegriffen haben?«

»Weil dieser im Begriff war, einen kranken Mann zu erschießen.«

»Der ihn bedroht hat.«

»Mit einem Holzknüppel, ja.«

»Und das war für Sie Grund genug, Ihren Auftrag, Ihre Sicherheit, vielleicht sogar Ihr Leben zu gefährden?« Mirrow schüttelte verständnislos den Kopf.

»Das war es, ja.«

»Kennen Sie den Mann?«

Voller Überzeugung antwortete Goldstein: »Nein.« Er hatte Hermann Treppmann ja in der Tat gestern das erste Mal gesehen.

»Sagen Sie, wo wohnen Sie eigentlich hier? Und wer ist die Frau, mit der Sie im Theater gesehen wurden?«

Goldstein schaute den Offizier lange an. Dann entgegnete er: »Ich kann mir nicht vorstellen, dass Sie auf diese Frage wirklich eine Antwort von mir erwarten.«

Mirrow nickte verstehend und gab den Posten ein Zeichen. Goldstein wurde zurück in seine Zelle gebracht.

49

Samstag, 10. März 1923

Nachdem Erna Treppmann ihren Mann vom Bahnsteig weggezerrt hatte, waren die beiden in die direkt neben den Bahngleisen liegenden Schrebergärten geflüchtet und hatten dort in einer Laube eines Bekannten Schutz gesucht. Sie versteckten sich in einem alten Schrank und entgingen so den Suchtrupps der Franzosen. Erst nachts hatten sie sich wieder hervorgewagt und waren auf Schleichwegen zurück zu ihrem Haus gelangt, wo Lisbeth, in Sorge und völlig aufgelöst vor Angst, die halbe Nacht auf sie gewartet hatte.

Erna hatte eilig einige Sachen zusammengepackt und ihren Mann dann sicherheitshalber zu Verwandten in einen anderen Stadtteil gebracht.

Mittlerweile war auch Hermann Treppmann klar geworden, dass er nicht nur sich, sondern auch seine Familie in Gefahr gebracht hatte. Reumütig und betroffen über seine Obzession, folgte er ohne Widerspruch allen Anweisungen, die seine resolute Ehefrau erteilte.

Der Familienrat, erweitert durch die Verwandten, beschloss, dass Siegfried, ein Neffe der Treppmanns, versuchen sollte, etwas über den Verbleib Goldsteins in Erfahrung zu bringen. Also hatte Siegfried gestern vorsichtig bei deutschen Polizei- und Verwaltungsstellen nachgefragt und unter einem Vorwand bei den Franzosen vorgesprochen, jedoch nur herausbekommen, dass Goldstein festgenommen und vermutlich in das Gefängnis neben dem Rathaus eingeliefert worden war.

»Und was sagen wir, wenn die Franzosen plötzlich bei uns vor der Tür stehen?«, fragte Mathilda, die Schwester Hermann Treppmanns, beunruhigt, als die Familie am Nachmittag erneut zusammentraf.

»Mach dir keine Gedanken«, versuchte sie ihr Mann Matthias zu beruhigen. »Woher sollen die denn wissen, dass dein Bruder bei uns ist?«

»Aber wenn ihn jemand gesehen hat?«, sorgte sie sich weiter.

»Mich hat niemand gesehen«, widersprach Hermann Treppmann. »Schließlich war es stockdunkel. Und geregnet hat es auch noch.«

»Aber die Nachbarn ...«

»Nun hör schon auf«, unterbrach sie Matthias verärgert. »Es hat ihn keiner gesehen. Und wenn, glaubst du tatsächlich, einer hier aus der Nachbarschaft würde uns verraten?«

»Warum hast du eigentlich diesen Herrn Goldstein um Hilfe gebeten?«, fiel Erna Treppmann plötzlich ein, ihre Tochter zu fragen. »Du kanntest ihn doch kaum.«

Lisbeth errötete unter dem prüfenden Blick ihrer Mutter. »Er war eben einfach da.«

»Aber es waren nur noch ein paar Meter bis zu unserem Haus. Außerdem ist dieser Herr Goldstein ein völlig Fremder.«

Lisbeth atmete schwer. Ihr Kopf glühte. Jetzt kam es raus. Alles kam jetzt raus. »Ich ... Er ...«

»Nun sprich schon«, fuhr ihre Mutter sie an.

»Herr Goldstein ist doch Polizist.«

»Das wissen wir.«

»Ich habe ihm bei seinen Ermittlungen geholfen.« Trotz ihrer Unsicherheit schwang ein wenig Stolz in Lisbeths

Stimme mit. Sie hatte es gewagt. Sie hatte es wirklich ausgesprochen. Das nun Folgende würde ihr leichter fallen.

»Du hast was?«, fragte Erna Treppmann gedehnt.

»Ich habe ihm geholfen.« Das klang trotzig. »Ich habe ihm Agnes' Tagebuch gezeigt.« Sie atmete tief durch. »Und ihm von Julian erzählt.«

»Wer ist Julian?« Ihr Vater war aus seiner Lethargie erwacht und richtete sich auf.

»Ein französischer Soldat. Er war ...« Lisbeth zögerte einen Moment. Sollte sie wirklich alles erzählen, was sie wusste? Ihre Schwester zu einem Franzosenliebchen abstempeln? Ihre Familie mit der Tatsache konfrontieren, dass Agnes einen der Besatzer geliebt hatte?

Sie rang sich zu einer Entscheidung durch. Agnes hätte es so gewollt. Davon war Lisbeth überzeugt. Agnes hätte von ihr verlangt, die Wahrheit zu sagen. »Er war ihr Freund, nein, mehr als das. Sie hat ihn geliebt. Agnes hat einen französischen Soldaten geliebt. Und sie hat sich mit ihm getroffen. Mehrmals.«

Erna Treppmann schlug die Hände vor ihr Gesicht, ihr Mann stöhnte auf. Der Rest der Familie saß mit offenem Mund um den Tisch herum. Minutenlang sagte keiner ein Wort. Lisbeth schaute selbstsicher in die Runde. Sie hatte es gewagt und die Wahrheit nicht verschwiegen.

Als Erste erholte sich Erna Treppmann von dem Schock. »Wer ist dieser Soldat?«, fragte sie mit gebrochener Stimme.

»Julian Sollé. Er war einer der Angeklagten.«

»O nein!«

»Es ist nicht so, wie du glaubst, Ma. Herr Goldstein ist sich sicher, dass Julian nichts mit dem Mord zu tun hat.«

»Woher weißt du das? Von diesem Polizisten?«

»Nein. Martha hat es mir erzählt.«

»Martha weiß auch Bescheid?« Erna Treppmann schüttelte entsetzt den Kopf. »Meine Tochter poussiert mit einem Franzosen, die halbe Siedlung redet darüber und ich weiß nichts davon.«

»Ich auch nicht«, brummte ihr Mann. »Vergiss das nicht.«

Lisbeths Mutter fixierte ihre Tochter mit strengem Blick. »Und jetzt erzählst du uns alles, hast du gehört? Aber wirklich alles.«

50

Sonntag, 11. März 1923

Der Samstag war vergangen, ohne dass etwas passiert wäre. Die lähmende Langeweile war nur dadurch unterbrochen worden, dass Goldsteins Mahlzeiten durch die kleine Öffnung unten in der Tür geschoben wurden. Und immer wieder beobachtete man ihn durch den Türspion. Anfangs hatten ihn die Schritte auf dem Gang erschreckt, die abrupt vor seiner Zelle stehen blieben, das leise Scharren, das entstand, wenn die Metallplatte, die das Glas des Spions verdeckte, beiseitegeschoben wurde. Als aber auch nach einem guten Dutzend solcher Kontrollen die Zellentür nicht aufgeschlossen wurde, um ihn zum Verhör zu holen, hatte Goldstein begonnen, die Geräusche zu ignorieren. Auch das Gefühl, ständig beobachtet zu werden, war ihm fast gleichgültig geworden.

Lange hatte er darüber nachgedacht, ob er sich bei dem Verhör richtig verhalten hatte. War es ihm gelungen, Sollé aus allem herauszuhalten? Oder wäre es besser gewesen, einfach gar nichts zu sagen? Er versuchte, sich in die Rolle der Vernehmer zu versetzen. Je mehr er grübelte, desto unsicherer wurde er. Musste es die Franzosen nicht misstrauisch machen, dass er so bereitwillig geredet hatte? Über diese Gedanken, die sich wie ein Mühlstein in seinem Kopf drehten, schlief er ein.

Der Sonntagmorgen begann damit, dass seine Zelle geöffnet wurde und ein mürrischer Kalfaktor Tee, Brot und etwas Haferschleim brachte und frisches Wasser in eine verbeulte Aluminiumschüssel goss. Zwei Minuten später war der Häftling wieder allein.

Er wusch sich notdürftig und benutzte zum Abtrocknen sein Hemd. Dann schob er den Holzschemel vor die Pritsche, deponierte auf dem Schemel das karge Frühstück, setzte sich auf das Bett und begann zu essen. Das Brot war trocken und schmeckte muffig. Er stippte ein Stück in den Haferbrei und schob es sich dann in den Mund. So war es einigermaßen genießbar. Der Tee verdiente die Bezeichnung nicht, aber wenigstens war das Wasser warm.

Die Stunden verstrichen.

Wieder wurde der Spion geöffnet, wieder konnte Goldstein schemenhaft das Auge des Beobachters erkennen. Aber nun hörte er, wie der Schlüssel im Schloss gedreht wurde, die Tür ging auf und ein Mann stolperte in die Zelle, Decke, Waschschüssel und Wasserkanne in den Händen. Da es auf dem Gang draußen hell, in der Zelle jedoch ziemlich finster war, konnte Goldstein nur eine Silhouette ausmachen. Erst als die Wachen die Tür wieder zugestoßen und sich Goldsteins Augen erneut an das Halbdunkel gewöhnt hatten, erkannte der Polizist, wer da vor ihm stand.

Der andere war anscheinend ebenso überrascht. Adolf Schneider hob müde die rechte Hand.

»Ich hätte mir einen schöneren Ort für ein Wiedersehen mit Ihnen vorstellen können«, sagte er zur Begrüßung. »Ich hoffe, Sie sehen mir das nach, was im Pferdestall passiert ist.

Wir hatten ja keine Ahnung ...« Er ließ den Satz unvollendet.

Goldstein schossen tausend Gedanken durch den Kopf. Das konnte doch kein Zufall sein, dass die Franzosen ausgerechnet Schneider in seine Zelle sperrten. War der Kerl möglicherweise ein Spitzel und sollte ihn aushorchen? Er musste vorsichtig sein mit dem, was er sagte.

»Schon gut.« Goldstein grinste gequält. »Willkommen in meiner bescheidenen Behausung.« Er zeigte auf die freien Liegen. »Unten, oben, wie Sie wollen. Sie haben die freie Wahl. Vollpension gibt es auch. Nur der Ausblick ist nicht so toll.«

Schneider stellte sein Essgeschirr neben das Goldsteins und schmiss seine Decke auf die gegenüberliegende Pritsche. Dann griff er in seine Jackentasche und zog eine Schachtel Zigaretten hervor. »Rauchen Sie?«

Goldstein schüttelte den Kopf.

Schneider steckte sich eine Zigarette an und inhalierte tief. »Sind Sie schon verhört worden?«

»Ja.«

»Sie sind wegen Ihrer Attacke auf die beiden Franzmänner auf dem Bahnhof hier, nicht wahr?« Schneider lachte leise auf. »Mit bloßen Fäusten auf bewaffnete Soldaten. Was haben Sie sich bloß dabei gedacht?« Er hüllte sich in Qualm. »Über Sie sind Geschichten im Umlauf, das glauben Sie kaum. Sie haben es allein mit einer halben Kompanie Soldaten aufgenommen.« Er grinste breit. »Trotz feindlichen Feuers über dem Bahnsteig und im Kugelhagel den behinderten Mann befreit.« Schneider klopfte Goldstein anerkennend auf die Schulter. »In den Augen der meisten Siedlungsbewohner sind Sie ein Held. Herzlichen Glückwunsch. Wird Ihnen vorm Kriegsgericht bloß nicht viel nutzen.«

»Und Sie? Was werfen die Franzosen Ihnen vor?«

»Die haben mich von der Straße weg verhaftet.« Schneider erzählte, dass er auf dem Weg zu einer Verabredung gewesen und unmittelbar nach dem Verlassen seiner Wohnung von der französischen Militärpolizei in Gewahrsam genommen worden sei. Man habe ihn ohne weitere Erklärungen in das Gefängnis transportiert, ihm mitgeteilt, dass er der Beteiligung an einem Mord verdächtig sei, und nun sitze er hier.

»Ihnen wird ein Mord vorgeworfen?«, erschrak Goldstein. »Wen sollen Sie denn umgebracht haben?«

Schneider zog nachdenklich an seiner Zigarette. Schließlich meinte er: »Ach, was soll's. Ist ohnehin kein Geheimnis. Die Franzosen nehmen an, dass ich dabei war, als Kalle Soltau dran glauben musste.«

»Soltau? Wer ist das?«

»Einer meiner früheren Kameraden.«

»Und, waren Sie bei dem Mord dabei?« Als Schneider nicht antwortete, schob Goldstein nach: »Welchen Grund gab es, diesen Soltau umzubringen?«

Schneider verzog das Gesicht und sagte schroff: »Herr Polizist, kümmern Sie sich um Ihren Kram und ich mich um meinen, in Ordnung? Dann werden wir uns prächtig verstehen.«

Schneiders Reaktion war eindeutig. Der Kerl hatte etwas mit dem Mord an diesem Soltau zu tun. Die Franzosen hatten ihn also nicht zu Unrecht eingebuchtet. Goldstein nahm sich vor, erst einmal alles zu tun, um Schneiders Vertrauen zu gewinnen. Vielleicht würde er dann mehr erfahren.

Sie vermieden von nun an das Thema. Dafür erfuhr Goldstein, dass Schneider ein glühender Anhänger einer Fußballmannschaft namens *TuS Schalke 1877* war.

»Die kicken in der Emscherkreisliga ganz oben mit«, erklärte Schneider. »Seit zwei Jahren haben die einen klasse Mann, der heißt Kuzzora. Der spielt seine Gegner aus, das glauben Sie nicht. Mit dem steigen die in die Bezirksklasse auf, das ist sicher. Die Schalker Jungs zeigen dann denen da oben, was Fußballspielen ist, was Arbeiterjungs erreichen können.«

Goldstein hatte zwar schon von diesem Sport gehört, aber noch kein Spiel gesehen. Schneider war in seiner Begeisterung nicht zu stoppen. »Wenn wir hier rauskommen sollten, kommen Sie mal mit. Danach werden Sie nicht mehr der Alte sein. Dann packt es auch Sie.«

Je länger ihre Unterhaltung dauerte, desto mehr zweifelte Goldstein, dass Schneider ihn tatsächlich aushorchen sollte. Der Zellengenosse zeigte nicht das geringste Interesse an seinen Ermittlungen.

»Na, das war es dann wohl«, riss ihn Schneider aus seinen Gedanken. »Das ist die letzte Kippe.« Mit Bedauern schaute er auf die zu einem kleinen Ball zerknüllte Packung. »Ich werde sie besonders genießen.« Tief sog er den Rauch ein. Dann sagte er unvermittelt: »Sie müssen vor mir im Übrigen keine Angst haben. Ich bin nicht hier, um Sie auszuhorchen.«

Goldstein zuckte zusammen. »Wie kommen Sie auf diese Idee?«

»Der Gedanke liegt nahe. Sie befürchten, dass ich ein Spitzel bin. Ist doch so, oder?«

»Daran habe ich in der Tat gedacht«, räumte Goldstein ein.

Schneider nickte befriedigt. »Mir ging es genauso. Schon merkwürdig, dass uns die Franzosen in eine Zelle gesteckt haben. Ein Grund könnte sein, dass in diesem Etablissement kein anderes Zimmer mehr frei ist. Trotz der Festnahmen in den letzten Tagen ist das allerdings nicht sehr wahrscheinlich. Möglicherweise wissen die Franzmänner nicht, dass wir uns kennen, und unser nettes Treffen hier ist der reine Zufall.« Abrupt wechselte Schneider das Thema. »Sie haben übrigens mächtige Freunde, wissen Sie das?«

»Wie kommen Sie darauf?« Goldstein hatte keine Ahnung, worauf Schneider hinauswollte.

»Wir haben Befehl bekommen, auf Sie aufzupassen. Sie sollten den Franzosen nicht in die Hände fallen.«

Goldstein lachte laut auf. »Das ist Ihnen gut gelungen. Aber wer hat Ihnen einen solchen Befehl erteilt?«

Schneider schien beleidigt. »Wer konnte denn damit rechnen, dass Treppmann so durchdrehte und dass dann auch noch ausgerechnet Sie sich einmischen würden.« Er schnippte Zigarettenasche auf den Boden.

Draußen auf dem Gang waren Schritte zu hören, die rasch näher kamen. Schneider legte einen Finger auf seine Lippen, stand auf und horchte an der Tür. Die Schritte entfernten sich wieder und Schneider entspannte sich. »Kein Lauscher vor der Tür.«

»Wer ist ›wir‹?«, wollte Goldstein es nun genau wissen. »Gehören Sie zum Widerstand?«

Adolf Schneider feixte. »Ja, wir gehören zum deutschen Widerstand.«

»Und wer erteilt Ihnen die Befehle? Dieser, wie heißt er doch gleich, Saborski?«

»Wilfried? Nein, der ist lediglich ein lokaler Führer. Die Befehle kommen von weiter oben«, gab Schneider bereitwillig Auskunft.

Bei der Nennung von Saborskis Vornamen durchfuhr es Goldstein. Stand W. möglicherweise für Wilfried? »Und von wem?«

Schneiders Grinsen wurde noch breiter. »So gut, Herr Polizist, kennen wir uns nun doch noch nicht.«

Goldstein musterte den anderen skeptisch. »War das alles? Der Berg kreißte und gebar eine Maus«, spottete er.

Schneiders Grinsen erstarb. »Na gut. Ist wahrscheinlich ohnehin egal. Die Befehle kommen von der *Zentrale Nord*, dort werden die Aktionen in den besetzten Gebieten koordiniert. Für jede Region gibt es einen Kontaktmann, der selbst an keiner Aktion teilnimmt, aber das Bindeglied zwischen dem Widerstand und der Zentrale ist und die Befehle weitergibt.«

»Wie heißt der hiesige Kontaktmann?«

»Ich habe keine Ahnung. Das weiß nur Saborski.«

In Schneiders Gesicht war zu erkennen, dass er log. Mehr würde Schneider jedoch jetzt nicht preisgeben, da war sich Goldstein sicher.

Wieder waren Schritte auf dem Gang zu hören und wieder führte Schneider den Zeigefinger zum Mund. Dieses Mal stoppten die Schritte vor der Zellentür. Der Schlüssel drehte sich. Zwei Soldaten betraten die Zelle und packten Schneider. Kurz darauf war Goldstein wieder allein.

51

Sonntag, 11. März 1923

Die drei Nachrichtenoffiziere trafen sich zum Mittagessen in dem Offizierskasino. Wortreich pries der Chefkoch seine Tagesgerichte an: Ente in Orangensoße oder Forelle. Da der Mann gestenreich erklärte, dass der Fisch leider, leider nicht wirklich frisch und daher nicht zu empfehlen sei, fiel die Wahl einhellig auf die Ente.

Nachdem der Koch den Tisch sichtlich zufrieden wieder verlassen und die Ordonnanz die Burgunderflasche entkorkt und den Wein eingeschenkt hatte, ergriff Colonel Dupont das Wort. »Messieurs, ich denke, wir sollten diese ungezwungene Atmosphäre zu einem offenen Meinungsaustausch nutzen. Zuvor interessiert mich aber, was das Verhör dieses Schneider ergeben hat.«

Capitaine Mirrow lächelte bitter: »Nichts. Der Mann streitet kategorisch jede Beteiligung an der Ermordung Soltaus ab. Er kenne Soltau nur flüchtig, hat er ausgesagt, und habe ihn an dem Abend, als sie beide unsere Posten in der Nähe des Tatortes im Fall Treppmann gesehen haben wollen, nur zufällig getroffen. Natürlich habe er von Zeit zu Zeit ein Bier mit ihm getrunken, aber meistens in Begleitung weiterer Personen. Gelegentliche Treffen blieben nicht aus, schließlich verkehrten sie in denselben Gaststätten. Aber von Freundschaft zu reden, ginge zu weit. Auf meine Frage, ob er Soltau in den Tagen vor seiner Ermordung, also um den 4. März herum, getroffen habe, antwortete Schneider ausweichend. Er könne sich nicht an ein Treffen erinnern, könne es aber andererseits auch nicht mit Sicherheit ausschließen. Schneider wiederholte, er sei mit Soltau nicht so bekannt gewesen, dass ein Zusammentreffen für ihn eine Bedeutung gehabt habe.«

»Haben Sie in Soltaus und Schneiders Nachbarschaft Nachforschungen angestellt?«

»Selbstverständlich«, antwortete Lieutenant Pialon. »Aber die Leute sind misstrauisch und einsilbig. Das Einzige, was wir relativ zuverlässig in Erfahrung bringen konnten, ist, dass Soltau und Schneider in diesen Tagen regelmäßig zur Arbeit gegangen sind. Ob sie sich aber getroffen haben? Wir haben keine Zeugen dafür.«

»Was hat die Durchsuchung der Wohnung Schneiders ergeben?«

»Ebenfalls Fehlanzeige«, erwiderte Mirrow. »Ein, zwei Flugblätter. Aber wie sagten Sie so treffend bei unserem letzten Gespräch: Sie werden solche Schmähschriften in vielen deutschen Haushalten finden.«

»Wir haben also nichts gegen Schneider in der Hand.«

»Nein. Definitiv nicht. Oder wollen Sie Schneider wegen zwei Flugblättern vor Gericht stellen? Dann müssten wir halb Herne verhaften.«

»Was sollen wir mit ihm machen?« Colonel Dupont blickte in die Runde.

»Freilassen«, antworteten die beiden anderen wie aus einem Mund.

Diese Antwort hatte Dupont befürchtet. »Ich werde darüber nachdenken. General Caron wird über diese Entwicklung nicht begeistert sein.«

Mirrow zuckte mit den Schultern.

»Haben Sie mit dem Soldaten Sollé gesprochen?«

»Ja. Auch Colonel Prión hat ihn sich vorgeknöpft.«

»Und?«

»Er bleibt bei seiner Aussage, dass er Goldstein zufällig getroffen habe.«

»Glaubt ihm Prión?«

Capitaine Mirrow machte ein skeptisches Gesicht. »Er ist sich nicht sicher. Es gibt keinen konkreten Anhaltspunkt dafür, dass Sollé die Unwahrheit sagt, Prión hat so ein Gefühl.«

Dupont zog hörbar die Luft ein. »Der Colonel der Militärpolizei hat also ein Gefühl. Sehr interessant. Etwas konkreter geht es nicht?«

Die Offiziere schüttelten den Kopf, Mirrow verbarg ein Grinsen. Es war im Korps ein offenes Geheimnis, dass sich Prión und Dupont nicht leiden konnten. Jeder unterstellte, der andere sei inkompetent und mische sich in die eigenen Belange ein. Colonel Prión hatte in diesem Intrigenspiel allerdings die schlechtere Ausgangsposition, weil General Caron schon vor Jahren beschlossen hatte, sich in erster Linie auf die Informationen des Nachrichtendienstes zu verlassen und die Militärpolizei im Wesentlichen nur für Ermittlungen innerhalb der Truppe einzusetzen. Und der Verbindungsoffizier zum Nachrichtendienst hieß nun einmal Dupont.

»Und was ist Ihr Eindruck?«

»Ich glaube, dass Sollé die Wahrheit sagt«, antwortete Mirrow.

»Ich ebenfalls«, ergänzte Pialon.

»Hätte mich auch gewundert, wenn Sie beide nicht einer Meinung wären«, brummte der Colonel. »Wie Zwillinge.«

Sie mussten das Gespräch unterbrechen, das Essen wurde serviert. Der Koch ließ es sich nicht nehmen, die Ente eigenhändig zu tranchieren. Während die Offiziere aßen, wieselte der Mann eilfertig um sie herum, fragte mehrmals, ob es ihnen auch schmecke, bis Dupont den Koch mit einem schroffen Befehl zurück in die Küche verbannte.

Erst bei Kaffee, Cognac und Zigarren nahm Dupont den Faden des Gesprächs wieder auf. »Wenn Sie Sollé Glauben schenken, was ist dann mit Goldstein?«

»Wir haben selbstverständlich auch seine Aussage überprüft. Die deutsche Polizei hat tatsächlich die Ruine nicht sorgfältig untersucht«, berichtete Mirrow.

Und sein Kamerad warf ein: »Genauso wie unsere Militärpolizei. Insofern kann die Aussage Goldsteins stimmen.«

Es war Colonel Dupont anzusehen, dass er überlegte, wie er diese Information gegen seinen Kontrahenten verwenden konnte. Befriedigt zog er an seiner Havanna. »Einfach unverzeihlich. Weiter!«

»Viel mehr gibt es nicht zu berichten. Wir haben uns die Ruine natürlich selbst angesehen. Irgendwelche Spuren sind nicht mehr zu finden. Alle Verlustmeldungen von Ausrüstungsgegenständen seit dem Beginn unseres Einsatzes bis drei Wochen nach der Tat wurden von uns in Augenschein genommen. Nichts. Ein verlorenes Koppel wurde nicht angezeigt, obwohl es aufgefallen wäre, wenn ein Soldat ohne Gürtel seinen Dienst angetreten hätte. Das Militärgericht hat die Soldaten zurecht freigesprochen. Ich teile deshalb die Auffassung dieses Goldstein, dass nur ein Deutscher als Täter infrage kommt.«

»Ist das auch Ihre Meinung?«, fragte der Colonel Pialon.

Der nickte als Antwort.

»Ich sehe, ich muss Sie nicht fragen, was Sie mir empfehlen werden?«

Beide schüttelten den Kopf.

»Dieser Mann ist deutscher Polizist und unter Missachtung aller militärischen Erlasse mit einem falschen Pass in unser Gebiet eingereist. Er ist ein Spion, vergessen Sie das nicht! Ich kann den Kerl nicht einfach auf freien Fuß setzen. Caron würde mich dafür vor das Kriegsgericht stellen.«

Mirrow lächelte. »Aber Sie müssen ihn doch auch nicht freilassen.«

Dupont schaute verwirrt. »Ich verstehe nicht ...«

»Wir sind doch der Meinung, dass uns dieser Goldstein mehr nutzen als schaden kann, oder?«

»Sicher. Ein deutscher Polizist, der öffentlich erklärt, dass für den Tod dieser Frau keine Franzosen verantwortlich sind – einen besseren Propagandaeffekt können wir uns nicht wünschen.«

»Eben. Der Propagandaeffekt setzt aber nur ein, wenn diese Erklärung erfolgt, wenn der Mann nicht mehr in unserem Gewahrsam ist. Es darf unter keinen Umständen der Eindruck entstehen, wir hätten Goldsteins Sinneswandel durch physischen oder psychischen Druck herbeigeführt.«

»Das wäre in der Tat ungünstig«, stimmte der Colonel zu.

»Aus diesem Grund ist auch eine Freilassung der falsche Weg.«

»Aber Sie sagten doch gerade ...«

»Wenn wir Goldstein freilassen, wird sofort der Verdacht laut werden, wir hätten mit ihm einen Handel gemacht: Seine persönliche Freiheit gegen die Bereitschaft, sich in unserem Sinne zu äußern. Außerdem würde ihm die *Zentrale Nord* unterstellen, er habe mit uns kollaboriert, und ihn unter Umständen sogar als Verräter liquidieren lassen. Nein, es gibt nur einen Weg ...«

»Ich ahne, worauf Sie hinauswollen. Also, raus damit«, forderte Dupont ihn auf.

»Goldstein muss fliehen. Nur so bleibt seine Glaubwürdigkeit erhalten und er ist für uns propagandistisch von Nutzen.«

Colonel Dupont nahm einen großen Schluck Cognac. »Es ist Ihnen klar, dass ich eine Entscheidung von solcher Tragweite nicht ohne Rückendeckung fällen kann. Einem Spion zur Flucht verhelfen! Darüber muss ich mit dem General reden.«

»Selbstverständlich. Weisen Sie den General bitte darauf hin, dass wir bei dieser Gelegenheit auch Schneider ohne Gesichtsverlust, sagen wir, loswerden können.«

52

Montag, 12. März 1923

Die beiden Gefangenen waren in eine fast lähmende Lethargie verfallen, die auch am Montagmorgen noch anhielt. Natürlich vermuteten beide, dass es zur Strategie der Franzosen gehörte, sie über ihr weiteres Schicksal im Unklaren zu lassen. Die Ungewissheit und das endlose Warten zerrten erheblich an ihren Nerven.

Erst am späten Nachmittag öffnete sich die Zellentür und Schneider wurde mit dem Hinweis, dass er Besuch habe, aus der Zelle geführt.

Als Schneider eine halbe Stunde später zurückkehrte, machte er einen niedergeschlagenen Eindruck. Wortlos legte er sich auf seine Pritsche und drehte Goldstein den Rücken zu.

Erst Minuten später wagte es Goldstein, seinen Mitgefangenen anzusprechen. »Schlechte Nachrichten?«

Schneider drehte sich langsam um, stierte durch Goldstein hindurch, als ob dieser Luft wäre, und stieß dann voller Zorn hervor: »Trasse ist ein Arschloch!« Dann suchte er in seiner Tasche, zauberte eine volle Zigarettenschachtel hervor und steckte sich eine Zigarette an.

»Nachschub erhalten?«

»Ja. Anneliese hat sie mir mitgebracht. Und die Wachen haben mir gnädigerweise gestattet, sie zu behalten.« Schneider blies Rauchwolken in die Luft.

»Anneliese?«

»Meine Frau.«

»War es schwierig, eine Besuchserlaubnis zu erhalten?«

»Keine Ahnung. Darüber haben wir nicht geredet.« Schneider sprang unvermittelt auf und fegte mit einer Handbewegung das Essgeschirr vom Schemel. Klappernd rutschten Napf und Tasse über den Zellenboden. »Verdammte Scheiße!«

»Über was regen Sie sich so auf?«

Schneider fuhr herum. »Über was ich mich aufrege? Über den Mistkerl Trasse rege ich mich auf.«

»Ich kenne keinen Trasse.«

»Stimmt. Aber er kennt Sie.«

Goldstein schaute verständnislos.

»Das ist der Kontaktmann, über den wir gestern gesprochen haben.«

»Der Ihnen die Anweisung gegeben hat, auf mich zu achten?«

»Genau der.«

»Und warum ärgern Sie sich jetzt so über diesen Mann?«

Schneider schob sich eine neue Zigarette in den Mund. »Das ist eine lange Geschichte.«

»Ich befürchte, wir werden noch viel Zeit haben, uns lange Geschichten zu erzählen. Warum nicht gleich damit anfangen?«

Schneider ließ sich wieder auf seine Pritsche fallen und lehnte sich an die Wand. Dann begann er zu sprechen: Die Widerstandsgruppen hätten schon kurz nach der Besetzung die Zusage erhalten, dass sich niemand für den Fall einer Inhaftierung oder auch Verletzung Gedanken über die Versorgung der Familien zu machen bräuchte. Es gäbe Fonds, die von der Reichsregierung finanziert würden. Verteilt würden die Gelder von den jeweiligen Kontaktmännern der *Zentrale Nord,* in ihrem Fall also von Trasse. Schneider habe seiner Anneliese von diesem Fonds berichtet und ihr eingeschärft, sich – falls ihm etwas zustoßen sollte – an Saborski zu wenden, der sich dann um alles Weitere kümmern würde. Tatsächlich habe Anneliese Saborski kontaktiert. Allerdings sei Trasse, so habe Saborski heute Morgen seine Anneliese informiert, nicht bereit, ihnen zu helfen. Schließlich stünde ja noch nicht fest, wie lange Schneider inhaftiert bleibe. Ein paar Tage könne seine Frau schließlich vom Ersparten leben. Und falls sich dann herausstellen sollte, dass er, Schneider, länger als einen Monat brummen müsse, wäre ja immer noch Zeit, die Unterstützung zu beantragen.

»Stellen Sie sich das vor: Länger als einen Monat! Als ob unser Notgroschen für mehr als eine Woche reichen würde. Was bildet der sich ein, dieser reiche Pinkel?« Schneider sprang erneut auf und brüllte los: »Lebt wie die Made im

Speck und kann den Hals nicht vollkriegen. Wer hat ihm denn diesen Kaufmann auf einem Silbertablett serviert, na?« Schneider klopfte sich mehrmals mit dem Zeigefinger auf die Brust. »Eben. Ich war das. Nicht er war es, der seinen Hals riskiert hat, um den Sprengstoff in den Keller dieses Juden zu schaffen. So einer macht sich die Finger doch nicht dreckig!« Schneider beugte sich zu Goldstein hinunter, fasste ihn mit beiden Händen bei den Schultern und schrie: »Und jetzt muss meine Anneliese bei den Nachbarn betteln gehen. Ach, das ist doch alles eine verdammte Scheiße.« Er ließ Goldstein wieder los und fiel zurück auf die Liege.

Der Polizist hatte den Ausbruch seines Mitgefangenen mit zunehmender Verwunderung verfolgt. Goldstein hatte nicht wirklich verstanden, um was es ging, und sparte sich lieber einen Kommentar.

Langsam beruhigte sich Schneider wieder. »Hüten Sie sich vor Trasse«, wandte er sich mit fester Stimme an Goldstein. »Der Kerl ist eine Schlange. Erst hält er die Hand über einen und dann, wenn man nicht damit rechnet, zieht er sie zurück.«

»Ich kenne diesen Mann doch überhaupt nicht«, wiederholte Goldstein.

»Dann seien Sie froh. Nehmen Sie sich aber trotzdem in Acht.« Er legte sich auf den Rücken und starrte zur Decke.

Am Abend wurde Schneider erneut aus der Zelle geholt. Goldstein musste nicht lange auf seine Rückkehr warten. Dieses Mal machte Schneider keinen wütenden, sondern einen verzweifelten Eindruck. Bleich berichtete er dem Polizisten, dass ihm eröffnet worden sei, dass er noch am heutigen Tag nach Recklinghausen überführt und dort einem Kriegsgericht überstellt werde. Er sei der Sabotage und der Spionage gegen Frankreich angeklagt. Außerdem werde ihm eine Falschaussage vorgeworfen. Schneider lächelte gequält. »Das Koppel. Sie wissen schon. Das Kalle und ich den Franzosen präsentiert haben. Jetzt behaupten die Franzmänner, das wir das erfunden hätten, um ihren Streitkräften zu schaden.«

»Und, haben Sie?« Goldstein Gedanken rasten. Anscheinend überprüften die Franzosen seine Aussage.

»Was denken Sie denn? Natürlich haben wir der Wahrheit etwas auf die Sprünge helfen wollen.«

»Wie meinen Sie das: der Wahrheit helfen?«

»Na, dass die Kleine von den Soldaten um die Ecke gebracht worden ist, ist doch eindeutig. Wir haben ja schließlich einen von denen in der Ruine verschwinden sehen.«

»Woher hatten Sie das Koppel?«

»Mann, Sie stellen Fragen. Wir hatten es eben, in Ordnung?«

Mit stockender Stimme berichtete Schneider weiter: Die Verhandlung gegen ihn finde morgen früh statt. Mit der Verkündung des Urteils sei gegen Mittag zu rechnen. Er solle sich darauf einstellen, dass der Richterspruch noch am gleichen Tag vollstreckt werde. »Die stellen mich vor die Wand.« Schneider schlug die Hände vors Gesicht. »Schon morgen. Was wird nur aus Anneliese?«

Goldstein wollte gerade aufstehen, um den anderen Mann zu trösten, als wieder Schritte auf dem Gang zu hören waren. Ein Schlüssel drehte sich im Schloss, die Zellentür wurde aufgerissen und die beiden Soldaten, die schon Schneider abgeholt hatten, wurden sichtbar. Einer von ihnen zeigte auf Goldstein. »Mitkommen!«, befahl er.

Der Raum, in den Goldstein geführt wurde, ähnelte dem Verhörzimmer, in dem er vor drei Tagen gesessen hatte. Capitaine Mirrow und Lieutenant Pialon erwarteten den Deutschen stehend hinter dem einzigen Tisch, ein Protokollant war nicht anwesend.

Mirrow hob ein Blatt und las laut: »Peter Goldstein, Sie werden der Spionage gegen Frankreich beschuldigt und deshalb vor ein Kriegsgericht gestellt. Sie werden noch heute nach Recklinghausen verbracht und morgen dem Gericht vorgeführt. Sie erhalten kurz vor dem Prozess Gelegenheit, sich mit Ihrem Verteidiger zu beraten. Das Urteil wird am frühen Nachmittag verkündet. Richten Sie sich darauf ein, dass es unmittelbar nach der Verlesung vollstreckt wird. Haben Sie irgendwelche Fragen? Nein? Abführen.«

Goldstein war wie betäubt. Kaum registrierte er, dass ihn die Wachen zurück in die Zelle brachten. Hatten ihm die beiden Offiziere gerade mitgeteilt, dass er morgen erschossen werden würde? Hatten sie tatsächlich das gemeint?

Erst als er wieder mit Schneider allein war, kam Goldstein zu sich. Mit aufgerissenen Augen starrte er Schneider an.

Der hob müde die Hand. »Lass sein. Ich sehe es auch so. Sie haben sich das Gleiche anhören müssen. Kriegsgericht, Urteilsverkündung, Vollstreckung.« Er zog an seiner Zigarette. »Das war es dann wohl, Kamerad.«

Zwei Stunden später wurden sie abgeholt. Man händigte ihnen die abgenommenen Besitztümer aus und führte sie in die Mitte des Gefängnishofs, wo ein einzelner Kraftwagen stand. Sie mussten sich auf der Ladefläche hinter dem Fahrerhaus auf den Boden setzen. Die an den Längsseiten angebrachten Holzbänke blieben den zwei bewaffneten Soldaten vorbehalten. Die Plane wurde heruntergezerrt, von außen verschnürt und kurz darauf der Motor gestartet. Der Wagen setzte sich knatternd und holpernd in Bewegung. Zwei Ölleuchten, die am Gestänge über den Gefangenen baumelten, spendeten fahles Licht.

Goldstein wunderte sich zwar darüber, dass man sie nicht gefesselt hatte, machte sich aber schnell klar, dass sie gegen ihre Bewacher ohnehin keine Chance hatten. Goldstein konnte die beiden Franzosen weiter hinten nur schemenhaft erkennen, da diese im Dunkel saßen, sie selbst aber vom schwachen Schein der Öllampe gut ausgeleuchtet wie auf den Präsentierteller hockten.

Als der Wagen anhielt, schien es Goldstein, als habe er schon seit Stunden auf den feuchten und zügigen Holzplanken gehockt. Der Motor des Wagens wurde abgestellt, leise Flüche flogen durch die Nacht. Jemand zurrte an der Rückseite des Wagens die Plane auf. Sie wurde ein Stück zur Seite geklappt und eine Stimme befahl den beiden Soldaten, abzusteigen. »Vertreten Sie sich die Füße. Wir haben ein Problem mit dem Fahrzeug. Der Motor wird zu heiß. Wir müssen ihn abkühlen lassen, sonst fliegt uns die Kiste noch um die Ohren. Rauchen Sie, wenn Sie wollen. Sie können auch austreten. Aber einer von Ihnen behält immer die Ladefläche im Auge.«

Dankbar krochen die Soldaten von ihren Holzbänken, sich gegenseitig nach hinten in Richtung Gefangene sichernd. Die beiden Deutschen blieben allein zurück.

»Was haben sie gesagt?«, wollte Schneider von Goldstein wissen.

»Eine Panne. Irgendetwas mit dem Motor.«

»Ich schaue nach«, flüsterte Schneider und robbte so leise wie möglich zum Fahrzeugende. Er legte sich platt auf das Holz und schob vorsichtig die Plane beiseite, sodass sich ein kleiner Spalt öffnete, gerade groß genug, um nach draußen sehen zu können. Nachdem er sich einen Überblick verschafft hatte, drehte er sich zu Goldstein um und winkte ihn zu sich.

»Maximal fünf Mann«, flüsterte er. »Fahrer und ein oder zwei Offiziere vorne, einer unserer Bewacher steht einige Meter entfernt und raucht, den anderen kann ich nicht sehen. So wie es aussieht, befindet sich kein weiteres Militärfahrzeug in der Nähe.«

Ein Befehl wurde gerufen.

Schneider zuckte zusammen. »Was ist?«

»Vorne wird ein weiterer Mann benötigt.«

Schneider lugte wieder durch den Spalt. »Der Posten am Wagen verschwindet. Jetzt oder nie! Das ist unsere Chance. Bist du dabei?«

Goldstein nickte.

»Dann los!« Schneider kroch weiter vor, schob seinen Oberkörper langsam unter der Plane hindurch, verharrte einen Moment in dieser Lage und zischte: »Niemand zu sehen.« Fast lautlos glitt er von der Ladefläche. Goldstein folgte ihm unverzüglich.

Es war dunkel und diesig. Goldstein brauchte einen Moment, bis er sich orientiert hatte. Von vorn waren gedämpfte Stimmen zu hören. Schneider war bereits an die linke Seite des Wagens geschlichen, sondierte dort die Lage und forderte Goldstein mit einer Handbewegung auf, es ihm rechts gleichzutun. Als der Polizist vorsichtig um die Ecke spähte, sah er gut fünfzehn Meter entfernt einen der Offiziere stehen, eine glühende Zigarette in der Hand. Als der Mann einen Zug nahm, erkannte Goldstein Capitaine Mirrow.

Schneider tippte Goldstein auf die Schulter und flüsterte in sein Ohr: »Na?«

»Ich sehe nur einen der Offiziere«, gab Goldstein ebenso leise zurück.

»Der andere steht links. Der Fahrer und der zweite Posten sind anscheinend mit dem Motor beschäftigt. Aber wo ist die andere Wache?«

In dem Moment hörten sie hinter sich ein Geräusch. Sie fuhren herum. Nur wenige Meter von ihnen entfernt hockte mit dem Rücken zu ihnen der zweite Soldat, der am Rande einer Böschung anscheinend seine Notdurft verrichtet hatte. Er war gerade dabei, seine Hose hochzuziehen, richtete sich auf, drehte sich um und sah dann zum Wagen. Für einen Moment erstarrte er in seinen Bewegungen.

Schneider zögerte keine Sekunde. »Mir nach!«, rief er und rannte los.

Der Soldat erwachte aus seiner Starre, schrie auf und stürmte los, die Hose immer noch in der Hand haltend.

Schneider überquerte die Straße, sprang auf der anderen Seite die Böschung hinunter und drückte sich durch das Unterholz, Goldstein folgte ihm auf dem Fuße. Zweige peitschten sein Gesicht. Hinter ihm erklangen gebellte Befehle. Zwei, drei Minuten später hatten sie das Gestrüpp durchquert. Vor ihnen befand sich eine offene Fläche. Ein Feld, dachte Goldstein und sah, wie Schneider mit einem riesigen Satz erst über einen Graben sprang und dann über einen Zaun setzte. Goldstein tat es ihm nach. Nebelschwaden hingen tief über der Wiese. Schnelle Schritte waren in ihrem Rücken zu hören.

Goldsteins Lunge rasselte. Wieder ein Zaun, dann noch einer. Er blieb mit dem linken Unterschenkel im Stacheldraht hängen. Ein heftiger Schmerz, ein kurzes Stolpern, dann war er wieder frei. Schüsse fielen hinter ihm. Er ließ sich zu Boden fallen, raffte sich aber sofort wieder hoch und lief weiter. Seine Brust drohte zu zerspringen. Blitze zuckten vor seinen Augen. Dieser Nebel. Oder war das Gas? Realität mischte sich mit Erinnerung. Er hörte neben sich Granaten explodieren und Artilleriegeschosse heulen. Diesen Drahtverhau musste er noch nehmen, dann war er durch das mörderische Sperrfeuer der Franzosen hindurch. Nur noch diesen Hang hinauf und dann in Deckung werfen. Er stolperte, stürzte, rannte um sein Leben, nur von seinem Überlebensinstinkt getrieben. Er musste das Sperrfeuer überwinden, musste …

Adolf Schneider blieb schwer atmend stehen. »Wir haben sie abgehängt. Wir haben es tatsächlich geschafft!«

Erst jetzt realisierte Goldstein wieder, wo er war. Vor ihm

stand sein Zellengenosse und hatte sein breitestes Grinsen aufgesetzt. Sie befanden sich in der Deckung eines flachen Gebäudes. Im Hintergrund erhoben sich in den Nachthimmel hohe Kräne, die stählernen Giraffen glichen. Dunkle Kohleberge türmten sich rechts und links auf.

»Das Kohleumschlaglager im Hafen Wanne-Eickel«, erklärte Schneider. »Direkt am Dannekamp. Die wollten uns doch tatsächlich über Wanne nach Recklinghausen bringen.«

Goldstein kannte die Örtlichkeiten zwar nicht. Aber Schneiders Erstaunen über ihre Route und die offensichtliche Sorglosigkeit der Franzosen während des unvermuteten Stopps ließen Zweifel in ihm aufkommen. Ihre Flucht kam ihm mit einem Mal zu einfach, zu reibungslos vor. War vielleicht alles inszeniert gewesen? Hatten ihre Bewacher die Flucht gewollt? Aber warum? War Schneider vielleicht doch ein Spitzel? Goldstein verdrängte diese Gedanken. Letztlich war es egal. Er war noch am Leben und hatte seine Freiheit wieder. Das war im Moment das Einzige, was zählte.

»Komm, hilf mir.« Schneider hatte die vertrauliche Form der Anrede beibehalten und Goldstein beschloss, es ihm gleichzutun.

»Wobei?«

»Wir brauchen einen Unterschlupf für die Nacht.« Schneider zeigte auf ein gutes Dutzend Ölfässer, die nur wenige Meter von ihnen entfernt lagen.

»Warum versuchen wir nicht, uns nach Sodingen durchzuschlagen?«, erkundigte sich Goldstein. Der Gedanke, die Nacht im Freien zu verbringen, gefiel ihm nicht besonders.

»Das ist viel zu gefährlich. Es herrscht Ausgangssperre. Um diese Zeit sind nur Franzosen unterwegs. Außerdem werden sie nach uns suchen. Nein, wir müssen hierbleiben und hoffen, dass wir am Morgen unerkannt weiterkommen. Da sind viele auf dem Weg zur Arbeit, da fallen wir nicht so auf.«

Das leuchtete Goldstein ein.

Die beiden Männer schleppten die leeren Fässer zur Wand des Schuppens. Schneider stellte sie so auf, dass sie als eine Art Mauer eine rechteckige Fläche umschlossen, deren eine Längsseite die Wand des Schuppens bildete. Zuletzt legte er einige Bretter auf die Fassmauer und warf ein paar Lumpen auf den feuchten Boden.

»Fertig«, sagte er dann befriedigt. »Von außen sieht es so aus, als ob die Fässer vor Regen geschützt werden sollen.« Er schob eines der Fässer zur Seite und kroch durch das Loch. »Hereinspaziert!«

Goldstein zwängte sich ebenfalls durch die Öffnung und zog das Ölfass wieder an seinen Platz. Wenig später fielen die beiden Männer in einen unruhigen Schlaf.

53

Dienstag, 13. März 1923

Am nächsten Morgen war Schneider verschwunden. Goldstein hatte nicht bemerkt, dass er den Unterschlupf verlassen hatte. Ein Anflug von Panik erfasste den Polizisten, als er realisierte, dass er nicht nur allein war, sondern auch nicht wusste, wo er sich befand. Was sollte er jetzt unternehmen? Warum hatte Schneider ihn allein gelassen? Wollte er ihn womöglich den Franzosen ausliefern?

Goldstein zwang er sich zur Ruhe. Seine Bedenken waren unlogisch. Schneider konnte kein Spitzel sein. Er hatte noch keinen Versuch unternommen, ihn auszuhorchen. Wenn der Plan also darin bestand, dass Schneider sich sein Vertrauen erschleichen sollte, um mehr zu erfahren, als in der Zelle besprochen worden war, gab es noch keinen Grund, ihn wieder in Haft zu nehmen. Ein wenig beruhigt, spähte Goldstein durch eine der Ritzen zwischen den Ölfässern. Es dämmerte. Allzu spät konnte es noch nicht sein.

Was hatte Schneider gestern über ihren Aufenthaltsort gesagt? Irgendetwas von einem Kohlelager in einem Hafen. Das hieß, dass hier Kohle auf Schiffe verladen wurde. Deshalb auch die Kräne, die er gestern ausgemacht hatte. Plötzlich wurde Goldstein klar: Sie hatten sich nicht in einem abgelegenen Teil der Anlage versteckt, sondern quasi mittendrin. Es war nur eine Frage der Zeit, bis in diesem Betrieb die Arbeit aufgenommen wurde. Und damit würde natürlich die Gefahr einer Entdeckung steigen. Nicht nur Kälte ließ ihn frösteln.

Wie zur Bestätigung heulte in diesem Moment ganz in der Nähe eine Sirene. Arbeitsbeginn, dachte Goldstein. Kurz darauf erzitterte die Erde, auf der er lag. Motorengeräusch war zu hören. Anscheinend hatten sich die schweren Kräne in Bewegung gesetzt. Feiner Kohlenstaub löste sich von den Brettern und rieselte auf ihn herab. Keine Frage, er musste hier verschwinden. Und das sofort.

Goldstein versuchte, zwischen den Fässern hindurch seine Umgebung auszuspähen. Es war keine Menschenseele zu entdecken. Bemüht, kein unnötiges Geräusch zu verursachen, schob er ein Fass zur Seite und kroch ins Freie. Niemand in der Nähe. Goldstein richtete sich auf, streckte seine Glieder und schlich zur Ecke des Schuppens, hinter dem sie Schutz gesucht hatten. Vorsichtig sondierte er die Lage. Einige hundert Meter entfernt waren Arbeiter zu sehen. Noch weiter hinten dampfte eine Lokomotive.

Ein Geräusch hinter ihm erschreckte ihn fast zu Tode. Er fuhr herum.

»Morgen. Gut geschlafen?« Adolf Schneider streckte ihm

ein Stück Brot und eine Feldflasche entgegen. »Hier, iss. Brot und Wasser. Besser als nichts.«

»Wo bist du gewesen?«

»Transportmittel besorgen. Oder willst du den ganzen Weg zu Fuß gehen?«

»Was für Transportmittel?« Goldstein biss ins Brot und trank einen Schluck Wasser. Es schmeckte köstlich. Er merkte erst jetzt, wie hungrig und durstig er war.

»Fahrräder. Und nun komm.«

Schneider zog ihn mit sich Richtung Westen, weg von den Kränen und Zügen. Nach einigen hundert Metern erreichten sie einen Feldweg, der auf eine Straße führte. Dort bewachte ein Goldstein unbekannter Mann drei Fahrräder.

»Das ist ein Freund von mir«, erklärte Schneider. »Sein Name tut nichts zur Sache. Er wird uns über die Kanalbrücke begleiten. Je mehr wir sind, desto weniger fallen wir den Posten auf.«

Er zeigte auf eines der Räder und schwang sich selbst auf ein anderes.

»Keine Angst«, meinte Schneider, als sie sich der Brücke näherten und er Goldsteins Nervosität bemerkte. »Du siehst aus wie ein echter Malocher. Hast ja schließlich den Kohlenstaub in den Klamotten. Ist zwar, als ob du von der Schicht kommst und nicht zur Schicht fährst, aber das wird den Franzmännern nicht auffallen.«

Schneider sollte recht behalten. Ohne angehalten zu werden, radelten sie an den Posten vorbei auf die nördliche Seite des Kanals. Dort verabschiedete sich Schneiders Freund.

Eine Stunde später erreichten die beiden Männer eine Kleingartenanlage am Rand von Sodingen. Schneider stellte sein Rad ab und hieß Goldstein, auf ihn zu warten. Dann verschwand er zwischen den Gärten.

Als er kurz darauf wieder auftauchte, lächelte er zufrieden: »Alles klar.« Sie schoben die Räder zu einem Schuppen inmitten der Gärten und verstauten sie darin. Schneider klaubte einen Schlüssel aus einem auf einem Regal stehenden Blumentopf.

»Unsere Eintrittskarte«, lachte er und ging zu einer kleinen, aus Stein gemauerten Laube gegenüber und schloss sie auf.

»Der Schrebergarten gehört einem Freund von mir.« Schneider ließ sich auf einen Stuhl fallen und zündete sich eine Zigarette an.

»Du hast ziemlich viele Freunde«, bemerkte Goldstein lakonisch.

»Völlig richtig. Wir werden ein paar Tage hierbleiben, bis sich die Lage etwas beruhigt hat.« Er zeigte auf das einzige Sofa im Raum. »Wir schlafen abwechselnd, sodass einer von uns immer Wache schieben kann. Feuer können wir leider nur tagsüber machen. Nachts hält sich im Schrebergarten üblicherweise keiner auf. Wir würden nur auffallen. Aber so kalt ist es ja glücklicherweise nicht mehr. Wird bald Frühling. Wasser ist draußen im Brunnen, Essen besorge ich.« Er beäugte Goldstein kritisch. »Wenn ich du wäre, würde ich mich waschen.«

Erst jetzt fiel Goldstein auf, dass seine Kopfhaut juckte. Der Kohlenstaub. Er nickte und wollte die Tür öffnen.

»Warte.« Schneider stand auf und spähte durch ein winziges Fenster neben der Tür. »Bevor du die Laube verlässt, vergewissere dich immer, dass keine französische Streife in der Nähe ist. Es wäre auch gut, wenn dich die anderen Schrebergärtner nicht zu häufig sehen würden. Ich glaube zwar nicht, dass einer quatscht, aber sicher ist sicher. Mich kennen sie hier in der Anlage. Du aber fällst auf. Also bleib am besten drinnen. Die Luft ist rein. Beeil dich.« Er öffnete die Tür und Goldstein schlüpfte ins Freie.

Der Brunnen bestand aus einem alten, abgeschnittenen Fass und einer Handpumpe. Goldstein betätigte den Schwengel und frisches Wasser strömte in das Fass. Er entledigte sich seiner Jacke, Hemd und Pullover, schlug alles sorgfältig aus und steckte dann den Kopf in das eiskalte Nass.

Fünf Minuten später kehrte er erfrischt in die Laube zurück. Schneider hatte mittlerweile Feuer in einem alten Eisenofen entfacht und einen Topf mit Wasser daraufgestellt. Als Goldstein sich setzte, hielt der Herner triumphierend zwei Papiertüten hoch. »Pfefferminzblätter. Ich gieße uns einen Tee auf. Und Plätzchen. Etwas trocken, aber es wird gehen. Unser zweites Frühstück sozusagen. Hau dich hin, wenn du willst. Ich bin gleich fertig.«

Die Plätzchen ließen sich vorzüglich im Tee einweichen und verschafften gemeinsam mit dem warmen Getränk wenigstens die Illusion einer Mahlzeit. Nachdem sie die letzten Krümel vertilgt hatten, stand Schneider auf und schnappte sich seine Jacke.

»Ich habe noch etwas zu erledigen«, verkündete er. »Wird einige Stunden dauern.« Er zeigte auf die Tür. »Schließ hinter mir ab. Und bleib vom Fenster weg. Wenn sich jemand nähern sollte, verhalte dich ruhig.«

»Was ist, wenn der Eigentümer der Laube ...«

Schneider winkte ab. »Keine Sorge. Der wird sich in den nächsten Tagen nicht hier blicken lassen. Wir werden ganz ungestört bleiben.« Mit diesen Worten verschwand er durch die Tür.

Tatsächlich dauerte es bis zum Abend, bis Schneider wieder auftauchte. Es war bereits dunkel, als er klopfte und leise rief: »Mach auf, ich bin es.«

Goldstein öffnete und ließ ihn eintreten.

Schneider warf einen Rucksack auf den Tisch. »Lebensmittel. Dürfte für zwei Tage reichen. Und noch eine Decke.« Er zog seine Jacke aus und warf sie auf einen Stuhl. »Wenn die Franzosen nach uns suchen, tun sie das nicht besonders intensiv. Meine Freunde haben keine Verstärkung der Streifen festgestellt. Es hat keine Razzien gegeben. Fahndungsplakate hängen keine. Wäre vielleicht auch etwas früh.« Er zuckte mit den Schultern. »Hättest du etwas dagegen, wenn ich mich jetzt etwas ausruhe? Bin heute schließlich früh aufgestanden.«

Der Polizist schüttelte als Antwort nur den Kopf, worauf es sich Schneider auf dem Sofa bequem machte. Schon bald war lautes Schnarchen zu hören. Goldstein wickelte sich in die zweite Decke und nahm auf einem der Stühle Platz.

Lautes Klopfen ließ ihn aufschrecken. Er musste eingenickt sein. Schneider war erwacht und sprang auf. Er legte den Zeigefinger auf den Mund und schlich zur Tür. Dort lauschte er. Erst jetzt vernahm Goldstein, dass das Klopfen einem bestimmten Rhythmus folgte. Schneider wartete und öffnete schließlich. Der Mann, der unmittelbar darauf die Laube betrat, war Wilfried Saborski. Ihm folgten zwei weitere Männer, die Goldstein nicht kannte. Schneider begrüßte die Besucher mit einem stummen Nicken.

»Ich dachte, die Franzosen hätten euch eingebuchtet.« Saborskis Stimme triefte vor Ironie.

Goldstein hegte keinen Zweifel, dass Saborski von ihrer Flucht wusste.

»Haben sie auch. Aber wir konnten abhauen.« Schneider knetete nervös seine Hände.

»Tatsächlich? So einfach?« Saborskis Spott war ätzend.

»Einfach war es nicht. Aber wir hatten Glück.«

»So? Nennt man das jetzt Glück? Wäre Verrat nicht das richtigere Wort?«

Schneider wurde bleich. »Wie meinst du das?«

»Du hast mich schon verstanden.«

Goldstein schaltete sich ein. »Der Wagen hatte einen Motorschaden. Für einen Moment waren die Posten unaufmerksam. Die Chance haben wir genutzt. Obwohl sie auf uns geschossen haben, gelang uns …«

Wilfried Saborski drehte sich zu Goldstein um und richtete den Zeigefinger auf ihn. »Sie halten den Mund. Das geht Sie nichts an, verstanden?«

»Aber …«

»Maul halten!«, brüllte Saborski unvermittelt und in einer Lautstärke, dass Goldstein zusammenzuckte. Dann wandte Saborski sich wieder Schneider zu. »Was hast du den Franzosen erzählt?«

»Nichts. Jedenfalls nichts, was sie nicht ohnehin schon wussten.«

»Aha. Und das wäre?«

»Dass Soltau und ich das Koppel gefunden haben, zum Beispiel.«

»Und weiter?«

»Nichts weiter. Was soll eigentlich die ganze Fragerei?«

»Du wunderst dich?« Saborski schaute seine Begleiter an, so als ob er sich ihrer Unterstützung für sein bisheriges und weiteres Vorgehen versichern wollte. »Die Franzosen beschuldigen dich der Sabotage und stellen sich dann so dämlich an, dass du flüchten kannst. Und das auch noch gemeinsam mit diesem Polizisten, den sie seit Wochen suchen und der dazu auch noch einen ihrer Soldaten tätlich angegriffen hat. Das stinkt doch zum Himmel!«

Schneider machte eine abwehrende Handbewegung. »Denk, was du willst. Wir sind jetzt hier und damit fertig.«

»Nichts ist fertig«, erwiderte Saborski scharf. »Die *Zentrale Nord* hat sich mit eurem Fall befasst.«

»Die Zentrale?«, wunderte sich Schneider. »So schnell? Wir sind doch noch keine fünfzehn Stunden hier. Wie kann da ...« Er stutzte und musterte Saborski misstrauisch. »Ah, ich verstehe. Du sollst mich ausschalten, oder?« Als Saborski nicht antwortete, fuhr Schneider mit ruhiger Stimme fort: »Wer hat dir den Befehl gegeben? Trasse? Natürlich war er es. Trasse mischt im Hintergrund die Karten. Und du teilst sie aus.« Er machte einige Schritte auf Saborski zu und griff ihn mit beiden Händen bei den Schultern. »Mensch, Kamerad, merkst du denn nicht, was hier gespielt wird? Trasse will mich loswerden, weil ich zu viel weiß. Ich habe den Sprengstoff und die Plakate im Keller dieses Juden deponiert und er hat den Franzosen den Tipp gegeben. Das wusstet du nicht, das sehe ich dir an.« Er zögerte einen Moment. »Oder wusstest du das doch? Sag es mir, Wilfried. Hast du davon gewusst?« Schneiders Stimme wurde eindringlich. »Er ist der Drecksack und Verräter, nicht ich. Glaub mir. Du sollst dir nur an seiner Stelle die Hände schmutzig machen.«

Saborski ging einen Schritt zurück und schüttelte dabei Schneiders Hände ab. Mit einer schnellen Bewegung zog er eine Pistole und befahl seinen Begleitern: »Los!«

Schneider war zu verblüfft, um zu reagieren. Ehe er sich versah, waren seine Hände auf dem Rücken gefesselt. »Das kannst du doch nicht machen.« Sein Tonfall klang eher erstaunt als verängstigt. »Wir sind doch Kameraden. Ich habe unserer Sache immer treu gedient. Warum ...«

»Schafft ihn raus.« Saborski wandte sich Goldstein zu, der das Geschehen mit einer Mischung aus Abscheu, Angst und Entsetzen verfolgte. »Sie bleiben hier, haben Sie verstanden!« Dann folgte er, ohne zu zögern, den beiden Männern in die Dunkelheit.

Wie betäubt ließ sich Goldstein auf einen der Stühle fallen. Er konnte nicht fassen, was sich da gerade vor seinen Augen und Ohren abgespielt hatte. War er tatsächlich Zeuge eines angekündigten Mordes geworden? Oder hatte er die

Auseinandersetzung nur falsch interpretiert? Musste er nicht etwas unternehmen – schließlich war er Polizist. Saborski würde Schneider nichts antun, das konnte nicht sein. Er musste sich geirrt haben. Sicher würde Schneider nur verhört. Hatte nicht er selbst auch Zweifel an seiner Redlichkeit gehabt, ihn für einen Spitzel gehalten? Und war die Flucht vor den Franzosen nicht wirklich zu glatt gelaufen? Es war Saborski nicht zu verdenken, dass er sich mit solchen Überlegungen befasste.

Ein Schuss beendete seine Grübeleien. Goldstein zuckte zusammen, Panik kam auf. Sein Magen revoltierte. Ihm wurde übel, mühsam kämpfte er gegen den Brechreiz an. Gleichzeitig begann er zu zittern. Erst nur die Hände, dann die Arme, dann der ganze Körper. So hatte er sich zuletzt in den Gräben vor Verdun gefühlt, im Trommelfeuer der Franzosen.

Als Saborski die Tür aufriss und erneut die Laube betrat, nahm Goldstein seinen ganzen Mut zusammen. Er suchte Saborskis Blick. »Haben Sie ... Haben Sie Schneider erschossen?«

Saborski war aschfahl. »Er war ein Spitzel«, stieß er hervor, erweckte aber nicht den Eindruck, dass er glaubte, was er sagte. »Was sollte ich machen? Es war ein Befehl. Ich habe nur einen Befehl ausgeführt.«

»Sie haben gemordet!«, empörte sich Goldstein. »Welchen Grund Sie auch immer gehabt haben mögen – Sie haben ein Menschenleben auf dem Gewissen.«

»Das ist nicht das einzige«, bemerkte Saborski leise. »Nicht das einzige«, wiederholte er. Schwerfällig ließ er sich Goldstein gegenüber auf einen der Stühle sinken, griff in seine Jackentasche, holte eine Dose aus Silberblech hervor und schob sie langsam zu Goldstein hin. »Öffnen Sie«, sagte er.

Der Polizist klappte die Dose auf. Darin lag eine verbeulte Pistolenkugel, sorgsam in ein Seidentuch gewickelt.

»Eine französische Kugel«, klärte Saborski den verstörten Goldstein auf. »Sie hat meinen Vater getötet. Ich trage sie immer bei mir. Sie erinnert mich an meinen Hass auf die Franzosen und an meine Rache. Mein Vater hat gegen die Franzosen gekämpft, ich habe das getan, tue es noch immer und, wenn meine Informationen stimmen, tun Sie es ebenfalls. Wir sind Soldaten.«

Goldstein wollte ihn unterbrechen, schwieg aber, als Saborski die Hand hob.

»Ich kann mir denken, was Sie einwenden wollen. Aber dieser sogenannte Friedensvertrag von Versailles ist dem deutschen Volk aufgezwungen worden. Wir befinden uns nach wie vor im Kriegszustand. Der passive Widerstand gegen die Besatzer ist ein politischer Fehler. Das deutsche Volk ist bereit für einen erneuten Waffengang gegen die Franzosen.« Saborski nahm seinen ursprünglichen Gedankengang wieder auf. »Soldaten müssen Befehlen gehorchen und sie ausführen, unabhängig davon, ob sie von der Richtigkeit überzeugt sind. Waren Sie Offizier?«

»Ja. Leutnant.«

»Sehen Sie. Dann haben Sie Befehle nicht nur entgegengenommen, sondern auch erteilt. Haben Sie jemals gezweifelt, ob Ihre Untergebenen im Feld Ihren Befehlen folgen würden?«

»Eigentlich nicht«, gab Goldstein widerwillig zu. Er ahnte, worauf Saborski hinauswollte.

»Eben. Befehl und Gehorsam. Jede Armee dieser Welt ist nach diesem Grundsatz aufgebaut. Sie verstehen sich vielleicht momentan nicht als Soldat, aber ich. Und wenn mir befohlen wird zu töten, führe ich den Befehl aus. Haben Sie im Krieg getötet? Ich meine, nicht nur anonym oder über weite Entfernungen wie durch die Artillerie, sondern im Nahkampf, Aug in Aug mit dem Feind?«

Goldstein begann zu schwitzen. Der Landsmann im Granattrichter. Das Gas. Ja, er hatte getötet. Und nicht nur Franzosen. »Das habe ich getan«, räumte er ein.

»Und warum?«

»Ich verstehe nicht ...«

»Hatte Ihnen der Franzose, den Sie getötet haben, irgendein persönliches Leid zugefügt?«

»Nein.«

»Warum haben Sie dann so gehandelt? Das ist doch eine einfache Frage.«

»Das wissen Sie doch«, brauste Goldstein auf. »Weil es mir befohlen wurde.«

»Und da wagen Sie es, mir Vorwürfe wegen Schneider zu machen?«, erwiderte Saborski scharf.

»Aber Sie können doch das Sterben im Krieg nicht mit diesem Mord vergleichen«, widersprach Goldstein, obwohl er wusste, dass er die Auseinandersetzung längst verloren hatte. Er setzte noch hinzu: »Außerdem war Schneider Deutscher.« Als Goldstein den Satz ausgesprochen hatte, wurde ihm schlagartig klar, dass er selbst seit jener Nacht zwischen den Linien jedes moralische Recht verloren hatte, über andere den Stab zu brechen. Er hatte ja auch einen Deutschen getötet, um sein eigenes Leben zu retten. Wer war er, über Saborski zu urteilen?

Wilfried Saborski stand auf und ging zur Tür. Dort drehte er sich noch einmal um. »Ich kämpfe für Deutschland. Aber nicht nur. Ich kämpfe auch für meinen Vater. Und deshalb für mich. Sie hingegen haben im Krieg nur Befehlen gehorcht. Ohne jedes persönliche Motiv. Also spielen Sie heute nicht den Richter und urteilen über mich. Sie jedenfalls eignen sich nicht für diese Rolle. Im Übrigen wäre es besser für Sie, wenn Sie vergessen, was sich heute hier ereignet hat.« Mit diesen Worten verließ er die Laube.

Goldstein blieb verstört zurück. Er wusste, dass Saborski Unrecht begangen hatte. Niemand durfte ohne Beweis seiner Schuld verurteilt werden, welche Befehle auch immer erteilt worden waren. Aber hatte er, Goldstein, seinen Kameraden nicht ebenso zum Tod verurteilt, um nicht selbst im Gas zu krepieren? Langsam füllten sich seine Augen mit Tränen. Er hatte versagt. Damals im Granattrichter und auch heute. Er hätte heute einschreiten und wie ein Polizist handeln müssen. Er hätte zumindest versuchen müssen, Schneiders Leben zu retten. Aber damals wie heute hatte ihn ein Motiv geleitet, das übermächtiger war als aller Verstand: Angst. Ein lähmendes, schreckliches, nicht zu kontrollierendes Gefühl der Angst. Todesangst.

54

Mittwoch, 14. März 1923

Schneiders Warnungen zum Trotz hatte Goldstein am Abend kräftig eingeheizt. Selbst wenn ihn die Franzosen, durch den Rauch des Feuers alarmiert, wieder aufgreifen würden – was spielte das noch für eine Rolle?

Es hatte Stunden gedauert, bis er endlich eingeschlafen war. Die Erinnerung an Schneiders flehenden Gesichtsausdruck, als ihn Saborskis Schergen aus der Laube gezerrt hatten, ließ Goldstein immer wieder hochschrecken. Trotzdem plagten ihn ausgerechnet in dieser Nacht keine Albträume.

Als er erwachte, fühlte er sich deshalb zwar ausgeschlafen, aber sein schlechtes Gewissen war präsent, kaum dass er die Augen aufgeschlagen hatte. Warum hatte er Schneider so im Stich gelassen?

Er schlug die Decke zurück und stand auf. Ihn fröstelte. Im Ofen befand sich noch ein wenig Glut, die sich mit etwas Papier und Kleinholz wieder entfachen ließ. Kurz darauf prasselte das Feuer und angenehme Wärme durchzog den Raum.

Goldstein zögerte lange, öffnete aber dann doch die Tür und trat nach draußen. Die Luft war kalt und klar. Es dämmerte bereits. Vögel zwitscherten. Langsam lief Goldstein die Wege des Gartens ab und stellte fest, dass Schneiders Leichnam fortgeschafft worden war. Nur ein unscheinbarer Blutfleck zwischen den Rabatten deutete darauf hin, dass vermutlich genau an dieser Stelle ein Mensch seine letzten Atemzüge getan hatte.

Peter Goldstein fasste einen Entschluss. Er würde nicht aufgeben, sondern versuchen, den Mord an Agnes Treppmann aufzuklären. Irgendwie hatte er das Gefühl, dass er es Schneider schuldig war, seinen Auftrag zu Ende zu bringen.

Der Weg zurück in die Teutoburgia-Siedlung war nicht schwer zu finden. So früh am Morgen waren viele Menschen unterwegs zur Arbeit, die nicht nur bereitwillig Auskunft gaben, sondern auch Schutz boten. Goldstein schloss sich einer Gruppe von Männern an, die auf dem Bergwerk Friedrich der Große arbeiteten, nicht weit entfernt von seinem Ziel.

Die Überraschung stand Erna Treppmann ins Gesicht geschrieben, als Peter Goldstein an ihre Tür klopfte. Erst vor zwei Tagen hatte sich die Familie zurück in ihr Haus gewagt in der Hoffnung, dass die Franzosen die Suche nach dem Verrückten, der mit einem Holzknüppel ihre Posten attackiert hatte, aufgegeben hatten.

»Guten Morgen«, begann Goldstein. »Mein Name …«
»Ich weiß, wer Sie sind. Kommen Sie, schnell.« Sie zog ihn in den Flur und schloss hastig die Tür. Sie lächelte. »Vielen Dank für das, was Sie getan haben.«

Goldstein wollte etwas erwidern, aber sie schüttelte den Kopf und griff fast zärtlich seinen Arm. »Lassen Sie. Sie sehen aus, als ob Sie Hunger hätten. Mein Mann und ich frühstücken gerade. Wenn Sie möchten ...« Ohne eine Antwort abzuwarten, schob sie ihn in die Küche.

Hermann Treppmann begrüßte Goldstein verlegen. »Tut mir leid, das da auf dem Bahnhof. Wir haben gehört, dass Sie fliehen konnten. Ich bin darüber sehr erleichtert. Schließlich hat Sie meine Unbesonnenheit in diese Gefahr gebracht. Ich hätte mir ewig Vorwürfe gemacht, wenn Ihnen etwas zugestoßen wäre.«

Erna Treppmann nahm Besteck, einen Teller und eine Tasse aus dem Küchenschrank und stellte sie vor Goldstein hin.

Sie zeigte auf den Tisch, auf dem Brot, Schmalzaufstrich und etwas Wurst standen. »Bitte bedienen Sie sich. Viel ist es zwar nicht, aber ...« Sie schob ihren Stuhl zurecht und setzte sich ebenfalls.

Goldstein verspürte in der Tat Hunger und griff zu, achtete aber darauf, Maß zu halten. Das Angebot der Speisen machte nicht den Eindruck, als ob die Treppmanns aus dem Vollen schöpfen konnten.

Nach der zweiten Tasse Tee kam Goldstein auf sein Anliegen zu sprechen: »Sie wissen, dass ich Polizist bin?«

Das Ehepaar nickte schweigend.

»Vermutlich ist Ihnen dann auch bekannt, dass ich nach Herne geschickt wurde, um den Mord an Ihrer Tochter aufzuklären?«

Erneut war Erna Treppmann die Wortführerin. »Ja. Lisbeth hat uns alles erzählt.«

»Dann sagt Ihnen der Name Julian also auch etwas.«

»Ja.« Ihr Gesicht blieb ausdruckslos, während ihr Mann bei der Erwähnung des Namens leise aufstöhnte.

»Das Thema, über das ich mit Ihnen sprechen möchte, ist – wie soll ich sagen – etwas heikel.«

»Nachdem, was Sie für meinen Mann und mich getan haben, dürfen Sie in diesem Haus jedes Thema ansprechen, Herr Goldstein.«

»Danke. Ich habe das Tagebuch Ihrer Tochter gelesen und den Eindruck gewonnen, dass Agnes neben Julian und Wilhelm Gleisberg noch einen weiteren Verehrer hatte. Andeutungen Ihrer Nachbarn untermauern diese Vermutung.«

Erna Treppmann warf ihrem Mann einen schnellen Blick zu.

»Wer hat das gesagt?«, fragte sie. »Ilse?«

Als Goldstein schwieg, stellte sie fest: »Also war sie es.«

»Können Sie mir weiterhelfen?«

Erneut tauschte das Ehepaar einen langen Blick. Dann nickte Hermann Treppmann fast unmerklich und schloss für einen Moment die Augen.

Erna Treppmann setzte sich gerade hin und schenkte ihrem Mann, der wie unbeteiligt vor sich hin starrte, Tee nach. »Was wollen Sie wissen?«

»Hatte Agnes andere Verehrer? Neben Wilhelm und Julian. Es wäre möglich, dass Agnes aus Eifersucht umgebracht wurde. Ich wiederhole das in aller Vorsicht: Es wäre möglich. Wobei selbstverständlich nicht jeder, der Ihre Tochter verehrt hat, ein Tatverdächtiger ist. Also, interessierten sich noch andere Männer für Agnes?«

Erna Treppmann holte tief Luft. »Ja«, sagte sie.

»Wer?«

»Herr Goldstein, Sie dürfen aus dem, was ich Ihnen jetzt erzählen werde, keine falschen Schlüsse ziehen. Wir ...«

Barsch unterbrach Hermann Treppmann seine Frau. »Nun sag es ihm endlich!«

»Das tue ich doch gerade«, fauchte sie zurück. »Also, im

Herbst letzten Jahres bat ein flüchtiger Bekannter um ein Gespräch. Es war Ewald Wiedemann, Marthas Bruder.«

Goldstein hielt die Luft an.

»Wir hatten Wiedemann vorher natürlich von Zeit zu Zeit gesehen, aber nie engeren Kontakt zu ihm gepflegt. Es handele sich um eine private Angelegenheit, erklärte er uns. Als er dann einige Tage später kam, brachte er mir einen Strauß Blumen mit. Dort hat er gesessen, auf dem Stuhl, auf dem Sie jetzt sitzen. Es dauerte einige Zeit, bis er mit der Sprache herausrückte. Er liebte Agnes und wollte sie heiraten. Ganz offiziell hielt er bei Hermann um ihre Hand an. Wir waren völlig überrascht.«

Goldstein rutschte unruhig auf seinem Stuhl herum, wagte es aber nicht, Erna Treppmann zu unterbrechen.

»Wir haben ihm zugesichert, dass wir mit Agnes reden würden. Sie war an diesem Abend zu Gast bei einer Freundin und kam erst später heim. Als wir ihr von dem Heiratsantrag erzählten, hat sie erst gelacht. Dann wurde sie wütend. Sie habe niemandem auch nur den geringsten Anlass für einen Antrag gegeben und sie wolle nicht heiraten. Jedenfalls noch nicht jetzt und mit Sicherheit niemals Ewald Wiedemann. Mein Mann hat sie beruhigt und ihr versichert, dass sie ganz allein ihren zukünftigen Ehemann auswählen dürfe.«

»Hat Agnes Wiedemann geduzt?«

Erna Treppmann sah ihn erstaunt an. »Wo denken Sie hin!«

Dann hatte Lisbeth mit ihrer Theorie recht gehabt. W mit Punkt, weil Agnes Wiedemann gesiezt hatte.

Goldsteins Gedanken überschlugen sich. Wiedemanns Verhalten erschien plötzlich in einem ganz anderen Licht: Sein Lob, als die Fingerabdrücke auf der Zigarettenschachtel bewiesen, dass Sollé in der Ruine gewesen war, und er damit als Täter infrage kam. Sein Drängen, dass Goldstein zurück nach Berlin fahren sollte. Der spürbare Unmut, als er erfuhr, dass der Polizist davon Abstand genommen hatte. Seine Warnung vor einer drohenden Verhaftung durch die Franzosen und sein dringender Appell, Sollé nun endlich zum Schuldigen zu erklären. – War Wiedemann der Mörder?

Goldstein beunruhigte noch etwas: »Weiß Martha, dass ihr Bruder um Agnes geworben hat?«

»Natürlich. Wir haben es ihr selbst erzählt.«

In Goldstein keimte ein Verdacht. »Ist Lisbeth zu Hause?«

»Ja.«

»Könnten Sie sie bitte holen?«

Zwei Minuten später stand das Mädchen vor ihm. »Hat Martha Agnes' Tagebuch gelesen?«, fragte Goldstein Lisbeth.

Sie zögerte mit der Antwort.

»Nun antworte«, fuhr ihre Mutter sie an.

»Ich weiß, das war nicht recht ... Aber Agnes hätte bestimmt nichts dagegen gehabt.«

»Wann war das?«, wollte Goldstein wissen.

»Am Morgen ihres Geburtstages. Sie hat mich nach dem Buch gefragt.«

Jetzt ergab Marthas Verhalten einen Sinn. Sie hatte sich ihren eigenen Reim auf Agnes' Eintragungen gemacht und ebenfalls ihren Bruder verdächtigt. Deshalb hatte sie gereizt reagiert, wenn nur das Gespräch auf seine Ermittlungen kam. Sie wollte ihren Bruder schützen!

Erna Treppmann ergriff wieder das Wort. »Es ist Ihnen anzusehen, dass Sie darüber nachdenken, ob Ewald Wiedemann als Täter infrage kommt. Das haben wir auch schon getan. Aber wir haben nicht nur ihn verdächtigt. Jeder, der in den vergangenen Jahren mit Agnes mehr als zwei Worte gewechselt hat, erschien uns plötzlich als Mörder. Bei jedem, der uns sein Mitleid zum Verlust unserer Tochter aussprach, haben wir uns insgeheim gefragt: War er es? Oder sie? Agnes ist jetzt fast zwei Monate tot. Glauben Sie uns, Herr Goldstein, wir wünschen uns nichts sehnlicher, als dass Agnes' Mörder seine gerechte Strafe erhält. Aber auch wir müssen unseren Frieden finden. Wir können nicht nur mit Misstrauen leben. Wiedemann wollte Agnes heiraten, aber sie nicht ihn. So etwas kommt vor. Aber deshalb jemand umbringen? Dann gäbe es vermutlich sehr viele Morde an jungen Frauen in unserer Stadt. Nein, wir halten Wiedemann nicht für den Täter. Das würde er vor allem seiner Schwester nie antun.«

Langsam erhob sich Hermann Treppmann von seinem Stuhl. »Meine Frau hat recht«, sagte er mit belegter Stimme. »Wir müssen wirklich unseren Frieden finden. Aber ich kann das erst, wenn ich weiß, wer Agnes auf dem Gewissen hat.« Dann stieß er hervor: »Einer muss dafür bezahlen. Das verspreche ich bei allem, was mir heilig ist. Irgendwann muss jemand bezahlen.« In seinen Augen standen Tränen.

55

Mittwoch, 14. März 1923

Nachdem er die Treppmanns verlassen hatte, lief Goldstein durch die Gegend, um seine Gedanken zu sortieren und sich über sein weiteres Vorgehen klar zu werden. Nach zwei Stunden hatte er einen Entschluss gefasst.

Gegen Mittag klopfte er an Marthas Haustür. Sie schien nicht überrascht, ihn zu sehen.

»Komm rein«, sagte sie und ging voraus in die Küche. »Du bist also abgehauen«, stellte sie lapidar fest und setzte sich an den Tisch. »Wilhelm Gleisberg hat es mir erzählt. Vermutlich weiß er es von diesem Saborski.«

»Haben die Franzosen nach mir gesucht?«

»Bei mir jedenfalls nicht.«

»Darf ich mich setzen?«

»Seit wann bittest du um Erlaubnis?«, erwiderte sie kühl.

Goldstein nahm Platz. Er hatte sich dazu entschieden, Martha ohne Umschweife nach den Gründen für ihr Verhalten in der letzten Zeit zu befragen. Vielleicht lockte er sie aus der Reserve und sie erzählte etwas über ihren Bruder.

»Das fragst du dich?«, erwiderte sie, nachdem er geendet hatte. »Du gehst mit mir ins Bett und wunderst dich, dass ich mir Sorgen um dich mache? Mein Bruder hat mir erzählt, dass du seiner Meinung nach einer fixen Idee hinterherrennst. Sicher, Julian mag nicht der Täter gewesen sein. Aber vielleicht ein anderer Franzose. Wen interessiert es eigentlich noch, wer wirklich die Schuld an Agnes' Tod trägt? In diesen Zeiten!«

»Mich«, gab er zurück. »Und ihre Eltern.«

»Dass du diese Reihefolge wählst, ist bezeichnend.« Ihr Tonfall wurde schärfer. »Um was geht es dir eigentlich?«

»Um die Wahrheit.«

»Wahrheit. Pah! Wenn ich das höre. Meiner Meinung nach geht es dir in erster Linie um dich, um deinen Erfolg. Du willst recht behalten, um jeden Preis. Und bringst mit deiner Sturheit nicht nur dich, sondern auch andere in Gefahr.«

»Wen meinst du?«, fragte er verdattert.

»Mich zum Beispiel. Oder auch meinen Bruder. Und die anderen, die dir geholfen haben. Je länger du hierbleibst, desto gefährlicher wird die Situation für uns alle. Die Franzosen suchen dich. Warum gibst du dich nicht mit den Ergebnissen deiner Ermittlungen zufrieden und fährst zurück nach Berlin? Julian war es nicht und der wahre Täter ist nicht auszumachen. Punkt und aus. Reicht das nicht?«

Je länger Goldstein Martha zuhörte, umso ärgerlicher

wurde er. Zornig stieß er hervor: »Du wusstest doch, dass dein Bruder Agnes heiraten wollte, sie ihn aber zurückgewiesen hat. Und das Tagebuch kennst du auch. Bist du deshalb so ungehalten über meine Arbeit? Willst du deinen Bruder decken?«

Für einen Moment war es, als ob ein kalter Wind durch den Raum wehte.

Martha sprang auf. Ihre Augen blitzten. Gedehnt antwortete sie: »Was willst du damit sagen?«

Goldstein suchte nach einer Antwort. Er hätte seinem Ärger nicht freien Lauf lassen dürfen. Wenn Wiedemann tatsächlich etwas mit Agnes' Ermordung zu tun hatte, wäre es weitaus klüger gewesen, kein Wort über den Verdacht zu verlieren. Martha würde ihrem Bruder sicherlich von dieser Auseinandersetzung erzählen und Wiedemann wäre gewarnt. Hatte Wiedemann aber gar nichts mit dem Mord zu tun, war seine Bemerkung von eben dumm und töricht.

»Du packst deine Sachen«, zischte Martha. »Sofort. Ich will dich nicht mehr sehen.«

Als Goldstein nicht gleich reagierte, lief sie um den Tisch und schlug ihm mit der flachen Hand ins Gesicht. »Wie kannst du es wagen, meinen Bruder zu beschuldigen«, schluchzte sie. »Ausgerechnet du.«

56

Mittwoch, 14. März 1923

Goldstein wusste, dass er nun schnell handeln musste. Nachdem er seine Habseligkeiten zusammengepackt hatte, suchte er erneut die Treppmanns auf und bat darum, seine

Sachen bei ihnen unterstellen zu dürfen. Dann lief er zu dem Haus, in dem Wilhelm Gleisberg wohnte. Und er hatte Glück. Der junge Mann war daheim.

»Ich muss mit Saborski sprechen«, sagte Goldstein. »Unverzüglich.«

Gleisberg schüttelte den Kopf. »Geht nicht«, erwiderte er. »Wir haben Order, nur in wirklich wichtigen Angelegenheiten Kontakt zu ihm aufzunehmen.«

Goldstein wurde wütend. »Jetzt hören Sie mir zu. Ich bin Polizist, wie Sie wissen. Also machen Sie schon! Sonst bekommen Sie mächtigen Ärger, das verspreche ich.«

Ob nun die Drohung wirkte oder Goldsteins Auftreten den jungen Mann beeindruckte, auf jeden Fall nickte Gleisberg eingeschüchtert. »Gut. Ich werde nachfragen.«

»Nein, das werden Sie nicht. Sie bringen mich zu ihm. Und zwar jetzt!«

Wilhelm Gleisberg fragte seinen Vermieter, ob er ihnen ein Fahrrad liehe, und benutzte selbst sein eigenes. Dann radelten die beiden los und erreichten in wenigen Minuten die Werkstatt Wilfried Saborskis in Sodingen.

Saborski war alles andere als erfreut, als Gleisberg und Goldstein bei ihm auftauchten. »Ich habe euch doch eindeutig angewiesen, nicht ohne wichtigen Grund zu mir zu kommen«, blaffte er.

Gleisberg zeigte auf seinen Begleiter. »Er sagt, es sei wichtig.«

Saborski fixierte den Polizisten. »Nun?«

Goldstein warf einen Blick auf Gleisberg. Saborski verstand sofort. »Lass uns allein«, befahl er. »Du brauchst auch nicht auf ihn zu warten.«

Gehorsam trottete sein Kamerad nach draußen. Saborski schaute seinen Besucher fragend an. »Jetzt bin ich aber gespannt«, meinte er.

»Ich brauche Ihre Hilfe.« Goldstein setzte sich ungefragt auf einen Stuhl, der vor dem Schreibtisch stand.

»Wobei?«

»Bei einem Einbruch.«

Wenn Saborski überrascht war, ließ er es sich nicht anmerken. »Und wo?«

»Sie wissen doch sicher, wo Ewald Wiedemann wohnt?«

»Na klar. Wollen Sie etwa bei dem einsteigen?« Er grinste breit.

»Genau das habe ich vor.«

»Darf ich den Grund erfahren?« Saborski war anzusehen, dass er Goldstein für völlig übergeschnappt hielt.

»Weil ich es für möglich halte, dass er der Mörder von Agnes Treppmann ist.«

»Das ist nicht Ihr Ernst!«

»Wir haben nicht viel Zeit für lange Erklärungen. Hören Sie zu.«

Mit wenigen Worten informierte Goldstein Saborski über die Hintergründe seines Verdachts. Saborski unterbrach ihn nicht.

»Und warum kommen Sie damit zu mir? Weshalb sollte ausgerechnet ich Ihnen helfen, Wiedemann ans Messer zu liefern? Er ist einer von uns.«

»Mag sein. Aber er ist möglicherweise auch ein Mörder.«

Saborski verzog das Gesicht. »Es ist noch nicht lange her, dass Sie mich ebenso bezeichnet haben.«

»Ja, das habe ich getan. Und ich stehe auch dazu. Allerdings haben Sie in einem Punkt recht. Ich bin nicht derjenige, der den Stab über Sie brechen darf. Der Mord an Agnes Treppmann aber hat nichts mit Ihrem Kampf gegen die Besatzer und dem vergangenen Krieg zu tun. Ich weiß nicht, ob Schneider für die Franzosen gearbeitet hat oder nicht. Ich glaube in jedem Fall, dass es nicht richtig war, ihn zu erschießen. Aber eines weiß ich ganz gewiss: Agnes Treppmann ist ein unschuldiges Opfer. Ihr Tod war völlig umsonst. Und ich will den Täter finden. Ich will um jeden Preis die Wahrheit herausfinden. Und wenn Sie Ihre soldatischen Grundsätze wirklich so ernst nehmen, wie Sie behaupten, fordere ich Sie bei Ihrer Soldatenehre auf, mir zu helfen.«

»Was erhoffen Sie sich von dem Einbruch? Was suchen Sie?«

»Beweise. Genau genommen das Medaillon, das Agnes gehörte.«

Es dauerte Minuten, bis sich Saborski zu einer Antwort durchgerungen hatte. »Gut. Ich werde es tun«, sagte er dann. »Wann wollen Sie bei Wiedemann einbrechen?«

»So bald wie möglich. Am besten gleich.«

»Das könnte riskant sein. Schließlich ist es heller Tag.«

Goldstein schüttelte den Kopf. »Wer sollte uns überraschen? Die französischen Streifen können nicht überall sein. Und erst recht nicht die deutschen Polizisten. Sie sind fast alle ausgewiesen worden.«

»Ich dachte auch eher an die Nachbarn.«

»Wir müssen uns eben vorsehen.«

»Das sollten wir wirklich tun.« Saborski grinste gequält und griff sich eine abgeschabte Aktentasche, die er ohne viel Federlesens mit verschiedenen Werkzeugen bestückte. »Ich glaube, das reicht. Lassen Sie uns gehen.«

Ewald Wiedemann wohnte im Erdgeschoss eines Mehrfamilienhauses, nicht weit von der westlichen Ortsgrenze entfernt. Saborski hieß Goldstein an der Straßenecke Stellung beziehen. Der Herner wollte erst allein prüfen, ob Wiedemann tatsächlich nicht zu Hause war.

Schon nach kurzer Zeit trat Saborski wieder auf die Straße und hob die Hand, um sich am Kopf zu kratzen. Das verabredete Zeichen!

Goldstein beeilte sich, die wenigen Meter zum Wohnhaus zurückzulegen. Als er den Flur betrat, mussten sich seine Augen erst an das dort herrschende Dämmerlicht gewöhnen.

»Bleiben Sie so stehen, dass Sie die Eingangstür beobachten können«, raunte Saborski und öffnete seine Aktentasche. »Glücklicherweise wohnt Wiedemann allein auf dieser Etage.«

Erst jetzt erkannte Goldstein, dass eine andere Tür, die er auf den ersten Blick für einen weiteren Wohnungseingang gehalten hatte, lediglich angelehnt war und anscheinend in den Keller führte.

Immer wieder zur Haustür spähend, verfolgte Goldstein, wie Saborski in die Knie ging und sich fast lautlos an der Tür zu schaffen machte. Ein kaum wahrnehmbares Knacken, dann ein leises Schaben. Metall rieb auf Metall. Schließlich noch ein Klicken und die Wohnungstür schwang auf. Die ganze Aktion hatte keine Minute gedauert. In einer der oberen Etagen wurde eine Tür geöffnet. Stimmenfetzen.

»Kommen Sie«, flüsterte Saborski. »Schnell.«

Kaum hatte Goldstein die Wohnung betreten, schloss Saborski die Tür wieder, bemüht, keinen Laut zu verursachen. »Psst«, befahl er, presste sein Ohr an das Türblatt und wartete.

»Alles klar«, gab er kurz darauf Entwarnung. »Uns hat keiner bemerkt. Wir sollten uns aber beeilen.« Er drehte sich zu Goldstein um. »Sie suchen also ein Medaillon?«

»Ja. Eine Goldkette mit einem Medaillon. Vielleicht auch einen Ledergürtel. Etwas in der Art. Eben alles, was auf Wiedemann als Täter hindeutet.«

Saborski ging los. »Ich nehme das Schlafzimmer. Suchen Sie im Wohnraum?«

Zwei Stunden später hatten sie immer noch nichts gefunden. Die Suche war mühselig. Penibel achteten beide Männer darauf, alles so zu hinterlassen, wie sie es vorgefunden hatten.

Nun stand Goldstein etwas ratlos im Wohnzimmer Wiedemanns und sah Wilfried Saborski entgegen.

»Immer noch nichts?«, fragte der.

Goldstein schüttelte den Kopf.

»Ein wunderbarer Sekretär.« Saborski näherte sich dem Möbel, das links an der Wand stand. »Besonders die geschnitzten Aufbauten. Ist Ihnen die Detailtreue der Figuren aufgefallen, die in die Stützen eingearbeitet sind?«, fragte er.

»Ich habe das Ding schon durchsucht«, erwiderte Goldstein, die Begeisterung seines Begleiters ignorierend. »Ohne Ergebnis.«

»Kirschbaum. Massiv, vermute ich.« Saborski öffnete eine der Türen und nahm deren Innenseite genauer in Augenschein. »Ja, das stimmt. Sicher das Meisterstück eines Schreinergesellen, da bin ich mir sicher. Eine hervorragende Arbeit. Und dann die Intarsien auf der Arbeitsplatte. Ebenholz mit Ahorn, wenn ich nicht irre.« Fast zärtlich strich er mit den Fingerspitzen seiner rechten Hand über die Platte. »Ich wollte auch meinen Schreinermeister machen. Aber der Krieg …« Saborski beugte sich vor, als ob er die Einlegearbeit genauer inspizieren wollte, ging in die Knie, legte den Kopf schräg und musterte die Schreibfläche erneut. Dabei streichelte er weiter über das Holz. Schließlich richtete er sich wieder auf, zog die mittlere Schublade zur Gänze aus dem Schrank, stellte sie neben sich auf den Boden und griff, mit der anderen Hand suchend, in die Öffnung.

Er wandte sich an Goldstein. »Greifen Sie hinein.«

Der Polizist folgte seiner Aufforderung.

»Was ertasten Sie?«

»Nichts.«

»Fühlen Sie weiter hinten.«

»Ja, hier ist etwas. Es fühlt sich an wie ein kleiner Eisenbolzen.«

»Das ist auch einer. Versuchen Sie, ihn zur Seite zu schieben.«

Im Inneren des Sekretärs knackte etwas. Unvermittelt sprang ein etwa zwanzig mal dreißig Zentimeter großes Stück der Arbeitsplatte gerade so weit auf, dass es mit den Fingerspitzen zu greifen war.

»Ein Geheimfach«, erklärte Saborski. »So etwas wurde früher häufig in Schreibtische oder auch Schränke eingebaut.« Er hob den Deckel etwas weiter an. »Sehen Sie hier.«

Goldstein bemerkte unter dem aufgeklappten Holzplättchen eine kleine Feder und einen winzigen Haken.

»Der Deckel ist millimetergenau eingepasst«, erklärte Saborski. »Sein Intarsienmuster unterscheidet sich in nichts von dem der restlichen Arbeitsplatte. Der kleine Spalt zwischen den verschiedenen Holzplättchen fällt optisch deshalb nicht auf, weil die Farben zu verschieden sind. Ihr Augenmerk wird auf das Holz, nicht auf den Spalt dazwischen gelenkt. Weiter hinten ist ein Scharnier angebracht, das den Deckel schwenkbar macht. Der Haken hier greift in eine bewegliche Nut, die mit dem Eisenbolzen, den Sie ertastet haben, zur Seite gedrückt wird. So wird die Verriegelung frei und die Feder bewirkt, dass der Deckel ein wenig nach oben springt. Vermutlich ist das Fach schon häufig geöffnet und geschlossen worden. Es schließt nicht mehr völlig plan. Als ich mit den Fingern über die Platte gefahren bin, habe ich die leichte Unebenheit gefühlt. So, dann wollen wir schauen, was Wiedemann so Wichtiges in seinem Geheimfach versteckt.«

Saborski klappte den Deckel vollständig auf, griff in das Fach und hielt Goldstein ein kleines Kästchen entgegen. »Möchten Sie?«, fragte er.

Goldstein griff zu. Er öffnete das Behältnis und verspürte ein Triumphgefühl. Auf einem kleinen Stoffkissen lag eine Goldkette mit einem Medaillon. Und das Bild, welches sich im Inneren des Anhängers befand, zeigte Erna und Hermann Treppmann.

Wilfried Saborski zog nun einen Stapel grauer, nicht beschrifteter Briefumschläge aus dem Geheimfach. »Das ist alles.«

Goldstein verstaute das Kettchen wieder und nahm einen der Briefe. Die Umschläge waren innen mit rotem Seidenpapier gefüttert. Er zog das zusammengefaltete Stück Papier heraus.

Liebste Agnes, stand da unter den Datum des 23. Oktober 1922. *Das heutige Gespräch mit deinen Eltern hat mich nicht entmutigt, im Gegenteil. Ich habe den Worten deines Vaters entnommen, dass er dir die Entscheidung überlässt, mit wem du in den Stand der Ehe treten willst. Das begrüße ich. Denn ich bin sicher, dass du schon recht bald erkennen wirst, wer es gut mit dir meint. Ich werde dich immer auf Händen tragen, da kannst du gewiss sein. Ich werde dich lieben und verehren und ...*

In diesem Stil ging es über zwei Seiten weiter. Unterschrieben war der Brief mit *Ewald.*

Ein anderes Schreiben von identischer Handschrift datierte vom 22. Januar 1923. *Liebste Agnes, obwohl es mir schwerfällt, werde ich dir noch einmal verzeihen. Ein deutsches Mädchen lässt sich nicht mit den Feinden unseres Volkes ein! Das solltest du wissen. Ich habe dich schon gestern beobachtet, wie du mit diesem französischen Soldaten herumpoussiert hast. Das geht so nicht! Du machst dem Namen deiner Eltern Schande, aber auch mir, wo wir doch versprochen sind. Ich möchte nicht durch dein unschickliches Verhalten gezwungen werden, dich bestrafen zu müssen. Du weißt, dass ich dich inniglich liebe. Gerade darum muss ich dich ja vor dir selbst beschützen.*

Goldstein griff zu einem anderen Brief, der am 25. Januar, also einen Tag vor dem Mord verfasst worden war. Er überflog die ersten Zeilen, die von belanglosem Inhalt waren. Dann aber wurde es interessant: *Schon wieder hast du dich mit diesem Franzosen getroffen, ihn sogar geküsst! Ich habe euch beobachtet. Du dachtest wohl, mich täuschen zu können. Aber da hast du dich geirrt. Du hast mein Vertrauen und meine Zuneigung auf das Übelste missbraucht. In diesen harten Zeiten! Ehebruch ist ein schweres Verbrechen. Du hast Schande und Schuld auf dich geladen, auch wenn wir vor dem Gesetz noch nicht verheiratet sind. Aber vor Gott, er ist mein Zeuge, sind wir es. Die Ehe ist heilig. Und deshalb bist du schuldig. Schuldig!* Das letzte Wort war mehrmals unterstrichen.

Saborski hielt einen anderen Brief in der Hand. »Das sollten Sie sich anschauen«, sagte er und streckte Goldstein das Blatt entgegen. »Der ist vom 27. Januar«, sagte er. »Einen Tag nach Agnes' Ermordung.«

Der Text umfasste nur wenige Worte: *Ich musste es tun. Für unsere Liebe. Ich musste sie strafen für das Unrecht, das sie begangen hat. Kein anderer Mann wird sie je wieder berühren. Gott wird meine Tat verstehen.*

Erschüttert ließ Goldstein die Hand mit dem Papier sinken. »Er hat keinen dieser Briefe jemals abgeschickt«, stellte er fest. »Trotzdem hat er in ihnen versucht, den Mord zu rechtfertigen. Was geht nur in diesem Mann vor?«

»Keine Ahnung«, erwiderte Wilfried Saborski ungerührt. »Für mich ist er ein Schwein.« Er steckte die Briefe zurück in die Umschläge und verstaute diese gemeinsam mit dem Kästchen, in dem sich die Kette befand, in seiner Innentasche.

Goldstein streckte besitzergreifend die Hand aus. »Das sind meine Beweise«, bemerkte er konsterniert.

»Das waren Ihre Beweise«, erwiderte Saborski kühl und wandte sich zum Gehen. »Die Treppmanns werden entscheiden, wie wir damit verfahren.«

57

Mittwoch, 14. März 1923

Das Gericht, welches über das Schicksal Ewald Wiedemanns entschied, tagte in der Wohnküche der Treppmanns.

Goldstein hatte mehrere Versuche unternommen, Wilfried Saborski davon zu überzeugen, ihm die Briefe und die Kette auszuhändigen und nicht den Treppmanns zu übergeben. Doch vergebens. »Das haben Sie nicht zu entscheiden«, lautete die stereotype Antwort Saborskis.

Goldsteins Bemerkung, dass die Unterdrückung von Beweismitteln strafbar sei, entlockte Saborski nur ein mitleidiges Grinsen.

Nun hockte Erna Treppmann mit tränenüberströmtem Gesicht auf ihrem Stuhl. Immer wieder führte sie das Medaillon zu ihrem Mund, küsste es und strich es über ihre Wange, ganz so, als ob sie nicht ein kaltes, totes Stück Metall, sondern ihre Tochter liebkoste.

Ihr Mann Hermann stierte auf das letzte der Schreiben, welche die beiden Männer in dem Geheimfach entdeckt hatten, und stöhnte auf. Plötzlich sprang er von seinem Stuhl, lief zum Waschbecken, öffnete das Ventil und spritzte sich mit beiden Händen kaltes Wasser ins Gesicht. Ohne sich abzutrocknen, kehrte er an den Tisch zurück und fragte mit stockender Stimme: »Was passiert nun mit dem Mörder unserer Tochter?«

»Ich werde einen Bericht schreiben«, erwiderte Goldstein. »Der wird an die Staatsanwaltschaft weitergeleitet, die dann entscheidet, ob Anklage gegen Wiedemann erhoben wird.«

»Wo? In Berlin?«, spottete Saborski.

»Natürlich nicht, sondern beim zuständigen Gericht.«

»Und das ist wo? Das Schwurgericht in Bochum?«

»So ist es.«

»Eine gute Idee. Die meisten der Staatsanwälte und Richter sind von den Franzosen ausgewiesen worden. Die noch hier sind, dürfen keinen Schritt ohne Erlaubnis der Militärbehörden tun. Sollen die Franzosen über Wiedemann urteilen?«

»Warum denn nicht?«

Saborski schüttelte entgeistert den Kopf. »Sie sind wirklich nicht ganz bei Trost. Wiedemann ist Deutscher, er ist …«

»Ein deutscher Mörder«, unterbrach ihn Goldstein.

»Wie auch immer. Er ist ein Patriot. Und deswegen werde ich ihn nicht an die Besatzerjustiz ausliefern. Unter keinen Umständen.«

»Dann darf ein deutscher Patriot also ungestraft morden?« Goldstein hatte bewusst einen scharfen Ton angeschlagen.

»Verwechseln Sie soldatisches Töten nicht mit Mord«, gab Saborski zurück. »Natürlich muss Wiedemann zur Rechenschaft gezogen werden. Die Frage ist nur, wer ihn richtet. Wir oder die Franzosen.«

Hermann Treppmann sah mit feuchten Augen in die Runde. »Ich werde es tun«, sagte er mit schwerer Stimme.

»Du bist dir sicher?«, fragte Saborski.

Treppmann antwortete mit einem Nicken.

»Dann soll es so sein.«

»Das wäre Selbstjustiz«, empörte sich Goldstein. Er wandte sich direkt an Treppmann: »Belasten Sie nicht Ihr Gewissen mit einer solchen Tat. Ich werde das nicht zulassen.«

»Wie wollen Sie das verhindern?«, fragte Saborski gedehnt und zog seine Luger.

Goldstein zuckte zusammen. »Wollen Sie mich etwa doch noch erschießen?«

»Nur ungern. Aber wenn Sie mich dazu zwingen … Und nun kommen Sie mit«, befahl er ungerührt.

»Wohin?«

»In den Keller. Dort werden Sie warten, bis alles vorbei ist. Kann ein paar Stunden dauern. Dann können Sie zurück nach Berlin und Ihre Berichte schreiben.«

Goldstein erkannte, dass er keine Wahl hatte.

Der Keller war niedrig und feucht. Direkt hinter der Treppe befand sich eine schwere Eisentür, die Treppmann öffnete.

»Der Kohlenkeller«, erklärte er. »Licht ist leider nicht. Aber in der Nische dort steht eine Kerze.« Er steckte sie in Brand und hielt eine weitere hoch. »Hier sind noch zwei. Dürfte reichen.«

Saborski schob Goldstein in den fensterlosen Raum und zeigte auf einige prall gefüllte Säcke, die in der Ecke lagen. »Machen Sie es sich bequem. Schreien wird nichts nützen. Also sparen Sie sich die Mühe.«

Die Eisentür fiel ins Schloss und ein Schlüssel drehte sich.

58

Mittwoch, 14. März 1923

Wilfried Saborski fing Wiedemann vor dessen Haustür ab, als dieser am späten Nachmittag von der Arbeit heimkam.

»Trasse will mit uns sprechen«, behauptete er.

»Ich möchte vorher noch eine Kleinigkeit essen.«

»Geht nicht. Trasse wartet schon seit einer Stunde. Er hat gesagt, es sei dringend.«

»Warum ist er nicht selbst gekommen?«

»Das musst du schon ihn fragen. Er ist oben im Schuppen am Kaiser-Wilhelm-Turm. Bist du bewaffnet?«

»Im Amt? Bist du verrückt?«

»Gut. Nun komm schon, es wird sicher nicht lange dauern.«

Der halb verfallene Holzschuppen, am Rand eines kleineren Waldgebiets gelegen, diente den Männern der *Zentrale Nord* manchmal als Treffpunkt. Die Umgebung des Schuppens war gut einsehbar. Insbesondere der kleine Feldweg, der zu ihm führte, konnte überblickt werden. Außerdem bot der Wald Flucht- und Versteckmöglichkeiten, sollte sich eine französische Streife nähern.

Wiedemann seufzte. »Na gut. Lass uns fahren.«

Die beiden Männer schwangen sich auf ihre Fahrräder und erreichten eine gute Viertelstunde später den Kaiser-Wilhelm-Turm. Nun mussten sie schieben. Der Boden war zu aufgeweicht.

Sie lehnten die Fahrräder an die Schuppenwand und näherten sich der windschiefen Tür. Ein kurzer Blick überzeugte sie, dass niemand in der Nähe war. Dann betraten sie die Hütte.

Im Schuppen herrschte Dunkelheit. Saborski gab Wiedemann einen Stoß, sodass dieser in das Innere stolperte.

»Was soll das?«, beschwerte der sich.

Ein Geräusch war zu hören. Dann flackerte ein Licht auf. Für einen kurzen Moment war Wiedemann vom Kerzenlicht geblendet.

»Bleib stehen.« Saborskis Stimme wirkte ruhig. »Setz dich an den Tisch.«

Wiedemann gehorchte.

Aus dem Dunkel der Ecke trat ein Mann. Hermann Treppmann hielt einen schweren Armeerevolver in der rechten Hand.

»Herr Treppmann ...« Wiedemann war überrascht. »Aber ... Was wollen Sie mit der Waffe?« Zu Saborski gewandt sagte er: »Ich dachte, ich sollte hier Trasse treffen.«

»Der Plan hat sich geändert«, antwortete Saborski kühl.

Treppmann näherte sich dem Tisch. Erst jetzt konnte Wiedemann dessen Gesichtszüge erkennen. Sein Herz schlug schneller.

Treppmann beugte sich nach vorn und fixierte den Sitzenden für lange Sekunden. Dann richtete er sich wieder auf, hob den Revolver, hielt ihn mit beiden Händen und richtete ihn auf Wiedemann. »Warum«, fragte er mit heiserer Stimme, »musste meine Agnes sterben?«

Wiedemann erstarrte. »Woher ...«

Wilfried Saborski griff in seine Jacke und warf die grauen Briefumschläge auf den groben Holztisch. »Das haben wir gut versteckt in deiner Wohnung gefunden. In dem Geheimfach des Sekretärs, wo du auch das Kettchen verwahrt hast.« Seine Lippen wurden zu einem Strich. »Ich lasse euch jetzt allein. Hermann möchte dir einige Fragen stellen. Aber mach dir keine Illusionen. Ich lasse die Hütte nicht aus den Augen.« Dabei klopfte er demonstrativ auf seine ausgebeulte Jackentasche und ging.

Hermann Treppmann machte einige Schritte nach rechts, sodass er knapp zwei Meter Abstand von dem Tisch hatte. »Schieb die Kerze näher zu dir hin«, ordnete er an. »Ich möchte dein Gesicht sehen, während ich mit dir rede. Gut so. Und jetzt leg beide Hände auf den Tisch.«

Ewald Wiedemann sackte in sich zusammen. Er wusste, dass er verloren hatte.

»Also, ich warte. Warum hast du Agnes ermordet?«

»Ich ... Ich habe Agnes wirklich ... Ich habe sie geliebt«, stammelte Wiedemann. Dann brach es aus ihm heraus: »Aber sie hat mich einfach übersehen, mir nicht die geringste Aufmerksamkeit geschenkt. Ich dachte, dass sie es sich mit der Zeit noch anders überlegen wird. Ich habe darauf gehofft, dass sie erkennt, wie groß meine Liebe ist. Doch dann traf sie diesen Franzosen.« Seine Gesichtszüge verzerrten sich vor Hass. »Er durfte sie berühren, sogar küssen. Ich habe die beiden beobachtet. Da wurde mir klar, dass sie mich nie würde lieben können, sondern nur den anderen. Ja, ich habe sie umgebracht. Aus Liebe.«

»Nicht aus Liebe«, flüsterte Treppmann. »Aus Eifersucht. Aus purem Egoismus. Deshalb musste mein Kind sterben.« Er hob mit zitternden Händen den Revolver und zielte auf Wiedemanns Kopf.

»Mein Leben für das Leben von Agnes«, sagte der bloß. »Auge um Auge, Zahn um Zahn. Eine biblische Lösung. Ich kann Sie verstehen.«

Treppmann krümmte langsam den Zeigefinger. Er weinte. Er nahm Wiedemann nur noch schemenhaft wahr. Plötzlich sah er Agnes vor sich: ihr Lachen als Kind, wenn er sie umherschleuderte, ihre funkelnden Augen, wenn sie wütend war, ihre Tränen, wenn sie sich beim Spiel gestoßen hatte.

Treppmanns Hände zitterten immer stärker. Er spürte den Druckpunkt des Abzugs und bekam Zweifel. Hatte Goldstein nicht recht gehabt mit seiner Bemerkung? Wurde er nicht auch zum Mörder?

»Ich kann es nicht«, murmelte er. »Ich kann es einfach nicht.« Und dann, lauter und mit festerer Stimme sprach er zu Wiedemann: »Ich mache mir an dir die Hände nicht schmutzig. Du wirst deinen Richter noch finden.« Mit diesen Worten legte er den Armeerevolver auf den Tisch und verließ den Schuppen.

Für Sekunden saß Wiedemann wie gelähmt auf der hölzernen Bank. Dann griff er zu dem Revolver.

Wilfried Saborski nahm überrascht zur Kenntnis, dass

Treppmann die Hütte ohne den Revolver verließ. Er lief zu ihm hin. »Was ist passiert?«, fragte er.

»Nichts«, antwortete Treppmann.

»Und die Waffe?«

Treppmann machte eine Kopfbewegung zum Schuppen. »Sie ist dort drin.«

Saborski zog seine Luger. »Du hast dem Kerl einen geladenen Revolver überlassen?«, fragte er entgeistert und machte Anstalten, in die Hütte zu stürmen.

Treppmann hielt ihn am Arm. »Lass. Wir gehen nach Hause«, bat er mit müder Stimme.

Einen Moment sah es so aus, als ob sich Saborski der Bitte des Älteren widersetzen wollte. Dann aber zuckte er resigniert mit den Schultern und drehte sich um.

Sie hatten erst wenige Meter zurückgelegt, da fiel ein Schuss. »Komm«, sagte Treppmann leise und zerrte Saborski weiter. »Es ist vorbei.«

59

Donnerstag und Freitag, 15. und 16. März 1923

Die Landschaft flog an Peter Goldstein vorbei. Sein Auftrag war ausgeführt, Minute um Minute entfernte er sich weiter vom Ruhrgebiet.

Saborski hatte ihn am Abend zuvor aus seinem muffigen Gefängnis befreit. Goldstein hatte einen Moment erwogen, Martha vom Selbstmord ihres Bruders zu unterrichten, sich aber dann doch anders entschieden. Stattdessen hatte er es vorgezogen, das Angebot der Treppmanns anzunehmen und die letzte Nacht im Ruhrgebiet in ihrem Haus zu bleiben.

Obwohl Goldstein Saborski kaum mehr in die Augen schauen mochte, akzeptierte er dessen Vorschlag, ihn am nächsten Tag sicher aus dem besetzten Gebiet heraus nach Haltern zu bringen. Dort konnte er dann in den Zug steigen.

Sehr früh am Morgen holte ihn Saborski bei Treppmanns ab. Bevor sie aufbrachen, übergab Saborski dem Polizisten die Briefe Wiedemanns zusammen mit einer unterschriebenen Aussage über die Ereignisse. Die Kette hatte Saborski Agnes' Eltern überlassen.

Als Goldstein das Haus der Treppmanns verließ, war ihm, als ob er beobachtet wurde. War es Martha, die seine Abreise verfolgte? Er drehte sich um und versuchte, in der Dunkelheit Genaueres zu erkennen. Aber da, wo er eben noch meinte, die Umrisse eines Menschen wahrgenommen zu haben, bewegten sich nur die Zweige eines Busches im Wind.

Saborski drängte zur Eile. Nicht weit von der Teutoburgia-Siedlung wartete ein Kraftwagen, der einem Schrotthändler gehörte und auch von diesem gelenkt wurde. Goldstein kletterte auf die Ladefläche und versteckte sich unter einem Haufen Lumpen.

Über Nebenstraßen erreichten sie problemlos den nördlichen Stadtrand Recklinghausens. Dort stiegen Saborski und Goldstein aus und schlugen sich zu Fuß durch ein Waldgebiet, das die provisorische Grenze zwischen dem besetzten Gebiet und dem Deutschen Reich bildete. Hinter der Grenze stand der Kraftwagen und nahm die beiden Männer wieder auf.

Die Verabschiedung am Halterner Bahnhof fiel kurz aus. Goldstein richtete sich in einem Abteil der ersten Klasse ein. Den Luxus, so zu reisen, hatte er sich für die gesamte Rückfahrt gegönnt. Dass das teure Billett ein großes Loch in seine Kasse riss, war ihm im Moment egal. Er brauchte nach den Ereignissen der letzten Tage Ruhe und wollte seine Gedanken sortieren. Dafür war eine gepolsterte Bank sicher dienlicher als ein Holzsitz.

Am frühen Nachmittag traf der Anschlusszug aus Münster in Hamburg ein. Bis zur Abfahrt des Schnellzuges nach Berlin hatte Goldstein noch eine knappe Stunde Zeit. In einem nahe gelegenen Geschäft erwarb der Polizist Schreibpapier und einen Bleistift und wartete dann bei einem Kaffee im Bahnhofsrestaurant.

Der Zug fuhr pünktlich ab. Goldstein hatte das Abteil für sich allein und konnte so in Ruhe beginnen, den Bericht über die Ereignisse in Herne zu formulieren. Er zeichnete jeden Schritt seiner Ermittlungen im Detail nach, ohne etwas zu beschönigen oder auszulassen. So vergingen die Stunden wie im Flug.

In Berlin angekommen, bezog er Quartier in einem kleinen Hotel in einer Nebenstraße.

Am nächsten Morgen stand Goldstein zeitig auf und begab sich zunächst zu seiner Dienststelle, um von dort mit Kriminalsekretär Hofer, dem Assistenten Sanders, zu telefonieren. Hofer schien nicht besonders überrascht, von ihm zu hören. Er regte an, dass Goldstein seinen Bericht unverzüglich durch einen Boten zu Sanders Büro bringen lassen sollte. Um drei Uhr könne er dann bei Kriminaldirektor Sander vorstellig werden.

Als Goldstein schließlich das massige Gebäude betrat, erinnerte er sich an seinen letzten Besuch im Adelsclub, als ihm Sander die gefälschten Papiere ausgehändigt hatte. War seitdem wirklich erst etwas mehr als ein Monat vergangen?

Hofer reichte ihm zur Begrüßung die Hand und führte ihn ohne Umschweife in Sanders Büro. Der Kriminaldirektor blickte bei Goldsteins Eintreten von seinen Papieren auf und gab Goldstein mit einer Handbewegung zu verstehen, dass er auf dem Sessel vor dem Schreibtisch Platz nehmen sollte.

»Schön, dass Sie unversehrt wieder bei uns in Berlin sind«, eröffnete Sander die Besprechung. Er griff zu der Akte, die vor ihm lag, und hielt sie hoch. Goldstein erkannte den von ihm verfassten Bericht.

»Gute Arbeit«, meinte der Kriminaldirektor anerkennend. »Mein Kompliment.«

Goldstein fühlte sich geschmeichelt.

»Wirklich tragisch, die Tat von diesem Wiedemann. Dass ein deutscher Beamter ... Aber lassen wir das. Ich bin Ihnen, Herr Goldstein, sehr dankbar für das, was Sie dort unten im Ruhrpott geleistet haben. Unter diesen Bedingungen ... Die Berliner Polizei kann wirklich stolz darauf sein, einen Mann wie Sie in ihren Reihen zu haben. Nur ...«

Sander lehnte sich zurück, öffnete eine Zigarrenkiste, griff sich eine und bot nach kurzem Zögern auch Goldstein eine an.

Die Männer nebelten sich ein, dann fuhr Sander fort: »Um keinen Zweifel aufkommen zu lassen: Ihre kriminalistische Leistung steht außer Frage. Aber ...«

Goldstein beschlich ein ungutes Gefühl. Was sollte dieses Herumgerede?

»Kurz und gut: Meinen Sie nicht auch, dass es, nachträglich betrachtet, keinen Sinn macht, die Ereignisse so zu schildern, wie Sie es getan haben?«

»Ich verstehe nicht ganz, Herr Kriminalrat.«

»Lassen Sie es mich so erklären: Die kleine Treppmann ist tot. Ihr Mörder auch. Er kann also strafrechtlich nicht mehr zur Verantwortung gezogen werden. Wiedemann war der Täter, das ist unbestritten. Aber er ist auch ein deutscher Patriot gewesen. Welchen Sinn macht es, ihn des Mordes zu beschuldigen? Und dann die Ausschaltung dieses Schneiders durch Saborski. Der Mann gehört dem aktiven Widerstand an, war Soldat wie Sie. Saborski ist einer Ihrer Kameraden. Denken Sie doch nach! Und den Eltern der Kleinen kann es völlig egal sein, wer denn nun offiziell als Täter bezeichnet wird. Ihre Tochter wird schließlich dadurch nicht wieder lebendig, dass Sie die Namen deutscher Patrioten in den Schmutz ziehen.«

Goldstein traute seinen Ohren nicht. Sprach so ein hoher Polizeibeamter? »In den Schmutz ziehen? Aber ich schildere doch die Wahrheit.«

Sanders klang jetzt wieder versöhnlicher. »Das bezweifelt niemand. Sie sollen ja auch keine Falschaussage machen. Nur Ihre Ergebnisse, sagen wir, etwas anders interpretieren.« Er klappte die Akte mit Goldsteins Bericht zu, griff zu einem anderen Ordner und reichte diesen Goldstein. »Lesen Sie.«

Goldstein schlug den Ordner auf. An oberster Stelle lag dort eine Urkunde, ausgestellt auf seinen Namen. Es handelte sich um seine sofortige Beförderung zum Kriminalkommissar und eine Versetzung nach Bochum nach dem Ende der französischen Besetzung. Eingetragen war das Datum des heutigen Tages. Nur eine Unterschrift fehlte.

Er blätterte weiter und fand einen Bericht über seine Ermittlungen in Herne, mit einer Schreibmaschine erstellt. Goldstein las eilig. Die ersten Seiten schilderten wahrheitsgetreu die Ereignisse bis zu dem Punkt, an dem es um die Identifikation der Fingerabdrücke ging. Es folgte frei Erfundenes über die erwiesene Schuld Sollés und die seines Kameraden und über angebliche Vertuschungsbemühungen der französischen Behörden. Kein Wort von Saborski, Schneider oder Wiedemann. Kein Wort über die Briefe, die Wiedemanns Geständnis enthielten. Stattdessen fabulierte der unbekannte Autor darüber, wie Goldstein Sollé die Kette Agnes' unter

Lebensgefahr entwendet und so den Schuldbeweis erbracht habe.

Fassungslos legte Goldstein die Akte auf den Schreibtisch.

Sander hielt ihm einen Federhalter hin. »Unterschreiben Sie den Bericht«, erklärte er. »Und ich unterschreibe die Ernennungsurkunde. Deutschland erwartet das von Ihnen.«

Goldsteins Gedanken rasten. Die mit Wiedemann und Saborski geführten Auseinandersetzungen über Schuld und Sühne, Wahrheit und Lüge, Moral und Ethik kamen ihm in den Sinn. Er sah Sander, der sich selbstgefällig in seinem Schreibtischsessel räkelte, dachte daran, dass er nicht einmal mehr über eine Wohnung verfügte und dass seine restliche Barschaft durch die Inflation in nur wenigen Tagen dahingeschmolzen sein würde. Ihm fielen die Worte ein, die er selbst Wiedemann an den Kopf geworfen hatte: »Was kann es Wichtigeres geben als die Wahrheit?« Und auch an die Antwort des Mörders erinnerte er sich: »Ihr Leben, beispielsweise. Oder auch Deutschland.«

Goldstein streckte den Rücken durch. Dann beugte er sich vor, griff das angebotene Schreibgerät und unterschrieb.

»Gut, dass Sie zur Vernunft gekommen sind«, sagte Sander und nahm den Füllfederhalter zurück. »Das soll nicht Ihr Schaden gewesen sein, Herr Kriminalkommissar.«

An diesem Abend wurde es spät im *Stillen Eck*. Goldstein trank bis zur Besinnungslosigkeit.

Epilog

Im Sommer 1924 verlor Ernestine Schafenbrinck auch das letztinstanzliche Verfahren vor dem Landgericht in Bochum, in dem sie die Nichtigkeit des mit Siegfried Königsgruber geschlossenen Vertrages hatte feststellen lassen wollen und gleichzeitig Wieland Trasse der vorsätzlichen Täuschung beschuldigte. Eine arglistige Täuschung, so das Gericht in seiner Urteilbegründung, sei den Beklagten nicht schlüssig nachzuweisen. Außerdem sei der Vertrag notariell geschlossen und beurkundet worden. Ausschlaggebend für die Entscheidung des Gerichts war die beeidigte Aussage des Notars, der im Sinne Trasses und Königsgrubers argumentiert hatte. Ernestine Schafenbrinck musste die Kosten des Verfahrens und der Anwälte tragen. Ihr Kaufhaus bekam sie nicht zurück.

Am Morgen nach der Urteilsverkündung fand die Köchin Ernestine Schafenbrinck erhängt in ihrem Treppenhaus.

Ein weiteres halbes Jahr später beobachtete der Friedhofsgärtner einige Minuten neugierig den Franzosen, der sich am frühen Morgen bei ihm in gebrochenem Deutsch nach der letzten Ruhestätte von Agnes Treppmann erkundigt hatte. Fast bewegungslos stand der hochgewachsene Mann in dem dunklen Anzug vor dem Grab, das im Schatten eines mächtigen Rhododendrons auf dem Vellwiger Friedhof lag. Dann ging der Trauernde in die Knie, zog eine schwere Steinplatte, auf der eine Bronzevase befestigt war, aus der mitgeführten Tasche und platzierte diese sorgfältig auf einer noch nicht bewachsenen Stelle des Grabes. Er schöpfte Wasser vom Friedhofsbrunnen, füllte die Vase und stellte zwei Rosen hinein, die etwas verloren in dem zu großen Behältnis wirkten. Der Mann richtete sich wieder auf, faltete die Hände und senkte den Kopf. Tränen liefen über sein Gesicht. Fast eine Stunde stand er in Gedanken versunken da. Endlich wandte er sich zum Gehen und verließ schweren Schrittes den Friedhof.

Am späten Vormittag näherte sich die Familie Treppmann dem Grab Agnes', um besonders heute an sie zu denken. Sie wäre an diesem 15. September dreiundzwanzig Jahre alt geworden.

Erstaunt registrierte die Familie die Vase auf dem Steinblock. In das Metall war eine Inschrift eingraviert: *Je t'aime*, stand da. Und darunter: *Julian*.

Einem ersten Impuls folgend, wollte Werner Treppmann den letzten Gruß des französischen Soldaten entfernen, aber seine Frau Erna hielt ihn sanft zurück.

»Lass«, bat sie ihn.

Julian Sollé, der nie geheiratet hatte, kehrte jedes Jahr zu Agnes' Geburtstag auf den Friedhof in Vellwig zurück. Und jedes Jahr fand sich eine Rose mehr in der Vase, die bald von Grünspan überzogen war.

Als die Inschrift unleserlich zu werden drohte, reinigte Lisbeth sie mit einer Drahtbürste. In den kommenden Jahren wurde diese Tätigkeit für sie zu einem lieb gewordenen Ritual. Aber auch sie verzichtete darauf, dem Geliebten ihrer Schwester gegenüberzutreten. So wussten sich Julian und Lisbeth in stillem Gedenken verbunden, ohne sich je wiederzusehen.

Am 1. September 1939 überfielen die Armeen Hitlerdeutschlands Polen. England und Frankreich erklärten daraufhin in Erfüllung ihrer Bündnispflichten zwei Tage später dem Deutschen Reich den Krieg.

Julian Sollé, der mittlerweile erfolgreich als Bauingenieur in seiner Heimatstadt tätig war, trat den deutschen Soldaten, die im Juni des folgenden Jahres Nancy einnahmen, im Auftrag der Stadtversammlung mit einer weißen Fahne entgegen, um Nancy zu übergeben. Die Zerstörung der Stadt und ein weiterer Verlust an Menschenleben sollte so verhindert werden.

Ein SS-Offizier lachte nur höhnisch und erschoss Sollé, kaum dass dieser die ersten Worte auf Deutsch gesprochen hatte. Von diesem Zeitpunkt an blieb die Vase auf dem Friedhof leer.

Auf dem Höhepunkt des totalen Krieges suchten Hitlerjungen im Auftrag ihres Führers nach kriegswichtigen Metallen. Auch auf dem Grab von Agnes Treppmann wurden sie fündig. Sie lösten die Schrauben, mit der die Vase auf der Steinplatte befestigt war, und schleppten ihre Beute zu einer Sammelstelle. Aus dem Metall wurden später Geschosshülsen, die das endlose Sterben verlängerten.

Danach erinnerte nichts mehr daran, dass im Schatten des Rhododendron auf dem Friedhof im Sodinger Stadtteil Vellwig ein Franzosenliebchen begraben lag.

Nachbemerkung

Die im *Kapitel 4* beschriebene Anzeige zu den ›Scherenclubs‹ erschien Mitte Februar 1923 in der *Hattinger Zeitung*. Die dort genannten Überwachungsausschüsse und die Scherenclubs hat es ebenso wie die zitierten Aufrufe tatsächlich gegeben.

Der Aufruf zum Streik, der in *Kapitel 8* diskutiert wird, wurde nicht am 9.2.1923, sondern einige Tage später verfasst. Sein Wortlaut wurde im *Herner Anzeiger* vom 13.2.1923 abgedruckt. Er ist von mir mit allen Fehlern im Original übernommen worden.

Die in *Kapitel 12* beschriebene Anita Berber wurde 1899 in Leipzig geboren. Sie war Tänzerin und Filmschauspielerin und wurde berühmt durch ihre impressionistischen Nackttänze. Sie starb, drogenabhängig, am 10.11.1928 im Bethanien-Krankenhaus in Berlin.

In *Kapitel 24* tauscht Goldstein Dollar gegen Reichsmark. Zum Vergleich: Das Porto für einen einfachen Postbrief betrug im April 1923 fünfzig Reichsmark. Mit dem Gegenwert eines Dollars konnte man etwa 500 Briefe frankieren. Goldsteins 30 Dollar entsprechen heute also etwa 7.500 €.

Der Aufruf der Recklinghäuser Kaufmannschaft in *Kapitel 25* ist (leicht gekürzt) wörtlich zitiert. Er wurde als Flugblatt am 7.2.1923 in Recklinghausen verbreitet.

Die in *Kapitel 30* erwähnten *Abwehrkommissariate* wurden aufgrund einer Verordnung des Preußischen Innenministers erst am 13.3.1923 von der *Centralen Staatspolizei* eingerichtet. Zunächst waren es fünf, später acht Dienststellen. Ebenfalls mit Spitzel- und Spionagediensten wurde die *Zentrale Nord* beauftragt.

Der ebenfalls in *Kapitel 30* genannte Albert Leo Schlageter, Ikone und Märtyrer der Nationalsozialisten, wurde am 12.8.1894 in Schönau geboren und als Leiter eines illegalen ›Stoßtrupps‹ nach einer Denunziation aus den eigenen Reihen am 7.4.1923 verhaftet, am 7.5.1923 von einem französischen Kriegsgericht zum Tode verurteilt und am 26.5.1923 auf der Golzheimer Heide bei Düsseldorf durch ein französisches Peloton hingerichtet.

Die Versenkung des Lastkahns ereignete sich tatsächlich erst nach dem von mir erfundenen Gespräch.

In *Kapitel 37* wird das Verbot der Franzosen beschrieben, u. a. die Nationalhymne zu singen. Solche Befehle ergingen am 17. Januar und 1. März 1923 in Recklinghausen, allerdings nicht von General Caron, sondern von General Degoutte.

Wilhelm Tell wurde in vielen Städten des besetzten Gebiets gespielt und zum Symbol des Widerstands gegen die französische Besatzung. Eine dieser Aufführungen hat es auch in Herne gegeben. Sie ist dokumentiert im *Herner Anzeiger* vom 9.2.1923. In den Programmheften und Theaterzetteln wurde häufig die Textzeile *Wir wollen sein ein einig Volk von Brüdern* abgedruckt.

Der Tumult bei der Theateraufführung in Herne ist frei erfunden. Aber so ähnlich gingen französische Truppen am 9.2.1923 in einem Recklinghäuser Theater bei einer Aufführung von *King Lear* vor.

Im *Kapitel 50* ist von *TuS Schalke 1877* die Rede, der in die Bezirksklasse aufsteigen wollte. Die Bezirksklasse war die damalige ›erste Adresse‹ für Fußballmannschaften. Tatsächlich war Schalke nach der Saison 1922/23 Tabellenführer, ein Aufstieg wurde ihnen jedoch verwehrt, weil der Westdeutsche Spielverband und die Mehrheit der bürgerlichen Vereine einen ›Proleten- und Polackenverein‹ wie Schalke, der als Straßenmannschaft begonnen hatte, nicht in ihren

Reihen sehen wollten. Einen guten Überblick über die frühe Geschichte von *Schalke 04* gibt eine Artikelserie der *Buerschen Zeitung* mit dem Titel: *Einhundert Jahre und der Mythos lebt,* die von Januar bis Mai 2004 erschienen ist und dem auch diese Information entnommen wurde.

Äußerst hilfreich für die historische Einordnung des Themas und in Bezug auf Details über die Feme und nationalistische Widerstandsgruppen war der Band:

Der Schatten des Weltkriegs. Die Ruhrbesetzung 1923. Herausgegeben von G. Krumeich, J. Schröder, Klartext-Verlag Essen, 2004

Die tatsächlichen Ereignisse in Herne zeichnet folgende Diplomarbeit nach:

Hans-Peter Harker: Die Ruhrbesetzung 1923/24 unter besonderer Berücksichtigung der Ereignisse in Herne, Bochum 1978

Mein Dank gilt:

Karla Fürtges, Katasteramt der Stadt Herne, für einen Straßenplan Hernes von 1925.

Dörte Hüchtemann für Recherchen über Berlin in den Zwanzigerjahren.

Martina Koch vom Stadtarchiv Herne für wichtige Hinweise bei der Suche nach Material und Tageszeitungen aus dem Jahr 1923.

Gudrun Neumann, Bergbaumuseum Bochum, für Bilder und Dokumente zur Zeche Teutoburgia.

Volker Schacke für Hinweise über den Sprengstoff, der in den Zwanzigerjahren im Bergbau benutzt wurde.

Und schließlich:

Johann Wilding für anregende Gespräche über die Zeche Teutoburgia.

Weitere Krimis von Jan Zweyer

Krimis mit Jean-Paul Büsing:

Glänzender Tod ISBN 978-3-89425-263-2
Versicherungsdetektiv Jean-Paul Büsing sucht einen für tot erklärten Kunsthändler und gerät zwischen die Fronten von Kunstmafia und Geheimdiensten.
»*Jean Büsing ist ein echter Typ. Und der Krimi? Glänzend.*«
Westdeutsche Allgemeine Zeitung

Als der Himmel verschwand ISBN 978-3-89425-313-4
Jean-Paul Büsing soll die entwendete Himmelsscheibe von Nebra ihren rechtmäßigen Eigentümern zurückbringen.

Rainer-Esch-Krimis:

Glück auf, Glück ab ISBN 978-3-89425-212-0
Der Fahrsteiger Klaus Westhoff wird tot aufgefunden. Selbstmord, sagt die Polizei. Klaus' Freunde stoßen auf eine dubiose Investmentfirma.

Alte Genossen ISBN 978-3-89425-221-2
Die lukrative Tour für Taxifahrer Rainer Esch ist die letzte Fahrt von Jürgen Grohlers: Er wird erschossen. Und Esch wird fortan bedroht.

Siebte Sohle, Querschlag West ISBN 978-3-89425-230-4
Mord auf der siebten Sohle! Ein Bergmann wird tot aufgefunden. Schnell findet die Polizei einen Verdächtigen mit Gelegenheit und Motiv.

Tödliches Abseits ISBN 978-3-89425-234-2
Ein toter BVB-Anhänger, ein toter Bayern-Fan, ein toter HSV-Freund: Meuchelt ein fanatischer Schalke-Fan die Anhänger der Konkurrenz?

Georgs Geheimnis ISBN 978-3-89425-242-7
Rentner Pawlitsch will wissen, ob sich Esch im Presserecht auskennt – schon am nächsten Tag hat der Anwalt das Mandat eines Toten.

Tatort Töwerland ISBN 978-3-89425-253-3
Insel Juist, Weihnachten. Spekulanten streiten mit Ökos um einen Golfplatzbau. Rechtsanwalt Esch gerät in einen Interessenkonflikt.

Verkauftes Sterben ISBN 978-3-89425-289-2
Esch glaubt es nicht: Selbst mit den Lebensversicherungen Todkranker werden noch Geschäfte gemacht. Und dann ist sein Mandant tot ...

Krimis von Theo Pointner

Highscore
ISBN 978-3-89425-334-9
»*In der Welt der Internetspiele werden Menschen wie Schachfiguren über erfundene Spielbretter geschickt und ohne Zögern vernichtet. Farbig, temporeich und mit gutem Auge für die unterschiedlichen Milieus geschrieben.*«
Westfalenpost

Der Dominoeffekt
ISBN 978-3-89425-310-3
»»*Der Dominoeffekt‹ ist einfach ein Lesevergnügen, das man sich ganz rasch und schnell zu Gemüte führen kann, spielt es doch in der unscheinbaren Realität zwischen Bochum und dem Niederrhein.*« Deutsche Welle

Rosenmunds Tod
ISBN 978-3-89425-268-7
»*Die gute Komposition der verschiedenen Handlungsstränge macht das Buch abwechslungsreich und fesselnd. Die Thematik des Buches (Pädophilie) wird nicht reißerisch, sondern fundiert dargestellt.*« Krimi-Kurier

Ein Tropfen Blut
ISBN 978-3-89425-246-5
»*...hebt sich wohltuend aus der großen Masse deutscher Krimis hervor. Die Charaktere haben Ecken und Kanten.*« Wetzlarer Neue Zeitung

... und du bist weg!
ISBN 978-3-89425-231-1
»*Mit der Kriminalbeamtin Katharina Thalbach hat der Autor Theo Pointner eine der sympathischsten Heldinnen der deutschen Krimi-Szene entworfen.*«
Gießener Anzeiger

Rechts-Außen
ISBN 978-3-89425-214-4
»*Als Fußball- und Krimifan sollten Sie sich diesen flotten und frechen Krimi nicht entgehen lassen.*« Pforzheimer Zeitung

Scheinheilige Samariter
ISBN 978-3-89425-043-0
»*Ein hinreißend spannender Krankenhaus-Krimi, in dem der Täter am Ende durch einen Computer-Bastler enttarnt wird, der sich per Datenleitung in den Heim-Computer eines Arztes einschaltet und dort die Beweise für Mord und Drogenhandel findet ...*« Radio Ruhrgebiet, WDR 5

Tore, Punkte, Doppelmord
ISBN 978-3-89425-031-7
»*Kripo-Kommissar Wielert und sein Kumpan Bach decken 20 Jahre nach Gregorio Canellas' Enthüllungen einen neuerlichen Kicker-Skandal auf, der sich gewaschen hat. ... beachtliches Krimi-Debut*« Unicum

Historische Kriminalromane

Beate Sauer
Die Buchmalerin
537 Seiten, € 12,00 ISBN 978-3-89425-600-5

»Die Geschichte der Buchmalerin Donata, die von der Inquisition verfolgt wird, weil sie Menschen und Heilpflanzen zeichnen kann, als wären sie lebendig, ist wirklich so spannend, dass man diesen Wälzer nicht aus der Hand legen kann.« Brigitte

Beate Sauer
Der Geschmack der Tollkirsche
477 Seiten,, geb., € 18,90 ISBN 978-3-89425-604-3

»Ein vielschichtiges Sittengemälde des römischen Germaniens. Essen und Trinken bei den Römern gehören selbstverständlich dazu, schließlich ist die Hauptfigur eine Köchin. Aber auch Mode, Gebräuche, Architektur und Rechtsprechung in den konkurrierenden römischen und germanischen Gesellschaften werden sorgfältig zu neuem Leben erweckt. Das wird die Freunde historischer Romane begeistern.« Westfalenpost

Ingo Gach
Caligulas Rache
410 Seiten, € 11,00 ISBN 3-89425-602-8

Im römisch besetzten Colonia wird ein Steuereintreiber bestialisch ermordet. Ein Verdächtiger ist schnell gefunden, einzig der junge Germane Rainolf glaubt nicht an die Schuld seines Freundes. Unterstützt von Julia, der Tochter des Prokonsuls, setzt er alles daran, den wahren Mörder zu finden. Dabei ahnt Rainolf nicht, in welch große Gefahr er sich und die seinen bringt: Hinter der Tat steckt ein Mann mit Macht und einer Vision ...

Hagemann & Stitz
Das Geheimnis des Mithras-Tempels
382 Seiten, € 11,00 ISBN 978-3-89425-603-6

Der junge Römer Quintilianus wird in ein Lager ins ferne Germanien gesandt. Die Stimmung unter den Legionären ist vor allem von einem geprägt: Angst. Der Verdacht von Betrug und Korruption stellt sich ein. Dann geschieht ein Mord ...